中國新聞史研究輯刊

八 編

主編　方漢奇

副主編　王潤澤、程曼麗

第 5 冊

新生之路：1949～1966《大公報》改造策略研究

江衛東 著

花木蘭文化事業有限公司

國家圖書館出版品預行編目資料

新生之路：1949～1966《大公報》改造策略研究／江衛東 著
-- 初版 -- 新北市：花木蘭文化事業有限公司，2024〔民 113〕
序 4+ 目 4+242 面；19×26 公分
（中國新聞史研究輯刊 八編；第 5 冊）
ISBN 978-626-344-797-4（精裝）
1.CST：大公報 2.CST：報業 3.CST：傳播研究 4.CST：中國
890.9208   113009362

ISBN-978-626-344-797-4

中國新聞史研究輯刊
八 編 第 五 冊   ISBN：978-626-344-797-4

新生之路：1949～1966《大公報》改造策略研究

作　　者　江衛東
主　　編　方漢奇
副 主 編　王潤澤、程曼麗
總 編 輯　杜潔祥
副總編輯　楊嘉樂
編輯主任　許郁翎
編　　輯　潘玟靜、蔡正宣　美術編輯　陳逸婷
出　　版　花木蘭文化事業有限公司
發 行 人　高小娟
聯絡地址　235 新北市中和區中安街七二號十三樓
　　　　　電話：02-2923-1455／傳真：02-2923-1452
網　　址　http://www.huamulan.tw 信箱 service@huamulans.com
印　　刷　普羅文化出版廣告事業
初　　版　2024 年 9 月
定　　價　八編 6 冊（精裝）新台幣 16,000 元
版權所有 · 請勿翻印

新生之路：1949～1966《大公報》改造策略研究

江衛東　著

作者簡介

江衛東，男，籍貫江蘇，重慶市教委專業教學指導委員會委員，重慶三峽學院傳媒學院副教授、碩士研究生導師，曾獲優秀教師、科研先進個人等獎勵，係華中科技大學新聞學博士、中國傳媒大學國際新聞學碩士畢業。主要研究新聞史論、大公報史、傳播理論等方向，在《新聞大學》《學術交流》《新聞記者》《新聞知識》等學術期刊發表論文 20 餘篇，主持完成國家社科基金項目 1 項以及省部級、廳局級和校級科研項目多項。另有譯著《一個美國媒體人的自白》2018 年由復旦大學出版社出版發行。

提　　要

　　本書係江衛東 2023 年 3 月主持完成的國家社科基金項目《中國共產黨改造〈大公報〉（1949～1966）策略研究》（項目批准號為：17XXW006）的結項成果，是在其博士論文《「新生」之路──1949～1966 大陸〈大公報〉史研究》的基礎上拓展完成。

　　《大公報》是中國近代以來一份知名度頗高的民營大報，民國時期在海內外具有重要影響力。1949 年政權迭代之後，《大公報》走過跌宕起伏的「新生」之路，從一張民營綜合大報被改造成為財經專業黨報。依據動態視角，這一歷史過程大致可分為三個階段，即宣布「新生」後（1949.6～1950.6）、不斷改造中（1950.7～1957.7）、脫胎換骨時（1957.8～1966.9）。本書通過研究中國共產黨改造《大公報》（1949～1966）的具體模式、策略變遷、歷史緣由及其得失評價，旨在揭示現代社會政黨組織與媒介組織的複雜互動關係及其對政治流通和社會穩定的重要意義。

　　本書立足於報紙文本、檔案資料、當事人回憶錄、政策文獻彙編等第一手史料，採用宏觀結構與微觀行動、定性和定量分析相結合的研究方法，沿著《大公報》改造政策的確立、改造的具體模式、改造的結果與效果、改造策略的分析與評價的邏輯思路，客觀分析歷史變遷中有關各方的互動與調適，探討政策實施過程中的利弊得失，以期為新時代新聞政策制定與媒介產業發展提供歷史鏡鑒。

國家社科基金結項成果
（項目批准號為：17XXW006）

序

吳廷俊

衛東博士畢業已經八年了。近聞其要出版學術專著《新生之路：1949～1966〈大公報〉改造策略研究》，來函囑我說幾句話。

回想他 2012 年剛入校跟我讀博時，年齡偏大，離開學界有些年頭，學術思維有些生疏，歷史研究興趣也不是很濃，對博士論文選題更是有些茫然。此時，我正組織大公報全史研究團隊，於是建議他不妨搞一搞 1949 年以後的大陸大公報研究，並在此範圍內提煉出博士論文選題；有了一個範圍，圍繞這個範圍來重點讀書、收集資料、展開研究，效率會更高些，並且，這樣提煉的選題對以後擴展研究領域也會有幫助。雖然衛東以前並未接觸過該研究領域，並對當代人研究當代史稍有顧慮，但經過思考後，還是接受了我的建議。

衛東是個幹事認真的人。一旦確定研究方向，便「咬定青山不放鬆」，排除干擾，克服困難，心無旁騖地做了起來。首先，按照研究團隊的統籌安排，擬定讀書計劃，多次向老師和團隊彙報讀書心得、研究進度並尋求幫助；主動利用一切機會，無論課內課外，向有關專家和學者請教探討，逐步建立起研究論題所必須的知識結構和研究思路。其次，下苦工搜集史料。為了搜集史料，衛東跑遍北京、天津、上海、武漢、重慶等地圖書館、檔案館等有關機構，常常是清早開門即入，晚上閉館才出，午餐兩饅頭打發，手抄、複印、錄入、拍照等十八般武藝一起上，盡可能利用好難得的出差機會，爭取一次性收集齊相關資料，為下一步展開全面深入研究奠定紮實史料基礎。

經過艱苦卓絕的努力，衛東終於拿出一篇高質量的博士論文《「新生」之路——1949～1966 大陸〈大公報〉史研究》。衛東的這篇博士論文除了結構合理，內部邏輯性強，語言流暢等一般優點外，還有幾點明顯的創新：

其一是選題填補空白。1949 年後大陸大公報這一研究領域，幾乎是塊「處女地」。衛東的研究屬於首創性研究。由此，其困難是可以想見的，所有史料要一點一點搜集，所有史實要一條一條考證，所有觀點要一個一個提煉，這些他做得很好，也足見其學術勇氣。

其二是觀點創新。1949 年以後大公報研究是一個敏感問題，觀點的提煉是相當見功力的。衛東通過自己的研究，動態呈現了 1949～1966 年間大陸《大公報》艱難曲折的「新生」之路，展現歷史洪流中有關各方的互動與調適，探討《大公報》由「新生」到「退場」的歷史過程及其必然性。

其三是新的研究視角。論文首先從時間緯度上，把大陸《大公報》「新生」過程大致劃分為「宣布『新生』後」、「不斷改造中」和「脫胎換骨時」三個階段，以展示《大公報》由一張資產階級民間大報向無產階級專業黨報轉型變遷的艱難過程；其次，在橫截面剖析緯度上，具體分析了「從民營到黨辦」和「從綜合報到專業報」的兩個「新生」路向，著力凸顯新政權與大公報的互動與調適，實現歷史結構視角與現實行為視角的初步結合。

衛東 2015 年博士畢業後，在工作之餘繼續致力於博士論題的進一步深入研究。針對原來研究中對於重慶《大公報》幾乎一筆帶過的缺陷，他在 2015～2017 年間通過申報立項重慶市教委人文社科項目、重慶市社科規劃項目來進行相應的強化研究，補足了原來研究中知識地圖的不足。在此基礎上，2017 年以「中國共產黨改造《大公報》（1949～1966）策略研究」為題，申報立項了國家社科基金項目，再一次對這一課題進行了長達五年的凝思與鑽研。這樣算下來，衛東從開始接觸這個選題，到現在將要出版該論題的研究成果，真可謂「十年磨一劍」！

呈現在讀者面前的《新生之路：1949～1966〈大公報〉改造策略研究》一書，是衛東在其博士論文基礎上轉換角度、進一步拓展深化研究的成果。總體看，原來博士論文的著眼點在於「報」，即關於大陸《大公報》的變遷與命運以及對於中國新聞史的意義與影響，實際上是一項從報的角度所展開的新聞史個案研究。而本書的重點在於「黨」，即中國共產黨為什麼以及如何改造《大公報》，探討其政策目的、策略執行、策略效果及其經驗教訓，從而回答在民主與法治的現代社會裏執政黨與大眾傳媒之間如何和諧共處、相得益彰的問題，是一項跨越新聞學、傳播學、政治學、經濟學等學術領域的跨學科研究。然而，儘管前後研究視角和著力點有所不同，但研究對象畢竟都是 1949～1966

年間大陸《大公報》的那段變遷史。因此，在歷史事實的敘述與梳理、歷史人物的描述與分析、文獻資料的採擇與運用等諸多方面，均有相通和交叉之處。尤其是在理論支撐與研究旨趣方面，更是一脈相承，均以鄒讜先生的「理性選擇」論為核心理論工具，強調宏觀視角與微觀視角的有機結合，著力展現歷史變遷中有關各方的互動與博弈，追求歷史研究「見物又見人」的研究旨趣。

具體來說，與博士論文相比，本書在以下幾方面有所改進和提高：

在內容方面，不論是史料的收集與運用，還是對史料的理解與分析上，經過多年積累與研究，都有一定程度的豐富和提升。比如，博士論文對重慶《大公報》的「新生」情況只是偶而提及，但在本書中，重慶《大公報》作為中共改造《大公報》的具體模式之一得到較為充分的展開和論述，尤其是集中運用「理性選擇」理論對改造過程中四方行動者的動機與選擇進行了生動而準確的分析，對充實研究內容、提升理論分析檔次具有積極意義。再比如，關於《大公報》從大陸「退場」緣由的思考與探討，更加全面深入。

在觀點方面，首先對於核心理論工具進行更全面、更深層次的梳理和研究，將其命名為「雙層交叉分析」理論，使本書理論表述與應用更確當、更連貫。其次，將博士論文關於「新生」路向的分析維度調整為改造策略分析的維度，增加了從政治學、經濟學和傳播學等多學科視角的策略評價，在此基礎上有針對性地提出完善我國媒介結構和功能、優化輿論引導機制、增強媒介公信力等方面的對策建議，是本書在思想觀點方面的新進展和新提升。

在結構方面，由於研究視角從「報」轉向「黨」，研究思路和篇章結構均作了相應改變。本書沿著導論、《大公報》改造政策的確立、改造的具體模式、改造的結果與效果、改造策略的分析與評價、研究結論與對策建議的邏輯思路，來安排篇章結構。不僅博士論文的絕大部分內容得以保留，而且根據新的邏輯思路調整了標題與結構。同時，根據研究邏輯需要，新增了對國民黨政權與新記《大公報》關係的歷史背景考察，中共新聞理論和建國初期報業政策關係的理論背景思考等內容。此外，作為本書核心部分，對「改造具體模式」的橫向分析，對「改造策略」的分析與評價，以及鑑往知今的「對策建議」等部分，均屬本書結構新增部分。

在研究方法上，本書雖然承繼了博士論文宏觀結構分析與微觀行動分析相結合的方法論，但在內涵理解和把握上有了新的提升，在方法運用上更圓熟、更深入。比如，注重結合歷史背景、時代環境與人物個性，揣摩歷史行動

者的心理動機和情感心態，讓行動分析突入心理層面，竭力讓歷史研究既有理性深度，又具人性溫度。同時，繼續採用定性與定量研究相結合的方法，讓思辨穿透現象迷霧，讓數據夯實分析基礎，努力再現歷史變遷的種種複雜面向。

當然，毫無疑問，本書在史料收集、結構安排、觀點提煉、理論分析、文字表達等方面還存在不少可以進一步改進的地方。在此階段性成果出版之際，一方面表示祝賀，另一方面也矚望於來者。

是為序。

吳廷俊

2023.8.28

目

次

第一章　導　論

本章主要從整體上闡明研究緣起和研究意義，在文獻綜述搞清研究現狀的基礎上，清晰陳述研究思路與研究內容，以及研究方法和創新之處，以便宏觀鳥瞰和整體把握本研究的邏輯框架，開啟本課題的研究之旅。

第一節　研究緣起與研究意義

眾所周知，作為無產階級政黨，中國共產黨十分重視報刊宣傳，將其視為黨領導中國革命、建設和改革事業取得成功的重要武器。中國共產黨不僅大力創辦自己直接管理運行的黨報黨刊，而且非常注意利用和發揮社會上非黨媒體的社會影響和宣傳作用，牢牢掌握主流輿論和意識形態的領導權，進而實現對國家和社會的全面領導。《大公報》是中國近代以來一份影響卓著且有國際聲譽的民營大報，自 1902 年創刊於津門，歷經帝王專制、軍閥混戰、民國威權、中共執政等歷史風雲，初創時期敢於在慈禧頭上動土、以「敢言」著稱，出滿一萬號時被胡適譽為「中國最好的報紙」，抗戰時期被美國密蘇里新聞學院授予「最佳新聞事業服務獎」，1980 年被聯合國推薦為全世界最具代表性和權威性的三份中文報紙之一陳列在聯合國總部供人參觀。中國共產黨自 1949 年執政以來對《大公報》的改造與領導，即是「全面領導」此種努力的一部分。2022 年 6 月 12 日，是《大公報》創刊 120 週年紀念日，中共中央總書記、國家主席、中央軍委主席習近平專門去信祝賀，高度評價《大公報》一個多世紀

以來「立言為公，文章報國」〔註1〕的辦報宗旨和積極作用。由此不難看出，中國共產黨對《大公報》所表現出的非同一般的認知、態度和評價。

一、研究緣起

在現代社會，政黨是一種客觀存在的社會政治現象。「政黨是一定社會集團中有著共同政治意願的人們自願結合在一起、以取得政治權力為首要目標的政治組織。」〔註2〕當今世界，政黨組織幾乎無處不在，不僅影響著政治行為，也影響著人類行為和社會發展。全球範圍佔據統治地位的現代民主政治，其實就是當下政黨政治的一種普遍形式。

民主政治講究的是民眾與公共權力的互動，其間離不開政治信息傳播。這就是王長江先生所說的「政治流通」（political communication），並認為其與政治體制穩定與否存在極為密切的關係。對此，他提出一個公式〔註3〕：

$$政治穩定的程度 = \frac{政治溝通}{政治流通}$$

「政治流通作為客觀存在的事實，是向政治體制提出的挑戰。政治溝通是執政者解決政治流通作出的應對之舉。」該公式揭示，政治體制應當盡可能多地提供政治溝通的渠道和機會，來因應當下市場經濟和公民社會中急劇膨脹的政治流通需求，否則就會出現政治流通不暢，進而帶來政治不穩定。也就是說，當政治溝通量與實際政治流通量相差不大時，兩者之比趨近於 1，意味著政治體制大體穩定；反之，則政治體制不穩定。因此，政治體制穩定離不開政治信息傳播的充分與順暢。

實際上，政黨和媒體都是政治流通的載體。在當今媒體特別發達的信息社會背景下，特別是新媒體在普通民眾中的普及使用降低了政黨影響力，改變了政黨活動方式，加速政黨組織結構扁平化趨勢，為直接民主提供可能性。也就是說，除了政黨之外，媒體的發展促使政治溝通載體和政治流通渠道多元化，高度發達的媒體系統日益成為獨立的政治溝通載體。

儘管政黨與媒體都能充當政治溝通載體，但不可相互取代，因為它們各有擅長，只能和諧共處，加強互動。尤其是在新的傳播技術背景下，政黨組織

〔註 1〕習近平：習近平致《大公報》創刊 120 週年的賀信〔EB/OL〕，（2022-06-12）〔2022-07-10〕，https://baijiahao.baidu.com/s?id=1735422673910994217&wfr=spider&for=pc。
〔註 2〕王長江著：《政黨論》，北京：人民出版社，2009 年，第 44 頁。
〔註 3〕王長江著：《政黨論》，北京：人民出版社，2009 年，第 238～239 頁。

與媒體已經突破過去那種簡單的大腦與「喉舌」關係。這種新的形勢，凸顯解決好政黨如何與傳媒打交道問題的必要性和迫切性。這裡，不僅有政黨「如何根據傳媒自身固有的規律進行控制」〔註4〕的基本功問題，其實，還有一個媒介民主如何推動政黨政治按照民主原則運行的問題。只有不斷順暢政治流通渠道，持續提升政治溝通水平，才能最大限度促進社會健康發展和國家長治久安。

　　從歷史維度看，作為從革命黨轉型而來的執政黨，中國共產黨誕生於嚴酷的專制環境，因而在組織上實行高度集中，黨內民主受到很大限制。對於通過暴力革命取得政權的馬克思主義政黨來說，「往往不自覺地擴大自己在特殊道路上獲得的經驗的普遍意義，忽視乃至輕視民主政治中的政黨所應遵循的普遍規律」〔註5〕，過分推崇革命的手段而忽視黨的民主目標，對於從革命黨向執政黨的轉型，缺乏足夠自覺性和主動性，因而在執政實踐中遭受了一系列挫折。表現在對媒介的認識和管理上，就是長期以來把大眾傳媒僅僅視為黨和政府的宣傳工具和階級鬥爭工具，對媒介實行高度集權的管理體制，不能充分適應我國社會主義民主政治和媒介技術發展新形勢的要求，對於在新形勢下如何正確處理政黨與媒介關係這一「基本功」，似有不少討論的空間。這也正是本課題的研究緣起，即通過對中國共產黨改造《大公報》（1949～1966）策略的分析、研究和探討，旨在為黨和政府更新媒介傳播的科學理念，提升與改進黨在新形勢下與媒介打交道的基本功，進一步促進我國媒體行業乃至民主政治良性有序發展，稍陳管窺，略盡綿薄。

二、研究意義

　　中國新聞史研究權威方漢奇先生（2002）指出，《大公報》「是中國新聞界含金量最高的一個世界級的品牌」，「應該花大力氣進行深入研究」。《大公報》研究領域權威專家吳廷俊先生曾經歸納該報在中國新聞事業史上創造了「四項紀錄」，即《大公報》是惟一「同政治保持密切聯繫而不參與實際政治鬥爭的報紙」，「在國際上為中國報界爭得了榮譽的報紙」，「在兩極政治勢力激烈鬥爭過程中……同時受到國、共兩黨高層領導人重視的報紙」，「是大陸『文化大革命』期間被迫停刊而惟一沒有准許復刊的大報」。吳先生指出，所有這些事

〔註4〕王長江著：《政黨論》，北京：人民出版社，2009年，第247頁。
〔註5〕王長江著：《政黨論》，北京：人民出版社，2009年，第6頁。

實都表明《大公報》歷史的複雜性和研究《大公報》的重要性〔註6〕。

　　從《大公報》史研究場域來看，既有的研究大致可分為兩塊。新中國成立前一塊「歷來是中國近現代史研究工作者和文化史新聞史研究工作者關注的熱點和焦點」（方漢奇等，2004），研究成果豐碩，相關文獻汗牛充棟；而新中國成立後這一塊，似乎要寂寞冷落許多。而且，後者主要是「革命史」框架的「宏大敘事」，認為建國後《大公報》「為黨和國家各時期的路線方針政策特別是經濟方面的路線方針政策的宣傳和報導做出了貢獻」。可是，「宏大敘事」難免省略許多生動細節，「革命史」框架也不是觀察歷史的唯一視角，且時有削足適履之弊。總之，1949年後《大公報》研究，數量少，研究深度不足，以宏觀視角為主。

　　對於這樣一份著名報紙，中國共產黨其實早予特別關注。紅軍長征途中注意收集該報以獲取有關信息、決定行軍方向和選定陝北作為最終落腳點，在延安時期《大公報》是毛澤東為數不多的必看報紙之一，新中國成立後對《大公報》的改造利用，成為中共大眾傳播政策的一個部分。然而，縱觀政治學、中共黨史、新聞傳播學等學術研究領域，以中國共產黨改造《大公報》策略為對象和主題的研究尚無先例。

　　本研究以中國共產黨改造《大公報》（1949～1966）策略為中心，把宏觀視角與微觀視角、歷史結構分析與主體行動分析結合起來，試圖具體呈現中國共產黨改造《大公報》（1949～1966）的政策思路和曲折歷程，深入分析中國共產黨改造利用《大公報》的兩個策略路徑，即從民營到黨辦、從綜合報到專業報的轉型和蛻變，著力從微觀層面挖掘歷史洪流中民營報人與政權管理者之間的互動與博弈，探討執政黨與大眾傳媒之間的互動關係以及政策建構，對豐富《大公報》完整百年史的學術認知，審視1949年後大陸報業的發展歷史，以及思考當下中國社會階層分化、利益表達多元化背景下新聞改革政策等具有獨到的學術價值和應用價值。

第二節　主要概念界定與核心理論工具

一、主要概念界定

　　首先，本研究所關注的「大公報」主要是指1949年至1966年在中國大陸

〔註6〕吳廷俊：《新記〈大公報〉史稿》（2版），武漢：武漢出版社，2002年，「緒論」第23～24頁。

編輯發行的大陸《大公報》，也被稱為「新生《大公報》」。具體而言，從時間上看，由 1948 年冬中共中央開始討論如何處置天津《大公報》政策開始，直到 1966 年底北京《大公報》徹底停刊為止，實際研究和具體行文時可能會上溯下延，有所拓展，基本時限大致框定在 1949～1966 年範圍。從空間範圍看，主要限定為中國大陸，包括津版、滬版、渝版和京版，不包括 1949 年後的香港《大公報》。

其次，本研究在表述中國共產黨改造《大公報》時常常提及「政策」與「策略」兩個詞語，在此有必要對其內涵加以清晰界定說明，以免混淆。常言道，政策和策略是黨的生命。所謂「政策」，是指「國家、政黨為實現一定歷史時期的路線和任務而規定的行動準則」〔註7〕，而新聞政策則是「政府或政黨對其所屬新聞媒介所頒布的新聞法規或一定時期的某些規定」〔註8〕。因此，本研究所稱中國共產黨對《大公報》的政策，就是指從起初「取締」的政策，到後來轉變為「改造」利用的政策。所謂「策略」，是指「計策謀略」，即「適合具體情況的做事原則和方式方法」〔註9〕。本研究所稱「策略」，即是指中國共產黨為實現對《大公報》的改造利用政策所採用的一系列具體的方式方法。由此可見，本研究所稱「政策」與「策略」，二者既有相通之處，都是指稱中國共產黨基於《大公報》的定性評價而對其作出相應的處置舉措，不同之處在於前者側重於宏觀決策層面，而後者側重於微觀操作層面。

二、核心理論工具

何兆武先生曾精闢地指出：「歷史學研究的對象是人文世界的歷史，所以歷史學家所追求的不應該僅僅是考訂史實，而且還需解答史實背後的人文動機」〔註10〕。本研究核心理論工具，借鑒的是 20 世紀著名政治學者鄒讜先生的「雙層交叉分析」理論。所謂「雙層交叉分析」，一層是宏觀歷史結構分析，一層是微觀主體行動分析，前者為後者提供理論框架，後者則為前者提供實踐基礎。鄒讜先生認為，通過雙層交叉分析，就可以把著重微觀行為分析的「理

〔註7〕夏徵農，陳至立主編：《辭海：第六版縮印本》，上海：上海辭書出版社，2010年，第 2434 頁。

〔註8〕甘惜分主編：《新聞學大辭典》，鄭州：河南人民出版社，1993 年，第 32 頁。

〔註9〕夏徵農，陳至立主編：《辭海：第六版縮印本》，上海：上海辭書出版社，2010年，第 0184 頁。

〔註10〕何兆武：《對歷史學的反思》，載朱本源著：《歷史學理論與方法》，北京：人民出版社，2007 年，「序一」第 2 頁。

性選擇論」（rational choice theory）與宏觀的社會結構論（structuralism）綜合成為一個完整的人類行為與社會變遷的理論。可見，「雙層交叉分析」理論的核心，就是特別關注歷史變遷中的「行動者」及其人文動機和精神生活，分析他們在什麼樣的環境下，出於怎樣的動機和心態，作出何種選擇和決策，如何演成和改變歷史發展的軌跡。

首先，從宏觀歷史結構層面來看，鄒讜先生通過分析 20 世紀中國政治從傳統權威主義轉向現代全能主義的基本特徵，強調研究重點應當是微觀的政治行動及其帶來的政治系統變化，進而分析行動者的理性或非理性選擇。而宏觀歷史結構如社會經濟等因素，只是為政治行動提供制約和機會的一種大的歷史環境。

在鄒讜先生看來，20 世紀初中國所面臨的亡國滅種總形勢，使其必須在一種新型政黨領導下通過「社會革命」來達成「國家制度重建」。這種經過社會革命而重建的「國家制度」，他用一個新名詞「全能主義」（totalism）來概括，其內涵是指在這種國家制度下，政治權力無限擴張，不受法律、道德、宗教等限制，可以侵入社會各個領域，包括個人生活各個方面。也就是說，儘管在現實層面上侵入程度大小不一，但在國家與社會關係上，強國家、弱社會的局面則是肯定的。

其次，從微觀主體行動分析層面來看，宏觀歷史變化皆有其微觀基礎，即共產黨人的行為，分析焦點在於中共的政治行動和決定政治行動的各種選擇，包括在思想、主義、組織、政策、工作方法、戰略策略等方面的選擇。鄒讜先生認為，宏觀政治系統變化的基礎是個人的政治行動，而個人政治行動又必然在宏觀政治系統指導下進行，體現為宏觀政治系統的具體內容。這種宏觀結構與微觀行動的緊密互動與博弈，是所有歷史變遷的內在機制。

鄒讜先生進一步解釋道，社會結構設定了個人和集體政治行動的機會與制約，同時也提供了一系列可被選擇的行動方案。也就是說，這種宏觀的社會結構只是為微觀行動提供了客觀的整體的結構環境。面對這些可被選擇的行動方案，政治行動者自身的經濟利益、文化背景、個人經驗、私人偏好等因素，雖然會在一定程度上影響政策的選擇，但決定性因素是政治行動者對這種結構環境的看法（perception）及其對整個環境可能性的評估。這就是所謂「環境參數理性」（parametric rationality）。

同時，政治行動者的選擇與行動，不但與其對上述宏觀結構環境的感知與評估有關，更加重要和直接的影響因素應當是中觀的政治環境，包括各種政治力量對比和均衡，各種戰略策略的運用，以及有關政治勢力之間彼此對他方戰略策略的認知程度。這就是說，政治人物的選擇與行動，更直接地受政治鬥爭或競賽的兩方面或多方面的戰略策略互動影響。這就是所謂政治選擇和決策的「戰略理性」（strategic rationality）。

易言之，微觀行動主體在進行歷史活動和理性選擇時，「環境參數理性」告訴他們行動範圍和選擇可能性，而「戰略理性」則根據對手的戰略互動而給出具體的選擇和決策。這種行動和決策不只是政治行動者面對個別問題，在各種已有的、現成的「可行途徑」（feasible alternatives）中作出一個選擇，而且要特別注意到理性選擇有它的「創新性、系統性和戰略互動性」。鄒讜先生認為，「理性選擇的創新性、系統性和戰略互動性就是客觀歷史變化和政治社會系統轉型的最直接的微觀機制。」而以往相關研究所忽略的，正是這種歷史變遷的微觀機制。

應當指出，除了引用上述鄒讜先生「雙層交叉分析」理論作為核心分析工具，本研究在對中國共產黨改造《大公報》策略進行評價時，還援引了政治學、經濟學以及傳播學等基本原理作為思考論述框架，此處不再贅述。

第三節　文獻綜述

本課題的相關文獻主要涉及 1949～1966 年大陸《大公報》研究以及建國後民營報業改造研究兩個方面。

關於 1949～1966 年大陸《大公報》的研究文獻，總體上看，數量不多，內容不全，深度有待挖掘。首先在國外英文文獻範圍，尚未發現直接相關研究。其次，從國內文獻來看，也不算豐富，大致可分為主體文獻和背景文獻兩大類。

所謂「主體文獻」，就是指與本研究論題直接相關的文獻，主要包括：

1. 當年《大公報》記者、編輯等人的回憶材料和有關文章：主要是一些親歷的人事回憶，細節豐富生動，基本真實可靠，但也要注意避免當事人視角所帶來的選擇性記憶、為尊者諱等局限。這些文獻中比較重要的回憶文章是：李純青《戰後〈大公報〉見聞》（1986），吳永良三篇回憶文章《懷念幾位〈大公報〉的老友》《再憶〈大公報〉幾位老友》《解放初期天津〈大公報〉瑣記》，

胡邦定 2010 年在《百年潮》發表的《說說北京〈大公報〉》（上）（下），張頌甲的《〈前進報〉的創刊與被封》（2004），王文彬的《建國初期的重慶〈大公報〉》等。此外，還有一些當年《大公報》領導和編輯人員所寫的業務經驗類文章，以及其他報刊刊登的有關《大公報》工作經驗的新聞報導等材料。

2.《大公報》編輯記者後代或相關人所撰寫的回憶材料：這些大公報人後代出於紀念或正名等目的，把其從父輩那裏看到、聽到的一些人或事寫成文章發表出來，雖然難免受到主觀傾向的影響，但透過這些文獻仍然能獲取某些外人難以知曉的內情，從而對本研究不無助益。這些文獻主要包括劉克林的兒子劉自立、徐盈、彭子岡夫婦之子徐東、王芸生子女及孫輩等人所寫的回憶材料，其中，王芸生之子王芝琛把生命最後十幾年全部貢獻給了王芸生和《大公報》研究，楊奎松評價為「用心最多、研究最力、成果最著」，他的著作《一代報人王芸生》（2004）為其研究的集大成之作，記載了 1980 年王芸生病重時對「平生的重大事件」的追憶，雖然彌留之際語焉不詳，但畢竟留下了一些「最重要的線索和鑰匙」，在提供史料方面具有相當價值。此外，所謂「相關人」的文獻，是指與《大公報》編輯記者等曾經存在朋友、同事或上下級關係者所撰寫或編輯的當事人傳記、文集等文獻，對瞭解當事人的生平和工作生活情況有一定參考價值，主要包括陸詒、馮英子主編的《孟秋江文集》（1994），周雨著《王芸生》（1995），中共山西省委組織部編寫的《常芝青傳》（2003），吳德才著《金箭女神：楊剛傳》（1992）等。

3. 與《大公報》無直接利害關係的「第三方研究者」的論文或論著：這些第三方研究者客觀、冷靜和專業的研究，是本論題研究文獻中最有價值的部分。比較早論及 1949 年後《大公報》及王芸生歷史命運的第三方研究者，當推大陸學者吳廷俊和臺灣學者朱傳譽，他們分別在 1995 年和 1997 年就對此論域有所涉及。到 2002 年《大公報》創刊一百週年時，出現一波大公報研究熱潮，其中《〈大公報〉百年史：1902.06.17～2002.06.17》（方漢奇等，2004）第一次較集中地專章敘述了 1949 年後大陸《大公報》各版興替過程，並評價「內地的這幾個版《大公報》」「為黨和國家各時期的路線方針政策特別是經濟方面的路線方針政策的宣傳報導做出了貢獻。在報紙所在地區的讀者中，特別是在全國財貿戰線工作者中，有很大的影響」。然而，該書對此段十七年歷史的敘述只能說是一個大致的梗概，對於中國共產黨如何把《大公報》從一張民營綜合報改造為黨辦專業報的歷史過程並未作充分具體呈現。

2007 年以來，彤新春圍繞 1953～1966 年《大公報》先後發表三篇文章，並在此基礎上，於 2013 年出版了專著《時代變遷與媒體轉型：〈大公報〉1902～1966 年》。該書從經濟學角度對作為財經專業報的北京《大公報》作出觀察，屬於「經濟史」研究範疇，《大公報》只是作為研究手段，最終目的在於認識「新中國經濟建設」。

到目前為止，對 1949 年後大陸《大公報》研究最深、最細的，恐非歷史學家楊奎松的相關研究莫屬。他的論文《新中國新聞報刊統制機制的形成經過：以建國前後王芸生的「投降」與〈大公報〉改造為例》（2011），後收錄於《報人報國：中國新聞史的另一種讀法》（李金銓，2013）中，此後一月再經修改成為其新著《忍不住的「關懷」：1949 年前後的書生與政治》一書三個組成部分之一。他從建國史角度運用「繡花細針的手法」（李金銓，2013）探究時代變遷中「書生與政治」之間的複雜關係，試圖考察 1949 年前後中國知識分子「對這世道之變從個人的角度是如何去認識、去適應，以及他們為什麼會有這樣或那樣大相徑庭的適應方法及其不同的結果」。這種透過知識分子個人命運去觀照中共建國史的研究思路，對本研究試圖從新聞傳播學角度透過一張報紙的歷史去觀照政黨與媒介關係的努力，無疑具有極大啟發意義。同時，楊奎松論著中所包含的豐富史料，特別是那些珍貴的、平常人不易獲得的檔案資料（有些楊先生曾查閱過的檔案，到筆者去檔案館查詢時已被列為不可查詢！），也成為本研究重要資料來源，為進一步廣泛收集相關資料提供諸多有用線索。

4. 上海市、北京市、天津市和重慶市檔案館所藏相關檔案資料：毫無疑問，關於 1949 年後大陸《大公報》的檔案資料是本研究的第一手文獻資料。如前所述，楊奎松新著《忍不住的「關懷」》即是「依據已經開放的部分檔案資料，嘗試著勾勒並描述 1949 年中共建國前後王芸生的政治轉變和《大公報》被改造的曲折經過」的成果。感謝他的啟示，筆者根據本論題研究需要，分別到上海市檔案館（簡稱「滬檔」）、北京市檔案館（簡稱「京檔」）、天津市檔案館（簡稱「津檔」）以及重慶市檔案館（簡稱「渝檔」）等處進行資料收集，獲得一批寶貴的檔案資料。這些資料對於對還原歷史真相具有重要價值，主要包括兩塊：一塊是關於上海《大公報》的各類工作或業務總結、上海市新聞界思想改造運動的相關材料、上海市有關管理當局的各類通知、報告、調查、通報、函件等材料，另一塊是關於北京《大公報》的工作總結、宣傳計劃、報導提要、稿費條例、學習計劃、請示報告、發言提綱、幹部名冊、統計報表等材料。

　　所謂「背景文獻」，是指與本研究論題並不直接相關，但能為更好理解、思考本研究論題提供歷史、社會、專業、理論等方面支撐的拓展性文獻。這些文獻可以本研究論題為中心，由近及遠放射延展開去，面廣量大，不能窮盡，這裡只能列出大致類別，包括：1.英斂之時期、王郅隆時期、新記公司時期《大公報》研究論文或論著，如吳廷俊的《新記〈大公報〉史稿（2版）》（2002）等。2.中國當代新聞史文獻，如吳廷俊的《中國新聞史新修》（2008）、張濤的《中華人民共和國新聞史》（1992）、方漢奇的《中國當代新聞事業史》等。3.中國近當代史文獻，如麥克法誇爾和費正清編的《劍橋中華人民共和國史上卷・革命的中國的興起1949～1965》（1990）、陳清泉等的《陸定一傳》（1999）以及《陸定一文集》（1992）、於風政的《改造：1949～1957年的知識分子》（2001）、高華的《紅太陽是怎樣升起的：延安整風運動的來龍去脈》（2000）等。4.其他文獻，如何炳棣的《讀史閱世六十年》（2005）、錢穆的《中國歷史研究法》（2011）、張昆的《政治傳播與歷史思維》（2010）、唐海江的《西方自由主義新聞思潮新論》（2006）和《清末政論報刊與民眾動員：一種政治文化的視角》（2007）、鄒讜的《二十世紀中國政治：從宏觀歷史與微觀行動的角度看》（1994）、孫旭培的《新聞自由在中國》（2013）等。這些歷史、理論著作在開拓研究者理論視野、借鑒分析框架以及提高思想穿透力等方面對本論題研究提供助益。

　　關於建國後民營報紙改造的研究，著眼於民營報刊與政治關係問題。比如，《大變局中的民間報人與報刊》（陳建雲，2008）簡要敘述建國後到1957年王芸生和《大公報》的命運沉浮過程。張濟順的論文《從民辦到黨管：上海私營報業體制變革中的思想改造運動——以文匯報為中心案例的考察》（2009）、論著《遠去的都市：1950年代的上海》（2015）等，「重點描述新政權與一群文化人建立新認同的複雜過程」。另外，以民營報紙在中國大陸消亡原因為主要論題的研究成果，包括施喆的《建國初期私營報業的社會主義改造》（2002）、曾憲明的《解放初期大陸私營報業消亡過程的歷史考察》（2002）、李斯頤的《也談建國初期私營傳媒消亡的原因》（2009）、曹立新的《再論新中國成立後私營報業消亡的原因：以解放初期〈文匯報〉的經歷為例》（2009）、賀碧霄的博士學位論文《新聞範式更替：從民間報人到黨的幹部——以上海私營報業改造為中心的考察（1949～1952）》（2011）、吳廷俊的《「恐龍現象」——民營報紙在中國大陸「集體退場」的歷史考察》（2011）、丁騁的博士學位

論文《中國大陸民營報紙退場的探究（1949～1954）》（2012）等，或多或少對 1949 年後《大公報》有所涉及，其分析框架和史料依據具有開拓視野和參考借鑒意義。

綜觀這些研究，可以說對 1949～1966 大陸《大公報》的研究尚處於起步階段，更不用說從中國共產黨改造《大公報》策略視角切入的研究了。然而，可喜的是，這些初步研究出現多角度觀照，不論彤新春的「經濟史」視角，還是楊奎松的「建國史」角度以及方漢奇等的「新聞史」角度，都可開拓本研究的學術視野，為進一步深度研究奠定較好基礎。同時，以往研究主要是從「革命史」的宏觀視角展開靜態研究，缺乏從微觀視角用動態觀點審視中國共產黨改造《大公報》的政策策略變遷以及《大公報》的轉型歷程，進而探究其歷史意義和利弊得失，這就為本研究的深入開掘留下較大空間。

第四節　研究思路與研究內容

一、研究思路

本課題以中國共產黨 1949 年至 1966 年間對大陸《大公報》的改造策略為研究對象。具體而言，指從 1948 年底應毛澤東邀請《大公報》總編輯王芸生到北平參加新政協會議開始，直到 1966 年 9 月北京《大公報》宣告停刊（包括改名《前進報》出版至年底），聚焦中國共產黨對《大公報》的政策變遷和改造模式，探討其變遷緣由和歷史結果，並從多學科視野加以考察、觀照和反思，最終以史為鏡，鑒往知今，提出當下正確處理執政黨與傳媒互動關係以及進一步深化新聞改革的若干政策建議。

中國共產黨對《大公報》的政策選擇，是其民營報業政策和新聞政策的一部分。中共對《大公報》起初採取「取締」政策，後來調整為「改造」利用政策。可是，這一政策初衷在具體執行過程中，逐漸演變成「去大公報化」直至其完全退場的歷史結果。那麼，這一結果是如何成為可能的？為什麼會有如此結果？該結果是必然還是偶然的？其間政策選擇與策略實施得失如何，有何經驗教訓？通過梳理分析 1949 年後中國共產黨改造《大公報》策略演變過程，就有可能找到上述問題的答案。

本課題以「新聞史」為主要關懷，採用宏觀取向與微觀取向、歷史結構分析與主體行動分析相結合的方法，深描在中共改造策略與民營報人雙向互動

作用下，「新生」《大公報》如何從民營綜合報轉型為黨辦專業報的艱難曲折過程，動態展示中國共產黨改造《大公報》策略的逐步演變過程及其內在緣由，尤其注重觀照歷史變遷中民營報人的希冀與幻滅、困惑與掙扎以及民報模式與黨報模式的此消彼長，包括組織制度、新聞理念、新聞操作、新聞範例等的衝突與調適。在此基礎上，探討與反思建國初期民營報業改造政策的利弊得失和經驗教訓，為當下報業改革、輿論引導和信息傳播提供有益借鑒。

二、研究內容

本課題的研究內容主要包括以下七個部分：

第一部分，導論。闡明研究緣起和研究意義，對主要概念進行明確界定以及簡要概述本研究適用的核心理論工具，在綜述國內外研究現狀的基礎上，概括陳述研究思路和研究內容，研究方法和創新之處。

第二部分，中共改造《大公報》政策的確定。首先，從歷史背景入手，簡要梳理「新生」《大公報》前身即新記《大公報》與國民黨政權的關係，聚焦國民黨政權對新記《大公報》的管控及其互動關係，進而闡明國民黨弱勢獨裁給相對獨立的新記《大公報》留下一定發揮其傳播功能與社會影響的空間。其次，簡要梳理中國共產黨新聞理論的形成過程與核心觀點，在此基礎上縷析中國共產黨報業政策形成與內涵，特別是其民營報業政策的形成與變遷，進而研究此政策背景下中國共產黨對《大公報》的政策選擇及其變遷過程。

第三部分，中共改造《大公報》的具體模式。從歷史事實出發，具體分析中國共產黨改造《大公報》的天津「改名易姓」模式、上海「原封不動」模式、重慶「改組機關報」模式以及北京「專業黨報化」模式，注重探討這幾種改造模式的形成過程、歷史緣由以及其間新政權與大公報人的互動與博弈，力爭再現該歷史過程的選擇性、複雜性和豐富性。

第四部分，中共改造《大公報》的效果、結果及其理論批判基礎。首先，考察中共對「新生」《大公報》改造的效果，主要從《大公報》在新聞與言論方面的不同表現來入手，因為一張報紙無論其內部辦報方針、組織結構、編輯流程、業務經營等發生怎樣的變化，這些變化最終都要直觀地反映到報紙的版面和內容上來，特別是反映在其新聞與言論的具體變化上。其次，考察中共改造《大公報》的結果，就是把一張民間大報成功地改造為一份專業黨報，並最終從中國大陸退場。在此基礎上，從宏觀結構與微觀行動兩個層面初步探

討其退場的歷史緣由及其社會影響，並嘗試對中共改造《大公報》的理論批判基礎作出客觀冷靜的分析與思考。

第五部分，中共改造《大公報》策略的具體分析。首先，在緒論部分對本研究核心理論工具簡要陳述基礎上，比較全面地概述鄒讜「雙層交叉分析」理論的核心內涵，一方面透過其國家與社會關係的理論視角，觀照新政權新體制下政黨與傳媒的權力關係，另一方面借鑒其「雙層交叉分析」的研究方法，具體分析中共改造《大公報》的兩個策略路徑，即從民營到黨辦、從綜合報到專業報轉型與變遷的實施過程。

第六部分，中共改造《大公報》策略的多學科評價。這一部分分別從政治學、經濟學和傳播學的角度，對新政權新體制下政黨與媒介、傳媒與市場、傳播與宣傳等關係問題作出初步思考，對中共改造策略及實施的得失利弊、經驗教訓等進行盡可能客觀地評價與探討，也為下一部分的對策建議奠定理論基礎。

第七部分，研究結論和政策建議。首先，對本課題的主要內容和邏輯結構進行概括總結，提出本課題的研究結論。其次，根據研究結論有重點地提出相關政策建議，主要是基於政治學、經濟學、傳播學、媒介生態學、輿論學等理論和規律，有針對性地提出完善我國媒介結構和功能、優化輿論引導和輿論監督機制、增強媒介公信力等政策建議。

第五節　研究方法與創新之處

一、研究方法

本課題主要採用以下三種具體研究方法：

第一，文獻研究法。中國共產黨各個歷史階段新聞工作文獻，1949～1966大陸《大公報》的報紙文本，當事人回憶材料、當事人後代及相關人的回憶材料以及相關檔案資料等為本研究提供豐富的一手資料，同時第三方研究者基於一手資料的梳理、甄別、研究與解讀也形成浩繁龐大的二手資料。因此，定性研究解讀上述各種文獻材料的文獻研究法，便是本研究的第一選擇。

第二，內容分析法。內容分析法是「一種根據某種規則對傳播內容進行系統化分類並使用統計方法分析這些類別之間關係的定量研究方法」（Riffe, Dniel, et., 2005）。本研究主要使用此方法來分析相關報紙文本，以期發現文本背後隱藏的關係和蘊含的意義。

第三，比較研究法。「比較研究，即經常拿彼此不同的東西對照著看的意思。這樣做，可以使我們易於看出一些不應有的偏見。」（周谷城，1981）為了展示《大公報》轉型過程中民營綜合報模式與黨辦專業報模式的此消彼長，勢必要經常採用比較研究的方法，對比兩種報人的不同狀況、兩種辦報模式的異同及其在新聞、評論和版面上的不同表現，從而真實再現這一歷史轉型的複雜和曲折。

二、創新之處

第一，學術思想創新方面，拋棄歷史決定論，深入歷史肌理和人物內心，具體探討歷史演變過程中客觀結構力量與主觀理性選擇等能動性因素的共同作用機制，闡明在相同歷史條件下不同行動者的不同選擇會造成不同歷史結果，充分展現歷史發展的豐富性與複雜性，強調研究宗旨應做到「見物又見人」。

第二，研究觀點建樹方面，和既往新聞史研究多為靜態評述不同，本研究採用動態觀點，把宏觀與微觀視角結合起來，致力於呈現中共改造《大公報》政策與策略的變遷過程和內在緣由，生動反映這一歷史過程中有關行動者主體之間的互動、博弈和調適。同時，在對中共改造《大公報》政策選擇、改造模式、改造路徑等具體分析之上，立足多學科視野，對改造策略的利弊得失進行科學評價，深刻指出決策者與執行者、政策初心與改造結果之間的歷史與邏輯悖論，進而為我國下一步新聞改革和媒介發展提供鏡鑒。

第三，史料運用特色方面，本研究把革命史的宏大敘事與歷史行動者的個人回憶相結合，把充分運用歷史檔案資料的客觀真實性與見微知著的細膩心理分析相結合，以及採用定性研究方法與定量研究方法相結合，努力達致史料運用的全面完整與研究方法的科學對路。

第二章 《大公報》改造政策的確定

　　本章首先從歷史背景入手，簡要梳理「新生」《大公報》前身即新記《大公報》與國民黨政權的關係，聚焦國民黨政權對新記《大公報》的管控及其互動關係，進而闡明國民黨弱勢獨裁給相對獨立的新記《大公報》留下一定發揮其傳播功能與社會影響的空間。其次，在簡述中共新聞理論的形成過程與核心觀點基礎上，縷析中國共產黨報業政策、特別是民營報業政策的形成與內涵，進而研究中共對《大公報》的政策選擇及其變遷過程。

第一節 國民黨政權與新記《大公報》

一、弱勢獨裁造就相對獨立地位

　　國民黨政權與新記《大公報》的關係應該說起始於北伐戰爭時期。1926 年 7 月 9 日，國民黨在廣州誓師北伐；9 月 1 日，新記《大公報》開始在天津續刊出版。

　　關於國民黨政權與新記《大公報》關係問題，在學術界是個聚訟紛紜的熱點問題。自 1940 年代後期，「小罵大幫忙」就成為新記《大公報》的代名詞，《大公報》從此淪為政治上「反動」的報紙，即便在中共建政該報宣布「新生」後仍然遭遇持續不斷的批判。改革開放以後，隨著對《大公報》研究不斷深入，學界開始普遍認為該報不失為「獨立」「公正」民間報紙的典型。進入 21 世紀以來，對此蔚然大觀的學術思潮出現了零星「批判性反思」，試圖解構、顛覆此前「文人論政」「四不主義」「新聞專業主義」等主流學術話語。

　　俞凡著《新記〈大公報〉再研究》（2016）就是此種學術探索的代表作。
該書以新記《大公報》與國民黨政權的關係為主線，把兩者二十四年間的關係
分為四個時期，即試探時期、合流時期、分歧時期、決裂時期，進而提出這種
關係是在「支持中央、依附政府」和「代表民意、保持獨立」的兩極間搖擺，
「貫穿《大公報》整個歷史」，具體分為六個階段。最後得出的結論是，《大公
報》所呈現出的「獨立性」，是一種特殊的「獨立性」，即大部分時間是「政府
的附庸」，但作為民營報紙又有著「相對獨立性」〔註1〕。俞凡寫道：

> 　　在大部分時間裏，為實現自己的政治理想，它（《大公報》）堅
> 定地依附於當時的中央政府，希望通過對它的建議、批評、扶掖來
> 實現中國的獨立、自強和復興，從而實現自己「文人論政」的理想
> 追求。正是由於這一原因，該報才會與蔣政府進行密切的言論互動，
> 在重要的問題上接受其指示，以「民營報紙」的「獨立」身份，為
> 其鼓與呼，在事實上成為政府的附庸。但是作為一家民營報紙，該
> 報又有自己相對的獨立性，當政府的行為超過它所能容忍的極限時，
> 就會引起它的憤怒、反擊乃至絕望，他們對政府的希望有多強烈，
> 這種絕望就有多徹底。這種在「依附」與「獨立」之間左右搖擺，
> 乃是貫穿《大公報》整個歷史的。

　　顯然，大眾傳媒是現代社會極其重要的輿論傳播工具，任何政黨或政府都
無不竭力控制媒體，特別是有重大社會影響力的媒體，而竭力想實現政治獨
裁、思想專制的國民黨政權，當然更不會例外。事實上，俞凡肯定了《大公報》
的「獨立性」，儘管認為其有點「特殊」。然而，如果不是僅僅從純粹概念出發
的話，那麼，這種「相對獨立性」可以說是民營報業與政府關係的常態，不知
「特殊」之說由來何自。世間哪有絕對的「獨立性」？報紙媒體作為意識形態
工具更不可能，其對政府存在一定程度的「依附」，或者說政府力圖對媒體施
加各種形式控制，不能目為奇怪！退一步說，作為真正「依附性存在」的黨報，
猶有一定的「獨立創造性」可言，而作為「相對獨立」的民間報紙，其獨立空
間難道會小於黨報嗎？再者，有「言論互動」，甚至所謂「接受其指示」云云，
就是「附庸」？按照這個邏輯，完全不理會政府的管理控制或天天大罵政府、
甚至鼓吹推翻政府，才不是「附庸」？既是「附庸」，應當是不問青紅皂白、

〔註1〕俞凡：《新記〈大公報〉再研究》，北京：中國社會科學出版社，2016年，第
　　　427頁。

一味附和，哪來對政府當局的所謂「憤怒、反擊乃至絕望」，哪來所謂貫穿整個報紙歷史的在「依附」與「獨立」之間的搖擺呢？

　　從理論層面來看，毋庸置疑，國民黨政權是重視報紙這一輿論工具的。國民黨認為，報紙是「輸入思想」、「激勵民氣」、「筆戰舌戰」的武器。孫中山把報紙視為「輿論之母」，認為其唯一作用即在宣傳主義、推進革命。蔣介石也認為「新聞記者應為國家意志所由表現之喉舌，亦即社會民眾賴以啟迪之導師」，「實不亞於前線衝鋒陷陣之戰士」；強調新聞事業就是宣傳事業，其使命在於「宣揚國策，統一國論，提振人心，一致邁進」〔註2〕。甚至認為報導新聞可退居次要地位，對新聞真實性的基本工作原則不甚重視，為達宣傳目的，可不擇手段製造假新聞，美其名曰「革命造謠」。因此，國民黨政權視黨報為政治鬥爭工具，不以盈利為目的，而以宣傳效果最大化為追求，用蔣介石的話來說，「我們從事黨國的宣傳工作，無論辦報紙、辦刊物，一定要求其銷行之普及，而不可以營利為目的」。換言之，銷行越多，則宣傳面越廣，政治效果越大。所以，雖然國民黨報紙有著注重經營管理的辦報傳統〔註3〕，但其根本目的還是著眼於政治宣傳的範圍與效果的擴大與改善。

　　在新聞政策層面，國民黨政權提出「以黨治報」口號，要求非國民黨報紙，除接受國民政府行政管理之外，還必須接受國民黨的思想指導，企圖「黨化」整個新聞界。也就是說，以「黨化新聞」「以黨治報」為標誌的思想專製成了國民黨新聞統制的指導思想。首先，憲法肯定一定條件下人民擁有新聞出版自由的基本權利。民國25年（1936年）5月5日國民政府宣布的《中華民國憲法草案》第13條規定「人民有言論、著作及出版之自由，非依法律不得限制之」，而「凡限制人民自由或權利的法律，以保障國家安全，避免緊急危難，維持社會秩序或增進公共利益所必要者為限」〔註4〕。其次，為了對全國新聞界進行有效統制，國民黨政權又制定了一系列新聞法規與政策。這些法規與政策嚴屬空泛，任意裁奪空間比較大，便於管理當局操縱控制，呈現出鮮明的「控制本位」特徵。根據不完全統計，抗日戰爭前，國民黨政府先後頒布約40

〔註2〕蔣介石：《怎樣作一個現代新聞記者》，《今日新聞界之責任》，《新聞學季刊》第1卷第3期。轉引自蔡銘澤：《中國國民黨黨報歷史研究》，北京：團結出版社，1998年，第245頁。

〔註3〕蔡銘澤：《中國國民黨黨報歷史研究》，北京：團結出版社，1998年，第21～34頁。

〔註4〕何勤華整理；韓君玲點校：《中華民國法規大全（1912～1949）》點校本，第10卷，補編（上），北京：商務印書館，2016年，第4頁。

多個新聞法令，專為新聞檢查而設的法規多達 20 多個〔註5〕。比如，1933 年前，國民黨實行出版登記制和事後追懲制，把宣傳內容區分為「適當的宣傳」「謬誤的宣傳」「反動的宣傳」三類，有針對性地加強對「危害黨國之言論」等的審查〔註6〕。從 1933 年開始，國民黨對新聞出版業推行事前檢查制，規定在南京、上海、北平、天津、漢口這些重要都市設立「新聞檢查所」，對有關軍事、外交、地方治安等新聞報導施行檢查〔註7〕。上海黨部公布《新聞統制之實施方案》，明確規定「限制非黨系統的新聞業侵略式的發展，干涉非黨系統新聞企業托勒司或迭而加形式。」〔註8〕

綜上所述，國民黨政權實際上是想實行一種嚴酷的文化新聞統制政策，壓制和排斥一切異端思想，尤其視共產主義思想為洪水猛獸，力求從根拔除，同時強力推行所謂「純正的三民主義」，希圖以此統一全黨全國的思想文化，實現「一個主義，一個黨，一個領袖」的政治獨裁。換言之，按照國民黨政權內心意願來說，當然是要摒除一切傳播異端思想的報刊，特別是共產黨的報刊，讓國民黨黨報一統天下，以齊一國論。

然而，國民黨自 1928 年名義上取得全國政權以來，雖然在軍事上和政治上取得了暫時勝利，但在文化思想領域，國民黨的意識形態並未獲得絕對主導地位。且不說國民黨內部派系林立、政見龐雜、思想混亂，單從外部說，與國民黨官方所鼓吹的「三民主義」理論相對立，共產主義思想和其他異端思想仍然廣泛存在，無時無刻不在同國民黨的官方意識形態爭奪陣地。同時，從國民黨政權的報業結構來看，除了國民黨官辦黨報之外，還存在共產黨等其他政黨的黨報、作為企業的民營報紙、「洋人」背景的中文或外文報紙等又鬥爭又聯繫、相互影響、錯綜複雜的多元化報業結構。再者，國民黨政權自身高舉的「三民主義」革命大旗，保障新聞出版自由的民主憲法，以及國際上民主自由的時代潮流，這些都構成其統治合法性基礎，使其至少在表面上不得不維持一定程度的新聞自由。因此，國民黨是個「弱勢獨裁政黨」，黨內缺乏「嚴密組織和高度內聚力」，「雖然具有強烈的一黨獨裁和政權壟斷意識，但其『黨力』

〔註5〕李霞：《南京國民政府時期的新聞法制及其影響》〔J〕，《江蘇警官學院學報》2006 年第 3 期，第 118～119 頁。

〔註6〕何勤華整理；韓君玲點校：《中華民國法規大全（1912～1949）》點校本，第 10 卷，補編（下），北京：商務印書館，2016 年，第 1355 頁。

〔註7〕何勤華整理；韓君玲點校：《中華民國法規大全（1912～1949）》點校本，第 10 卷，補編（上），北京：商務印書館，2016 年，第 232 頁。

〔註8〕吳廷俊：《考問新聞史》，上海：復旦大學出版社，2013 年，第 153 頁。

相對於中國的國家規模而言，並不強大」〔註9〕。換言之，國民黨政權其實是空有獨裁之心，而無獨裁之力。

吳廷俊先生從事實和價值兩個維度，透徹分析了國民黨專制統治之弱勢所帶來的媒體發展空間，並認為國民黨政權在政權未穩情況下也需要民營媒體幫助建構其合法性和權威性。吳先生從媒介生態學的視角，將國民黨統治下多元化報業結構概括為尚屬「基本正常」的媒介生態圖，主要包括黨報群落（國民黨黨報群落與共產黨黨報群落）、商業報刊群落（以《申報》《新聞報》《大公報》《立報》等為代表）、自由主義報刊群落（以胡適發起的《新月》月刊和《獨立評論》為典型）。他認為，國民黨媒體儘管在佔有資源方面具有「絕對優先權」，國民黨也試圖「黨化新聞界」、虛化新聞自由權利，然而弱勢專制實難做到完全控制全國數量不小的非黨媒體，民間報業經過艱苦鬥爭尚能爭取到少許新聞自由，使得「新聞界顯示出幾分活力」。具體表現為這些民營媒體尚能對政府進行一定程度的輿論監督，而政府當局也能出於其長遠利益考慮，對民間媒體的「小罵」表現出一定容忍度，對某些干政報人及其主張也會表演一番「禮賢下士」、「俯就輿情」的活劇〔註10〕。

正是基於此，國民黨政權與新記《大公報》之間建立起所謂「小罵大幫忙」的關係模式。資深報人徐鑄成先生曾基於對過去報紙工作的反思，認為：「如果把『小罵』理解為批評一些具體工作中的缺點，『大幫忙』理解為堅決擁護基本方針和基本路線，那麼，我認為也有其可以借鑒之處。」〔註11〕吳廷俊先生更從學理上加以分析，認為「小罵大幫忙」是新記《大公報》所獨創的處理媒體與政府關係的「理想辦報模式」，因為這種模式符合新聞媒體的運作規律：

> 就媒體言，媒體必須行使自由權利，通過「罵」來樹立媒介權威，贏得讀者信賴以維持生存，但作為民間媒體，它這種建立在媒介私有基礎上的「罵」在受到國家權力保護的同時，它必須服從於國家的整體目標，媒體的「罵」不能破壞而只能助成這個目標，這是媒體能夠生存的根本原因，它體現了國家合法新聞媒體的本質特

〔註9〕王奇生：《黨員、黨權與黨爭：1924～1949年中國國民黨的組織形態》（修訂本），北京：華文出版社，2010年，「自序」，第1頁。

〔註10〕吳廷俊：《考問新聞史》，上海：復旦大學出版社，2013年，第157～175頁。

〔註11〕徐鑄成：《報海舊聞》，上海：上海人民出版社，1981年，第92頁。

徵；就政府言，政府依賴媒體來整合社會與灌輸國家意志，以維護
國家的穩定，但這種穩定必須建立在民意充分表達的基礎之上，它
必須允許媒體批評政府，監督權力運行，這是民主政治的真諦，並
且這種敢於批評政府的媒體更能助成國家目標的達成。因為當媒介
只能追隨權力的律動而起舞，一味地以宣傳、歌頌為職責時，它會
引起受眾的質疑，在受眾心中設置接受障礙，影響到媒介公信力的
樹立，因而會最終影響到其為政府「幫忙」的力量。〔註12〕

換言之，「大幫忙」指稱的是政府與媒體關係的主流，「小罵」則象徵著媒
體相對獨立的主體地位，當屬政府與媒體關係的支流。沒有涓涓細流，則無以
匯成汪洋；沒有媒體的獨立地位，則政府需要的幫忙很大可能歸於低效或無
效。在筆者看來，在民主與法治的社會裏，政府與媒介的關係有點類似「探戈」
中兩個舞者的旋轉進退關係，既有領舞與跟隨的基本引領關係，也有主體輪
替、互相需要、互相配合的互動與默契。

既然作為民間報紙《大公報》相對獨立於國民黨政權，那麼，國民黨政權
對《大公報》的控制也就不能採取組織命令、人事干涉等直接掌控手段，而只
能通過法律規範、道義影響、私人交往等間接方法加以施行。法律規範已如前
述，此處不再贅言。道義影響，則表現為抗戰時期《大公報》出於愛國救亡目
的而對國民黨政府的自覺配合與大力支持；而國民黨政權通過私人交往的方
式，對《大公報》施加控制和影響，則是得到眾多研究者的注意和強調。

俞凡研究指出，國民黨政府與《大公報》的關係，「不同於簡單的金錢和
物資收買，而是一種報紙主持人自覺的行為，在很大程度上，這種關係是靠該
報主持人特別是張季鸞與蔣（介石）之間的私人關係來維持的」〔註13〕。

關於張季鸞與蔣介石密切的私人關係，似乎人盡皆知，說蔣介石把張季鸞
奉為貴賓，待之以「國士」；而張季鸞也可以無須通報直接覲見「蔣先生」，自
然把「蔣總統」視為國家中心。邵力子先生對此曾有精闢分析，稱「張季鸞是
蔣介石的坐上諸葛之一」，認為張季鸞「文筆好，富有新聞敏感，但舊的士大
夫積習太深，容易受人利用」；對於張季鸞在《大公報》推行「反黨（國民黨）
不反蔣」的編輯方針，邵力子認為「是本末倒置，黑白不分」，實質上「是舊

〔註12〕吳廷俊：《考問新聞史》，上海：復旦大學出版社，2013，第 443 頁。
〔註13〕俞凡：《新記〈大公報〉再研究》，北京：中國社會科學出版社，2016 年，第
　　　　425 頁。

文人受不了統治者的恭維」，對蔣介石「要以『國士』相報」〔註14〕。

至於新記《大公報》是如何在張季鸞領導下與蔣介石政府進行互動的，沈鈞儒先生曾對徐鑄成有過精彩描述，大意說：張季鸞對於蔣介石的思想，揣摩得很透徹，瞭解蔣介石的所思所想及所要幹的事。張季鸞往往把這些想法稍稍向前推進一步，寫進《大公報》社評裏。不久，蔣介石果然這樣幹了。於是，《大公報》在社會上和新聞界有「先見之明」的讚譽，蔣介石則在政治上博得「俯就輿情」的加分。結果是，讀者每每從《大公報》社評中窺知時局動向，而國民黨的官員們則從中探悉蔣介石的心思和政策意圖以便早做準備、提前適應〔註15〕。

當然，從蔣介石政府方面來看，他們對張季鸞和《大公報》的辦報能力和辦報水準也是非常肯定和欣賞的。這從徐鑄成所透露的一件「內幕」事件中可見一斑。在日本侵略者佔領上海、上海《大公報》停刊後，國民政府想繼續堅持在上海進行敵後宣傳。這時候，蔣介石想到的就是能幹的大公報人。於是，「蔣介石在漢口交給張季鸞兩萬元，囑轉交胡政之，（要胡政之設法）在上海辦一張掛洋商招牌的報紙。」〔註16〕國難當頭，大公報人受命於危難之時，受託者在政府心中的地位自不待言。由此也不難看出，《大公報》與國民黨政權之間存在著複雜的互動關係，互相需要，互相倚靠，不能簡單以「依附」一語斷之。

二、相對獨立才能正常發揮傳播功能和社會影響

「傳播過程在社會中有三種功能：1.監視環境，揭示那些會對社會及其組成部分的地位帶來影響的威脅和機遇；2.使社會的組成部分在對環境作出反應時相互關聯；3.傳遞社會遺產。」〔註17〕作為最早的一種大眾傳播媒介，報紙在發揮其監視環境、整合社會以及傳遞知識的社會功能方面，可謂功勳卓著，對人類近現代文明發展過程影響重大。

就新記《大公報》而言，其傳播功能的發揮具體表現為新聞、言論及副刊的出色成就上。

在新聞報導方面，新記《大公報》充分發揮了監視環境的功能。該報把提供真實全面的新聞作為辦報訴求，正面報導與負面報導齊全，甚至不顧封館坐

〔註14〕徐鑄成：《報海舊聞》，上海：上海人民出版社，1981年，第25～28頁。

〔註15〕徐鑄成：《報海舊聞》，上海：上海人民出版社，1981年，第91頁。

〔註16〕徐鑄成：《報海舊聞》，上海：上海人民出版社，1981年，第278頁。

〔註17〕拉斯韋爾：《社會傳播的結構與功能》，載張國良主編：《20世紀傳播學經典文本》，上海：復旦大學出版社，2003年，第210頁。

牢的危險，打破國民黨政府重重新聞封鎖，將事實真相和環境變動揭露於國民受眾面前。范長江「西北旅行通訊」、張高峰《豫災實錄》等報導就是典型案例，一經刊發，舉世矚目。新記《大公報》就是通過這種「頗具時效而有血有肉」的新聞通訊，擔當起社會「耳目」角色，密切監視周遭環境變動，為社會航船避開潛流暗礁、揚帆遠航當好瞭望者和哨兵。

從言論方面看，新記《大公報》的言論「勇敢潑辣而卓有見地」，不僅「敢言」，而且「能言、善言」，表現為「有新意、有深度、有創見。」〔註18〕正是通過這種深刻、精闢且負責任的言論工作，《大公報》實現其監督政府、引導國民的歷史使命，極大發揮了引導輿論、整合社會的「喉舌」功能。綜觀《大公報》言論，一是表現出勇敢精神，評論鋒芒所向，矛頭直指國民政府的黑金政治和獨裁統治，一針見血地要求國民黨放寬言論政策，造成廉潔有能政府；二是表現出理性意識，公開倡導「四不」原則，對各種社會問題刻意保持獨立思考的姿態，主張洞徹事理，頭腦冷靜，不盲從不盲動，比如「九·一八」事變後依據現實國情，宣傳「明恥教戰」；三是表現出建設態度，言論立場定位於「政府諍友」，建言獻策旨在補臺，促進政府反躬自省和社會合理變革〔註19〕。

副刊是報紙媒介傳播各種最新知識、啟蒙社會的重要陣地。新記《大公報》的副刊分為綜合性文藝副刊與專業性副刊，琳琅滿目，數量繁多。前者主要有《藝林》《銅鑼》《小公園》等；後者種類齊全、變化頻繁，內容涉及體育、科學、經濟等40多個專刊。總之，只要社會和時代有所需要，《大公報》各類副刊就傾情奉獻有關知識大餐。此外，與其他報紙副刊相比，新記《大公報》副刊可謂「別具特色」，也就是說，各種副刊、週刊「不僅品種多，趣味性強，可讀性高，而且與正張配合得好，與時代配合得好。」〔註20〕方漢奇先生也稱讚《大公報》副刊「是中國新聞史上繼『五四』時期『四大副刊』之後的又一個著名的報紙副刊」。〔註21〕

正是由於《大公報》傳播功能的充分發揮，使其在中國近現代歷史進程中產生了重大社會影響。這裡且不說新記之前《大公報》在中國近代化過程中的

〔註18〕吳廷俊：《新記〈大公報〉史稿》（2版），武漢：武漢出版社，2002年，「緒論」第16～17頁。

〔註19〕吳廷俊：《考問新聞史》，上海：復旦大學出版社，2013年，第436～437頁。

〔註20〕吳廷俊：《新記〈大公報〉史稿》（2版），武漢：武漢出版社，2002年，「緒論」第20頁。

〔註21〕方漢奇等：《〈大公報〉百年史：1902.0617～2002.06.17》，北京：中國人民大學出版社，2004年，「前言」第14頁。

歷史作用，單說 1926 年續刊的新記《大公報》，1931 年 5 月 22 日《大公報》出滿「一萬」號，收到賀信、紀念文章不僅數量多，而且級別高。作為當時國民政府最高領袖，蔣介石評價《大公報》「聲光蔚起，大改昔觀，曾不五年，一躍而為中國第一流之新聞紙」〔註 22〕。作為文化名人、學界領袖的胡適也在祝詞中不吝讚譽，認為《大公報》堪當「中國最好的報紙」的榮譽，因為其恪盡報紙職守：「第一是登載確實的消息，第二是發表負責任的評論」〔註 23〕。著名史學家顧頡剛在 1940 年代末也高度評價《大公報》為輿論重鎮：「回顧幾十年國內報紙，總有一家最受知識界和廣大讀者歡迎，成為輿論重鎮。它的銷數不必是最大的，但代表公眾意見，開一代風氣，成為權威。……二十年代中期以後的《大公報》……起了這個作用。」〔註 24〕

　　其實，中共方面對《大公報》雖然從政治上作了「反動」定性，但對《大公報》的業務特色以及辦報經驗、辦報能力還是充分肯定的。1958 年 9 月 30 日，毛澤東在中南海豐澤園與《人民日報》總編輯吳冷西比較集中地談及《大公報》特色和辦報經驗，總體基調是讚揚。在確認《大公報》對國民黨作用是「小罵大幫忙」的同時，毛澤東也特別指出，「張季鸞搖著鵝毛扇，到處作座上客，這種眼觀六路、耳聽八方的觀察形勢的方法，卻是當總編輯的應該學習的」，肯定其辦報「很有一些辦法」；還提到《大公報》的星期論壇辦得好，「很有些內容，他在延安時就經常看」；以及誇讚《大公報》培養了一批如范長江、楊剛等能幹有見地的青年記者。最後，毛澤東強調黨報在保持和發揚自己優良傳統的基礎上，也要向解放前《大公報》學習好經驗，「一定要把對我們有益的東西學過來」〔註 25〕。周恩來對《大公報》也有三點肯定，即「一貫愛國」、「堅決抗日」、「培養了不少有用的新聞人才」，並指示要「把大公報的歷史分段寫出來」〔註 26〕。

〔註 22〕吳廷俊：《新記〈大公報〉史稿》（2 版），武漢：武漢出版社，2002 年，第 107 頁。

〔註 23〕傅國湧：《筆底波瀾：百年中國言論史的一種讀法》，桂林：廣西師範大學出版社，2006 年，第 168 頁。

〔註 24〕任桐：《徘徊於民本與民主之間：〈大公報〉政治改良言論述評（1927～1937）》，北京：生活·讀書·新知三聯書店，2004 年，第 124 頁。

〔註 25〕吳冷西：《「五不怕」及其他——回憶毛主席的幾次談話》〔J〕，《新聞戰線》1988 年第 5 期，第 21～24 頁。

〔註 26〕吳廷俊：《新記〈大公報〉史稿》（2 版），武漢：武漢出版社，2002 年，「緒論」第 24 頁。

在《大公報》出版一百年之際，中國新聞史界泰斗方漢奇先生以《再論大公報的歷史地位》為題，全面論述並肯定了《大公報》的歷史地位和社會影響。指出「在中國的報壇上，《大公報》具有崇高的聲望，在各個歷史時期都產生過重大的影響，是中國新聞界的重鎮。」比如，蔣介石在統治中國大陸時每天要看《大公報》，毛澤東在延安時期也是常看《大公報》並在重慶談判時會見過其主筆王芸生，許多「中間道路」代表人物也都與該報過從甚密，密蘇里新聞學院曾將1941年度「新聞事業傑出貢獻榮譽獎章」授予該報，等等。方先生認為，《大公報》如此受中外各方重視，是因為其較高品味和質量，屬於重視報格、嚴於律己的正派報紙，體現了其報名中「大」「公」二字。他特別指出《大公報》不但是一張愛國報紙，而且也集聚和培養了一大批傑出新聞人才，屬於「國家級」的「新聞界名人」就有60多人。從辦報業務方面看，《大公報》極具特色的社評、星期評論、新聞通訊、副刊被稱為當時新聞界的「四絕」，其所積累的豐富辦報經驗對中國新聞事業發展也有著巨大歷史貢獻。總之，方先生對《大公報》作出極高評價，認為該報「是中國新聞界的老壽星，同時也是中國新聞界中含金量最高的惟一的世界級的品牌」〔註27〕。

另外，新聞學和新聞史研究，甚至建國史、政治史、經濟史、文化史、社會史等學術研究領域都對《大公報》給予很大關注，有關學術成果極其豐富，這也從一個側面說明《大公報》社會影響之大。

應該說，上述新記《大公報》所取得的所有成就、榮譽及其社會影響力，歸根結底，都與其相對獨立的媒介地位不無關係。

第二節　中國共產黨執政初期的報業政策

隨著人民解放戰爭的節節勝利，平津滬寧等大中城市相繼被中共接管，中國共產黨經過28年艱苦卓絕、前赴後繼的奮鬥，成為執政黨已是滾滾歷史車輪的大勢所趨。事實上，這一勝利進程的迅速，超過了中共之前的預計。1948年底，中共開始著手準備進入和接管大城市之際，如何接管舊中國舊新聞事業的問題，建國後如何建立和管理國家新聞事業的政策原則，特別是報業政策等問題，必然進入中共領導層的考慮謀劃之中。

〔註27〕方漢奇等：《〈大公報〉百年史：1902.0617～2002.06.17》，北京：中國人民大學出版社，2004年，「前言」第2～23頁。

一、新聞理論基礎

毫無疑問，中國共產黨在考慮新中國的報業政策時，其理論基礎必然是其長期革命過程中所形成的新聞理論。劉海龍把中共新聞理論概括為七個原則，即黨性原則、唯物主義新聞觀原則、群眾路線原則、「既當記者，又做工作」原則、典型報導和典型批評原則、時空區別原則、善意批評原則，當然最重要的是黨性原則，強調新聞媒體無條件服從黨組織領導〔註28〕。楊保軍也從「普遍的新聞規律」與「特殊的新聞規律」相區別角度，分析探討了中國共產黨領導的「黨媒」所具有的基本特徵或特殊運行規律，在一定意義上揭示了中共新聞理論的特殊內涵〔註29〕。無論如何，中共新聞理論的來源，一方面來自馬恩列斯新聞思想和中國資產階級辦報經驗，另一方面來自其自身新聞宣傳實踐經驗的總結。

首先，從接管舊新聞事業層面來看。應當說，「中共中央和毛澤東考慮如何處理舊有報刊的指導思想就是援用列寧的思想」。十月革命前夕，列寧在全俄中央執行委員會會議上說：「我們一取得政權就要封閉資產階級報紙。容許這些報紙存在，我們就不成其為社會主義者了。」果然，十月革命後第三天，列寧便簽署了《關於出版問題的法令》，命令不能把報刊「這種武器完全留在敵人的手中，因為正是在這種時刻，這種武器的危險性並不亞於炸彈與機槍」。為階級鬥爭需要，列寧提出蘇維埃報紙應該是「一個階級專政機關報」的著名命題。在他看來，蘇維埃政權建立後，如果允許資產階級出版報刊，就等於給他們建立政治組織的自由，為其進行反革命活動提供便利，允許他們重新組織起來推翻無產階級政權，就等於蘇維埃政權的自殺〔註30〕。

其次，從如何建立共產黨的新型新聞事業層面來看。延安《解放日報》改版以及毛澤東、劉少奇對新聞媒體人員的兩次談話，基本奠定了新中國新聞事業的理論基礎。

在 1942 年《解放日報》改版運動中，陸定一《我們對於新聞學的基本觀點》成為中共新聞理論話語的經典之作，其中關於「新聞」的定義更是成為中

〔註28〕劉海龍：《宣傳：觀念、話語及其正當化》，北京：中國大百科全書出版社，2020年，第257～262頁。

〔註29〕楊保軍：《新聞規律論》，北京：中國人民大學出版社，2019年，第280～332頁。

〔註30〕吳廷俊：《「恐龍現象」——民營報紙在中國大陸「集體退場」的歷史考察》，載《考問新聞史》，上海：復旦大學出版社，2013年，第63頁。

共新聞理論的基石。「新聞是新近發生的事實的報導。」這個定義以「報導」為中心，強調「報導者」根本性作用，而報導者是有「唯物主義」與「唯心主義」、「無產階級」與「資產階級」區別的，因此對「事實」的報導「已然不只是事實存在與否的判斷」，而是包含了事實選擇、報導動機以及事實分析評判等價值範疇的內容，「共產黨的報刊不但不諱言宣傳的傾向，而且認為公開申明自己的傾向，正是一個政黨、一個黨的報刊有戰鬥力的表現」。

換言之，在中共看來，新聞報導不僅要有事實，更要有自己立場，最終經過提煉化為「用事實說話」的報導原則。顯然，在這一報導原則裏，「事實」只是一種手段和工具，報導之目的和旨歸在於報導者要說的「話」，而報導者要說的「話」就是指報導者的立場、觀點和傾向，這種主觀價值判斷成為新聞把關的首要條件。所以，「用事實說話」不只是新聞寫作的技術問題，更重要的是，在此基礎上「形成了報紙管理、運作的指導思想和基本模式」，「從此，學會用敘述事實來發表意見，成為中共黨報新聞報導和報刊管理的基本原則並延續至今」〔註31〕。一語以蔽之，其實就是「宣傳本位」。

黃旦先生認為，《解放日報》改版的真正目的在於防止出現所謂黨報脫離黨中央領導的「獨立性」，「使報紙從形式、內容到體制完全成為黨組織的喉舌。」為了實現此目的，除了應該有明確的指導思想和努力目標，「必須規定些條例」，就是必須建立日常規範和相應制度。主要包括兩個方面，一是對內，確立黨報內部在編輯、校對、印製等各方面的檢查制度；二是對外，要求黨的各級領導機關不僅要充分利用黨報來指導工作，而且要深入到報紙內部直接參與報紙編輯部的業務活動，使得報紙與黨組織的脈搏一起跳動，黨報編輯部與領導機關的政治生活真正聯成一氣。總之，《解放日報》改版「導致黨報發生整體性變化」，其典範效應在於「從思想和管理制度上實現了黨對報紙的絕對領導」，對於黨報的建設和成型是一次重大創舉，即「創立了中國新聞史和黨報史上一種獨特的報刊類型和操作模式——以組織喉舌為性質，以黨的一元化領導為體制，以四性一統（黨性、群眾性、戰鬥性、指導性，統一在黨性之下）為理論框架的延安範式」〔註32〕。按照庫恩的範式理論來分析，「這種

〔註31〕黃旦：《中國新聞傳播的歷史建構——對三個新聞定義的解讀》，《新聞與傳播研究》2003 年第 1 期，第 28～31 頁。

〔註32〕黃旦：《從「不完全黨報」到「完全黨報」——延安〈解放日報〉改版再審視》，載李金銓主編：《文人論政：知識分子與報刊》，桂林：廣西師範大學出版社，2008 年，第 250～280 頁。

範式的制度特徵在於黨對報紙實行一元化的領導；從格式塔意義上的新聞從業者的職業理念來看，新聞工作者是黨的宣傳工作者，其服務的報紙是組織喉舌，其本身毫無獨立性可言；就其新聞操作而言，改版後的延安解放日報的情況是『從新聞傳遞和政策表述，變為對具體工作的指導、發動和組織』；就其範例而言，基本是黨的各個部門所提供的工作經驗，在報導中體現的是宣傳、貫徹和反映黨的政策」〔註33〕。易言之，在中共看來，報紙就是黨宣傳、教育和組織群眾進行階級鬥爭的工具。

1948年4月，毛澤東作了《對晉綏日報編輯人員的談話》，集中反映了他對新聞宣傳工作的基本觀點。主要觀點包括：（1）黨報的主要使命和任務就是要讓群眾瞭解黨的政策：「報紙的作用和力量，就在它能使黨的綱領路線，方針政策，工作任務和工作方法，最迅速最廣泛地同群眾見面。」（2）提出「全黨辦報，群眾辦報」方針，並認為「這是一項馬克思主義的領導藝術」。（3）提出報紙工作人員要想教育群眾，必須首先向群眾學習。（4）要求報紙辦得尖銳潑辣，鮮明活潑，有朝氣，富有戰鬥風格。（5）提出新聞工作要做到有張有弛，合理適度，把握好反右和反「左」的界限，對《晉綏日報》某些過頭做法提出批評〔註34〕。

同年10月，劉少奇發表了《對華北記者團的談話》，從新聞工作的使命、任務、工作路線、工作方法，到新聞工作者的職業修養等一系列問題，作了全面、透徹的闡述，集中反映了劉少奇對黨的新聞宣傳工作的基本認識和主要觀點。這些觀點主要包括：

（1）黨報是為讀者服務的，並以此作為檢驗黨報工作好壞的標準；（2）黨報要引導人民向好的方面走；（3）中央依靠報紙和通訊社指導人民以及各地黨與政府的工作，黨報是黨聯繫群眾的橋樑和線索；（4）黨報工作要對黨和人民負責；（5）要求黨報工作者「必須獨立地做相當艱苦的工作」，通過自己細緻的採訪和認真的調查，「把人民的要求、困難、呼聲、趨勢、動態，真實地、全面地、精彩地反映出來」；（6）鼓勵記者實事求是地去考察黨的政策，要「靠真理吃飯」；（7）黨報工作者應當善於學習，包括學習「國民

〔註33〕賀碧霄：《新聞範式更替：從民間報人到黨的幹部——以上海私營報業改造為中心的考察（1949～1952）》，復旦大學博士學位論文，2011年，第21～22頁。

〔註34〕鄭保衛主編：《中國共產黨新聞思想史》，福州：福建人民出版社，2004年，第293～295頁。

黨的報紙」「外國通訊社的報導」等資產階級東西；（8）黨報工作者要加強馬列主義修養〔註35〕。

綜上所述，兩位黨的主要領導人關於新聞工作的談話，都涉及黨的新聞工作的一些基本問題、基本規律和原則要求，是對黨的新聞宣傳工作經驗與工作傳統的總結和提煉，是中共新聞思想史上的歷史名篇，已經毫無疑義地成為中國共產黨新聞理論的重要文獻。從內容看，二者相互補充，對於全面瞭解黨對新聞工作的要求以及黨的新聞思想具有重要價值和意義。同時，二者各有特點，側重點有所不同，毛澤東的談話更加側重從黨的工作角度切入，而劉少奇談話則更加側重從群眾角度切入，著眼於群眾需要，具有獨特內涵和特殊意義。

二、新解放城市的報業接管政策

楊奎松先生認為，既然中共已經形成了一套比較成熟的新聞理論和黨報範式，那麼，「共產黨人一旦握有政治權力，一定會把一切新聞報刊，乃至於其他各種可能被用來進行思想宣傳的傳播手段牢牢地掌握在自己手中，採取一種從傳媒到文化到思想的嚴格的統制政策」。事實上，中共確實從江西根據地開始，「在一切割據之區域即無不如此行事」，新聞報刊實行的都是「一元化的黨化管理」，「保持著高度的輿論一律」〔註36〕。時間到了1948年，中共即將從農村進入城市，成為統率全國的執政黨，以前在根據地和解放區所實行的基本新聞政策必然向全國推行，眼下當務之急就是如何接管那些新解放城市的舊新聞業。

1948年11月8日和26日，中共中央先後發布《關於新解放城市中中外報刊通訊社的處理辦法》、《關於處理新解放城市報刊、通訊社中的幾個具體問題的指示》等文件，具體而微且有很強操作性地揭諸其報業接管政策：首先，從新聞傳媒的特殊屬性出發，規定其不適用於對私營工商業的政策；其次，根據中共保護人民言論自由和剝奪反人民言論自由的政治原則，對於解放前舊的新聞事業不採取「一刀切」政策，即無限制放任和輕率取消政策，而應根據

〔註35〕劉少奇著：《劉少奇選集（上卷）》，北京：人民出版社，2018年，第396～407頁。

〔註36〕楊奎松：《新中國新聞報刊統制機制的形成經過：以建國前後王芸生的「投降」與〈大公報〉改造為例》，載李金銓編：《報人報國：中國新聞史的另一種讀法》，香港：香港中文大學出版社，2013年，第356頁。

其性質採取「區別對待」的總政策；第三，對於「絕大部分」具有「反動政治背景」的私營新聞事業「不容採取鼓勵政策」，亦即採用取締政策，否則會讓這些反動政治勢力輕易獲得「公開地合法地聯繫與影響群眾的陣地」；第四，對於「極少數」的「中間性和進步性」的新聞事業採取「扶助其復刊發行」的政策，因為它們可以「真正鼓勵群眾革命熱情」。至於對舊有的編輯和記者，「不能採取一律留用的政策，而應當採取慎重的甄別留用，和有步驟地使用的政策」〔註37〕。

可見，解放初期中共報業接管政策不是「無限制放任」和「一律取消」，而是根據報紙政治上「反動性」、「中間性」或「進步性」的不同情況，區別對待。對於定性為「反動」的報紙媒介，「連同其一切設備與資財，應一律予以接收，並不得再以原名復刊或發稿」；對於定性為「進步」或「中間性」的報刊，可向政府登記並取得批准後允許出版。這是對舊新聞事業的處理，屬於「破舊」的一面。那如何「立新」呢？這就是大規模地創辦、推廣和建立以黨報為核心、國營媒體佔據絕對統治地位的新聞宣傳系統。正如張濟順教授研究指出，「還在西柏坡謀劃新中國大政方針之時，中共已經將建國後新聞事業的各項原則基本定奪。新聞事業的格局是共產黨領導的中央行政計劃主導的國營媒體網絡」；其功能是「執政黨及其國家意識形態的宣傳工具」；其報業格局是「各級黨委主管的黨報為統領的國營報業體系」；其實施辦法是三條：一是自上而下黨管報紙機構和制度的建立，二是黨報及其權威地位的確立，三是民營報業的控制與改造；其歸宿是「報業國營化、報紙政治化」〔註38〕。

在上述報業政策指導下，短短三年，「經過有領導、有計劃、有步驟的調整和發展，在全國形成了以《人民日報》為首並以共產黨機關報為核心的，多種報紙並存的報業結構。」1950年春，據調查統計，全國報紙253種，總發行數245萬份，其中私營報紙有50餘家；到1953年，私營報紙幾乎全部公私合營或公營，全國專區以上報紙計有258種，總發行數800萬份，主要包括黨委機關報、工會報紙、農民報紙、青少年報紙、民主黨派報紙等〔註39〕，

〔註37〕中國社會科學院新聞研究所編：《中國共產黨新聞工作文件彙編》（上），北京：新華出版社，1980年，第189～190頁。

〔註38〕張濟順：《從民辦到黨管：上海私營報業體制變革中的思想改造運動——以文匯報為中心案例的考察》，載華東師範大學中國當代史研究中心編：《中國當代史研究》（第一輯），北京：九州出版社，2009年，第41頁。

〔註39〕方漢奇等主編：《中國新聞事業通史》）（第三卷），北京：中國人民大學出版社，1999年，第2～25頁。

其中黨委機關報占 59%。

三、加強行政、法規管理的報業政策

新政權建立之初，為了更好管理全國的新聞事業，中央人民政府於 1949
年 11 月 1 日成立了新聞總署，與之相對應，全國各大區設立新聞出版局，各
省市設立新聞出版處。新聞總署成立後，在全國範圍內努力嘗試法制化管理新
聞事業。1950 年制定頒布了新中國第一部有關報紙出版的重要法規《全國報
紙雜誌登記暫行辦法（草案）》，包含了一部普通新聞法的主要內容，從報刊出
版登記到違反法紀給予處分，一應俱全。新聞總署還主持實施全國各類報紙的
社會分工，以便各有重點，減少重複；還努力實施報紙「企業化經營」與「郵
發合一」的新舉措，促進報紙經營扭虧為盈。

1950 年 3 月 29 日至 4 月 16 日，新聞總署在北京主持召開了第一次全國
新聞工作大會。胡喬木在會上作了題為《關於改進報紙工作等問題》的報告，
結合新時期新特點，要求全國新聞工作者發揚中國共產黨新聞工作在戰爭時
期形成的優良傳統，改進新聞工作，具體在聯繫實際、聯繫群眾、批評和自我
批評等三個方面下工夫。明確指示在全國逐步轉入以生產建設為中心任務的
形勢下，報紙主要篇幅應當用來報導人民生產勞動情況，減少會議、機關活動、
負責人不重要的言論行動的報導以及沒有廣泛重要性的文告、電文的篇幅。還
要求報紙建立通訊員網和讀報組，以及對報社內部機構進行改組，建立編輯部
門統一領導的、按社會行業實際劃分的各部，加強報紙與社會實際生活和黨政
實際工作的聯繫。進一步明確要求報紙對有關單位工作中的缺點和錯誤負起
批評的責任，但批評應該是積極的、建設性的、實事求是的和與人為善的。

1954 年 5 月，第二次全國新聞工作大會在北京由中央宣傳部主持召開。
省級以上黨報社長或總編輯參加了會議，一個重要內容就是討論改進報紙工
作。當年 7 月 17 日，中共中央發表《關於改進報紙工作的決議》，要求報紙進
一步聯繫實際，加強理論和黨的生活的宣傳，以及經濟和國際問題的宣傳。再
次重申報紙是黨用來開展批評和自我批評的最尖銳武器，強調報紙編輯部必
須在黨委領導下積極負責地開展批評，批評的態度和觀點必須正確，嚴格按黨
的原則、中央決議和黨委意圖辦事〔註40〕。

〔註40〕吳廷俊：《中國新聞史新修》，上海：復旦大學出版社，2008 年，第 401～405
頁。

四、民營報業有關政策

關於民營報業是否能在新中國繼續存在問題，1949 年初周恩來指示劉尊棋在香港《華商報》發起過一場討論。討論中，主要有三種觀點：「一種觀點認為私營報紙應該一直存在，一種認為不應該在新中國存在，還有一種認為民間報紙只可以在新民主主義社會這一過渡時期內存在」〔註41〕。同年 3 月 14 日，在當時已屬解放區的濟南市，惲逸群回答民主人士宋雲彬等詢問是否「容許私人辦報紙」時，表示「目前私人辦報，事實上甚為困難」云云〔註42〕。另據夏衍回憶，同年 5 月 14 日凌晨，周恩來在北平中南海接見胡愈之、薩空了等人，談入城之後如何辦報以及如何對待民營報紙問題時表示，中共過去在山溝裏辦報，現在到大城市辦報，讀者對象不同了，再按以前解放區模式辦報，讀者「會不習慣，達不到教育、宣傳的目的」。說到如何處理原有的民辦報紙時，周恩來指示「我們初步的意見是北平、上海這樣的地方，還可以保留幾家民營報紙」〔註43〕。解放初期主政上海的陳毅，曾鼓勵夏衍為《新民報晚報》寫稿時說：「可以寫得自由一點，不要把黨八股帶到民辦報紙裏去，和黨報口徑不同一點也不要緊。」〔註44〕

由此不難看出，儘管存在一些不同意見，但對少量私營報紙有必要存在這一點，中國共產黨在執政初期的態度是明確的。1949 年 11 月 31 日，中共中央宣傳部致電華東局宣傳部說：「私營報紙及公私合營報紙，在現階段有其一定的必要，故應有條件予以扶持。」可見，當時對待私營報紙能否存在問題，中共的民營報業政策不但認識上是肯定的，而且在行動上也是積極的，不僅允許部分私營報紙存在，而且還要在其遇到困難時給予扶持〔註45〕。同時，也要看到這一政策的暫時性，其適用時限是「現階段」。有學者分析之所以採取該政策，是因為新中國最初搞的是「聯合政府」，基於體現這一統戰政策的現實需要，中共顯然不能簡單地對一切傳播機構實行黨化管理，而不得不允許部分私營媒體繼續存在一段時期〔註46〕。方漢奇等編著的《中國新聞事業通史》

〔註41〕丁騁：《中國大陸民營報紙退場的探究（1949～1954）》，2012 年，華中科技大學博士學問論文，第 42～45 頁。

〔註42〕宋雲彬：《紅塵冷眼》，太原：山西人民出版社，2002 年，第 112 頁。

〔註43〕夏衍著：《懶尋舊夢錄》，南京：江蘇文藝出版社，2012 年，第 433 頁。

〔註44〕夏衍著：《懶尋舊夢錄》，南京：江蘇文藝出版社，2012 年，第 456 頁。

〔註45〕吳廷俊：《中國新聞史新修》，上海：復旦大學出版社，2008 年，第 395 頁。

〔註46〕楊奎松著：《忍不住的「關懷」：1949 年前後的書生與政治》，桂林：廣西師範大學出版社，2013 年，第 093 頁。

（第三卷）也肯定地指出，「在《中國人民政治協商會議共同綱領》指引下，新中國的私營報業作為人民新聞事業的組成部分，發揮著積極作用。」〔註47〕這些私營報紙一方面積極宣傳政府的方針政策，另一方面新聞業務上有其特長，新聞數量多且有趣味，更重要的是，這些私營報紙各有其穩定的讀者群，能發揮黨報所無的獨特影響作用，比如《大公報》、《文匯報》等在工商業者、知識分子中就有很大影響。

據新聞總署 1950 年 2 月不完全統計，全國共有私營報紙至少為 55 家，華東區 24 家，華北區 10 家，中南區 7 家，西南區 2 家，西北區 3 家，東北區 2 家，華僑私營報紙 7 家。上海私營報紙最多，共有 14 家，占 25%。准許恢復或繼續出版的私營報紙，大多數是在舊中國有影響的進步報紙。

但是，私營報紙 1949 年後遇到了許多難以克服的困難。首先是私營報紙經營上難以為繼，發行上不去，廣告拉不來。其次，私營報紙在新聞採訪方面遭遇局限與困難，很多黨政機關包括黨報同行對私營報紙均有戒心，在新聞採訪等方面不予配合或加以禁止。其三，私營報紙的辦報業務難以適應新社會的要求。新社會要求新聞媒體必須充當黨和政府的「耳目喉舌」，對黨所領導的各項工作以及社會生活有強烈指導性，因此對所有報紙，不論公營或私營，全部實行「報紙分工」，很多私營報紙被定性分工為「地方性報紙」，在「地方報紙地方化」管理制度下，只能大大縮小發行範圍。這樣，使得私營報紙長期習慣的新聞競爭，「超黨派」立場，採寫內幕新聞、獨家新聞和趣味性新聞，以及進行批評報導等辦報手法變得不合時宜，本來的「優勢」「特色」和「賣點」不存在了，面對的是完全陌生的辦報方式和宣傳內容，因而經常犯錯挨批評，經常被指責報紙的「思想性」和「群眾性」較差。於是，有的私營報紙提出「向黨報學習」，結果弄巧成拙，報紙變得四不像，讀者和市場日漸萎縮；有的私營報紙仍然沿襲解放前的小報作風，熱衷於獵奇、庸俗的社會新聞，有時甚至歪曲黨的政策，因而受到停刊處分。其四，中共在新社會人民中享有崇高威信，一般群眾更加看好、倚重黨報而不是私營報，私營報紙的從業者也紛紛盼望著早日「鯉魚跳龍門」，變身成為「吃國家飯」的革命工作者，其實不僅私營報紙的老員工人心思離，甚至連中共派進去的幹部也不願繼續留在那裏工作。

〔註47〕方漢奇等主編：《中國新聞事業通史》）（第三卷），北京：中國人民大學出版社，1999 年，第 35～36 頁。

　　鑑於上述情況，黨和政府相應採取種種政策與扶助措施。除了在資金、物資上給予大力支持外，還要求重視私營報紙，指示政府各級機關對於私營報紙應給予採訪便利，供給採訪線索；應定期召開記者招待會，一切能公開發表的消息、資料都應提供給私營報紙；新聞工作者協會應想方設法密切黨報與私營報紙的聯繫，提高私營報紙的政策和業務水平，等等。然而，這些做法雖然用心良苦，但仍不能挽救私營報紙一步步走向終結的頹勢。不少私營報紙紛紛停刊，剩下的私營報紙也是人心惶惶，朝不保夕。在此背景下，1950 年下半年，中央決定對私營新聞出版事業進行社會主義改造，實行了比其他行業更早的公私合營政策。到 1952 年底，全國原有私營性質的報紙全部變成公私合營性質的報紙。1953 年後，人民政府又通過收購私股的辦法，使公私合營報紙進一步變成公營報紙，其中《文匯報》《新聞日報》《新民晚報》《大公報》和《光明日報》等 5 家是以民間報紙或民主黨派報紙面目刊行的公營報紙。

　　表面看來，這場對私營新聞業的社會主義改造運動，勢如破竹，進展異常順利。但深究起來，這場私營報業「從民辦到黨管」的國家化進程中，交織著諸多相互矛盾又互為依存的因素：「中共既要堅決反對國民黨獨裁主義的新聞政策，又要消弭民間輿論空間，實現國家對媒體的統合；新民主主義的承諾必須兌現，又要按照階級鬥爭工具的理念去構建反對資產階級的新報業；新執政者與上海進步報人的盟友關係必須繼續保持，又要以黨的規範和標準讓他們脫胎換骨。」實際上，這反映著「國家和社會的博弈」〔註48〕。

　　張濟順先生選取 1949～1953 年上海私營報業改造為研究路徑，以《文匯報》為核心案例，描述報業體制變革與報人改造相同步、相糾纏的複雜歷史過程，透過大眾文化的市場體制向國家計劃體制急劇轉型的表層，揭示國家、執政黨與都市社會的緊張關係如何在延續中變遷。

　　該研究洞幽察微，一方面發現在這個歷史變遷中，「儘管黨和國家是強勢的，但新民主主義的《共同綱領》始終是新執政的共產黨與上海報業精英關係的基礎。」因此，中共雖然在延安時代就把上海報人基本定性為「亭子間出來的小資產階級文化人」，但並沒有把他們置於敵對的階級框架內，而是在政治上被定義為可以積極爭取的無產階級同盟軍。依據《共同綱領》的定性，知識分子和小資產階級是新成立的「人民民主專政共和國」五大革命階級的組成

〔註48〕周武：《從全國性到地方化：1945 至 1956 年上海出版業的變遷》，《史林》2006年第 6 期，第 72～95 頁。

部分。於是作為統戰對象，私營報業上層精英被兌現了參與「人民民主統一戰線政權」的承諾。所以，報界精英雖然在新政權新體制下各方面有著諸多疑惑、困難與不適應，甚至要經歷綿綿不絕的自我批判與自我否定，但他們總體上接受了新報業，「並力圖從亦步亦趨地跟上變成真正融入」。另一方面也深刻揭示了在這場思想改造和體制變革中執政者與中下層報人的微妙關係，「受到運動和體制變革衝擊最甚的，就是中下層報人。運動的發動者給予他們以大民主的武器，激勵他們掀起大揭發的高潮，運動的結果卻是他們中的一大部分被整編出列。」

張濟順先生認為，中共改造私營報業的這種策略體現了其政治上的「深謀遠慮」。也就是說，這種操作既是一種「抓小放大」的深謀，即「對小人物嚴、大人物寬」，結果是一箭雙雕：「既讓精英入了軌，又使群眾就了範」；同時，又是一個「重在基底」的遠慮，通過對報業中下層的嚴格清洗，也使得上層精英的根基為之動搖，「為日後報界人員的大換血創造條件」，一勞永逸地奠定中共在具有「喉舌」功能的大眾媒介組織中的「合法性基礎」〔註49〕。

如果說張濟順先生通過對《文匯報》改制與改人的研究，揭示了上海這個大都市由大眾文化的市場體制向國家計劃體制轉型的複雜過程，反映了國家與社會的博弈，是一個鉤沉稽古、發微抉隱的傑作，那麼，吳廷俊先生關於民營報紙在中國大陸「集體退場」的歷史考察，則是邏輯嚴密、言近旨遠的精品。

吳先生犀利地指出，20 世紀 50 年代初民營報紙在中國大陸的「集體退場」不是中共人為強制命令的結果，也不是民營報人工作不努力，而是「整個媒體生存環境」發生巨變的結果，就像 6500 萬年前地球環境劇變導致恐龍滅絕一樣。換言之，媒體生存環境的改變是與中共新聞黨性原則所規定的「清場」有關，中共「是完全按照蘇聯斯大林模式建立起新聞政策和新聞體制，規定黨管幹部，黨管新聞，辦報必須遵守黨性原則，這就與民營報紙奉行的新聞專業主義剛好構成了三對無法解決的矛盾」。即絕對服從黨的領導、充當「黨的喉舌」與超然獨立的矛盾，做「宣傳者」與做「監督者」的矛盾，服從政治需要與客觀公正報導的矛盾。而新聞界所開展的「學習和思想改造運動」，主要是針對民營報人的思想改造，因為只有把民營報人的資產階級新聞觀點批倒批臭，才能

〔註49〕張濟順著：《遠去的都市：1950 年代的上海》，北京：社會科學文獻出版社。2015 年，第 135～188 頁。

真正樹立無產階級新聞觀點。換言之，這一觸及靈魂、脫胎換骨的運動，就是從本質上將民營報紙改造成公營報紙或黨報所必經的階段。正如吳先生所深刻指出：「民營報紙變成公營報紙，不僅僅只是產權的變更，更重要的是辦報模式的轉換，辦報方針的變更，以適應新的媒體生存環境。」〔註50〕

第三節　中國共產黨對《大公報》的政策選擇

根據中國共產黨執政初期的報業政策，新記《大公報》的生死存亡，取決於中共對它的政治定性。而中共與新記《大公報》的關係說起來話長，比較複雜，這裡只能長話短說。

客觀地說，新中國成立以前的新記《大公報》是一家民族資產階級的報紙，在中國革命的光譜上，屬於中間勢力的輿論代表。而中間勢力往往具有兩面性和動搖分化的特點，因此其政治態度就會隨著形勢變化而呈現搖擺不定的狀態。

從政治觀點上看，新記《大公報》續刊之始就是反對「赤化」，抵制共產主義的，1928年就公布了其「非復古，亦非俄化」的政治理想。換言之，新記《大公報》既反對復辟封建主義，也不同意搞社會主義和共產主義，而是要「採歐美憲政之長，而去資本家專制之短」，在中國建立改良的資本主義憲政制度。這一政治立場遂成為其往後發表言論的根本立場。由此不難理解，一方面，新記《大公報》在國共鬥爭中站在國民黨一邊而反對共產黨，同時，對國民黨政權則採取既擁護又批評的態度；另一方面，在中日民族矛盾面前，新記《大公報》是維護中央權威、堅持抗戰的愛國主義立場，於是在自家報紙上對同樣堅決抗日的共產黨也不乏讚揚與美言。

中共與新記《大公報》的直接衝突，大概始於1941年5月周恩來為中條山戰事致《大公報》書。抗戰勝利後，《大公報》承認共產黨為中國最有力量之第二大黨，認為政局好壞端賴於國共兩黨是否團結，並從資產階級憲政觀點出發，認為黨派不應該有軍隊，軍隊應該國家化，警告共產黨交出軍隊，勿以兵爭，而應走所謂堂堂政爭之路。國共兩黨簽訂《政府與中共代表會談紀要》後，國民黨仍不時挑起衝突，積極準備內戰。1945年11月20日《大公報》

〔註50〕吳廷俊：《「恐龍現象」——民營報紙在中國大陸「集體退場」的歷史考察》，載《考問新聞史》，上海：復旦大學出版社，2013年，第60～82頁。

發表社評《質中共》，把內戰責任歸於共產黨，引起共產黨極大憤慨，次日重慶《新華日報》發表《與大公報論國事》的社評進行嚴厲批駁，指出《大公報》的本質是「借大公之名，掩大私之實；借人民之名，掩權貴之實」，揭露其基本立場是「在若干次要的問題上批評當局，因而建築了自己的地位」，但「在一切首要的問題上卻不能不擁護當局」〔註 51〕。這大概是中共對新記《大公報》「小罵大幫忙」評價的首次表述（其實，該說源自於《大公報》1943 年 10 月 1 日社評《今後的中國新聞界》）。1946 年 4 月國共兩軍爭奪長春戰事爆發後，16 日上海《大公報》發表《可恥的長春之戰》社評，次日重慶版、天津版也都刊登了這篇社評。18 日，共產黨方面的重慶《新華日報》針鋒相對地發表了《可恥的大公報社論》給予嚴厲反擊，指責其「平時假裝自由主義，一到緊要關頭，一到法西斯要有所行動時，就出來盡力效勞」〔註 52〕。

　　總之，新中國成立前的新記《大公報》確實罵過共產黨，「多數情況下是罵錯了」，但方漢奇先生認為作為一份無黨無派的報紙，且以「四不」為標榜，新記《大公報》對包括共產黨在內的各個黨派都有所批評和指謫，「是很自然也是很正常的事情」，「不能要求他們完全接受共產黨的觀點和主張」，不出一點差錯。方先生也指出，同樣是罵，《大公報》罵國民黨的時候更多一點、更經常一點，不僅幫過國民黨的忙，也大大幫過共產黨的忙，比如第一個派記者採訪蘇聯和邊區，以客觀或比較客觀態度報導共產黨，白色恐怖中堅決反對屠殺共產黨員，報社內部有不少地下共產黨員，新聞版面上「十分之六七是同情和支持共產黨的報導」，毛澤東在延安接見《大公報》記者時說「只有你們《大公報》把我們共產黨當人看」等等。所以，對於《大公報》這一中間勢力的輿論代表，應當有批評、有鬥爭、也有團結〔註 53〕。

一、對報的反動定性與對人的積極爭取

　　1948 年初夏，國民黨大勢已去，中共勝利在望並擬召開新政治協商會議，以便與各民主黨派共商成立民主聯合政府事宜。就在此時（1948 年 5 月），華東局宣傳部長惲逸群出版《蔣黨內幕》一書，把《大公報》作為國民黨政權的

〔註 51〕吳廷俊：《新記〈大公報〉史稿》（2 版），武漢：武漢出版社，2002 年，第 426 頁。
〔註 52〕陸定一：《陸定一文集》（上卷），北京：人民出版社，1992 年，第 349 頁。
〔註 53〕方漢奇等：《〈大公報〉百年史：1902.0617～2002.06.17》，北京：中國人民大學出版社，2004 年，「前言」第 17～21 頁。

幫兇專門「挑出來痛加批判。」〔註54〕這本書後來改名《蔣黨真相：三十年見聞雜記之一》（署名「翊勳」），由中原新華書店在 1949 年 2 月出版。該書指出，「九·一八」後，由於國民黨官方報紙威信掃地，蔣介石就想利用民間報紙的力量對政府「小罵大幫忙」，於是就看上了在社會上有一定影響力的《大公報》。蔣介石通過在宴會上公開推崇拉攏《大公報》主筆張季鸞的方法，把張季鸞變成了他的顧問，「可以不待通報，直接跑進去見他」。該書繼續分析說，《大公報》對蔣介石的幫忙是「無微不至」的，特別是幫忙的方式「很巧妙」，即平時對蔣政府常加批評，但決不批評蔣政府的基本政策和蔣介石本人，即所謂「小罵」，作用在麻痺讀者。而「大幫忙」的手法則「更為高明」，比如在處理「西安事變」這件事上《大公報》就幫了蔣政府大忙，「表面上使讀者覺得它頗為公正，並不偏袒蔣政府，實際上則偏袒得最有力，最有效果」。正因為「大公報對國民黨的幫助這樣大，所以成為蔣介石每天唯一閱看的報紙，而許多國民黨要人不論是哪一派的，也都很注意大公報。」〔註55〕總之，惲逸群將《大公報》定性為國民黨「政學系」的機關報，並對《大公報》提出了那個傳播極廣甚至家喻戶曉的「小罵大幫忙」的指控和結論。

大約與此同時，大公報館內部的中共黨員李純青和楊剛，卻在盡力做《大公報》主編王芸生的工作，動員他北上參加新政協，並秘密安排他先南下香港。李純青是《大公報》專職社評委員，與王芸生共事多年，據其回憶，他在 1948 年「仲冬」，「好幾度登王公館之門」，跟王芸生「深入談心」，極其鄭重地向他提出：「王先生，有人要我正式通知你，邀請你參加新政協會議。」彼時內心苦悶、自感前途無望的王芸生一則以喜，一則以驚，甚至不敢相信此消息為真，便問：「你說，是誰邀請我的？」「毛澤東主席。」李純青毫不猶豫地直說。王芸生在確認此言不虛以後，向李純青表示：「甘願接受共產黨的領導，包括我本人和我所能代表的《大公報》。」〔註56〕

而楊剛是《大公報》駐美記者，剛於 1948 年 9 月離美歸國。據王芝琛（王芸生的兒子）說，「這位《大公報》女記者此次歸國是負有重要使命的，即推

〔註54〕楊奎松著：《忍不住的「關懷」：1949 年前後的書生與政治》，桂林：廣西師範大學出版社，2013 年，第 96 頁。
〔註55〕翊勳著：《蔣黨真相——三十年見聞雜記之一》，中原新華書店，1949 年，第 87～89 頁。
〔註56〕李純青著：《筆耕五十年》，北京：生活·讀書·新知三聯書店，1994 年，第 532～533 頁。

動《大公報》在新中國成立前夕，作出留在內地並把中立立場改為擁共的重大改變。」楊剛到達上海後「直接住進了王芸生公館」，並與王芸生連續幾天作徹夜長談，而王芸生也把楊剛當作中共使者，特別關心中共打算如何對待《大公報》。「當楊剛說到《大公報》現為四館，即滬、津、渝、港四館不易名、不換人，照原樣出版時，王芸生忽感眼前一亮，並再次追問，楊剛仍如此『承諾』。在王的心目中，楊剛的承諾絕不是她個人所為。」〔註57〕

顯然，這裡就發生一個問題，那就是，為什麼惲逸群這邊公開批判《大公報》，無異於宣判其死刑，而李純青、楊剛那邊卻又竭力爭取王芸生參加新政協、甚至「承諾」《大公報》四館「不易名、不換人，照原樣出版」呢？

楊奎松先生是這樣解釋的：「由於這個時候中共中央還沒有估計到國民黨在軍事上垮得那麼快，因此，它還沒有做好進入大城市和全面接收、重建新聞報刊業的準備。惲逸群和李純青的工作步調顯然並不十分協調。」〔註58〕

在筆者看來，在當時那種革命形勢瞬息萬變、革命工作千頭萬緒的情況下，不協調的情況或許會存在，但也不能忽略另外一種可能性，那就是惲逸群的定性評價是在批判國民黨反動統治時順便提到的，他寫書的直接目的是「為了幫助軍政幹部和群眾提高『知己知彼』的敵情觀念」〔註59〕，雖然反映了中共黨內對《大公報》的整體認知和評價，但還不是針對《大公報》的專題政策籌劃。換言之，出於徹底否定蔣政府的政治需要以及表達語境，也因為寫作時手頭並無充足資料、僅憑頭腦記憶所存，在論及《大公報》時未作慎重全面考察和細緻分析，更未涉及對《大公報》接下來將採取何種具體的政策措施，因此那種評價在當時還是泛泛而談。

當李純青、楊剛奉命做王芸生的統戰工作時，主要目標是爭取盡可能多的民主黨派、人民團體和社會賢達參加新政治協商會議，實現中國人民空前大團結。而《大公報》在社會上的影響力和地位是不容小覷的，「《大公報》最受知識人和政治領袖（包括蔣介石和毛澤東）所推重。」〔註60〕因此，新政協邀請

〔註57〕王芝琛著：《一代報人王芸生》，武漢：長江文藝出版社，2004 年，第 179～181 頁。

〔註58〕楊奎松著：《忍不住的「關懷」：1949 年前後的書生與政治》，桂林：廣西師範大學出版社，2013 年，第 98 頁。

〔註59〕顧雪雍著：《惲逸群》，北京：人民日報出版社，1997 年，第 49 頁。

〔註60〕李金銓：《報人情懷與國家想像》（代序），載李金銓編：《報人報國：中國新聞史的另一種讀法》，香港：香港中文大學出版社，2013 年，第 18 頁。

名單列入《大公報》總編王芸生也在邏輯之中。實際上，毛澤東對《大公報》這塊老招牌還是有好感的，十年之後，已是中華人民共和國主席的他在接見吳冷西時還多次肯定和讚揚《大公報》及其總編輯張季鸞〔註61〕。

另外，當時中共高層應當也看到了《大公報》立場的微妙變化，從原來「擁蔣」立場轉變為「中間」立場，正如毛澤東所言，《大公報》「直到國民黨崩潰前夕，才轉而向我們靠攏」〔註62〕。因此，決定爭取和邀請王芸生北上，顯然是對這批大公報人辦報才乾和辦報影響力的肯定以及由此而來的一種統戰意圖。至於楊剛「不易名、不換人，照原樣出版」的承諾，恐怕是一種說服人時的話術修辭，或是她個人或基層黨組織的一種推測、理解。

二、立足改造、為我所用的政策選擇

1948 年 11 月，隨著濟南戰役和遼瀋戰役取得勝利，淮海戰役和平津戰役也開始著手準備。在敵我形勢業已根本改變的情況下，毛澤東認為原來所作用五年左右時間「建軍五百萬，殲敵五百個師，根本上打倒國民黨」的估計，已經落後。「這一任務的完成，大概只需一年左右的時間即可達到了。」一年左右就要奪取全國政權的新形勢，意味著必須馬上著手準備進入大城市接管各類新聞事業。鑒於新聞報刊必須嚴格管控，但又需要顧及統一戰線政策和將要建立聯合政府的形勢，中共中央 11 月 8 日、20 日和 26 日先後發布了《關於新解放城市中中外報刊通訊社處理辦法的決定》《對新解放城市的原廣播電臺及其人員的政策的決定》《關於處理新解放城市報刊、通訊社中的幾個具體問題的指示》等一系列新聞政策規定。

為迅速瞭解全國各大報刊情況，制定相應接收和管控方案，特別是天津解放後報業接管政策迫在眉睫，中共中央緊急召集楊剛、宦鄉、孟秋江等在新聞界工作的中共黨員到西柏坡，向他們瞭解相關情況並研究討論處置辦法。關於《大公報》問題，「不僅認定《大公報》有國民黨『官僚資本』的背景，而且肯定了惲逸群對《大公報》的政治定性，故中共中央已初步決定『不讓其繼續出版』。」〔註63〕顯然，《大公報》已被內定為「死刑」。這是符合前述關於新

〔註61〕吳冷西著；《憶毛主席：我親身經歷的若干重大歷史事件片段》，北京；新華出版社，1995 年，第 165～166 頁。
〔註62〕吳冷西著；《憶毛主席：我親身經歷的若干重大歷史事件片段》，北京；新華出版社，1995 年，第 166 頁。
〔註63〕楊奎松著：《忍不住的「關懷」：1949 年前後的書生與政治》，桂林：廣西師範大學出版社，2013 年，第 100 頁。

解放城市報業接管政策的規定，對於反動性報紙「不容採取鼓勵政策」即取締政策，而對於中間性或進步性私營報紙則是採取「扶助」政策，對舊有的編輯和記者「採取慎重的甄別留用和有步驟地使用的政策」，「一般採取爭取、團結與改造的方針」，以多種方式「加強對他們的領導」。可是，《大公報》的情況稍微複雜些，雖然政治上總體定性為反動報紙，但是大公報館裏還是有「好人」和能人的，且在國內外擁有很大影響力。因此，中共最初真正想取締的只是「大公報」這塊招牌，並非對這家民間大報的人、財、物完全棄之不用，毛澤東在西柏坡接見楊剛時指示：「我們要改造《大公報》，要把這個宣傳陣地從資產階級手中奪回來，成為我們無產階級掌握的宣傳陣地。」〔註64〕

綜上所述，中國共產黨對於《大公報》的政策選擇，是以「小罵大幫忙」的政治定性為基礎，考慮了《大公報》海內外的巨大影響及其當時領導人的中間立場和進步傾向，依據11月8日已出臺的「關於新解放城市中中外報刊通訊社處理辦法的決定」，中共內部對《大公報》作出「不讓其繼續出版」的決定，但並非完全取締停刊，而是立足於「改造」利用的政策抉擇。起初，對於天津《大公報》採取了內部革命、更名出版的政策；繼而，對於上海《大公報》採取了不更名、不換人、原封不動的政策。至於如何進行改造利用的，下一章作具體分析。

〔註64〕吳德才著：《金箭女神：楊剛傳記》，北京：中共黨史出版社，1992年，第282頁。

第三章 《大公報》改造的具體模式

　　本章具體分析中國共產黨改造利用《大公報》的天津「改名易姓」模式、上海「原封不動」模式、重慶「改組機關報」模式以及北京「專業黨報化」模式，注重探討這幾種改造模式的形成過程、歷史緣由以及新政權與大公報人的互動與博弈，力爭再現該歷史過程的選擇性、複雜性和豐富性。

　　1949 年中華人民共和國成立後，起初新政權有選擇地保留一批進步民營報刊，但短短三年之後，這些民營報刊以不同方式紛紛集體退場。中國新聞史學界對此已有不少研究，大致搞清楚了主要民營報退場的具體方式與路徑，對於民營報集體退場的歷史原因更是存在多種角度的解讀和闡釋。但是，這些既有研究大多屬於宏觀分析，主要從政治、經濟、文化乃至媒介生態等宏觀取向來闡述民營報集體退場的必然性，帶有某種「決定論」色彩。然而，「即使在相同的社會經濟歷史發展條件下，個體和群體也決非就注定只有一種選擇，而總是可以作出不同的選擇、不同的決定」〔註 1〕。從微觀策略分析取向看，這些選擇和決定不僅受到宏觀歷史結構制約，也受到行動者主體「理性選擇」策略影響。換言之，不同行動者基於各自利益考量而採用不同選擇策略，也會造成不同歷史結果，形成迥然有別的歷史形態。因此，本研究把宏觀和微觀視角結合起來，特別注重歷史結構制約下行動者「理性選擇」機制的分析，生動再現中共改造《大公報》各種具體模式的歷史過程和複雜因素。

〔註 1〕鄒讜著：《二十世紀中國政治：從宏觀歷史與微觀行動的角度看》，香港：牛津大學出版社，1994 年，第 15 頁。

第一節　天津《大公報》「改名易姓」模式

　　1949 年 1 月 14 日，中共軍隊攻佔天津。進城伊始，天津軍管會未請示中央，就明令天津原有各報館不得出報出刊。對此，中共中央於 18 日給平津兩市委去電糾正，指出命令報紙一律停刊的方法有違中央反對「一刀切」、按報紙性質區別對待的政策，「即令某一城市在事實上只有反動報紙，我們的方法亦不應是不宣布理由而命令一切原有報紙一律停刊」；在指出錯誤的基礎上，指示正確做法是：「對舊有報刊處置，一般不必採取頒布命令方式，因此種方式過於呆板，措詞難於確切，容易為人所乘。故以分別辦理逐次發表新聞並先將稿件電告新華總社審核為宜」；特別強調「天津、北平為全國觀瞻所繫，凡帶政策性的決定，除中央已有具體規定者外，你們必須事先請示」〔註 2〕。19、23 日，中共中央又專門給天津市委去電指示舊有報紙處理辦法，再次強調在天津這樣重要城市不經請示擅自行動的危險性，繼續闡明「先停刊後登記是使自己陷於被動的辦法，不如採取一面聽其續出（不是用法律允許其續出）一面令其登記的辦法，我們可居於主動地位，從容審慎處理」。

一、中央連發三電具體指導接管辦法

　　對於如何處置天津《大公報》，中共中央分別在 1 月 17 日、19 日、23 日的指示中連續給出明確的處理辦法。

　　首先，17 日《中央對處理天津廣播事業、報紙及登記國民黨員等問題給天津市委的指示》說：「天津的益世、大公、新星三種報紙，均已內定不讓其繼續出版，但採取的方式需稍有區別。」這裡可以看出，中共雖然把《大公報》內部定性為反動報紙，但並不打算採取像對待《益世報》等那樣直接取締沒收的辦法，而是另有考慮與安排。「大公擬從內部革命，加入外力，利用其原有資財、班底，發表宣言，改換名稱，組成進步分子的報紙，使平津解放後除黨報外有一黨外的民主報紙配合。領導該報此項變革的人物均為秘密黨員（不得外泄）。」「如大公報這幾天尚在出版，我們可暫置不理，亦不表示態度，其內部如有黨員和工人來問，可告以暫時維持，防止資財逃散，如已自動停刊，即應派員看管，以待接收，資本關係另訂。」〔註 3〕此可謂確定「內部革命」總

〔註 2〕中國社會科學院新聞研究所編：《中國共產黨新聞工作文件彙編》（上），北京：新華出版社，1980 年，第 267 頁。
〔註 3〕中共中央宣傳部辦公廳，中央檔案館編研部編：《中國共產黨宣傳工作文獻選編：1937～1949》，北京：學習出版社，1996 年，第 774～775 頁。

方針，目的是讓改組後的《大公報》作為黨外民主報紙在平津解放後與中共黨報相「配合」。

其次，19 日《中央關於對天津舊有報紙處理辦法給天津市委的指示》中給出了處理天津《大公報》「三步走」的具體步驟：第一步，由於楊剛等人尚未到達天津，所以要天津市委告訴《大公報》「因係全國性報紙已請平津前線司令部轉向中央請示，尚未得復」，此乃緩兵之計，使其繼續處於停刊狀態；第二步，指示天津市委「經過其內部人員設法使其資財不致逃匿」，等候楊剛等人前來處理接管，此可謂「保護資財以待接管」；第三步，楊剛等人到達報館後實行內部革命，「重新登記，以便利用原有資財班底改名發刊」，此可謂「重新登記，改名發刊」。

最後，23 日《中央關於對天津〈大公報〉、〈新星報〉、〈益世報〉三報處理辦法給天津市委的指示》，進一步細化處理《大公報》的方法：「《大公報》不要讓它先出版，可即以接收其中官僚資本股份名義找該報經理公開談判改組，指出該報過去對蔣一貫小罵大幫忙，如不改組不能出版，以便和徐盈、楊剛等裏應外合」〔註4〕，此可謂「政治喊話，裏應外合，談判改組」，而且摘出了《大公報》以往「反動言論」以便談判鬥爭時配合使用。由此可以看出，這一處置策略先是找到沒收官僚資本的名義，再配合以「小罵大幫忙」的反動定性，最後加上楊剛等內部黨員的揭竿起義，政治威懾、折衝樽俎與組織內應相結合，步步為營，滴水不漏，再頑固的堡壘也會應聲而破。

據說，直接指揮天津《大公報》這場「改名易姓」戰役的，是周恩來。此時天津《大公報》內部中共地下黨員有近十人之多，多為周公南方局舊部。根據毛澤東、周恩來等中央領導具體指示，最終決定按私營企業政策對待天津《大公報》，政府不予接管；在發動職工深入揭批其錯誤的基礎上，改組易名後繼續出版，實行民主管理；同時以全體職工名義發表宣言，宣布新生。毛澤東親自為「新生」報紙取名為《進步日報》，並解釋道：「辦報的自我檢討、自我批判就是進步。解放了，大家都要進步嘛！」〔註5〕

天津《大公報》「改名易姓」為《進步日報》，就此定案。

〔註4〕中國社會科學院新聞研究所編：《中國共產黨新聞工作文件彙編》（上），北京：新華出版社，1980 年，第 268～270 頁。

〔註5〕方漢奇等：《〈大公報〉百年史：1902.0617～2002.06.17》，北京：中國人民大學出版社，2004 年，第 326 頁。

二、「改名易姓」的重組過程

中央任命領導天津《大公報》變革的秘密黨員楊剛等，於 1949 年 1 月 21 日由西柏坡動身前往天津。楊剛、孟秋江、宦鄉等人一到報社，馬上聯絡報社內中共地下黨員楊邦祺（李定）、李光詒等，傳達了中共中央關於改組天津《大公報》繼續出版的決定，並立即啟動報社的改組工作。

改組工作大致按照小組全面檢討批判、骨幹研究具體改革辦法、全體職工大會通過改名決定的「三部曲」來進行的。第一步，從 2 月 3 日開始，組織發動全館職工分成 22 個小組進行政策學習，分別對《大公報》的政治立場、政治作風、內部管理及其與反動政權「一脈相承的血肉關係」等方面進行全面自我檢討和自我批判。第二步，經過一周討論，各小組長和報館負責人等骨幹人員再次開會討論具體改造辦法，研究如何把天津《大公報》改組成對外是人民報紙、對內是民主辦報。第三步，2 月 19 日召開全體職工大會，通過了將原津版《大公報》改名為《進步日報》、向軍管會申請登記出版的決定，以及《進步日報職工同人宣言》和《進步日報暫行章程（草案）》兩個文件。會議還選舉產生臨時管理委員會（簡稱「臨管會」），並於次日決定了臨管會和新的報社負責人，宦鄉為臨管會主任兼報社總編輯，楊剛任黨組書記兼主筆，張琴南、徐盈擔任臨管會副主任兼社論委員會委員。此時正奉命從香港北上的李純青，被推舉為副總編輯兼社論委員會委員。

2 月 21 日，張琴南、徐盈等代表原天津《大公報》全體職工來到軍管會文教部，遞交了申請出版《進步日報》的請示。2 月 26 日，天津軍管會發出由主任黃克誠、副主任黃敬簽署的「准予登記出版」的通知。2 月 27 日，天津《進步日報》創刊，是解放區新創辦的第一張極為特殊的民營報紙。說其「特殊」，因為它是民營報紙，但報社內又建有中共黨組；雖有黨組，但又不同於解放後各級黨組織的機關報，因為它自主經營、自負盈虧，不領任何方面的補助和津貼。實際上，《進步日報》享受著「準黨報」的特殊待遇，這一點在其尚未創刊之前由《中宣部、新華總社關於平津新聞工作指示》（1949 年 1 月 26 日）中就可看出端倪。該指示主要精神是說新華社要同時給黨報和非黨私營報紙供稿，但是，就總社所發「有關宣傳方針與新聞寫作的業務指示」等內容如何下達兩種不同性質報紙的問題，則有不同待遇。當「現在已經正式准予出版的，非黨的私營的報社向我索取時，在取得市委宣傳部與總社同意後，亦可同樣發給」。換言之，其他私營報社只能在其主動索取並經有關部門同意

後才能發給有關方針和指示，而對此時尚在孕育之中的《進步日報》則有不同做法。該文件特別「指名道姓」地提到「即將出版的天津《進步日報》」，毋需其主動索取有關文件，就明確規定不僅「應發給他們以總社的各項指示」，而且「他們對於總社有何詢問要求和意見，分社亦應負責代轉」〔註6〕。由此不難看出《進步日報》在中共宣傳系統中與其他私營報社的區別所在，該報享受的是雙向交流、互動密切的「自己人」待遇。

在《進步日報》創刊號上，刊登了兩篇文章，一篇是由張琴南、楊剛、徐盈等署名的《〈進步日報〉職工同人宣言——代發刊詞》，另一篇是《〈進步日報〉是如何產生的——大變革中的一個故事》。

前者對解放前《大公報》作了嚴厲的批判，主要內容和批判手法同惲逸群《蔣黨真相》如出一轍，還是著眼於國民黨政學系機關報和「小罵大幫忙」兩個論點，結論自然是：「大公報實在是徹頭徹尾的一張反動報紙，名為『大公』，實則大私於獨夫；名曰無黨無派，實則是堅決地站在反人民的立場上，做國民黨反動派的幫兇。」〔註7〕《同人宣言》最後還表示了決心：「現在，我們有機會永遠脫離《大公報》這個醜惡的名義而工作了。我們利用天津《大公報》原有的物質基礎，創辦這張簇新的人民的報紙。如果我們在《大公報》中工作的期間也曾犯過對人民的過失，我們將以今後認真的工作自贖。而我們從來所自信的一片為人民為革命服務的誠心誠意，將能不受拘束地充分地發揚在工作上面，使我們不能不萬分的興奮鼓舞。」〔註8〕

後者講述的「大變革」故事，充滿了「革命」和「聲討」的火藥味，披露了改組過程中原大公報同人揭發批判《大公報》的經過，把「大公報鎮壓同人，壓迫同人跟著它犯罪的情形講出來了」。據該文記述，改革過程經過了兩個階段，第一階段是批判檢討階段，第二階段是全館同人代表開會研究如何改革大公報。批判《大公報》的內容已如上述，不再贅述；檢討部分涉及到不少個人的自我反省以及自我洗脫：「檢討之中，不少同人都更進一步的承認自己個人過去在反動政策下面所犯的罪過，特別是徐盈先生和趙恩源先生非常坦白而誠懇地檢討了自己，認識自己的錯誤是大公報堅持反動立場和政

〔註6〕中國社會科學院新聞研究所編：《中國共產黨新聞工作文件彙編》（上），北京：新華出版社，1980年，第299頁。

〔註7〕張刃著：《閒話大公報》，北京：人民出版社，2016年，第301～302頁。

〔註8〕方漢奇等：《〈大公報〉百年史：1902.0617～2002.06.17》，北京：中國人民大學出版社，2004年，第329～330頁。

策下面的結果。張琴南先生認為檢討過去是基本工作，應該多多進行，新動向應該徵求全體人員的意見。楊邦麒（祺）先生認為大公報還是要多多清算自己。馬士英先生認為僅僅清算還不夠，還要改革舊制度，建立合理的民主制度。李光詒先生認為應該擴大檢討，在全館各研究學習小組裏面展開檢討……」〔註9〕

正如方漢奇先生所言，《進步日報》創刊號這兩篇文章的觀點是「明顯有誤」的。當時參與「同人宣言」署名的李光詒也說：那篇宣言等於是一份宣判《大公報》死刑的判決書。當時「臨管會」成員之一的李純青在幾十年之後，曾以其在《大公報》長期工作的親身經歷和感受，對於這些明顯有誤的看法，有針對性進行了逐一反駁，力圖以一個老大公報人的良心和一個共產黨員的黨性，來還原《大公報》的本來面目。「後來，毛澤東親自決定保留滬版《大公報》和這個報紙的原名，實際上是對前述不實之詞的否定。」〔註10〕

三、「改名易姓」的內外影響

其實，在天津《大公報》改組過程中，並非人人「歡欣鼓舞」、大家「一致擁護」。帶著舊時代印記的《大公報》，面對急劇的社會制度變遷，突然改換門庭、地覆天翻，其過程必然不會風平浪靜，其內涵不免「脫胎換骨」。張刃（其父張高峰時為天津《大公報》記者）指出，真實的情況是，大公報改組，歡欣鼓舞者有之，惶惑迷惘者有之。那些《同人宣言》的簽署者，身為中共黨員或進步分子，確實對報紙改組感到高興，對新社會充滿期望；但有的人以「勝利接收者」自居，視《大公報》為「罪惡淵藪」，視許多同人為「留用人員」，令一些老大公報人膽戰心寒。對於大多數大公報同人來說，不可能僅僅通過短短數日的政治學習就能「迅速提高覺悟」，他們大多是在惶惑中「隨大流」「保飯碗」而已。當時，有些老記者因無所適從，曾悄悄準備另謀職業。對於張高峰來說，平津解放前夕，雖對國民黨統治已經徹底失望，「但我那時並沒有主動參加革命的意願，實際上反映了我準備在新中國做『客人』而非主人的政治態度」。解放後，他對共產黨有了初步認識，但也「沒有想到一個革命幹部的責任是什麼，更沒有意識到要改造自己，樹立無產階級世界觀，以便全心全意為人民服務。」於是在 1949 年末就發生了《進步日報》黨

〔註 9〕張刃著：《閒話大公報》，北京：人民出版社，2016 年，第 299～300 頁。
〔註10〕方漢奇等：《〈大公報〉百年史：1902.0617～2002.06.17》，北京：中國人民大學出版社，2004 年，第 331 頁。

組織負責人找他談話,要他擔任採訪部副主任,他竟婉拒的事情。後來,張高峰在檢討自己思想時回憶道:「當時我從個人主義、自由主義出發,不想任人擺佈。回答說,我就是做記者的材料,還是做我的記者吧。談話竟不歡而散。隨後,我即意識到這是為革命紀律所不允許的,是與組織對立的嚴重錯誤,內心極為悔恨。」〔註11〕

面對改組,天津《大公報》內部已然不平靜;此消息傳到外部,更是引起軒然大波。《進步日報》創刊號上那兩篇文章,即《〈進步日報〉職工同人宣言——代發刊詞》和《〈進步日報〉是如何產生的——大變革中的一個故事》,經新華社播發通稿,在國內外引起很大反響。當時西方各大通訊社不但都作了報導,而且作出積極樂觀的解讀,著重指出《進步日報》是中國解放區出現的第一份民營報紙,並加以評論說,允許民營報紙在解放區創刊,標誌著中共新聞政策在轉變,預示著在經濟政策上對私營企業在放寬。當然,這只是西方新聞界最初反響的一部分,另一部分反響則更多表現在對《大公報》命運的關注,此處暫時不表,待下一節再說。

但是,天津《大公報》這一「易名改姓」的變動,對其他地方大公報人來說,就不是那麼積極樂觀了,帶來思想情感方面的刺激可謂達到無以復加的程度。《同人宣言》那般上綱上線地把《大公報》定性為「反動報紙」,這對剛剛調轉槍口準備向國民黨政權開戰的《大公報》多數同人而言,足以讓他們瞬間感到日月無光。香港《大公報》編輯蕭乾回憶當時的情景說,1949年2月29日(筆者注:這個時間蕭乾記憶有誤,據查此年2月只有28日,並無29日)晚上,正好輪到他「全面負責報紙版面」,忽然在新華社電訊稿中看到「天津《大公報》改名《進步日報》」的消息以及《我們不要〈大公報〉這個臭名字》的社論。「這時,各版編輯統統放下工作,爭相來看這篇晴天霹靂的新聞稿,個個覺得眼前一片漆黑。」對於是否要編發新華社這兩篇文稿遲疑不決的蕭乾,將此事彙報給當時代表中共地下黨負責同香港《大公報》聯繫的夏衍,「從他翻閱新華社通訊稿時臉上呈現的茫然神色看,我估計天津的黨組織在這個改名問題上,事先並沒有同香港的黨組織有過任何聯繫」,夏衍「沉吟半晌」後拍板讓蕭乾「一字不改地照發」。「於是,香港《大公報》次晨就在世界新聞史上開創了一個絕無僅有的新紀錄:在自己的報紙上登出痛罵自己的社論」,相當於「在香港以及全國各地千千萬萬讀者面前痛搧一通自己的嘴巴」。

〔註11〕張刃著:《閒話大公報》,北京:人民出版社,2016年,第304~306頁。

蕭乾自嘲說「那天出版的香港《大公報》也應是收藏家們的一宗珍品」〔註12〕。

天津《大公報》改名易姓一事，對於當時《大公報》的當家人王芸生，刺激和衝擊更大。

關於王芸生從香港北上前是否看到《進步日報》創刊號及上面兩篇文章的問題，似乎有點眾說紛紜。其實仔細梳理一下時間線，答案就非常清楚了。

王芸生是在 1949 年 2 月 27 日夜登上一艘掛著葡萄牙國旗的「華中輪」，次日（2 月 28 日）啟程，踏上北歸征途〔註13〕。蕭乾在香港《大公報》輪值時看到了新華社通稿，據查該通稿注明為「天津一日電」，即新華社發出通稿時已是 1949 年 3 月 1 日，所以蕭乾看到此消息應該最早在 3 月 1 日夜，所以他說「可惜當時楊剛和王芸生都已相繼北上，不然的話，也輪不到我來值班負責全面」〔註14〕。自稱當晚也在值夜班的唐振常說王芸生、李純青都在場，「或立或坐於臨窗兩橫一豎的三張寫字臺前，瞠目結舌不能語」〔註15〕，顯然記憶有誤，因為王芸生是 2 月 27 日登船離開報館、李純青更是早在 2 月 15 日就離開香港。至於李純青回憶說「行前，獲悉天津《大公報》改名《進步日報》，王芸生聞訊懊喪，要我力爭存名」〔註16〕，可能也是記憶不確，理由很清楚，身在香港的他不大可能在 2 月 15 日前從黨內獲悉天津《大公報》改名的消息，因為時任香港工委書記的夏衍〔註17〕在 3 月 1 日夜面對蕭乾請示如何處理有關天津《大公報》改名的新華社通稿時，尚臉色「茫然」、不知就裏。既然李純青不知情，王芸生就更不可能知道內情。這一點可以從王芸生登船北上過程中參加打牌消遣的輕鬆愉快心情可知〔註18〕，也可從其兒子王芝琛的回憶得到印證，王芸生在晚年時曾特別強調說：「幸虧那時我沒看到《進步日報》創刊號，否則，我無論如何也會失去北上的勇氣。」〔註19〕事實是，王芸生在

〔註12〕蕭乾著：《風雨平生──蕭乾口述自傳》，北京：北京大學出版社，1998 年，第 220～221 頁。

〔註13〕周雨著：《王芸生》，北京：人民日報出版社，1995 年，第 68 頁。

〔註14〕蕭乾著：《風雨平生──蕭乾口述自傳》，北京：北京大學出版社，1998 年，第 220 頁。

〔註15〕唐振常：《香港〈大公報〉憶舊》，載「大公報一百週年報慶叢書編委會」編：《我與大公報》，上海：復旦大學出版社，2002 年，第 12 頁。

〔註16〕李純青：《筆耕五十年》，北京：生活・讀書・新知三聯書店，1994 年，第 535 頁。

〔註17〕夏衍著：《懶尋舊夢錄》，南京：江蘇文藝出版社，2012 年，第 423 頁。

〔註18〕宋雲彬著：《紅塵冷眼》，太原：山西人民出版社，2002 年，第 108 頁。

〔註19〕王芝琛著：《一代報人王芸生》，武漢：長江文藝出版社，2004 年，第 190 頁。

3月5日船到煙台（解放區）上岸後才看到《進步日報》，很有可能在那以後，王芸生才得悉全情。

進入解放區後，王芸生馬上就感受到很大精神壓力。後來他在「思想改造運動」中作檢討時說，「剛到解放區的時候，是抗拒的」，因為在煙台一登陸就看到了《進步日報》，思想感情上無論如何都難以接受，心裏非常沮喪。特別是讀了3月4日《人民日報》痛斥《大公報》一貫反動的文字後，過於敏感的他，甚至覺得同行的人立刻對他改變了態度，似乎看不起他了。3月18日到達解放後的北平，中共有關方面仍有意關閉《大公報》，對《大公報》的歷史頗多譴責，王芸生「因對大公報所負的責任，必須交代，更感到痛苦與抗拒」。他內心憤憤不平地想：「既然叫我到解放區來，何必如此整我？」看到很多莫名其妙的人都被奉為貴賓，自己卻受到這種待遇，更感到「豈有此理」。為此，他甚至氣憤地向楊剛表示過「準備結束生命」想法〔註20〕。經過激烈的思想鬥爭後，王芸生告訴李純青，自己對天津《大公報》改換門庭的事情不再計較了，說：「我們就是把《大公報》獻給國家，獻給人民。我想通了，不要《大公報》這個名稱了。我到解放區，是投降來的。」〔註21〕

有了上述思想轉變過程，王芸生也模仿當時其他一些著名知識分子自我反省自我批判的做法，寫了一篇三千多字檢討反省自己的文章，頗動感情地講述了他北上之行的所見所聞以及所受到的思想震動，並檢討了自己過往的種種錯誤。他甚至還主動去了一趟天津，見到過去的同人，不僅不問天津報館財產歸屬等問題，而且把這篇題為《我到解放區來》的自我批判文章交給《進步日報》（1949年4月10日）公開發表。

四、改組後的《進步日報》

《進步日報》創刊後，領導和編輯力量頗為強大，宣傳上很有生氣。但不久，楊剛、李純青調往上海《大公報》，宦鄉調往外交部工作，領導力量出現「真空」。1949年8月9日，中共天津市委宣傳部給天津市委並華北局暨中宣部的報告中，反映了《進步日報》存在的問題，特別是改變和充實組織機構的問題。經上級批准，《進步日報》領導機構和人選調整為：孟秋江任黨組書記

〔註20〕楊奎松著：《忍不住的「關懷」：1949年前後的書生與政治》，桂林：廣西師範大學出版社，2013年，第105～106頁。

〔註21〕李純青著：《筆耕五十年》，北京：生活‧讀書‧新知三聯書店，1994年，第535頁。

兼經理，張琴南為總編輯，徐盈任主筆，李光詒任副經理兼新聞編輯部、採訪部、印刷部主任，胡邦定任社會服務部主任，趙恩源為研究部主任，彭子岡任採訪部副主任。

這一時期，《進步日報》每天發行2萬多份，收支平衡，基本做到自給自足，銀行貸款也能按期歸還。中共天津市委宣傳部對《進步日報》的工作是滿意的，曾有這樣評價：前《大公報》改組為《進步日報》以來，為宣傳黨的路線政策，在知識界、工商界中發揮了某種特殊作用。例如，召開各種問題的座談會，吸引黨外人士發表對人民有利的言論；出版「大眾科學」副刊，團結自然科學工作者；在社會服務工作中，教育市民群眾。尤其在新聞採訪中的積極精神和謙遜態度，某些生動的特寫，都是很好的表現。在經濟方面，條件雖較薄弱，出刊時流動資金不足，但由於黨員幹部和黨外人士埋頭苦幹，克勤克儉地經營事業，以少數人力進行繁重工作，苦撐至今，已勉可自給。這些都是應當加以表揚的〔註22〕。

第二節　上海《大公報》「原封不動」模式

對天津《大公報》「改名易姓」處理，是中國共產黨基於對《大公報》的反動定性，「內定不讓其繼續出版」，然後通過「內部革命」將其改組為「一黨外的民主報紙」以配合黨報宣傳的策略。對中共而言，這是一種形式的改造利用。但對於外界或《大公報》來說，實質上無異於一種「取締」策略，國內外輿論反響很大。

一、改變策略的緣由

隨著渡江戰役順利實施，佔領上海指日可待。面對接管遠東第一大都市的複雜形勢，中共方面做了十分充足的準備，在丹陽集結了從各方面抽調而來的大批各行各業幹部隊伍，日夜不停地做著接管上海各種政策、計劃和方案的準備。如何接管上海舊報業，包括如何處理上海《大公報》，當然也在精心籌劃之中。

相較於對天津《大公報》的徹底改造策略，中共對於上海《大公報》的策略發生很大改變。王芝琛認為個中緣由是：「由於《大公報》在偉大的反法西

〔註22〕方漢奇等：《〈大公報〉百年史：1902.0617～2002.06.17》，北京：中國人民大學出版社，2004年，第331～332頁。

斯戰爭中，尤其是抗日戰爭中，曾作出公認的貢獻，在世界上享有較高的聲譽，當西方新聞界（尤其是英、美）得知天津《大公報》改版易名後，引起一片譁然。得知此信息的毛澤東當即決定：上海《大公報》完全不動，即不易名，不改組，不更人，原封不動出版。就連發動全館上下對《大公報》進行一場嚴厲的批判也不搞，以後再說。」〔註23〕陳建雲的觀點大致相同：「看來，是外國同行的輿論支持保全了上海《大公報》之名。」〔註24〕

其實，還有王芸生的「投降」態度，也促成中共對《大公報》策略選擇的改變。王芸生自從接受楊剛、李純青統戰動員、決心棄暗投明之後，他對中共方面的態度轉向，經歷了一個「投效—投誠—投降」的微妙變化過程。

如前所述，王芸生從香港北上到達北平的時間是 1949 年 3 月 18 日。3 月 19 日，在「進步記者會師會」上，主持人范長江強調，今天雖然是進步記者的會師，但仍應劃清敵我界限，言下之意令人回味。與會的王芸生表示：「我來解放區是投效而來！」王芸生當時的想法是「良臣擇主而仕」，把自己視為諍臣策士。換言之，中共之所以請他來解放區，還是看中其「良臣」的本事與才華，他對於中共方面而言還是有出謀劃策等「效力」之處的。在王芸生心底深處，似乎存著這樣的潛意識：他是「良臣」，中共是「明君」，正所謂明君賢相互相需要、互相倚重、互相成就，似乎有某種程度上的雙向平等關係。

可是，隨著在解放區活動時間延伸，王芸生對中共新政權的認知和理解也在慢慢加深，他逐漸明白起初「投效」之說恐怕是不合時宜的。於是，4 月 6 日在新聞工作者座談會後，王芸生對李純青說：「我想通了，不要大公報這個名稱了。我到解放區，是投誠來的。」這時的「投誠」說，已經沒有「中共需要我」的底氣，失去了起初的自尊、矜持和驕傲，只剩下「順應大勢、棄暗投明、誠意來歸」的單向投靠動作。

最後，當他看到那麼多赫赫有名的大知識分子在報紙上公開進行毫不留情面、深入骨髓的自我批判，王芸生的內心是無比震撼的，心想那些社會名流尚能如此放下身段，渺小如他何必那麼愛惜羽毛呢。所以，4 月 10 日他在《進步日報》發表《我到解放區來》的檢討文章，反省說：「我這次到解放區來，……（不是來『中立』的，也不是來『獨立』的）乃是向革命的無產階級領導的中

〔註23〕王芝琛著：《一代報人王芸生》，武漢：長江文藝出版社，2004 年，第 194 頁。
〔註24〕陳建雲著：《大變局中的民間報人與報刊》，福州：福建教育出版社，2008 年，第 133～134 頁。

國新民主主義的人民陣營來投降」的。此時的「投降」說，無疑在心理層面折射出王芸生徹底放棄抵抗、繳槍不殺的情態。王芝芙曾回憶說，她的父親王芸生為了要不要用「投降」二字，曾「冥思苦想多天」，「把自己前半生所走過的曲折道路作了一番認真思考，懷著痛苦的心情與過去決裂，才產生真正回到人民隊伍中來的真情實感。」

由此，不難看出王芸生在思想上、心理上、甚至在潛意識層面步步退讓、直至完全解除武裝的馴化過程[註25]。經過如此這般痛徹反省，王芸生在《我到解放區來》那篇文章最後宣示道：「在我個人的今後修養上，需要鍛鍊著下面的四句話：拋棄舊習慣，丟掉舊成見，一切重新學，一切從頭幹。」

根據楊奎松先生研究，王芸生為了表示要與過去決裂的堅定決心，不僅在解放區公開發表這篇「投降書」，而且同意把這篇文章發給香港《大公報》，在海外也公開發表這一言論。結果，王芸生這篇文章以及將之公布於海外的做法，因為態度誠懇，轉變徹底，引起中共領導人的重視。這篇文章和費孝通的檢討一起，被收入《自我批判實例》一書，成為「華僑學習」的必讀物[註26]。

綜上所述，王芸生政治上的「投降態度」，加上天津《大公報》改名換姓所引起的輿論影響，使得中共方面重新考慮《大公報》的存廢問題。既然天津《大公報》「改名易姓」影響不大好，再考慮到國家報業格局的配置規劃，即「大城市中，除黨報外視情況需要再辦一兩家或若干家非黨進步報紙，以聯繫更廣泛的社會階層」[註27]，那麼，在上海這個遠東最大的工商業城市和金融中心，也是中國擁有人口最多、社會階層最複雜、文化生活最豐富的城市，何不保留「大公報」牌子、加以改造以至「新生」，最終達成「舊瓶裝新酒」的目標呢？更何況，《大公報》不僅在全國，而且在世界，都是影響很大的一家民營報紙，如果斷然取締或改名，對中共新政權的對外統戰形象也不利。因此，上述種種因素綜合起作用，推動了中共對上海《大公報》接管和改造策略的調整。

1949年4月底，佔領上海前，周恩來告訴王芸生：「《大公報》不必改名了，

[註25] 江衛東，吳廷俊：《過渡期《大公報》立場考察——以1949年6月17日～1950年6月26日社評為對象》，《新聞大學》2014年第4期，總第126期，第34頁。

[註26] 楊奎松著：《忍不住的「關懷」：1949年前後的書生與政治》，桂林：廣西師範大學出版社，2013年，第108～109頁。

[註27] 《中央關於大城市報紙問題給南京市委的指示》（1949年5月9日），載《中國共產黨宣傳工作文獻選編（1937～1949）》，北京：學習出版社，1996年，第828頁。

你隨軍南下，繼續主持上海《大公報》。《大公報》還是民間報紙，你們自己經營，我們不來干預。當然，有困難我們還是要幫助的。」〔註28〕結果，「大公報」招牌得以保留，這就是中國共產黨改造上海《大公報》「原封不動」模式的由來。

可是，就在上海《大公報》宣布「新生」後第三天，范長江在新聞出版界座談會上把「民營報紙」改稱「私營報紙」。張濟順先生認為，這種「民改私」的性質認定，動搖了民營報業「人民報紙」的自我認同，「強化了它的資本和階級屬性，而且預示著作為國家文化權力的公營報紙將在上海輿論空間佔據絕對的主導地位」〔註29〕。這一招使得《大公報》失去「主人」地位，貶而為「客」，甚至有被歸到「敵人」那邊去的潛在危險。

總之，中共在徹底打垮國民黨、即將取得全國政權的前夜，根據實際情勢變化，從統戰政策考慮，對作為輿論重鎮的《大公報》採取了一系列主動而成功的分化、爭取、策反等行動，有研究者把這一系列行動歸納為「先打後拉再抑」策略〔註30〕，其最終目標就是要實現「舊瓶裝新酒」。

二、「外鬆內緊」的管控

雖然中央對上海《大公報》的政策是「原封不動」，事實上，從宏觀層面看，它已不可能延續昔日「輿論重鎮」地位，「私營報紙」的定位使其淪為聊作「配合」的「客卿」；從微觀層面看，新政權對宣布「新生」《大公報》的改造與管控也是嚴格且嚴密的，只是表現出「外鬆內緊」的特點。1949 年 5 月底，待楊剛、王芸生一身戎裝走到瞠目結舌的大公報人面前、開始實際操作「新生」時，「改造」與「管控」是不可避免的，儘管動作可能沒有對天津《大公報》那麼大，那麼高調。

研究表明，新政權對上海《大公報》從「思想改造」、「組織領導」和「業務控制」三個方面進行了有效的改造和管控〔註31〕。

〔註28〕李純青著：《筆耕五十年》，北京：生活‧讀書‧新知三聯書店，1994 年，第535 頁。

〔註29〕張濟順：《從民辦到黨管：上海私營報業體制變革中的思想改造運動——以文匯報為中心案例的考察》，載華東師範大學中國當代研究中心編：《中國當代史研究》（第一輯），北京：九州出版社，2009 年，第 47 頁。

〔註30〕江衛東，吳廷俊：《過渡期〈大公報〉立場考察——以 1949 年 6 月 17 日～1950 年 6 月 26 日社評為對象》，《新聞大學》2014 年第 4 期，總第 126 期，第 32 頁。

〔註31〕江衛東，吳廷俊：《過渡期〈大公報〉立場考察——以 1949 年 6 月 17 日～1950 年 6 月 26 日社評為對象》，《新聞大學》2014 年第 4 期，總第 126 期，第 33 頁。

（一）思想改造方面

「楊剛以軍代表的身份入主《大公報》，按照接管天津《大公報》的方式，在報館內首先組織全館職工進行了政治學習和討論，批判過去的辦報方針，灌輸革命的理念和為人民服務的思想。」〔註32〕雖然王芸生撰寫的《大公報新生宣言》（1949年6月17日），不僅經過楊剛「審閱」，甚至連周恩總理來都不止一次看過〔註33〕，但也確實反映了王芸生作為《大公報》負責人初步思想改造的成果。

王芸生在《新生宣言》中，先是高度評價上海解放的偉大意義，由衷讚歎解放軍是「我們人民自己的軍隊」，稱讚中共政府是「我們人民自己的政府」，宣稱上海解放是「大不尋常的」，是「三千年來的歷史大解放」，「實際是國民黨匪幫的反動政權徹頭徹尾的滅亡，是全中國獲得新生。在這重大時刻大公報也獲得了新生。」〔註34〕

然後，《新生宣言》追溯了《大公報》的「反動」歷史。楊奎松先生指出，王芸生對《大公報》歷史的批判，形式上不如楊剛等人在《〈進步日報〉職工同人宣言》中那樣高調，卻更具殺傷力。因為《進步日報》宣言對《大公報》的政治批判在很大程度上只是「無限上綱」，而王芸生文章卻點到了《大公報》的「命門」。王文指出：「大公報始終維持著一種改良主義者的面貌」，始終堅持「民間」和「獨立」的特色，想方設法用改良思想去影響社會，站在民族主義立場上來拯救國家，常常給人一種開明、進步和愛國的印象，因此得到了中上層社會人士的歡迎。但是，改良主義的觀點和立場，由於脫離人民的立足點，其實是替統治階級著想，甚至是幫著統治階級反對人民革命浪潮。故「歷史上所有改良主義者在實質上無不成為反動統治者的幫閒甚至幫兇」。基於這一觀點，王芸生列舉大量歷史事實，來說明《大公報》如何實質上站在國民黨統治者一邊反共、反蘇、反人民，從而有力論證了《進步日報》此前的政治定性〔註35〕。

最後，《新生宣言》表達了對《大公報》未來的希望，「在新民主主義的中

〔註32〕楊奎松：《忍不住的「關懷」：1949年前後的書生與政治》，桂林：廣西師範大學出版社，2013年，第110頁。

〔註33〕王芝琛：《一代報人王芸生》，武漢：長江文藝出版社，2004年，第195頁。

〔註34〕王芸生：《大公報新生宣言》，載周雨著：《王芸生》，北京：人民日報出版社，1995年，第128頁。

〔註35〕楊奎松：《忍不住的「關懷」：1949年前後的書生與政治》，桂林：廣西師範大學出版社，2013年，第110頁。

國,大公報是具有政治與文化兩重機能的私營企業,而在精神上,是屬於人民的。」王芸生是真心相信「見到了久已渴望的太陽」,從內心裏想要獲得「新生」,他滿懷熱情地宣布說:「今後的大公報,已不是官僚資本的了,也不單是我們服務人員的,而確定是屬於廣大人民的了。」「今後大公報的方向是新民主主義的,是走向社會主義的;今後大公報的任務,是鞏固新民主主義下四個革命階級的聯盟……今後的大公報,將特別著重於照顧進步知識分子及民族工商界的利益,並努力反映這兩個階級的意見,在毛澤東主席的旗幟下,大踏步走向新民主主義國家的建設。」

王芸生由「投降」而「新生」的姿態,不僅保住了其在全國輿論界的地位,而且為他在新中國政壇上贏得了一席之地。他以社長兼總編輯的身份繼續主持上海《大公報》筆政,同時首次進入政界,出任華東軍政委員會委員、上海市人民政府委員、中華全國新聞工作者協會副主席,並成為中國人民政治協商會議第一次全體會議新聞界正式代表、第一屆政協委員。他還榮登天安門城樓,參加了 10 月 1 日的開國大典。他看著「人如大海,旗翻紅浪」的壯觀場面,興奮地寫道:「我慶幸個人此生不虛,更慶幸中國由此進入了人民民主時代。」「在這個偉大年代裏,人民革命震動了全中國,縱使在極冷清角落的一潭死水,也要屢起漣漪而終於動起來。我是一個職業報人,二十幾年來,百憂感心,萬事勞形,國家興旺,息息關心,但因在做報期間始終抱著司馬遷『戴盆何能觀天』的觀念,未能直接參與政治,總還與『匹夫有責』隔了一層。但到 1949 年,我再不能做微起漣漪之水了,要毅然投入洶湧前進的洪流。1949年春天,我曾經到『北平』住了兩個月,清算了自己,改造了自己,拋棄了消極玩世而自以為清高的習性,鍛鍊起積極振作而為人民服務的精神,以期對人民的新中國能盡滄海一粟的努力。」〔註36〕

從這內心剖白可以看出,王芸生開始清算自己過往職業報人「議政而不參政」的獨立辦報理念,認為那是消極清高的習性,未能對國家盡到匹夫之責。因此,他堅定地表示,今後要直接投身政治的洪流,不再做「微起漣漪之水」,竭誠為人民服務,為新中國努力。

如果說 1949 年剛解放時思想改造還是入門級的,那麼,1952 年夏秋,上海新聞界開展思想改造運動,則更加系統和全面,是黨對私營媒體進行改造的進一步深入。為什麼這樣說呢?依據中共報紙的黨性原則,報紙及其編輯記

〔註36〕王芸生:《中華人民共和國的開國盛典》,上海《大公報》1949 年 10 月 6 日。

者是「旗手」、「戰士」、「教科書」和「社會活動家」，必須成為「整個革命機器的一個組成部分」，發揮其「作為團結人民、教育人民、打擊敵人、消滅敵人的有利武器」的巨大作用。因此，必須用「工人階級思想」武裝廣大新聞工作者，以肅清資產階級思想的有害影響。工人階級辦報思想與資產階級辦報思想主要在三個方面存在不同，一是「加強報紙的政治性與思想性」，二是「密切聯繫實際」，三是「在服從於正確的編輯方針的前提下，求得企業化的合理經營」。在新政權看來，這些小資產階級知識分子出身的編輯記者，最容易受資產階級思想影響而犯個人主義、自由主義毛病，從而不能接受工人階級思想領導和不能貫徹工人階級辦報方針。「在解放以前幹報紙工作的人把盜竊、捏造新聞、搶銷路、爭廣告都視為理所當然，不如此，便不是『出色的新聞工作者』，並不認識這些行為的可恥。」自 1949 年「解放」以來，中共忙於建立新政權的工作千頭萬緒，對新聞工作者中的非工人階級思想「污毒」「雖然我們也曾不止一次提到這些，但直到今天，我們才來得及進行系統的有力的批判與教育」〔註 37〕。

上海新聞界思想改造學習運動從 1952 年 8 月 21 日正式開始，至 10 月 21 日基本結束，轉入組織建設階段。這場歷時兩個月的運動，參加者主要是《大公報》等五家私營報紙的編輯、經理部門的工作人員，共計 566 人。「學習生產兩不誤」，一般每天要抽出 3 個小時用來學習文件和討論，星期天休息。學習過程大致分成三個階段：「（1）明確思想改造的目的與要求，端正學習態度；（2）從初步劃清思想界限、掌握批判標準開始，轉入普遍揭發與批判三年來新聞工作中的錯誤思想；（3）在普遍揭發與批判、進一步劃清界限、明確標準的基礎上，領導帶頭，進行自我思想檢查。再在自我檢查以後，進行自覺填表交代，作出自我鑒定。」〔註 38〕經過這次運動，「在辦報思想方面的『集納主義』、『客觀主義』、『形式主義』、『技術觀點』、『客卿思想』、『營業第一，廣告第一』等錯誤思想，在個人思想作風方面的個人主義、自由主義、無政府無組織無紀律等惡劣作風，都受到嚴格批判」〔註 39〕。那些私營報的記者

〔註 37〕谷牧：《在上海新聞界思想改造學習運動大會上的講話（草稿）》，滬檔：B36-1-14，第 2～12 頁。

〔註 38〕滬委宣（52）字第 1189 號《上海新聞界思想改造總結》，滬檔：B36-1-14，第 17 頁。

〔註 39〕滬委宣（52）字第 1189 號《上海新聞界思想改造總結》，滬檔：B36-1-14，第 19 頁。

編輯們，經過此番改造，「一般地都有空虛的感覺，感到『兩手空空，一無是處』」〔註40〕，價值系統崩塌，職業自信蕩然無存，因而發生「報紙業務上的苦悶，感到過去一套辦報經驗有些不可靠」了。

上海《大公報》經過此次思想改造運動，交代歷史政治問題者，編輯部門占總數 37.5%，經理部門占 15.9%，精簡下來「編餘人員」251 人，政府設立新聞學校加以訓練學習、逐步助其轉業。在新聞業務工作方面也出現了「新氣象」，比如「大家的政治責任心加強了」，也注意改掉資產階級媒體熱衷於「搶新聞」的老毛病：「北京專電每天發『和平會議花絮』，有一天花絮是當天下午會議內容，但新華社因時間太遲，未發正式新聞，我們儘管已拼好版，仍把這段花絮撤銷，嚴格做到不搶新聞。」還有「在各報關係方面」，特別是對黨報黨媒表現出尊重其領導地位的自覺性了：「過去編輯部盲目競爭，敵視同業的歪風已一掃而空。最近我們對解放日報及新華社聯繫頻繁，非常愉快，已能自覺尊重領導。」〔註41〕對於王芸生這樣的「民主人士」，經過此次運動，李純青說他在思想上解決了三個問題：「（1）舊大公報自高自大的傳統與舊的一套辦報思想已得到清算；（2）王芸生個人的驕傲自負及其反動思想已受到打擊；（3）王和群眾的關係有了改善，他對黨的認識也有一定程度的提高。」思想問題既已解決，李純青又對王芸生改造後的行為效果作出推測，首先相信「王芸生對報館工作可能比較負責，（過去只顧在外面活動，對報館內部工作不負責）。其次對處理新聞及事務，對寫文章及講演，可能比過去小心謹慎，虛心接受意見。第三，以後他會學習走群眾路線，減少獨斷專行。」〔註42〕

（二）組織領導方面

解放初期，雖然表面上王芸生擔任社長兼總編輯，但實際上是兩名黨員副總編輯——楊剛和李純青當家。王芸生在「思想改造」運動中說：「解放初期依賴楊剛同志，以後依賴李純青同志」〔註43〕。意思是說，起初楊剛發揮主要領導作用，楊剛離開後李純青當家，報館裏當時有「大事找李先生，小事找孔先生」

〔註40〕滬委宣（52）字第 1189 號《上海新聞界思想改造總結》，滬檔：B36-1-14，第 19 頁。

〔註41〕《大公報第一小組學習總結》，《學習》第十四號（1952.10.9），滬檔：A22-2-1550，第 14 頁。

〔註42〕《各報民主人士在在思想改造運動前後的表現》，滬檔：A22-2-1551，第 140～142 頁。

〔註43〕王芸生：《王芸生同志的思想檢查》，滬檔：A22-2-1550，1952 年，第 8～9 頁。

（「李先生」指李純青，時任副總編輯；「孔先生」指孔昭愷，時任編輯部主任）的說法，而王芸生其實是「端拱無為」的。除了兩名黨員領導作用之外，報館裏還有很多「進步分子」，李純青說編輯部中「中共黨員和進步分子有 27 人」，占全部編輯記者 60 人的近一半，他分析認為「進步的可以領導，佔優勢」〔註44〕。

新政權認為，《大公報》宣布「新生」是一回事，能否真正「新生」又是一回事。因此，為確保《大公報》「新生」沿著黨所指引的方向前進，對「新生」《大公報》的改造，必須在組織上不斷強化黨的領導。

《大公報》當時只有兩三名中共黨員，黨支部無法成立，上海其他私營報紙的情況也差不多，有的黨員更少。在私營報紙黨員人數太少的背景下，1950 年夏，上海市委宣傳部副處長吳江建議並經處長姚溱審閱後，向市委組織部提出了在上海非公營報中「合設一個黨組」的動議，理由是：私營報紙內部情況較為複雜，為保證黨的宣傳任務能在各報統一完成，也為更好地解決各報之間有關問題，因此有設立黨組、強化黨組織領導的必要性；同時，根據黨章規定，在群眾組織的領導機關中「凡有負責工作的黨員 3 人以上者，即成立黨組」，因此在全國新聞工作者協會上海分會這一「群眾性」行業組織中有設立黨組的可行性。

7 月 19 日，上海市委批准「新協黨組」成立，由來自各私營報社、解放日報社、市委宣傳部和市政府新聞出版處的 10 名黨員負責幹部組成，軍管會文教委員會秘書長、解放日報社副社長陳虞孫擔任黨組書記以體現黨報的核心地位，由市委宣傳部直接領導，與統戰部也密切聯繫。新協黨組的工作對象是「黨的力量還很薄弱的非公營各報」，主要任務是「瞭解各報業務、一般思想情況及問題，有組織地向黨反映，並謀求解決辦法」、「掌握統戰政策，搞好黨群關係」、「向市委或直接的領導反映各報行政、黨、團、工會之間不適當關係並提出調整建議」等。黨組活動的形式「以 1 至 2 周的例會為主」，「活動內容的通報面向各報全體黨員」。張濟順先生認為，新協黨組「在私營報業乃至上海新聞界的作用舉足輕重」，「同時以黨的中層組織的權力和『黨員—報人』的行家身份，有力地推進了上海私營報業進入黨管公辦的國家計劃報業體制，並促使大批民間報人從自由職業者轉變為國家幹部，上海報業和報人由此走上黨和國家設定的發展軌道。」〔註45〕楊奎松先生也指出，新協黨組的成立

〔註44〕李純青：《大公報工作人員的思想情況》滬檔：A22-2-1532，1952 年，第 22～33 頁。

〔註45〕張濟順：《一九四九年前後的執政黨與上海報界》，《中共黨史研究》2009 年第 11 期，第 68～70 頁。

「進一步從報社組織內部強化了對私營報紙的統一管控」〔註46〕。

新協黨組通過報館內黨員領導者李純青，對《大公報》的改造與管控，由人事整編事件可管窺一斑。

之所以要進行人事整編，表面上看，是因為《大公報》發行下降，經營虧損，實際上是一次人員結構的調整。當然，經營虧損的原因很多，但大公報館管理委員會《一年來業務總結報告》（1950.5）認為「由於機構較為臃腫，無法使經營企業化」〔註47〕是一重要因素。四個月後，李純青在《大公報整編工作報告》（1950.9）中對此也有確認：「機構臃腫和不合理，是虧累原因之一」〔註48〕。當時報館全部職工483人，薪水支出占總支出的比例高達33%。報紙銷售19萬份時，是這麼多人；銷量降到4.5萬份時，還是這麼多人；「一年間營業縮小了三分之二，但人事配備沒有什麼變動」。結果是，「因為人浮於事，工作上已發生很大障礙，閒人影響別人的工作情緒」。李純青舉例說，報館有5輛汽車，只開3輛，但司機卻有17名之多，那些沒有工作的司機又不服從調派其他工作。不僅存在嚴重窩工現象，甚至還發生了「價值數百萬元的修理汽車機器」被盜賣的「腐化」事件。

按照民營報經營慣例，處理這種情況辦法很簡單，也在報館事權之內，只需裁汰冗員即可。然而，在新體制下，進行裁員事關政治，非取得黨和政府的支持不可，裁誰留誰，非經黨組織審定不可。李純青認為，對《大公報》進行人事整編，實際上是「施行一次手術，是一種改造工作，包括複雜的鬥爭」。當然，這次報館內部人員整編還是初步的，大規模整編則是在思想改造運動、反右派運動中，那是後話。即使是初步的，還是在員工中引起了不小震動，造成兩次數十人集會鬧事，「聲勢洶洶」，「通宵不散」。在李純青主持下，1950年7～9月「在上海市勞動局指導下，大公報館一次性裁掉了79人（這裡裁退人員數字，與李純青報告中的數據似有不同，後者指出裁退後報館人員編制是389人，原來是483人，應是裁退了94人），占到當時報館職工總數的16.4%。」〔註49〕被裁退人員反應激烈，他們寫「匿名秘告信」

〔註46〕楊奎松：《忍不住的「關懷」：1949年前後的書生與政治》，桂林：廣西師範大學出版社，2013年，第115頁。

〔註47〕大公報管理委員會：《一年來業務總結報告》（1950.5.15），滬檔：B35-2-108，第2頁。

〔註48〕李純青：《大公報整編工作報告》（1950.9.24），滬檔：B35-2-108，第1頁。

〔註49〕楊奎松著：《忍不住的「關懷」：1949年前後的書生與政治》，桂林：廣西師範大學出版社，2013年，第127頁。

稱大公報整編工作中「損害工人階級利益」，實行「暗無天日的裁員」。整編引起震動，除了裙帶關係、被裁人員生活受到影響等原因外，還有「政治問題」，因為與「國民黨特務有關係」，「利用要錢的落後思想」，人事整編轉變為有組織的「政治鬥爭」。在這種情況下，政府組織一個「工作隊」進入《大公報》進行協調處理，甚至公安局還派出「便衣警察」進入現場，「幫助報館把裁員工作進行了下來」〔註50〕。事後，李純青在總結這次人事整編工作時說：「在整編工作最困難的時候，黨和政府及時幫助，糾正偏向和解決問題，這是使整編完成最有力的因素。沒有黨和政府的幫助，我們是沒有辦法進行整編的。」〔註51〕

（三）業務控制方面

上海《大公報》宣布「新生」之初，王芸生和報館同人知道時代變了，過去那套辦報經驗不一定完全適用新環境，但他們對自己的辦報本事還是有相當自信，認為起初種種困難都是暫時的，通過恢復報紙原來特色以及同人努力工作是可以克服的。1949年10月以後，上海《大公報》開始恢復原有特色，王芸生等希望把1950年變成真正「翻身年」。但是，作為黨員報人兼領導者，李純青對當時環境的認知和形勢的判斷更加準確，因此他的看法更加客觀實際。他在新年祝詞中寫道：「我們的困難並未克服，我們的基礎日在削弱。但是我們對困難的嚴重性認識不夠，在我們的工作中暴露弱點越來越多了。一九五零年對我們的考驗是重大的。」

楊奎松先生認為問題的關鍵，「在於共產黨完全不同的新聞統製辦法」。「共產黨的統治思想和國民黨完全不同，它的政治理念是馬克思主義的階級鬥爭觀。從階級鬥爭的觀點看問題，報紙新聞等等輿論機關，本質上是階級鬥爭的武器，和黨用以宣傳、教育、組織群眾的工具，應當服從於黨的階級鬥爭任務並為貫徹黨的政策方針服務。在這樣一種思想指導下，傳統報紙傳遞新聞信息的社會功能，自然要被大大弱化。」〔註52〕

在楊先生看來，要把報紙辦成黨和政府的宣傳工具，最有效的辦法是新聞審查。中共新政權汲取了國民黨對報紙實行「預先審查」導致問題多多、甚至

〔註50〕楊奎松著：《忍不住的「關懷」：1949年前後的書生與政治》，桂林：廣西師範大學出版社，2013年，第127頁。

〔註51〕李純青：《大公報整編工作報告》，滬檔：B35-2-108，第66～82頁。

〔註52〕楊奎松：《忍不住的「關懷」：1949年前後的書生與政治》，桂林：廣西師範大學出版社，2013年，第112～113頁。

動輒「開天窗」的教訓，採取了「事後審查」的辦法。為了避免和解決「事後審查」可能帶來風險前置的問題，新政權採取了兩個有效措施，一是如前所述，從報社內部強化黨的組織領導，實質上是使每一家報社都成為黨組織權力鏈條上的一個戰鬥堡壘，這樣，報社內部的自我審查就從源頭上杜絕或最小化重大政治問題發生的幾率，這是事先預審、微觀管理層面上的第一把安全鎖；二是將所有報紙全面置於黨政各級機構的組織管理之下，即各報管理和審查工作均由報刊所在地區軍管會或地方黨委宣傳部來實施，這是從事後與宏觀的層面上又加了一把安全鎖。

因而，上海《大公報》由華東軍政委員會宣傳出版局和上海市政府新聞出版處報管科「雙重機構」管理監督。新聞出版處每天發布《簡報》做「事後檢查」，做得好則通報表揚，出問題則通報批評。每週二、三各報負責人還要參加新聞出版局牽頭的「各報負責人座談會」和「專門問題報告會」，交流各報業務和宣傳方針執行情況，並諮詢政策性問題，「把政策通氣和政治教育做在前面」。當然，還有新聞協會黨組的領導，「保證市委宣傳方針及經營方針在各報的執行」。

楊奎松先生指出，「中共建國後對報紙統制的一個最有效的措施，還是統一新聞來源，避免各報從黨所控制的通訊社以外的渠道獲取信息」。報紙新聞來源，無非是通訊社電訊和自採本地新聞兩個渠道。中共進城後即規定：「通訊社原則上應歸國營，除新華社外，無需鼓勵成立其他的通訊社。」同時，「禁用中央社及帝國主義國家通訊社電訊」。對於國際新聞和評論，全國、全市重大政治新聞、軍事消息，各新聞單位均需以新華社稿件為準。至於自採本地新聞，也有種種限制。如新華總社明文規定：應由各地新華分社「負責交換各報社所採訪的其他重要新聞，使各報能同時刊出，以利各報與通訊社之分工合作，避免包辦或無政府式的競爭」。而且，所有新聞報導均應採取事後報導方式，「因事前報導容易失真，且有種種妨礙」。涉及民生問題的新聞報導和文章，尤「應慎重發表」。若涉及政府或各機關，還要層層送審報批或經相關部門審查同意後才能見報。在實際新聞報導過程中，有些黨報甚至要求私營報紙需經過其同意，方可採訪報導某些地方新聞。

以上是對「報什麼」問題的管制，這種管制越是往下到地方政府，管得越嚴。在這樣嚴格管控之下，「一向擅長討論分析國際問題的王芸生曾想寫些社評，都被上海市新聞出版處禁止了。」楊奎松認為，「如此辦報，報紙作為新聞

紙的新聞功用逐漸喪失，各報消息日趨單一，言論日趨一律，千報一面，自不可免。」〔註53〕不僅如此，實際上對「怎麼報」問題也有一些硬性規定。比如，任何中共文件、著作、法令、政策，各報社無解釋之權，且「不得增刪改寫」，「斷章取義」，而且連內中標題也不能改動。

對於當年這種新聞管制方法，出身於《大公報》、後來成為《文匯報》總編輯的徐鑄成曾有所批評，認為這種不能搶發新聞、不許「分題以醒眉目」等辦報方法是「老區方式，蘇聯套套」，是「不問宣傳效果」的教條主義〔註54〕。無獨有偶，1949 年夏從香港回到大陸的夏衍，也感到大陸報紙辦得有問題，主要表現為出版速度遲緩、新聞來源單一、社論短評很少、沒有廣告、報紙內容單薄等。他為此專門找來當時解放日報社正副社長范長江和惲逸群兩人瞭解情況，范長江怪他多事，惲逸群則抱怨「消息少，又有什麼辦法」；問他們為什麼不能以事實揭露美國新聞處的造謠，比如說什麼上海屠殺了大批留用人員和每天成千上萬人餓死等，范長江的回答是：「這樣的問題地方報紙不能作主」；問為什麼報紙不登天氣預報，「回答是美蔣飛機經常來轟炸，發表氣象預報會給敵人提供情報。」〔註55〕

對於這種把久已習慣的農村辦報模式直接帶入城市辦報新環境的機械、僵化、教條、違反新聞基本規律的做法，毛澤東也很不滿意。記者錢江講過中共初進北平辦《人民日報》的情況：人雖進城了，但多數報社幹部那種長期在農村根據地養成的「游擊習氣，散漫、遲緩、不細緻、不嚴密的作風」，依然如故。比如，編輯部分工調度粗放、消耗比較大，報紙出版時間太晚問題久久不能解決，報紙版面上的印刷差錯時有發生。對此，毛澤東大發脾氣，曾召集《人民日報》、新華社、中央人民廣播電臺的負責人給予嚴厲批評，要求以後必須確立和嚴格執行制度，若再發生重大差錯就要開除黨籍。但是毛澤東心裏很清楚，簡單的處罰並不能解決問題，根本辦法還是要找到辦報內行人來管理。他甚至非常明白地講：「你們學學《大公報》嘛，你們有點像《大公報》我就滿意了。」為了借鑒過去《大公報》的辦報經驗，時任上海解放日報社社長的范長江被緊急調到北京，擔任人民日報社的社長。之所以有如此南北人事

〔註53〕楊奎松：《忍不住的「關懷」：1949 年前後的書生與政治》，桂林：廣西師範大學出版社，2013 年，第 115～117 頁。

〔註54〕徐鑄成著：《徐鑄成回憶錄》，北京：生活·讀書·新知三聯書店，1998 年，第 190 頁。

〔註55〕夏衍著：《懶尋舊夢錄》，北京：三聯書店，2000 年，第 428～429 頁。

調動，估計也有考慮到范長江曾經在《大公報》工作過多年的緣故吧〔註56〕。

總之，在「外鬆內緊」管控之下，起初軍管會對《大公報》政治上比較滿意，業務上評價較高。1949 年 9、10 月間，軍管會認為《大公報》「編輯言論都相當謹慎持重，尚能遵循我們的指示，惟自由主義氣息似尚未脫盡，版面比其他報紙齊整」。1950 年 3 月間，又說《大公報》「一向是有自由主義色彩的中間性偏左的報紙，但是員工中有進步分子，解放後繼續出版，六月十七日宣告『新生』，新聞處理較靈活，編排技術較高。各種有關科學、青年的副刊，內容尚充實，星期論文則是該報的一特色」〔註57〕。

三、經營危機與「公私合營」決策

實行公私合營，是中共改造上海《大公報》的一個無奈選擇。新政權當初出於「統戰」需要和「舊瓶裝新酒」策略，決定保留「大公報」這塊牌子，那麼，從其意願來說，當然希望《大公報》政治上服從領導、業務上落實「報業分工」從而實現以黨報為中心的國營報業體系、經濟上「自給自足」，並不急於推行「公私合營」。然而，《大公報》等私營報紙的實際經營狀況令黨和報雙方都感頭疼，不得不尋找突破困境的辦法。

此時，《大公報》經營上遭遇前所未有的危機和挑戰，甚至到了沒有政府借貸無法生存的地步。大公報館管理委員會在《一年來業務總結報告》中憂心忡忡地說：「如果在今天（暫時的嚴重困難到來的前夕），仍然繼續一年來的虧累，短期內便可能垮臺」，因此提出「現階段力求保本自給，並希望在不久的將來做到減低成本，擴大發行」的業務方針〔註58〕。

確實，自《大公報》「新生」以來，報紙發行量從一度最高 19 萬份迅速下跌，一個多月後就跌到 6 萬份左右。1949 年 11 月 31 日中宣部致電華東局宣傳部要求扶助上海《大公報》，到「新生」一週年時，其發行量只剩下 4.66 萬份，這一發行數字一直維持到 1952 年。在發行量劇降同時，廣告收入也大幅度減少，1950 年 6 月比 1949 年 7 月「減少了三分之二以上」〔註59〕，到 1952

〔註56〕錢江：《范長江為什麼離開〈人民日報〉》，《百年潮》2009 年第 6 期，第 47～48 頁。

〔註57〕《上海市軍管會新聞出版處關於解放前後報社情況》，滬檔：Q431-1-21，第 5～13 頁。

〔註58〕大公報管理委員會：《一年來業務總結報告》，滬檔：B35-2-108，1950 年，第 2 頁。

〔註59〕李純青：《大公報整編工作報告》，滬檔：B35-2-108，第 1 頁。

年廣告收入「為四年前（1949 年）的 40%」。儘管大公報館做了種種開源節流的努力，一年間「我們已虧損了 793 噸白報紙」〔註60〕，「業務不能維持，變成政府一個負擔」；1950 年前 7 個月虧損已達 16.55 億元（合新幣 16.55 萬元），「已向解放日報借紙二百噸」，李純青說「今年開頭幾個月，困難情形特別嚴重，差不多全部收入不夠開銷，令人焦灼」〔註61〕。1951 年「已經發不出薪水，買不進紙張」〔註62〕；到 1952 年 5 月時，「每月至少虧損 3 億元，虧損總數已達到了 41.58 億元」〔註63〕。在這種情況下，報館只能不斷向政府求援告貸以維持生存，1952 年上海《大公報》「向政府借貸總額已經超過《大公報》總資產的一半以上」〔註64〕。

　　上海《大公報》「新生」後為何如此虧損？原因很多，主要是內外兩個方面。一方面是外部環境原因，政權更迭之際的物價波動造成生產成本增加等不利影響，經濟不景氣帶來各類廣告需求下降從而直接影響報館廣告收入，同時因為新社會讀者更加信任黨報致使民營報訂數減少。此外，中共佔領上海後，人口結構發生很大變化，許多受過教育、有一定經濟能力的人逃走了，能讀報的讀者人數明顯減少，「有將近一半能讀報的讀者流失了」，剩下人口文化素質偏低，加上新聞紙緊張、報價上漲，「城市中讀得了報紙和買得起報紙的人數大大減少了」〔註65〕，於是報紙發行收入也大幅下降。另一方面則是「內部原因」，表現在機構臃腫、冗員充斥、效率低下，以及在新聞編輯業務上「不顧讀者的需要，一味效法黨報」，失去自身原有特點和長處，造成報紙內容同質化，版面內容引不起讀者興趣。同為民營報，陳銘德說《新民報》解放後發行情況一直不好主要就是這個原因，後來「雙百」方針提出後，「原來任總編輯的一位黨員同志調走了，編輯工作由幾位老同志來主持，以輕鬆活潑的版面與

〔註60〕社評《本報新生一週年紀念》，上海《大公報》，1950 年 6 月 17 日。
〔註61〕李純青：《大公報整編工作報告》，滬檔：B35-2-108，第 1 頁。
〔註62〕吳廷俊：「恐龍現象」：民營報紙在中國大陸集體退場的歷史考察，載羅以澄主編《新聞與傳播評論》2011 年卷第 32～45 頁，武漢：武漢出版社，2011 年。
〔註63〕楊奎松著：《忍不住的「關懷」：1949 年前後的書生與政治》，桂林：廣西師範大學出版社，2013 年，第 130 頁。
〔註64〕吳廷俊：「恐龍現象」：民營報紙在中國大陸集體退場的歷史考察，載羅以澄主編《新聞與傳播評論》2011 年卷第 32～45 頁，武漢：武漢出版社，2011 年。
〔註65〕楊奎松著：《忍不住的「關懷」：1949 年前後的書生與政治》，桂林：廣西師範大學出版社，2013 年，第 124～125 頁。

讀者相見，銷數便扶搖直上，目前還有排隊買報的」〔註66〕。

與報紙經營難以為繼局面相伴隨，《大公報》宣布「新生」一年多後，漸漸開始犯各種「錯誤」。1951 年 3 月 10 日，《大公報》在報導一月份生產情況時，說明了完成的數字，被批評洩露國家機密。4 月 19 日，《大公報》「生產介紹」專刊報導上海幾家工廠的生產情況，介紹了職工人數及承接項目內容，再度被批評洩露國家機密。4 月之後，《大公報》開始出現排版錯誤，如 12 日出現把「鎮壓反革命」漏排了「鎮壓」兩個字等，而後八九月份《大公報》報導各地工業生產情況，包括轉載《光明日報》新聞稿《重工業部工業試驗所試制鉬鐵成功》，又被批評「暴露了國家生產機密」，即使是轉載「也要負相當責任」。就這樣，不斷地犯「錯誤」，不斷地做檢討，越是戰戰兢兢，越是會犯更多更大的錯誤。終於，在 1952 年《大公報》接連出現幾起把「親人」誤排成「敵人」，把盧作孚自殺報成「病逝」等重大過失。新聞出版處為此發出批評通報稱：「凡此錯誤，都是非常嚴重的，因此造成了政治上和宣傳上巨大的損失。現決定予大公報以警告處分並通報各報。」報社內部也對相關人員進行了處分：王芸生行政記過一次，報社其他領導人李純青、孔昭愷、劉克林、周雨均警告一次。

對於這種不斷犯錯的情況，李純青分析其主要原因是：在面臨越來越嚴重生存壓力的情況下，越是想要創造自己報紙的特點，實現營業收支平衡，越容易「陷入資產階級新聞競爭的地獄」〔註67〕。確實，針對這種疲累不堪的局面，《大公報》應對之策是，一面「在新政府的繼續補助上打主意」，一面如前所述進行「人事整編」，同時「從市場上動腦筋，爭份額」，「這樣既形成對政府的壓力，又使得大報意識重新抬頭，自由主義辦報作風再度興盛」。這種狀況讓新聞管理部門頗為焦急，「既然市場競爭助長了私營報業的舊思想、舊作風，阻礙了報紙分工調整的推進，干擾了黨對私營報紙的領導，那麼，解決問題的最佳選擇應當是進行私營改公營的體制改革。」〔註68〕自然，公私合營是

〔註66〕方漢奇、陳業劭主編：《中國當代新聞事業史（1949～1988）》，北京：新華出版社，1992 年版（1995 年第二次印刷），第 109 頁。

〔註67〕楊奎松著：《忍不住的「關懷」：1949 年前後的書生與政治》，桂林：廣西師範大學出版社，2013 年，第 122～123 頁。

〔註68〕張濟順：《從民辦到黨管：上海私營報業體制變革中的思想改造運動——以文匯報為中心案例的考察》，載華東師範大學中國當代史研究中心編：《中國當代史研究》（第一輯），北京：九州出版社，2009 年，第 50 頁。

「私營改公營」進程中的一個過渡階段。

關於《大公報》公私合營問題，早在 1949 年末就被提上議事日程，12 月 11 日李純青寫信給陳虞孫詢問：「大公報資產已計算出來，奉上。公私合營何時討論？」〔註 69〕1950 年春全國新聞會議期間，新聞總署提出《大公報》與《新聞日報》合併的設想，胡喬木名之曰「大公新聞」。1950 年 6 月，上海市政府新聞出版處與國家新聞總署商定上海《大公報》實行公私合營，但並未公開宣布，實際上也並無多大實質性動作。

此後，有關各方就《大公報》出路問題提出過很多設想和方案。1951 年夏上海方面夏衍、惲逸群、姚溱等提出以《大公報》編輯班底為主，把《新聞日報》、《文匯報》和《大公報》三報編輯部改組合併為一個以王芸生為首的強編輯部，以《新聞日報》經理部及印刷廠為新報紙的經理部、印刷部，多下來的印刷器材組成文匯印刷公司。新報紙的名字仍叫「大公新聞」，形式上可以半公半私，「內容上則有了強的領導，不會如現在這樣沒法控制（如大公報隨便寫了一封公開信給日本人民，日本報上翻譯了出來，內容與蘇聯及周（恩來）外長所提有不少出入）」〔註 70〕。

1951 年 11 月下旬，上海方面夏衍等考慮到「《大公報》這種歷史大報不易管理」，遂提出「大公報北遷」方案，即《大公報》「似以靠近中央發揮其『半官方』的作用為宜」，最好遷天津與《進步日報》合併，若不行則遷北京與《光明日報》合併成為政協機關報，「無論遷京或遷津，似仍可保留大公報名稱，因為該報所以對內對外有其一定作用，其名稱大有關係」〔註 71〕。這一方案與中宣部和新聞總署曾提出把性質相同的原民盟主辦的《光明日報》、天津《進步日報》與上海《大公報》合併成一家報紙的想法接近，但沒得到中共中央認可。

1952 年春，上海市新協黨組提出一折衷方案，即《大公報》留在上海，「在國內則以大資產階級與大知識分子為主要對象，並應多登國際新聞」。王芸生不贊成該方案，認為「保持現狀，只能是死路一條。」

〔註 69〕 大公報李純青關於上海大公報館公私合營時間、沒收吳鼎昌股權、派公股代表等問題的請示報告（1949.12.11），滬檔：B35-2-108-10-13。

〔註 70〕《夏衍、姚溱致胡喬木同志函》（1951.10.11），滬檔：A22-1-20，第 58～60 頁。轉引自楊著第 148～149 頁。

〔註 71〕《夏衍、惲逸群、姚溱致胡喬木同志函》（1952.1.4），滬檔：A22-1-20，第 34～35 頁。轉引自楊著第 148～149 頁。

於是，王芸生給中宣部、統戰部、新聞總署以及毛澤東去函，要求批准《大公報》遷往北京。6 月中旬利用去北京開會之機，王芸生去找中央統戰部第一副部長徐冰，並通過徐冰向北京市彭真市長提出自己的想法。不料彭真婉拒遷京，中央統戰部意見是《大公報》留滬在其領導下辦成「教師報」。在此情形之下，王芸生不得不提出折衷的遷津與《進步日報》合併之建議。

最終方案是毛澤東 1952 年 7 月在聽了彭真、王芸生等彙報後，拍板定案：先遷天津與《進步日報》合併，將來條件成熟了再搬至北京，宣傳方向主要「搞財經和國際」，先實行公私合營，後過渡到公營〔註 72〕。

綜上所述，上海《大公報》公私合營問題歷經近三年，上上下下、多種方案的反覆商討，貫穿其間的就是中共如何加強領導以使《大公報》擺脫經營危機、進而充分發揮其特殊作用的考量與權衡。

第三節 重慶《大公報》「改組機關報」模式〔註 73〕

如前所述，本研究借鑒鄒讜先生分析中國當代政治所採用的「宏觀取向與微觀取向、歷史結構分析與主體行動分析」相結合的研究方法，這部分就是對此方法相對集中、比較鮮明地運用與嘗試，主要是從「理性選擇」的微觀行動分析視角，探討建國初期重慶《大公報》到《重慶日報》這一歷史變遷過程中有關行動者主體的互動與選擇，及其對最終歷史結果的影響。

一、中央政府的選擇

中共一直高度重視文化宣傳工作，認為要戰勝敵人，不僅要依靠軍事戰線和「手裏拿槍的軍隊」，還要依靠文化戰線和「文化的軍隊」，「這是團結自己、戰勝敵人必不可少的一支軍隊」〔註 74〕，所謂「一支筆可以當得過三千支毛瑟槍」〔註 75〕。在這支「文化軍隊」裏，報刊宣傳更是被當作進行階級鬥爭的有

〔註 72〕楊奎松著：《忍不住的「關懷」：1949 年前後的書生與政治》，桂林：廣西師範大學出版社，2013 年，第 150～153 頁。

〔註 73〕此部分主要依據筆者論文《從重慶〈大公報〉到〈重慶日報〉：歷史變遷中的「理性選擇」》稍加改寫，該文載於《學術交流》2017 年第 7 期，第 200～204 頁。

〔註 74〕毛澤東：《毛澤東著作選讀（乙種本）》，北京：中國青年出版社，1966 年，第 84 頁。

〔註 75〕鄔國義：《「一支筆勝於三千毛瑟槍」話語考》，《學術月刊》2015 年第 1 期，第 160 頁。

力工具，因為「它能使黨的綱領路線、方針政策、工作任務、工作方法，最迅速最廣泛地同群眾見面」，從而發揮其宣傳群眾、教育群眾、組織群眾的戰鬥作用。因此，中共建政時不僅要建立一個國營傳媒系統作為新聞宣傳主力軍，也十分注重發揮利用民營報刊的傳播能力和配合作用，作為輿論重鎮的《大公報》自然也在中央政府的統戰名單之上。

1949 年 11 月底重慶解放，一度被國民黨「劫收」出版 74 天的重慶《大公報》重又回到原大公報人手中。既然有保留上海《大公報》的中央決策在先，此時重慶《大公報》繼續出版，已不成什麼問題。自然而然，1950 年 4 月 4 日，重慶《大公報》正式取得新政權發給的「報紙雜誌登記證」。實際上，對於重慶《大公報》在新時代繼續出版，中央管理層還是高度重視和大力支持的，「重慶解放不久，北京新聞總署署長胡喬木，副署長范長江、薩空了曾聯名打電報給重慶大公報全體職工表示慰問，使大公報同人深受鼓舞」〔註 76〕。

二、大公報社總管理處的選擇

「大公報社總管理處」（以下簡稱「總管理處」）是抗戰勝利後胡政之準備大展宏圖所提議設立的作為《大公報》總部的管理機構，1946 年元旦在上海成立，領導上海、天津、重慶三館業務以及國內外直轄辦事處。這一機構的成立並運作，標誌著「大公報的言論中心從重慶轉移到了上海，滬館成為總館」〔註 77〕。在此背景下，重慶《大公報》在抗戰時期形成的重要地位開始衰落，戰時儲備在重慶《大公報》的人才、資金以及設備紛紛被調配到其他各館的恢復和建設中去。

重慶《大公報》的衰落，不僅由於總管理處發展戰略的調整，還與國共內戰期間該報不斷受到國民黨當局政治迫害有關。比如，1947 年 6 月，重慶《大公報》所有外勤記者，除一人外全部被捕關押一個多月。在如此白色恐怖之下，不少編輯記者紛紛逃亡，重慶《大公報》內部採編力量更加空虛。到 1950 年 10 月，中共派遣西南局機關報《新華日報》的雷勃作為黨代表，到重慶《大公報》擔任編輯主任「統管全部編採工作」時，重慶《大公報》「全部編採人員

〔註 76〕王文彬：《建國初期的重慶〈大公報〉》，載重慶日報新聞研究所編：《重慶報史資料》（第一輯），1988 年，第 32 頁。
〔註 77〕吳廷俊：《新記〈大公報〉史稿》（2 版），武漢：武漢出版社，2002，第 385～389 頁。

只有十多人」〔註78〕。

　　與此同時，總管理處自身困難的嚴重程度有過之而無不及。麾下的天津《大公報》已宣布「永遠脫離《大公報》這個醜惡的名義」，上海《大公報》經濟上不斷虧累、有垮臺之虞，香港《大公報》也如斷線風箏、只能任其自生自滅了。因此，對於重慶《大公報》，「上海總館一無經費支持，二無人員調派，三無業務指導。而且曾派人來說過，上海離重慶遠，交通不便，無法也無力參與管理」〔註79〕。更重要的是，總管理處在「無暇兼顧」重慶《大公報》的背景下，「深恐它發生政治原則性錯誤」〔註80〕，他們深知在新體制下犯政治錯誤是多麼嚴重而可怕的事情。因此，為避免引火燒身，把重慶《大公報》推出去就成為總管理處的理性選擇。

　　所以，1951 年 10 月，雷勃到上海《大公報》找到共產黨員副總編李純青，彙報重慶《大公報》情況和問題時，提出「將重慶《大公報》交給中共重慶市委去辦」，李純青當即同意，「但說要等王芸生同志決定」〔註81〕。開完全國政協會回來的王芸生焉有不同意之理，他早就表示過「我們就是要把《大公報》獻給國家，大公無私」〔註82〕。此事還得到時任上海市委宣傳部部長姚溱的支持，終於定了下來。總管理處派出總經理曹谷冰、副總編輯李純青、資料室主任許君遠和雷勃一起返回重慶去處理這件事情。

三、重慶《大公報》的選擇

　　重慶解放後，國民黨政權派到重慶《大公報》進行「劫收」的 30 餘人頓作鳥獸散。經向重慶市軍事管制委員會文化接管委員會申請登記，重新回到以王文彬為首的原大公報人手中的重慶《大公報》，「獲准發給報紙雜誌登記新字第四號」登記證，領證後「職工同人甚為興奮，深感今後任務的重大」。該報表示，「職工思想尚在繼續改造，革命理論的學習，也在逐步進行中」，

〔註78〕雷勃：《〈重慶日報〉是怎樣創刊的？》，載重慶日報新聞研究所編：《重慶報史資料》（第一輯），1988 年，第 35 頁。

〔註79〕雷勃：《〈重慶日報〉是怎樣創刊的？》，載重慶日報新聞研究所編：《重慶報史資料》（第一輯），1988 年，第 35 頁。

〔註80〕王文彬：《建國初期的重慶〈大公報〉》，載重慶日報新聞研究所編：《重慶報史資料》（第一輯），1988 年，第 34 頁。

〔註81〕雷勃：《〈重慶日報〉是怎樣創刊的？》，載重慶日報新聞研究所編：《重慶報史資料》（第一輯），1988 年，第 35 頁。

〔註82〕李純青著：《筆耕五十年》，北京：生活·讀書·新知三聯書店，1994 年，第 537 頁。

並把主要讀者群定位為「工商界和文化界」，決心在言論和新聞方面「努力配合國策」，在經營管理方面「向國營公營事業學習」〔註83〕。

應當說，新政權下的重慶《大公報》雖然遇到一些困難，但總體來看運營算是成功的。到1952年8月4日停刊，該報「實際出版了兩年九個月零幾天，中間沒有停刊過一天」，每天發行報紙一萬多份，似乎也沒犯過什麼大的錯誤。更加了不起的是，與上海《大公報》存在巨大經營虧空相比，重慶《大公報》竟然「始終保持收支平衡，略有盈餘，沒有出現過虧損局面」，「不僅沒有向上海大公報總管理處求援過，也沒有向人民政府申請過補助」，甚至「還在市中區王爺石堡購買了一套房屋來作職工宿舍」。在當時全國報紙大多虧損的情況下，重慶《大公報》之所以能取得如此成就，雷勃認為主要是「大公報在經營管理方面有一套經驗，善於精打細算」〔註84〕的緣故。

然而，解放過後「新生」感是短暫的，當大公報人逐漸熟悉新體制後，當初「興奮」感慢慢退潮，取而代之的是對自身前途的種種憂慮和擔心。據當時報館內唯一中共黨員譚竹安回憶，隨著西南局機關報《新華日報》在渝出版，「讀者紛紛訂閱黨報，《大公報》發行下降」，隨後另一家私營報紙《新民報》停刊，「這給重慶《大公報》職工的刺激很大」，結果有「約20人左右」離開報社，剩下來的人「思想仍不安定」，謠言四起，報館內出現「思想混亂狀況」〔註85〕。主要有兩種「活思想」：一是風險較大的想法，即「極少數知識分子職員」還是想辦「同人報」，繼續走民間辦報的路子，但信心不足，「深恐發生經濟賠累問題不好解決」；另一種是大多數人想法，「認為調到國營企業，或直接參加黨報工作，比較穩妥可靠，沒有政治上、經濟上種種風險」。所以，「絕大多數同人都贊同大公報停刊，全體職工都能參加黨報工作，既穩妥，又光榮。」〔註86〕

歷史轉折關頭何去何從的抉擇，普通群眾的意願固然重要，群體領導者的信心與意志同樣不容忽視。彼時重慶《大公報》主要領導人王文彬和雷勃，對繼續辦好重慶《大公報》既無信心，也沒決心。

〔註83〕王文彬著：《新聞工作六十年》，重慶：重慶出版社，1990年，第271～272頁。

〔註84〕雷勃：《〈重慶日報〉是怎樣創刊的？》，載重慶日報新聞研究所編：《重慶報史資料》（第一輯），1988年，第32～35頁。

〔註85〕譚竹安：《〈重慶日報〉與重慶〈大公報〉》，載重慶日報新聞研究所編：《重慶報史資料》（第一輯），1988年，第46頁。

〔註86〕王文彬：《建國初期的重慶〈大公報〉》，載重慶日報新聞研究所編：《重慶報史資料》（第一輯），1988年，第34頁。

王文彬是《大公報》的「老人」，從 1935 年秋「專任天津《大公報》編輯兼外勤科主任」起，歷經「上海、香港、廣州、桂林、重慶大公報等階段」，在《大公報》一直工作了近 20 年，得到了老一代《大公報》領導人胡政之、張季鸞的栽培和重用，按理說對《大公報》應懷有較深感情。可是，在新舊更替的歷史變遷之際，他看到自己有被懷疑為「資本家」，可能成為「鬥爭對象」的政治風險時，產生「思想顧慮」也是人之常情〔註87〕。從根本上動搖王文彬繼續辦好《大公報》信心的，恐怕還有原《新蜀報》主持人周欽岳「理性選擇」的示範作用。周欽岳堅定拒絕西南局宣傳部領導邀請其出山辦報，說「我辦私營報紙多年，苦頭受夠了。現在解放了，還能再辦私營報紙嗎？」〔註88〕實際上，周欽岳感興趣的是「西南軍政委員會副秘書長工作」。在當時歷史處境下，周欽岳的眼光不可謂不深遠，其選擇不可謂不明智，他堅決擺脫私營報人身份之舉，對王文彬的影響恐怕不能說無。王文彬自己也承認，「我當時思想上顧慮大公報會出現大錯誤。我自己也會受到批判。因此，我多次向廖副部長申請派黨員同誌主持大公報編輯部」；另外，「還希望早日解決個人組織問題」。為此，西南局宣傳部副部長廖井丹批評他「要少考慮個人得失，應該多想想報紙工作的需要」。甚至，王文彬一度「很想離開重慶到北京去學習」，後被范長江說服「仍回重慶工作」。說到重慶《大公報》為什麼停刊的問題，王文彬給出的理由之一，就是他認為「重慶市既有中共西南局的機關報《新華日報》，又有中共重慶市委的機關報《重慶日報》（待辦），根本沒有再辦大公報的必要」。其實，真正原因是他自己「兼職過多」，無力也無心繼續呆在《大公報》工作了。所以，他堅定地表示：「我贊成大公報停刊，可以大減自己的負擔。」〔註89〕

而對於雷勃來說，他是中共派到重慶《大公報》的編輯主任，只在《大公報》工作了一年。從他本人意願來說，是不願意到《大公報》工作的，「因為我十多年都是在黨的機關報工作」；一再推辭，甚至寫信給范長江「徵求意見」，其實是想請范長江幫忙推掉此工作調動，後來在廖井丹三次找談話以及范長江的鼓勵之下，「無奈」地「只好服從組織分配」〔註90〕。關於是否要繼續把重慶

〔註87〕 王文彬：《建國初期的重慶〈大公報〉》，載重慶日報新聞研究所編：《重慶報史資料》（第一輯），1988 年，第 32 頁。

〔註88〕 王文彬著：《新聞工作六十年》，重慶：重慶出版社，1990 年，第 138 頁。

〔註89〕 王文彬：《建國初期的重慶〈大公報〉》，載重慶日報新聞研究所編：《重慶報史資料》（第一輯），1988 年，第 33～34 頁。

〔註90〕 雷勃：《關於〈重慶日報〉初創時期的回憶》，《新聞導刊》，2009（5）：3-5。

《大公報》辦下去問題，雖然雷勃承認「在解放初期那樣困難的條件下，（重慶《大公報》）做到收支基本平衡，稍有結餘」，「資金勉強可以維持，沒有要求政府補助」，換言之，重慶《大公報》經濟上維持下去沒問題，但他也「感到這個私營報紙在那樣的條件下，繼續辦下去困難很大」〔註91〕。這裡可以看出，在雷勃看來，私營報紙的生存困難主要在於政治條件。於是，作為中共黨員的他，積極推動重慶《大公報》交給中共重慶市委去辦，便是自然而然的事。

四、重慶地方政府的選擇

解放後，重慶《大公報》的地方業務主管部門是中共西南局宣傳部，「張子意部長、廖井丹副部長都對我們熱情幫助」；廖井丹還兼任西南軍政委員會新聞出版局局長，副局長是漆魯魚，這倆人「對大公報具體幫助更多」，王文彬經常向他們彙報請示工作，他們也曾到大公報館向全體職工作報告。當王文彬主持重慶《大公報》工作「信心不足」時，是廖井丹給予鼓勵：「黨信任你，你就大膽負責，努力工作吧」；當王文彬有畏難退縮之意時，廖井丹也毫不客氣地給予批評〔註92〕。

毫無疑問，重慶地方管理當局對重慶《大公報》非常關心和支持。起初，市委組織部就安排報社唯一黨員譚竹安繼續留在重慶《大公報》工作，組織關係隸屬西南新聞出版局。後又派曾宇石作為軍代表到報社參加領導工作，同時市總工會派任百城到報社籌建工會，譚竹安擔任工籌會主席兼秘書。他們在報館內「組織職工學習黨的方針、政策和《社會發展史》等，進行熱愛黨、熱愛新中國的教育，樹立工人階級當家作主的思想，並在業餘時間開展一些如唱歌、下棋這類的文娛活動」〔註93〕。

重慶市委在切實解決重慶《大公報》實際困難方面也是真抓實幹，毫不含糊。當時市委書記兼市長曹獲秋多次向王文彬關心詢問《大公報》有何困難。當他得知重慶《大公報》存在職工過多、人事臃腫問題時，當即表示「你們工人多好辦，政府可以調走一部分」；後來，政府方面果然分兩次調走工人

〔註91〕雷勃：《〈重慶日報〉是怎樣創刊的？》，載重慶日報新聞研究所編：《重慶報史資料》（第一輯），1988年，第35頁。

〔註92〕王文彬：《建國初期的重慶〈大公報〉》，載重慶日報新聞研究所編：《重慶報史資料》（第一輯），1988年，第32～33頁。

〔註93〕譚竹安：《〈重慶日報〉與重慶〈大公報〉》，載重慶日報新聞研究所編：《重慶報史資料》（第一輯），1988年，第46頁。

約 100 人，「減輕了職工工資福利等負擔，這樣解決了大公報維持業務的最大困難」〔註 94〕。

儘管重慶《大公報》並未發生維持不下去的情況，但總管理處和重慶《大公報》兩方出於各自實際利害的權衡計算，多次主動提出「公私合營問題」。關於重慶《大公報》何時開始實施「公私合營」的問題，有不同說法。王文彬認為，1950 年 10 月中共派雷勃擔任重慶《大公報》編輯主任，「是重慶大公報正式公私合營的開始」；其實，這只是《大公報》方面的「口頭申請」，「並沒有辦理公私合營手續」，更沒有對外正式公布。正因如此，一年後才有雷勃上海之行，以及曹谷冰、李純青、許君遠三人與雷勃同返重慶，商議把報紙交給重慶市委辦的歷史事實。

據雷勃回憶，他先陪同李純青、曹谷冰去找廖井丹、張子意，西南局研究後表示同意。然後，又去找重慶市委第一書記張霖之，張書記很高興，說「市委早就想辦一張報紙了」，讓找市委宣傳部長任白戈具體商量。經幾次商量，結果是「商定先將重慶《大公報》改為公私合營，仍用《大公報》名稱，繼續出版報紙。同時，積極創造條件，待時機成熟即轉為市委機關報。」〔註 95〕

重慶市委在 1951 年底將撤銷的市人民政府新聞出版處的處長陳柏林及其工作人員全部調入重慶《大公報》，後又把停刊的重慶《新民報》少數編採人員也轉到《大公報》，充實編採力量，並委任陳柏林為《大公報》總編輯兼黨支部書記，準備籌辦市委機關報。

重慶《大公報》公私合營的正式公布，當在 1952 年 1 月。重慶市檔案館檔案材料顯示，重慶市人民政府於 1 月 17 日發布了一個「府秘（52）第 014 號通知」，內稱「本市私營之大公報，現改為公私合營，並由市領導，今後有關本市新聞多在該報發表，因此市府所屬單位及其附屬單位均應普遍訂閱大公報並組織讀報小組」。根據此通知精神，重慶市人民政府企業局、教育局等單位都發出通知，要求附屬單位「增訂大公報」、組織讀報小組以及組織通訊組「經常給報紙寫稿」〔註 96〕。

〔註 94〕 王文彬：《建國初期的重慶〈大公報〉》，載重慶日報新聞研究所編：《重慶報史資料》（第一輯），1988 年，第 32 頁。

〔註 95〕 雷勃：《〈重慶日報〉是怎樣創刊的？》，載重慶日報新聞研究所編：《重慶報史資料》（第一輯），1988 年，第 35～36 頁。

〔註 96〕 重慶市人民政府企業局通知，重慶市人民政府教育局通知。渝檔：01940004 000350000010，01480001000370000035。

經過半年多緊張籌備，原定於 1952 年 7 月 1 日《重慶日報》創刊，後因中央批文 7 月下旬才下達，所以改到 8 月 5 日正式創刊，與此同步，重慶《大公報》於 1952 年 8 月 4 日終刊。根據雷勃記載，周恩來總理對此還作出指示：「要做好黨外人士的安排工作，處理好私營《大公報》時期的財務帳目」。

五、「改組機關報」是四方互動、理性選擇的結果

綜上所述，和其他民營報由於經營困境而不得不尋求公私合營乃至國營化的退場原因不同，重慶《大公報》退場和《重慶日報》登場，顯然不是重慶《大公報》經濟上不能維持或政治上犯有錯誤所致。這一歷史結果的發生，除了政治、經濟等宏觀結構性因素之外，也與各方行動者基於有利原則，權衡利弊，從而作出「理性選擇」的微觀行動策略有關。

從中央政府行動者角度來看，對《大公報》採取從取締到保留的政策選擇，是基於國內外影響和統戰政策考量。但保留目的在於為我所用，發揮其對黨報的配合作用，因此留下上海《大公報》、後黨報化為北京《大公報》已經足以達成政治目標，而地方性的重慶《大公報》存亡問題無關大局，基本採取可有可無、順其自然立場。從地方政府行動者角度來看，起初保留並支持重慶《大公報》繼續出版，是貫徹執行中央政府新聞政策的必然之舉。後來為更好指導本地工作，確有創辦市委機關報的實際需要，在《大公報》方面再三請求接辦報紙的背景下，順勢而為將重慶《大公報》改造成市委機關報《重慶日報》，實乃水到渠成、兩全其美之事。

從大公報社總管理處行動者角度來看，早已沒有先前「佔據華東、華北、華西、華南四大據點，使《大公報》成為中國報界盟主」〔註97〕的雄心抱負了，此時王芸生最大心願就是要把「大公報」這塊牌子保存下來。因此，苦心經營好上海《大公報》成為其強烈動機，而對於重慶《大公報》則無力兼顧，甚至視為可能招致麻煩的累贅，有盡快脫手、了卻心病之感。而從重慶《大公報》自身角度來看，上自領導者下到底層職工，對繼續辦好私營報紙既無信心，也無決心和興趣，心心念念要「國營化」或黨報化，這樣基於生存環境和發展前途考量，採取規避風險、尋求實利的心態和立場，也是人情之常，無可厚非。

〔註97〕吳廷俊：《新記〈大公報〉史稿》(2 版)，武漢：武漢出版社，2002 年，第 385 頁。

總而言之，從重慶《大公報》到《重慶日報》的歷史變遷過程，顯而易見由「理性選擇」而派生出來種種複雜的利弊權衡與行動決策，如此這般，宏觀歷史結果即在各方行動者一系列微觀選擇中瓜熟蒂落，水到渠成。

第四節　北京《大公報》「專業黨報化」模式

如前所述，當上海《大公報》經營陷入困境、難以為繼之時，從中央管理部門到華東地方政府，當然也包括《大公報》自身，都想了很多辦法試圖擺脫困境，上上下下討論博弈了幾個來回，意見紛呈，莫衷一是。最終，還是由毛澤東主席一言九鼎，拍板定案。

一、遷京決策與專業化轉型

《大公報》面對嚴重經營危機，從自尊心極強的王芸生角度來說，他是不願意向政府伸手要錢的，因為從他過去民營職業報人的價值觀來講，這意味著辦報者的無能。回想解放初期對在新社會辦報自信滿滿，當下的王芸生卻不得不面對這樣無奈尷尬的處境。他想到的出路是「報社遷京」，因為「政治中心在北京，重要的信息來源於北京，一份全國性的大報，報社不設在北京恐怕不行。報社遷到北京，報紙的影響和銷售量就有可能擴大。」經過反覆思考，王芸生決定求助於毛澤東主席，鄭重地寫了一封長信，託中宣部部長陸定一轉交。很快，王芸生得到了進京謁見毛澤東的機會。剛剛游完泳的毛澤東認真而仔細地聽完王芸生的彙報，立即指示：「上海《大公報》與天津《進步日報》合併遷京，擇地建新址。報名仍叫《大公報》，作為全國性報紙，報導分工是國際新聞和財經政策。兩報合併遷京後，富餘人員由津滬兩地政府負責接收，安排適當的工作。」王芸生聽罷，愁雲頓消，激動得說不出話來。毛澤東見狀風趣地說：「大公王，恭喜你收復失地了啊！」王芸生還擔心兩報合併後不好管理，更擔心兩報編採人員不熟悉財經業務，怕承擔不起這項重任，搞砸了。毛主席笑著鼓勵他說：「你們兩家本來是一家人嘛！《大公報》人才濟濟，團結起來，鑽進去，三年五年不就熟悉了嗎！」〔註98〕

毛澤東對於《大公報》去向的決策，舉重若輕，乾脆利落。但是，在談笑風生、雲淡風輕的決策表象之下，還是有一些微妙而深層次考量的。其一，

〔註98〕方漢奇等：《〈大公報〉百年史：1902.0617～2002.06.17》，北京：中國人民大學出版社，2004 年，第 341～342 頁。

1949 年以前《大公報》是一份全國性報紙，新中國成立後，不論是天津《大公報》「改名易姓」，還是上海《大公報》「原封不動」，都是降級為「地方性報紙」。這次毛澤東作出「兩報合併遷京」決策，實質上是將《大公報》升格為中央一級的「全國性大報」，可謂是「在某種程度上對過去做法的稍加修正」〔註99〕。換言之，「大公報」這個招牌還是有一定含金量的，不但需要保留而且不能降格使用。其二，把未來北京《大公報》設計為只負責國際新聞和財經新聞的專業化發展方向，也是經過認真考慮的，主要考慮「國家需要」和「用其所長」。過去《大公報》素有「國際問題報導快捷」的美譽和傳統，對日本等國際問題有較深研究，二戰後更加關注國際形勢發展變化、經常發表見解獨到的國際時事評論，因此，《大公報》遷京分工負責國際問題報導，應當說是「用其所長」。另外一方面，當時國內大規模經濟建設剛剛開始，國家急需一份財經方面的報紙，陳雲、李富春等中央領導人也希望出版一份財經類報紙，另起爐灶需要很多人力物力的投入，恰好此時有一份現成報紙可用，而且還是歷史上頗有影響的一份大報，那麼，專業報導財經新聞的使命就順理成章地落在北京《大公報》頭上了。

1953 年元旦起，上海《大公報》與天津《進步日報》合併在天津出版新《大公報》，但編輯部重心設在北京。1956 年 10 月 1 日，已在天津出版兩年多的新《大公報》正式遷到北京出版發行。王芸生繼續擔任社長，袁毓明擔任總編輯（後由常芝青接任），曹谷冰擔任經理。到 1956 年底，《大公報》發行量直線上升，從 5.3 萬份猛增至 28 萬份，不但不再向財政要錢，反而上繳了 30 多萬元利潤，結束了長期虧損的局面。

事實上，1953 年《大公報》北遷正式實施「公私合營」後，立即成立黨組以進一步強化黨的領導。雖然名義上王芸生還擔任社長，但報社實際「一把手」是黨組書記。同時，中共中央對《大公報》的改造和轉型也極其重視，破天荒地兩度正式發文明確其性質，推動其發行，要求全黨重視利用《大公報》指導工作。

首先，在《大公報》剛剛合併北遷之際，1953 年 1 月 14 日，中央就下發《關於重視運用光明日報和大公報的通知》，體現了中央十分重視的態度。該文件明確「大公報實際上是公私合營的報紙」，規定「大公報除加強國際問題

〔註99〕方漢奇等：《《大公報》百年史：1902.0617～2002.06.17》，北京：中國人民大學出版社，2004 年，第 342 頁。

的報導外,確定以報導和討論財政經濟問題特別是公私關係和勞資關係為主」,要求「各級黨委應領導和督促各有關部門重視運用這兩個報紙,使之成為自己發表意見、解釋政策、交流經驗的工具。中央一級的財經工作部門,特別是財政部、商業部、糧食部、輕工業部、全國合作總社、人民銀行、工商行政管理局以及勞動部等部門和文化教育部門的黨組,應分別指定專人和這兩個報紙取得經常的聯繫,指導其編輯採訪和評論工作」,同時在發行上「各級黨委亦應通知各地郵局,很好地進行推銷工作,不得有所歧視」〔註100〕。

其次,1954年10月6日,中央宣傳部又前所未有地專門為《大公報》下發了一份給中央單位及各省市相關部門黨組的《通知》。該文件先是說明自去年中央文件下發後新《大公報》的運行情況:「中央曾明確規定《大公報》以財政經濟貿易方面的工作及對資本主義工商業進行社會主義改造為其主要的宣傳報導內容,並準備條件向財政經濟方面的專業報紙方面發展。」「大公報自執行中央方針以來,內容已有改進,發行數已增至九萬五千份,經營方面每月已有盈餘。」接著,再次強調《大公報》「公私合營」屬性,並解釋沒有公開其真實身份的緣由,要求各級政府和黨組織必須給予正確對待和必要協助:「現在大公報實際已是黨領導的公私合營的報紙,但為適應國內外的政治情況,目前對外仍保持私營的面目。各有關地區和部門的黨組織應根據中央這一指示精神對待大公報並予以應得的協助。」該文件還明確劃定了《大公報》的組織領導關係,規定其編輯業務「由中央宣傳部通過該報的黨組實現黨的領導」,企業經營業務「由中央文化部出版事業管理局統一管理」。最後,重申中央一級及各省市財經工作部門的黨組和黨員負責人「應切實執行中央關於重視運用《大公報》進行宣傳報導的通知,對《大公報》的宣傳報導工作予以指導和幫助。例如,吸收他們的黨員幹部參加有關的會議、閱讀有關的文件,指導《大公報》記者進行採訪工作,審閱《大公報》有關的言論等。」〔註101〕

然而,對於報紙專業化轉型,報社內外還是出現不同意見甚至不滿情緒,最終在整風運動中爆發出來。

1957年整風運動中,大公報社員工與其他報社員工一樣,「響應黨的號召」,通過各種座談會和大小字報等形式,揭露和批評黨內的「官僚主義、宗

〔註100〕《關於重視運用光明日報和大公報的通知》(1953.1.14),京檔:043-001-00022。

〔註101〕宣酉字第7號《中央宣傳部關於大公報若干問題的通知》(1954.10.6),京檔:043-001-00022。

派主義、主觀主義」錯誤，對報社及領導成員提出了一些批評意見。

批評意見主要集中在兩個方面：一方面，「大家一上來就集中批評黨組織、黨的幹部、黨員，也包括報館領導人員的生活作風、工作作風、自私自利等」黨員幹部官僚化、特權化問題；另一方面，就是對報紙的編輯方針及其現狀的批評，許多老記者、老編輯仍對過去《大公報》內容充實、版面豐富、社會影響廣泛、在精英階層口碑甚佳的輝煌歷史念念不忘，甚至有人認為雖然現在報紙銷量上漲很多，但「事實上，和銷數上漲相反，大公報的社會地位卻一落千丈」，因此一批記者編輯組織策劃向王芸生「施加壓力」，請願「恢復舊大公報」〔註102〕。

針對這種「否定黨的領導」、妄圖「復辟」舊《大公報》的「陰謀」，大公報社於1957年6月15日召開全體幹部大會開始批判「右派」言論，到10月30日，整風領導小組宣布反右派鬥爭取得決定性勝利，全報社已經揭發批判15個「右派分子」。關於「右派分子」人數有不同說法，可能是不同人在不同時期引用了不同的統計數字。一說是「16人」：「據運動結束時報社黨組的相關報告說明，此次反右中共有16人定為右派分子，即曹銘、余悅、朱啟平、徐梅芬、蕭離、蕭鳳、趙英達、馮雋民、徐文蘭、單于越、尤在、吳永良、高汾、石文華、袁毓明、趙恩源」；另一說是：「1957年反右運動中，顧國權、戈衍棣因歷史反革命加右派問題被逮捕判刑」〔註103〕，這就是累計「18人」了；還有吳永良一說是：「1957年北京《大公報》所劃右派中，有四位總字號人物，他們是：時任總編輯的袁毓明、副總編輯趙恩源、原《大公報》社長毛健吾和原《中央日報》副總編朱沛人」〔註104〕，換言之，右派人數又增加2人，達20人。方漢奇等也稱「在反右鬥爭中，北京《大公報》有20多人被打成右派，其中有報社黨組書記、總編輯袁毓明，被撤銷黨內外一切職務，開除出黨，調離報社；副總編輯趙恩源的右派結論是：在整風初期，召開民盟座談會，煽風點火，並力圖發展民盟組織，奪取領導權，鬥爭後態度一般，受到撤銷全部職務、留用察看處分；記者朱啟平的右派結論是：在鳴放初期，向党進攻十分

〔註102〕楊奎松著：《忍不住的「關懷」：1949年前後的書生與政治》，桂林：廣西師範大學出版社，2013年，第170～172頁。

〔註103〕楊奎松著：《忍不住的「關懷」：1949年前後的書生與政治》，桂林：廣西師範大學出版社，2013年，第181～187頁。

〔註104〕吳永良：《再憶〈大公報〉的幾位老友》，《書屋》2006年04期，第21～25頁。

囂張，公開向黨『將軍』，主張辦一張『真正人民群眾』的報紙，和黨報唱對臺戲，情節比較嚴重，受到留用察看處分；等等」〔註105〕。由此看來，方先生「20多人」的數字表述與上文逐個「點人頭」統計的結果，大致差不多，應是比較準確的估計。

後來，常芝青在1958年給李先念和中央的信中說：通過「反右」運動，《大公報》經營作風和制度方面做了不少改革，幹部隊伍得到進一步整頓，「除下放一批幹部勞動鍛鍊外，右派分子及重新清理的反壞分子共達三十人，調離幹部十七人。編輯記者隊伍，可以說基本純潔了。」〔註106〕顯然，這裡常芝青所說的「三十人」是「右派分子」和「反壞分子」兩種人的合計數字，由此也可從側面驗證「反右」運動中大公報社被揪出的「右派」人數大致在「20多人」是正確的估計，只是後來又「重新清理」出10個左右「反壞分子」而已。

二、徹底黨報化的改造

常芝青在1957年8月到任大公報社黨組書記後，大力推動《大公報》黨報化轉型，到1966年「文革」初期報紙停刊，這一段乃是《大公報》的「脫胎換骨時」。

（一）把報紙辦成「党進行鬥爭的工具」

在「反右」運動中，原黨組書記、總編輯袁毓明由於「投靠右派猖狂反黨」，而「右派分子復辟舊大公報的陰謀是十分猖獗」，於是成為「本報職工揪出」的「一個『納吉』」〔註107〕，被上級黨委「撤銷他的黨組書記及整風領導小組組長等一切黨內職務，並號召群眾對他進行堅決鬥爭」〔註108〕。在袁毓明出事情況下，1957年8月13日中宣部陸定一部長把王芸生找來，告訴他部黨委關於常芝青的任職決定。8月15日，常芝青到報社辦公，17日全社大會上中宣部、文化部負責人正式宣布任命，常芝青接替袁毓明擔任大公報社黨組書記，並任副社長兼總編輯。

〔註105〕方漢奇等著：《〈大公報〉百年史：1902.06.17～2002.06.17》，北京：中國人民大學出版社，2004年，第346～347頁。

〔註106〕常芝青：《關於確定與改變大公報的領導關係、明確大公報為國營企業向中央及文化部的報告（1958～1960）》，京檔：043-001-00033，第1～4頁。

〔註107〕《本報職工揪出一個「納吉」／袁毓明投靠右派猖狂反黨／右派復辟舊大公報陰謀徹底破產》，北京《大公報》，1957年7？月15？日。

〔註108〕楊奎松著：《忍不住的「關懷」：1949年前後的書生與政治》，桂林：廣西師範大學出版社，2013年，第183頁。

常芝青是個資深的無產階級黨報報人，對《大公報》股東吳鼎昌、張伯苓等人有「本能的階級敵視」，也使得他對《大公報》身上所帶有的資產階級屬性和民間報紙獨立性等「胎記」深惡痛絕，而且「和此前歷任黨組書記都不同，他在管理報社工作方面的主動、勤奮和認真負責，是在其前任身上所未見過的」〔註109〕。所以，他一旦執掌《大公報》權柄，就不遺餘力地強勢推進《大公報》黨報化進程。在常芝青看來，這也是黨組織派他到《大公報》工作的深層意圖，即「加強對《大公報》的領導，按照黨的要求辦好《大公報》」。8月14日，即陸定一把王芸生找到中宣部告知常芝青任職決定的第二天，常芝青在日記中寫道：「我一定不辜負黨的期望，要努力把《大公報》辦成一張為黨和人民服務的報紙，使它真正成為黨和人民的喉舌，成為党進行鬥爭的工具」〔註110〕。

《大公報》實現黨報化轉型，真正「成為党進行鬥爭的工具」，「首要的關鍵是」從「右派」分子那裏「把政治、業務領導權拿過來」。具體而言，就是一方面「加強報紙業務工作」，另一方面「解決報社的領導歸屬問題」。

首先，從「報紙業務工作」來看，常芝青認為原來的辦報路線、辦報方針以及編採人員的政治思想、業務素質等都存在嚴重問題。比如，「報紙發展方向和辦報方針方面，原來的領導強調『向專業化報紙發展』，辦報路子比較窄，報紙從內容上、版面上都難於全面充分地圍繞黨的中心工作進行宣傳報導。在辦報路線上，是搞關門辦報，還是依靠群眾辦報，問題沒有解決」；編採人員「思想不穩定，許多人對整風和反右派鬥爭有看法」，「新聞思想和政治、業務素質還不能真正適應形勢發展的要求」，「多數編採人員缺乏系統的財經理論和專業知識，也沒有做實際業務工作的經驗」，等等。怎麼辦？「常芝青抓住辦報思想和辦報方針問題，從思想作風建設到具體版面設計，進行了針對性的整改工作。」〔註111〕

常芝青明確提出《大公報》「必須置於黨的絕對領導之下，使『報紙成為黨的宣傳工具』」，「《大公報》過去『向專業化報紙發展』的方針是片面的，它會導致報紙不問政治，偏離黨的路線，走上歧路」。他強調正確的辦報思想應

〔註109〕楊奎松著：《忍不住的「關懷」：1949 年前後的書生與政治》，桂林：廣西師範大學出版社，2013 年，第 197 頁。

〔註110〕中共山西省委組織部編：《常芝青傳》，北京：新華出版社，2003 年，第 239 頁。

〔註111〕中共山西省委組織部編：《常芝青傳》，北京：新華出版社，2003 年，第 239 ～245 頁。

當是：「《大公報》是宣傳財經貿的政治性報紙，既要突出專業特點，又要以宣傳黨的路線方針政策為重」。換言之，從辦報思想和辦報方針方面看，常芝青反對先前的「專業化報紙」方針，主張辦「政治性報紙」，而所謂「政治性報紙」，其實就是綜合性黨報，只不過這張黨報的宣傳側重點在財經貿和國際方面而已。為此，常芝青在報社內建立「政治理論學習制度」，學習對象、學習時間、學習方法、學習內容、學習計劃（季度、年度）、甚至「討論參考題」等都有詳細規定，比如，規定「幹部學習每週應不少於六小時；工人的學習每週應不少於四小時；黨內的學習在黨的活動日進行」，「學習方法以自學為主，每本書學完後，每人必須寫一篇文章，至於是否寫筆記、寫心得由自己決定。每本書學習過程中組織討論一次至兩次」〔註112〕等。通過這樣的學習制度，「適時組織大家學習黨的路線方針政策，真正吃透中央精神；同時，組織編輯人員下鄉下廠，深入基層，深入實際，深入群眾，做好調查研究，真正解決辦報思想問題」〔註113〕。

「端正辦報思想」以後，常芝青主持制定了新的編輯方針並報經中央宣傳部和國務院五辦批准。該編輯方針首先強調「大公報是一張以報導財政、經濟、貿易為重點，並作國際問題宣傳報導的全國性的政治性的國營報紙」，這就意味著既要做好「財經貿」重點宣傳報導，「也需加強關於國家的政治生活及重大的經濟文化建設的宣傳報導」以「提高我報的政治性和思想性」，同時明確指示「我報繼續做國際問題宣傳報導工作（包括配合外交鬥爭和對讀者進行國際主義教育），並較多地注意日本問題和國際經濟問題）。其次，該文件還明確《大公報》由國務院第五辦公室領導，並與國務院第四、第八辦公室聯繫；主要讀者對象為「財經幹部」，除了供給他們財經貿專業信息之外，「還需要適當地供給他們以有關文化藝術等方面的讀品，報紙副刊（大公園）應該擔負這項任務」。最後，該編輯方針規定《大公報》「在生產、分配和消費的環節上起集體宣傳者和集體組織者的作用，因此，也應該注意介紹工業產品及其他商品的廣告業務」，且「這些廣告應佔用一定的篇幅，適當地滿足讀者的需要」〔註114〕。

〔註112〕 大公報社黨委制定的各時期學習計劃（1961.4～1964.9），京檔：043-002-00005。

〔註113〕 中共山西省委組織部編：《常芝青傳》，北京：新華出版社，2003年，第241頁。

〔註114〕 《黨組關於大公報的編輯方針向中央宣傳部的報告》，京檔：043-001-00029，第4頁。

可以看出，新的編輯方針扭轉了過去對報紙「專業化」、「業務性」的強調，轉而突出強調「政治性」，實質是向有特點和重點的綜合性黨報轉向。此後，這兩類稿件在版面上的比例發生相應變化。9 月 19 日常芝青提出的改革版面方案，就是反映了編輯方針的這種轉變。原先的版面格局為：一版是財經貿新聞，二版是財經貿通訊，三版是財經貿言論或理論文章，四版是純文藝的副刊《大公園》及廣告。改版後變成：一版是國內新聞，二版是財經貿報導，三版是副刊《大公園》選登政治思想性強的文藝作品，四版是國際要聞加適當廣告。與此同時，「相應地調整了報紙業務工作機構和人員，撤銷原設業務領導組，建立編委會碰頭會議制度，並重新明確了編委的職責和分工」，並「委派一批黨員、業務骨幹充實了編採第一線的力量」，「切實加強了黨對報紙業務工作的領導」〔註 115〕。

政治領導、業務領導固然重要，組織領導也至為關鍵，因此解決報社領導歸屬問題，對於《大公報》「黨報化」具有重要意義。原先《大公報》實行的是「黨政雙重領導」的複雜體制，「黨組由中央宣傳部領導外，還受文化部黨組的領導；黨支部的生活（包括幹部管理）歸文化部黨委領導，報社行政工作則歸文化部出版局領導；在財經業務宣傳上由國務院五辦領導（日常領導先念同志指定由程子華同志負責），現在文化部已決定將大公報下放到北京市委，黨的生活（包括幹部管理）歸市委機關黨委領導，行政工作歸市人委領導」〔註 116〕。如此多頭領導，「婆婆」眾多，領導關係交叉重疊，於是就出現了「報社對方方面面都不敢怠慢，有時一天之內就有幾個單位通知開會，而且要求到會者必須是哪一級的領導幹部，弄得報社疲於應付。各部門有了宣傳報導的東西，要求報紙支持、提供方便；報社遇到實際問題，卻往往無人負責解決」〔註 117〕。比如，「報社下放到市後，在工作上遇到了比過去更多更大的困難。許多工作布置是從市的文化藝術工作要求出發的，有些事情，報社執行起來感到很有問題，因為報紙工作同其他下放的中央文化藝術單位有很大的不同，在工作上不可能適應市的要求」；再比如「印報紙張問題，市文化局只管北京的，航空版

〔註 115〕 中共山西省委組織部編：《常芝青傳》，北京：新華出版社，2003 年，第 244 頁。

〔註 116〕 《常芝青給李先念和中央的信》（1958.8.1），京檔：043-001-00033，第 1～4 頁。

〔註 117〕 中共山西省委組織部編：《常芝青傳》，北京：新華出版社，2003 年，第 245 頁。

的紙張問題卻要我們直接向有關地方黨政去交涉。這樣做，必然會發生我們無法克服的困難以至造成工作上的混亂」〔註118〕。

正是基於此「多頭領導、無人負責」的尷尬局面，乘《大公報》改版努力引起中央領導人重視的東風，常芝青迅速採取一系列行動，給中央寫報告，找中宣部、國務院五辦反映，試圖徹底解決《大公報》組織領導歸屬問題，但均無回音。1958年7月13日，李先念約報社黨組全體成員談話，常芝青乘機提出領導歸屬問題，李先念表示可由中央財貿部領導，要《大公報》向中央寫報告。8月1日，常芝青以報社黨組書記名義給「先念同志並中央」寫了一封信，雖然寫信、打電話催問，仍遲遲不見中央批覆。常芝青毫不氣餒，緊盯不放，於12月10日和17日，「又分別以報社黨組和黨組書記的名義，兩次給中央寫了報告。隨後，常芝青先後找程子華、姚依林以及李先念的秘書七、八次，又多次到中央財貿部和國務院五辦催促批辦」，終於在1959年1月25日，「李先念代表中央正式答覆：大公報黨組劃歸中央財貿部直接領導，黨的關係劃歸中央直屬機關黨委管理，報紙業務受中央宣傳部指導」〔註119〕。1961年9月，中央財貿部撤銷後，《大公報》又劃歸國務院財貿辦公室領導，黨的組織關係劃歸國務院直屬機關黨委領導，常芝青也被任命為國務院財貿黨委委員。

（二）貫徹「全黨辦報」「群眾辦報」思想

「從在革命根據地辦報，到解放後在大西南辦報，到北京辦全國性大報，常芝青長期始終牢固樹立的依靠黨依靠群眾辦報的思想，20多年中不斷發展」〔註120〕，這一思想在改造《大公報》中也大派用場。如果說改革報紙業務、解決報社領導歸屬問題等還只是常芝青推動《大公報》黨報化的起點，那麼，貫徹「全黨辦報」、「群眾辦報」思想則是常芝青完成《大公報》從外表到內里黨報化定型的關鍵舉措。

「全黨辦報」、「群眾辦報」是中共黨報理論中繼「工具論」，即「報紙是黨的宣傳工具」之後又一核心概念，與「記者辦報」、「才子辦報」、「關門辦報」、「同仁辦報」等相對立。這個概念最初提出，是為了解決黨報「稿荒」問題。

〔註118〕《大公報黨組關於確定與改變領導關係的請示報告》（1958.12.10），京檔：043-001-00033，第5～10頁。

〔註119〕中共山西省委組織部編：《常芝青傳》，北京：新華出版社，2003年，第246～247頁。

〔註120〕中共山西省委組織部編：《常芝青傳》，北京：新華出版社，2003年，第259頁。

但是，「全黨辦報」一旦從思想概念層面通過黨組織中介作用演化成組織實踐，其意義就遠遠超出「稿源」問題的範疇。「從現象看，就報紙一方，主要為解決稿源之急，但內地裏則是通過這樣的聯繫，『完成真正戰鬥的黨的機關報的責任』，『成為黨中央傳播黨的路線貫徹黨的政策與宣傳組織群眾的銳利武器』。作為黨組織一方，可以通過工作經驗介紹，不僅有利於推動和指導工作，而且還直接介入了報紙。」通過實行「全黨辦報」方針，「報紙的脈搏就能與黨的脈搏呼吸相關了，報紙就起了集體宣傳員與集體組織者的作用」。「全黨辦報」、「群眾辦報」的實質，在黃旦先生看來，「就是拆掉編輯部的專業或自以為專業的壁壘」，「把報刊的實踐和黨組織融為一體」〔註121〕。

深諳「全黨辦報」、「群眾辦報」精髓，也有在《晉綏日報》和西南《新華日報》類似辦報經驗，常芝青用這一方針來改造《大公報》更是有新的發展、新的創造。

常芝青提出：「在全國各省市區普遍建立記者站，在基層廣泛建立通訊員隊伍；同時，對中央有關部門派出駐部記者。這在當時中央各報也是獨一無二的」〔註122〕。《大公報》原先在全國各大區也設有記者站，每站只有兩三人，很難管好幾個省的報導工作；而且，這些記者都是報社派過去的，地方黨委待之以「客」，卻配合不夠，報導的數量、質量都上不去。因此，常芝青決心改革原先的老辦法，從1958年10月下旬開始，報社黨組和編委會報經黨中央批准，通知各省市區黨委財貿部安排建站和選派記者工作，到年底，大多數省市區都建立了《大公報》記者站。到1960年1月底，全國各省區（除西藏）都建立了記者站，每站配備了1～2名專職記者；北京、上海、天津、重慶、瀋陽、西安、武漢、廣州、哈爾濱、太原等大城市也都建站配人。到1964年，報社召開第二次全國地方記者會議時，《大公報》在全國共有32個記者站，配有37名記者。在駐站記者之外，還在基層大力發展通訊員隊伍，到1959年底，全國各省市區共建立通訊小組500多個，其中重點小組300多個，通訊員人數達到三、四千人之多，其中骨幹通訊員就有800人。與此同時，《大公報》在商業部、全國供銷合作總社、糧食部、財政部、中國人民銀行、輕工業部、

〔註121〕黃旦、周葉飛：《「新型記者」：主體的改造與重塑——延安〈解放日報〉改版之再考察》，載李金銓編：《報人報國：中國新聞史的另一種讀法》，香港：香港中文大學出版社，2013年，第340～347頁。

〔註122〕中共山西省委組織部編：《常芝青傳》，北京：新華出版社，2003年，第253頁。

紡織工業部等國務院有關部門設立了駐部記者組或駐部記者。此外，輕工業部、紡織工業部、交通部和郵電部還在省（區）市所屬廳局和一些重點企業為《大公報》配備特約記者。

地方記者站、基層通訊員、駐部記者、特約記者，數量不可謂不大，但如何激發他們的工作積極性以及如何提高他們新聞報導技能，也是亟待解決的現實問題。這裡，常芝青發展了「全黨辦報」思想，堪稱一個「創舉」，即對這些記者站「實行地方黨委和報社雙重領導、以地方黨委領導為主」的新體制，駐站記者也由地方選配、報社認同。這樣，「就使記者站的領導責任主要落在地方黨委身上，又主要為地方宣傳服務，有效地調動了地方參與辦報的積極性」。駐部記者也照此辦理，「他們的工作得到各部很大支持，可以看到部裡許多重要文件，參加部長辦公會，甚至列席部黨組會，並能就地及時瞭解各部貫徹中央有關方針、政策、措施情況，便於向報社反映情況並採寫和組織稿件」。

儘管各地、各部所配記者均是「政治表現好，比較熟悉財經工作，有一定寫作能力，並願意從事新聞工作的」幹部或業務骨幹，但常芝青還是非常重視對他們進行管理和培訓，建立了一整套諸如地方記者工作條例、地方記者管理細則等管理制度，還分期分批組織駐站記者回報社培訓學習，定期開會交流經驗和解決突出的共性問題。僅 1961 年報社就先後四次召回各地記者 34 人集中培訓實習，每期培訓實習兩個月，由常芝青和報社黨組、編委會成員分別講授和輔導，並在報社編輯部指導下，進行日常編輯工作實習。常芝青本人每期都要抽空同地方記者座談，對培養地方記者傾注大量心血。這樣，就使地方記者工作逐步趨於正規化、規範化，為提高稿件質量奠定了基礎。

綜上所述，「全黨辦報」、「群眾辦報」方針在《大公報》的貫徹與推行，「既壯大了報社的採通力量，也打破了原先報社記者隊伍的結構」，點、線、面結合，上下貫通，《大公報》就在全國形成了一個龐大的「採通網絡」，真正實現了「把報刊的實踐和黨組織融為一體」的目標，「報紙的宣傳報導局面大為改觀，稿源劇增，質量明顯提高，《大公報》真正呈現出了圍繞黨的中心任務，重點宣傳財經的特色」〔註123〕。報社在總結 1958 年編輯部工作時，宣稱《大公報》「像一張黨報」了：「報紙的面貌和我們這支新聞隊伍的思想面貌，都發生了帶有根本性的變化。現在這張報紙的內容和風格已經像一張黨報了，

〔註123〕中共山西省委組織部編：《常芝青傳》，北京：新華出版社，2003 年，第 253～259 頁。

不再有時還像一個『文人論政』的講壇了；已經具有廣泛的群眾性了，『才子辦報』的殘餘消失了；我們已經充分認識到一張機關報的重要作用，而不再站在一邊『配合配合』了」，「這個發展鮮明地反映了大公報從舊式的『文人論政』的報紙轉變到黨的階級鬥爭和生產鬥爭的武器的過程」。作為黨報的《大公報》，現在「竭力盡心地完成黨交給我們的各項任務」，「每一個同志和整個編輯部」都成為「黨的馴服的奮發有為的工具」〔註124〕了。

〔註124〕　《編輯部 1958 年工作總結》，《大公報社編輯部各時期的宣傳計劃提要和工作總結》，京檔：043-001-00156，第 141～143 頁。

第四章 《大公報》改造的效果、結果及其理論批判基礎

本章首先從新聞與言論的業務角度考察中共改造《大公報》的效果，其次概述作為改造結果的北京《大公報》退場基本過程，初步分析其退場的歷史緣由及其社會影響，在此基礎上試圖闡釋中共改造《大公報》的理論批判基礎。

第一節 改造效果：《大公報》的新聞與言論

中共改造《大公報》的效果，無疑是全面而深刻的，不論其人還是其報都發生了天翻地覆的變化。從邏輯關係上講，報人的改造是因，報紙的變遷是果，沒有報人脫胎換骨的重鑄，就沒有報紙改頭換面的「新生」。從政策訴求來說，前者是手段，後者是目的，也就是說，中共改造《大公報》的最終目的在於利用其獨特的民營身份，發揮其「配合」黨報功能，為我政治宣傳所用。關於中共對大公報人乃至民營報人的思想改造、組織領導等內容，本研究前後文多有論及，不再贅述，這裡專從報紙業務的角度來考察中共改造利用《大公報》的效果如何。縱觀建國後《大公報》十七年的發展歷程，中共對其改造大致分為三個主要階段，即宣言「新生」後（1949.6～1950.6）、不斷改造中（1950.7～1957.7）、脫胎換骨時（1957.8～1966.9）。在這三個階段中，《大公報》的新聞與言論業務究竟表現如何？

一、宣言「新生」後的新聞與言論

總的來看，宣言「新生」後一年裏，《大公報》面對新環境和新體制，一方面政治上積極表現，一方面業務上謹小慎微，務求不出差錯。專刊副刊成績

比較顯著，新聞和言論亮點不多。

（一）新聞報導

這一年《大公報》主要報導這樣幾件大事：（一）迎接上海解放；（二）慶賀中共建黨 28 週年及解放軍建軍 22 週年等紀念日；（三）歡呼新政協會議召開，作為報導重點；（四）支持中共領導的土改、鎮反等政治運動，做了大量宣傳配合工作；（五）針對上海民眾中民族自卑感盛行的情況，加強愛國主義宣傳等。

應該說，宣言新生後《大公報》的新聞報導雖然有成績，對幾件大事的報導也有自己特色，但是與前相比以及與同期黨報《解放日報》相比，存在一些問題。這些問題主要表現為：

其一，新聞量偏少，自己採寫的獨家新聞尤其少，新聞時效性也略遜一籌。據對 1950 年上半年上海《大公報》和《解放日報》要聞版消息數量的統計（見表 4-1），可見《大公報》在新聞總量、自採新聞、轉載新聞以及新聞圖片數量上，均輸於《解放日報》。

表 4-1 《大公報》和《解放日報》要聞版總體情況均值匯總〔註1〕

報紙名稱	新聞總量（條）	自採新聞（條）	轉載新聞（條）	圖片數量（張）	個案數（個）
大公報	10.83	3.66	7.16	1.35	146
解放日報	12.28	4.34	7.96	1.95	146

來源：此表係筆者統計自製。

上海《大公報》雖然有重視自採新聞的傳統，但其版面上現在是「轉載新聞」的天下，占 66%強，自採新聞的數量和質量都不盡如人意。如表 4-1 所示，《大公報》自採新聞的均值僅占《解放日報》的 84%〔註2〕，亦即其自採新聞的數量半年之內比後者少一百多條。比如，《大公報》1950 年 1 月 18～19 日兩天的要聞版，只有 1 條自採新聞，而且篇幅極短，短到只有兩句話，自採新聞在整版轉載新聞中猶如「滄海一粟」。頭條是要聞版上最顯著的位置，能上頭條的大部分是轉載新聞，自採新聞只占 23.1%，比《解放日報》低 10 個百

〔註 1〕此處及下面表格係筆者統計自製而成。這裡「均值」是指兩報要聞版上的「新聞總量」、「自採新聞」、「轉載新聞」以及「圖片數量」數量的平均值；「個案數」是指 1950 年 1-6 月兩報納入統計的要聞版個數。

〔註 2〕此數據係由《大公報》「自採新聞」條數均值除以《解放日報》「自採新聞」條數均值運算得來，以對二者進行比較。

分點。不僅數量少，《大公報》自採新聞的質量也明顯不如《解放日報》，主要表現在以下幾個方面：

從自採新聞主題分布看（參見圖4-1），幾乎在所有主題上，《大公報》自採新聞量均不及《解放日報》，特別是在政治、經濟、軍事等重大主題方面，差距尤為明顯。這種自採新聞主題分布上的差異，至少說明《大公報》在反映社會生活的寬度上較為狹窄，也在一定程度上摺射其反映生活的深度也稍遜一籌。事實上，《解放日報》自採新聞的單篇篇幅均遠大於《大公報》，內容顯然要充實得多。

圖4-1　《大公報》與《解放日報》自採新聞主題分布圖

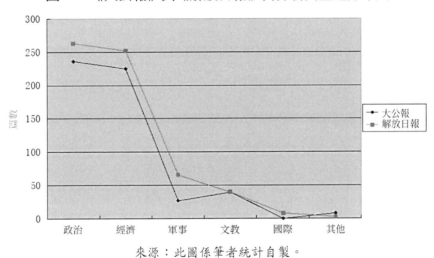

來源：此圖係筆者統計自製。

從自採範圍來看（參見表4-2），《大公報》要聞版來自上海市內的自採新聞與《解放日報》差距顯著，僅占後者61%，反映出《解放日報》挾黨報優勢在市內新聞採訪上明顯佔據上風。而市外的新聞，從數字上看，似乎《大公報》扳回一局，但其實這些市外新聞不是報館派出記者所採製，而是主要出自各地「通信員」之手，往往標有「本報（某地）通信」字樣。這些「通信」時效性較差，報導著眼點往往在於「工作」而非「新聞」。

從自採新聞的總體時效看（參見表4-2），《大公報》稍稍落後於《解放日報》。一般來說，市內新聞兩報基本是第二天見報，即時效是1天；若是市外的新聞來源，少則三、五天，多則十多天。而《大公報》恰恰是市外自採新聞比《解放日報》多一倍，從而影響了其時效性。至於頭條新聞的時效，《大公報》均值為2.5天，而《解放日報》只有1.6天，頭條新聞速度顯然慢一拍。

從自採新聞的形式來看（參見表 4-2），《大公報》新聞（消息）條數均值比《解放日報》要少一些，而「特稿」（通訊）量相較多出一倍。所謂特稿，主要是針對某件事或某項工作而進行的較為深入細緻的報導，其篇幅較長、內容較為豐富，但時效性差，新聞性弱。

表 4-2 《大公報》和《解放日報》自採範圍、時效、形式均值匯總對比表

報紙名稱	自採範圍		自採時效（天）	自採形式		個案數（個）
	市內（條）	市外（條）		新聞（條）	特稿（篇）	
大公報	2.2	1.4	1.4	3.4	0.2	146
解放日報	3.6	0.7	1.2	4.2	0.1	146

注：自採時效＝發表時間與發生時間之差的總和之平均值。
來源：係筆者統計自製。

其二，批評報導數量更少，質量也不如人意。對 1950 年上半年《大公報》和《解放日報》要聞版上自採新聞的態度傾向（見表 4-3）進行分析可知，在中立、肯定態度方面，兩報差異不顯著；但在否定態度上，二者存在顯著差異。也就是說，《大公報》自採新聞中，批評性報導明顯少於《解放日報》，僅占後者的 25%。應當說，建國初期，新政權朝氣蓬勃，政治清明，威信很高，同時也虛懷若谷，開門納諫。1950 年 4 月 19 日，中共中央發布《關於在報紙刊物上開展批評和自我批評的決定》，5 月 16 日上海市政府又再次發布指示：「公私報刊可獨立負責地批評政府的工作和人員」。可是，就是在這樣較為寬鬆的政治空氣下，作為民營報紙的《大公報》，由於其敏感的「私營」屬性和尷尬的政治處境，在批評報導上顯然表現得畏首畏尾，不敢放膽開展輿論監督，與黨報《解放日報》犀利潑辣的批評報導，恰成鮮明對比。

表 4-3 《大公報》和《解放日報》要聞版自採新聞態度均值匯總

報紙名稱	中立（條）	肯定（條）	否定（條）	個案數（個）
大公報	1.6	2.0	0.1	146
解放日報	1.5	2.5	0.4	146

注：所謂「中立」、「肯定」和「否定」，主要是指新聞報導所呈現的對於其報導的人或事是否不持明顯態度、明顯持有讚揚態度和明顯持有批評態度。所謂「均值」，是指每天要聞版上具有此種態度的新聞報導的平均條數。
來源：係筆者統計自製。

事實上，《大公報》自採新聞中不僅批評性新聞數量少，與《解放日報》相比，其批評深度以及批評銳度都不在一個量級上。就深度說，《大公報》對上海鐵路局遺失一部電話機、查了 172 天無結果的「官僚主義、文牘主義」的批評，以及解放後中小學生活動增多、有「過忙」現象的批評等，與《解放日報》所涉及的基層幹部「亂打亂抓」、槍傷群眾、打死農民等違法問題，公職人員貪污腐敗、玩忽職守、本位主義問題，工會脫離群眾、工會幹部壓制批評問題，國營公司嚴重浪費、幹部不團結、工作缺乏計劃性和「政策思想」問題，工人怠工、偷竊、浪費以及越權圍攻、控制資方問題，私營工商業投機鑽營、不顧信譽、唯利是圖問題等在當時社會生活中比較重大的問題相比，《大公報》基本處於「沉默」狀態，有之也是「雞毛蒜皮」式的批評居多。從批評銳度看，這裡且不說《大公報》的批評性新聞，態度婉轉，措辭溫和，多屬輕描淡寫式的批評，單說像《解放日報》那樣，在一個要聞版上集中發表兩條、三條、甚至五條批評稿的火力強度，這在《大公報》是很難想像的。從更加引人注目的評價指標看，批評性報導出現在頭版頭條的頻率，彰顯一家報紙新聞批評勇氣。通過考察兩報頭條新聞的態度傾向（參見表 4-4）可以發現，《大公報》的批評性報導只占全部頭條新聞的 4.5%，而《解放日報》的同類數字竟高出一倍多，達 10.5%。沒有比較，就沒有鑒別。兩相比較之下，不得不說《大公報》的新聞批評較為拘謹，犀利漸失，風光不再。

表 4-4 《大公報》和《解放日報》要聞版頭條新聞態度交叉對比表

			頭條態度			Total
			中立	肯定	否定	
報紙名稱	大公報	Count	52	75	6	133
		% within 報紙名稱	39.1%	56.4%	4.5%	100.0%
	解放日報	Count	43	68	13	124
		% within 報紙名稱	34.7%	54.8%	10.5%	100.0%
Total		Count	95	143	19	257
		% within 報紙名稱	37.0%	55.6%	7.4%	100.0%

來源：係筆者統計自製。

其三，新聞版面形式單一，比較呆板。翻開這一時期上海《大公報》的要聞版，一個突出印象是，版面上經常出現「大塊頭」文章。這些「大塊頭」主要是

領導人講話、工作報告、政府文件、人員名單、來往電函、通告公告、標語口號等。恍惚之間，人們不禁有此報是「新聞紙」還是「公文紙」的疑惑！雖然這些大塊文章也許確實含有某些重要信息，可是全部採用「全文」照登的形式，不必說形式呆板，傳播效率低，很多重要、有用信息也會淹沒在大量常規無用的冗餘信息之中，單說版面占用量很大，勢必會擠壓整個版面的信息量空間。

對於這套編輯模式，建國初期北上觀禮的曹聚仁以一個新聞記者眼光發出這樣感慨：「以形式版面來說，目前的報紙，已經回到十九世紀末期上海報紙的老樣子去了，未免太單調呆板，近於政府公報了」，「至於教條主義文字太多，若干報告所佔篇幅太多，也是使讀者逐漸厭倦了的」〔註3〕。

（二）言論社評

宣言「新生」後《大公報》的「言論」大致有這樣幾類：一是轉發國際上社會主義陣營國家的重要社論或評論，包括蘇聯《真理報》、共產黨情報局機關刊物《爭取持久和平！爭取人民民主！》等；二是轉發國內《人民日報》和新華社的社論或評論；三是邀請社外名家撰寫的評論，即「星期論文」；四是本報編輯部撰寫的「社評」、「短評」等；五是對讀者來信的答覆、編者按等形式的評論性文字。這裡，主要以「社評」為分析、論述對象。

眾所周知，《大公報》非常注重「社評」，每日一評甚至多評，是其堅持多年的傳統並成為其辦報特色之一。宣言「新生」後《大公報》似乎保留了這一傳統，社評數量仍然很大，堅持每日發言，社評內容涉及國內的政治、經濟、軍事外交、文教、民生以及國際等方面。根據筆者對《大公報》社評的文本分析發現，宣言新生後《大公報》的言論是抑揚有別的：對國內，言成績盡量謳歌，言缺點避重就輕；對國際，則揚蘇抑美。

從對內言說看，《大公報》對新政權是熱情謳歌、努力幫忙的，在新政權遭遇困難時引導人民相信政府，經常採用「新舊對比」方法來批判舊社會、謳歌新政權。「新生」一週年時，《大公報》總結道：「一年來，我們的立場是正確的，雖然有時因缺少經驗不免有些錯誤和困難，但我們全體職工是熱烈擁護著人民政府，曾經盡了最大力量來影響和宣傳政府所號召的政策。」「凡政府所號召的，一個政策或一件工作，我們無不為其實現而努力宣傳。」〔註4〕

〔註 3〕曹聚仁著：《北行小語：一個新聞記者眼中的新中國》，北京：生活‧讀書‧新知三聯書店，2002 年，第 29 頁。

〔註 4〕《本報新生一週年紀念》，上海《大公報》，1950 年 6 月 18 日。

同時，《大公報》社評在批評建言方面顯得特別謹慎，表現為批評性社評數量少，話題選擇避重就輕，對一些重大政治、經濟問題處於「失聲」狀態，批評時機存在滯後性和被動性，往往都是在政府定調之後才敢發表意見，批評言論的對象選擇多向下指向民間且全部是匿名，語氣較為婉轉。

從對外言說看，《大公報》一方面對社會主義陣營尤其是蘇聯頂禮膜拜，熱情謳歌，另一方面對以「美帝」為首的境外敵人，則恨之入骨，猛烈批判。在1950年上半年37篇批評性社評中，有28篇是針對境外、特別是境外敵人，包括美國、美軍佔領下的日本以及退據臺灣的國民黨政權等，占全部批評性社評76%。在王芸生等大公報人看來，「熱熱鬧鬧的罵美帝國主義就沒錯」〔註5〕。這一社評立論方針，反映了這一時期民營報人的普遍心態，大罵境外敵人總比批評國內事務容易一些，也安全得多，這種言論自保策略屬人之常情。按照分清敵友原則，《大公報》對外言說在貶斥美帝同時，對盟邦蘇聯則是極力盛讚，盛讚蘇聯締造者列寧及其主義，盛讚蘇聯在二戰中的英勇表現和巨大作用，盛讚蘇聯經濟建設和政治民主成就，更盛讚蘇聯對我國的援助和支持。

總之，宣言「新生」後《大公報》的言論初步掌握了階級分析的方法，處處擁護新政權，批判舊社會，以肯定、讚揚為主，批評監督淪為點綴，措辭語調也是敵我分明、褒貶異趣、政治色彩濃厚。在關注領域、輿論監督、語調語氣等方面，《大公報》言論與同期黨報《解放日報》相比，差別明顯。《解放日報》比較關注國內政治、經濟話題，國際方面的社論比例很小；在政經社論當中，對某些黑暗面的批評，可謂大膽潑辣，語調犀利。相反，《大公報》社論比較側重國際方面，對以美國為首的新政權敵人，可謂刀刀見血；而對國內時事基本上以「唱讚歌」為主，歌頌的調子甚至比黨報《解放日報》更高，常常在文章結尾高呼「萬歲」，基本看不到《解放日報》那種客觀冷靜、痛快淋漓的批評。

之所以如此，與《大公報》的言說立場密切相關。有關研究表明，相對於《解放日報》的「主人」立場而言，《大公報》持有的其實是「客卿」立場，「其對內言說，對主人極盡討好謳歌能事，即使主人高姿態徵求『批評意見』，客人也頗識趣，遵循『少說為佳』、『避重就輕』、『儘量後說』、『說之婉轉』原則；對外言說則看主人眼色行事，以主人愛憎為愛憎，愛主人之所愛，恨主人

〔註5〕《王芸生同志的思想檢查》，華東學委會上海新聞界分會辦公室編：《學習》第九號（1952.9.24），滬檔：A22-2-1550，第8～9頁。

之所恨，對主人的朋友儘量說好話，對主人的敵人則大加撻伐。」因而，《大公報》「除了常抱『感恩』心態，多言『感謝』話語，模仿主人說話風格，處處小心謹慎，生怕哪一點不符合主人意圖，儘量跟上主人步伐，努力做好客人份內的『配合』工作之外，似乎別無選擇」。這種「客卿」立場何以形成？「深究起來，離不開主人態度和客人自覺兩方面原因。從主人態度說，『敵我友』界限分明，革命成功之日自然賞罰有別，因此成為『座上賓』還是『階下囚』全看主人取捨。從客人自覺說，認清主客之勢，準確自我定位，恪守為客之道，才是度盡劫波的自保良策。換言之，外因是主人要承認客人地位且待之以客，內因是客人要自覺客人身份且安於為客，二者互為條件，缺一不可。外因使《大公報》不敢有獨立立場，內因使其不能有獨立立場，最終成就過渡期《大公報》的『客卿』立場。」〔註6〕

二、不斷改造中的新聞與言論

（一）新聞報導

這一時期《大公報》對新聞採編高度重視。1953年北遷以前，「在編輯方面，編輯每晚工作前一小時召開碰頭會，檢查當天版面，準備第二天的版面；在採訪方面，在採訪課內分有財經、工運、文教、政法等四個小組，聯繫各機關和團體，並在北京、南京、漢口、廣州駐有特派記者，在滬寧、滬杭線的若干地點有特約記者，另聘請通訊員300餘人」〔註7〕。北遷轉型搞「財經宣傳」和「國際宣傳」以後，新聞報導專業化特色逐漸明顯。

這一階段《大公報》的報導重點如下：

「抗美援朝」報導。1950年11月10日上海《大公報》等報紙發表聯合聲明：「即日起停止刊登美國電影廣告」。1951年元旦起，逐日刊登張樂平先生創作的、以抗美援朝為題材的「三毛」連載漫畫；6月號召捐獻「韜奮號」轟炸機。不僅連續發表《美帝在朝鮮的冒險》、《美帝在狗咬狗中準備擴大侵略》、《支持前線爭取抗美援朝的最後勝利》等一系列文章，聲援抗美援朝鬥爭，並先後派出多名記者「到朝鮮前線採訪，撰寫了大量的戰地報導，受到讀者的

〔註6〕江衛東，吳廷俊：《過渡期〈大公報〉立場考察——以1949年6月17日～1950年6月26日社評為對象》，《新聞大學》2014年第4期，總第126期，第32頁。

〔註7〕方漢奇等著：《〈大公報〉百年史：1902.06.17～2002.06.17》，北京：中國人民大學出版社，2004年，第340頁。

好評」。其中，有較大影響的是劉克林所寫的「戰地通訊」，「滿懷政治激情，讚頌志願軍的英勇，揭露美軍和李承晚軍隊的殘暴」；記者朱啟平在朝鮮談判上的採訪活動，《大公報》內部總結時也比較滿意；以及愛國情感強烈的王芸生別出心裁地創造了「時事問答」這種述評結合的宣傳形式，「解說抗美援朝的進程，謳歌志願軍指戰員的英雄事蹟。」

「增產節約」和「三反」、「五反」的報導。1951 年 12 月中共中央發布《關於實行精兵簡政、增產節約、反對貪污、反對浪費和反對官僚主義的決定》，轉年新政權又掀起「五反」運動。上海《大公報》全力投入這場宣傳報導活動，「王芸生、李純青從早到晚每天盯在社裏，高度緊張」，王芸生更是「緊密結合運動進程，連篇累牘地撰寫社評，積極參加戰鬥，表現得尤為賣力」〔註8〕。王芝琛在提到他父親王芸生對這次宣傳運動的領導時，不無自豪地稱之為「有聲有色」〔註9〕。在對「三反」運動的報導中，上海《大公報》不僅在版面頭條等顯著地位，突出報導有關增產節約和「三反」消息，綜合性副刊「大公園地」也拿出大量篇幅來配合此次運動的宣傳，如 1952 年 1 月 1 日「大公園地」刊出通欄標題《我在增產節約運動中做了些什麼》，發表 8 篇短文，全部都是討論如何投入這場運動，取得徹底勝利的內容〔註10〕。

策劃報導具有國際影響的「日本人民來信」新聞事件。1951 年 8 月 12 日，上海《大公報》頭版頭條以「日本人民寫信給中國人民」為題，刊登了九封日本來信；8 月 15 日頭版又刊登「大公報給日本人民的一封信」。如此信來信往，一直持續到年底，信件內容主要是反對美國單獨對日媾和的陰謀。11 月，此事件引起蘇聯方面注意，27 日蘇聯《文學報》發布了此一事件的消息，並摘要翻譯了其中幾封信，此外「蘇聯文學報要大公報電送照片，請王芸生寫過文章」〔註11〕。對此，上海《大公報》感到很榮耀，把蘇聯方面的有關動作在《大公報》上加以傳播報導，並在總結三年來工作時作為「滿意」方面的事例加以列舉。可是，《大公報》視為成績的這個新聞策劃行動，在新聞管理者眼裏卻是不聽話、不好管理、「沒法控制」的毛病。

〔註8〕楊奎松著：《忍不住的「關懷」：1949 年前後的書生與政治》，桂林：廣西師範大學出版社，2013 年，第 132 頁。
〔註9〕王芝琛著：《一代報人王芸生》，武漢：長江文藝出版社，2004 年，第 207 頁。
〔註10〕馬光仁主編：《上海當代新聞史》，上海：復旦大學出版社，2001 年，第 48～49 頁。
〔註11〕李純青：《大公報工作人員的思想情況》，滬檔：A22-2-1532，第 22～33 頁。

　　《憲法》草案的宣傳。北遷後《大公報》特別重視 1954 年《中華人民共和國憲法》草案的全民討論，6 月 25 日，以「擁護中華人民共和國憲法草案」為主題，舉辦了「天津市工商界人士座談會」〔註 12〕。王芸生說：「在中國制定一部憲法，是他盼望了一輩子的大事」。因此，對憲法宣傳，「王芸生踔厲奮發，全神貫注，始終處於昂奮狀態」就不難理解了。於是，「他親自領導擘畫，在一版上開闢專欄，逐日刊登討論稿」，他還擬定「勝利的總結，幸福的保證」十個字作為專欄刊頭。「從擬定計劃，到約稿、改稿，都親自過問。每天上午必到社長辦公室詢問：『憲法稿來了多少？』一上班，還常常翻閱稿件，把認為需要親自處理的拿走。《大公報》老作者的來稿則必親自處理。」〔註 13〕

　　財經報導和國際宣傳。這是北遷後《大公報》主要業務發展方向。頭兩年「報紙的群眾基礎在擴大，宣傳影響在擴大」，增添了一批「財經機關幹部」新讀者，這就表示著「我們與廣大的財經工作人員已有了聯繫，聯繫還在開展中」。並且「版面已有特點」，表現在「財經新聞和國際新聞數量上是突出的」、「合作社週報、財經知識、金融雙週刊三個專門性的副刊是突出的」、「國際關係的評論和採訪也是突出的」；闢有「國際新聞」版，版面上欄目較多，如「國際鱗爪」、「國際譯叢」、「國際簡訊」、「國際資料」等，且多配有大幅圖畫以活躍版面。但總的來說，還是「摸索前進」，存在很多不適應、不滿意、不願意之處。通過不斷總結經驗教訓，特別強調加強計劃性，到 1955 年時《大公報》對「專業報」新身份開始變得從容起來，對完成「財經宣傳」和「國際宣傳」兩項使命變得自信起來，認為有三項成績：一是「比較有成效地貫徹執行了以財經工作為中心的報導方針，做到了財經工作的宣傳報導經常不離版面，而且佔了主要的篇幅和顯著的地位。為著突出財經工作的報導，又及時抓住了財經工作中的主要問題，（如發行新幣、三定政策、反貪污、旺季工作），組織了戰役性的報導，而戰役性的報導，又緊緊與廣大人民生活結合起來，提高了財經工作的政治性、思想性」；二是「國際問題的宣傳報導在配合外交鬥爭、打擊帝國主義方面有成績。在面向群眾，向廣大人民進行國際時事宣傳方面也開始取得一些經驗和成績」；三是「宣傳報導形式上有一些創造，其中較好的是問

〔註 12〕《擁護中華人民共和國憲法草案‧本報舉辦天津市工商界人士座談會》，《大公報》1954 年 7 月 8 日第三版。
〔註 13〕吳永良：《解放初期天津〈大公報〉瑣記》，《書屋》2004 年第 1 期，第 56 頁。

題討論形式,此外如國際版和讀者來信,也有一些新形式」〔註14〕。1956年《大公報》「財經宣傳」重點主要包括以下三個方面:一是私營工商業和手工業社會主義改造;二是農業合作化後農村財經工作的宣傳;三是工業及商業競賽與提高職工生活福利的宣傳。「國際宣傳」重點包括四個方面:一是充分宣傳社會主義陣營力量的壯大以及和平政策的勝利;二是反殖民主義運動的宣傳;三是和平中立地區正在擴大,鼓勵一切有利於和平的變化;四是深刻具體地分析資本主義國家之間的即將尖銳化的矛盾〔註15〕。

　　「整風反右」新聞報導。整風期間,《大公報》加強了「批評與自我批評」的火力。1957年3月25日,《大公報》頭版頭條刊發了一則批評性新聞《松江縣國營商業片面強調上下對口／機構重疊 人多事少 浪費嚴重／幹部苦悶 領導部門至今未予解決》。從對5月份《大公報》二版頭條新聞的統計看,類似的批評性新聞至少7條。對於「左葉事件」,《大公報》也給予較大篇幅的報導,很多新聞人「借題發揮」向黨大提意見,大倒苦水,最終被視為「用資產階級的新聞觀點來看待社會主義的新聞事業,主張新聞工作的絕對自由,有擺脫黨的領導的傾向」,很多新聞記者因此被戴上「右派」帽子而經歷「九死一生」。然而,《大公報》主要「錯誤」還不在上述那些事,主要表現在「內蒙古採訪撲空記」、「北京取消蔬菜自由市場」報導、「北京市調換房屋」報導、「六一」兒童節相關報導言論以及一些雜文等事上。這幾件事其實是《大公報》響應「整風」號召所開展的幾項輿論監督報導,但因涉及敏感話題和有關領導人而被揪住了「辮子」。為此,《大公報》公開登報檢查,認為「這些錯誤的性質是嚴重的,因為它們正好是在右派分子向黨的領導和社會主義道路猖狂進攻之際,起了推波助瀾、點火助戰的壞作用。在發表這一類錯誤的報導和言論的時候,大公報曾經不自覺地充當了右派分子的工具」,「沒有站穩立場,沒有堅守無產階級辦報路線」〔註16〕。

　　這一階段《大公報》新聞報導方面也存在以下一些問題:

　　有些報導把關不嚴,犯自由主義「錯誤」。主要包括:(1)「洩露國家機

〔註14〕　《編輯部一九五六年工作規劃提綱(第二次草稿)》,《大公報社編輯部各時期的宣傳計劃提要和工作總結》,京檔:043-001-00156,第73頁。

〔註15〕　《編輯部一九五六年工作規劃提綱(第二次草稿)》,《大公報社編輯部各時期的宣傳計劃提要和工作總結》,京檔:043-001-00156,第74～84頁。

〔註16〕　本報編輯部:《關於本報幾個錯誤報導的檢查》,北京《大公報》,1957年7月5日。

密」；（2）「排版錯誤」；（3）未經政府批准擅自報導，如1951年9月24日，《大公報》記者單于越「寫了一篇歡迎愛倫堡和聶魯達來滬的稿子，沒有送到市政府新聞處審查就逕行發表」，結果不得不為其「嚴重的犯了自由主義、輕視紀律的錯誤」而深刻檢討〔註17〕等；（4）新聞失實問題，如1952年「2月22日根據道聽途說的材料，刊載了「盧作孚在渝病逝」的消息，而盧實係違反國法，畏罪自殺的〔註18〕，對此王芸生認為「是一件政治性錯誤」，並自我檢討說「這完全由於我思想麻痺，政治警覺不夠，同時又犯有資產階級搶新聞的毛病。以為一個名人的死是新聞，而不考慮登了這條新聞對人民有何作用」〔註19〕。鑒於此，大公報社內部對相關責任人作出相應處分決定，上海市新聞出版處對《大公報》發出通報批評，予以警告處分〔註20〕。

處理讀者來信出現立場問題。1951年，在鎮壓反革命運動中，「公安機關逮捕了一大批反革命分子」。這些人的家屬「曾多方企圖利用報紙的讀者來信欄或社會服務組來鑽空子，進行活動」。5月3日，「大公報的社會服務部竟把收到的這樣一封反革命分子家屬來函轉到公安局盧灣分局，並要求答覆」。這種舉動，招致上海市新聞出版處的通報批評：「這樣的處理是有失人民報紙立場的」，並指示正確的做法是：「社會服務部是為人民服務的，因此，社會服務部的編者在收到反革命分子的家屬為反革命分子罪行辯護的來信時，不僅不應該把信轉到公安機關去要求答覆；而且相反的還要對投函人作必要的批評和教育」〔註21〕。

財經報導缺乏權威，國際新聞依靠譯稿。北遷轉型後，《大公報》頭版大都是轉載新聞，自採消息的「本報訊」幾乎從頭版上消失，消息總量也有所減少，一般在10條以內。總的來看，財經宣傳「沒有權威，還不能指導讀者的生活與工作」，過分依賴「黨和各級財經部門」，沒能「獨立思想，獨立負責，

〔註17〕《單于越的檢討文》，1951年10月3日，滬檔：B35-2-65-22，第18～20頁。
〔註18〕上海市新聞出版處：《關於大公報報導「三反」、「五反」運動中所犯錯誤的通報》，新管（52）字第05181號，19520305，滬檔：B35-2-65-19。
〔註19〕《王芸生檢討文》（1952.2.22），上海大公報編輯部《關於報導嚴重洩密錯誤問題的檢查報告》，1952年2月22日，滬檔：B35-2-65-22。
〔註20〕上海市新聞出版處：《關於大公報報導「三反」、「五反」運動中所犯錯誤的通報》，新管（52）字第05181號，19520305，滬檔：B35-2-65-19。
〔註21〕上海市人民政府新聞出版處：《關於大公報社會服務組把反革命家屬來函轉到上海市公安局盧灣分局並要求答覆問題的通報》（195105），新管（51）字第01119號，滬檔：B35-2-65-15。

起領導作用」。讀者增加,主要是因為「中央各財經部門對所屬機關通告普遍訂閱大公報」;版面突出,「主要是依靠報社以外的力量」,「自寫及自己組織來的稿件不過百分之二十」,「數量不多,質量也不高」。國際新聞宣傳方面,「一開始就博得好評,但後來表現停滯狀態,因為主要特點是依靠翻譯」〔註22〕。同時,國際宣傳上意識形態色彩濃厚,與客觀事實有一定距離。

造成這些問題的原因何在?版面上出現把關不嚴,犯自由主義錯誤,李純青認為主要是因為營業虧累越積越多、生存壓力越來越大的結果,大公報人內心焦慮與日俱增,越是想要創造自己報紙的特點,實現營業收支平衡,就越容易「陷入資產階級新聞競爭的地獄」。其實,除了生存壓力大的原因,還有一個重要原因就是大公報人原來很熟悉的那一套新聞操作慣例,被批為資產階級新聞觀點和作風,與無產階級黨報範式和各種宣傳紀律相衝突的結果,比如搶新聞、未經審查就發表的「自由主義」,把「國家秘密」泛化的階級鬥爭警惕性等。而對讀者來信處理的「立場」問題,恰好反映了大公報人對新體制下新聞業性質和報紙運作機制不熟悉而鬧出了「烏龍」。至於北遷轉型為財經專業報所產生的那些問題,主要原因是對專業報業務不熟悉所致,國際宣傳中的意識形態色彩是當時歷史情境下的普遍現象,國際宣傳主要目的就是「對帝國主義進行鬥爭,並對全國人民進行國際主義教育和時事教育」〔註23〕,傳播信息和反映事實倒不是重點,戴著「有色」眼鏡看世界,難免對「東方」溢美過甚,對「西方」惡語相向,均失之偏頗。

(二)言論社評

這一時期《大公報》發揚重視言論的傳統,成績斐然。「每週召開一次社評會議,檢查過去一周的社評,準備下周社評的選題,臨時發生的新聞隨時配發社評。」〔註24〕此階段《大公報》的言論寫作,積極配合黨和政府的中心工作,重點落在如下幾個方面:

1. 大力配合「三反」、「五反」運動。1952年1月的26天中,共轉刊或自撰社論、社評共29篇,其中關於論述增產節約、開展「三反」運動的有17篇,

〔註22〕 《編委會對上半年工作總結和下半年工作方針的意見(草稿)》,《大公報社編輯部各時期的宣傳計劃提要和工作總結》,京檔:043-001-00156,第18~21頁。

〔註23〕 大公報總編輯室編印:《大公報通訊》,1955年第2期。

〔註24〕 方漢奇等著:《〈大公報〉百年史:1902.06.17~2002.06.17》,北京:中國人民大學出版社,2004年,第340頁。

占 60%；而在「五反」運動中，王芸生的文章可謂出盡風頭。「可能是王芸生一向對貪污腐敗、投機倒把等行為深惡痛絕吧，他寫的文章《上海是虎穴，必多大老虎》被毛澤東指定為『五反』運動的學習參考文件之一。」〔註25〕王芸生貧苦學徒出身，對當時黨報黨刊批判資產階級「唯利是圖、損人利己、投機取巧」等頗多共鳴。因此「五反」運動一開始，王芸生就把批判鋒芒直指上海那些資本家，包括「主要由資方上層人士組成的市工商聯」。1952 年 2 月 6 日，《大公報》就開始「含蓄地批評工商聯對運動的領導軟弱無力，實際上阻礙了運動的發展」。2 月 9 日，王芸生在《大公報》發表政治批判長文《資產階級有沒有猖狂進攻？是我們「製造階級鬥爭」嗎？》，以他所瞭解的上海資方的種種表現為例，為中共中央的論點做了頗有說服力的論證，毛澤東對此文極為讚賞，批示《人民日報》全文轉載。王芸生大受鼓舞，又一鼓作氣寫了《打垮資產階級在上海的深溝高壘》一文，毫不留情地把矛頭直接對準「平常經常在各種官方場合見面的那些資方頭面人物，認為他們組成的上海工商聯恰恰是領導上海資產階級負隅頑抗的核心堡壘」，此文四天之後再一次被《人民日報》轉載。儘管上海工商界上層人士對王氏不注意區別守法工商戶與不法工商戶、動輒把上海工商界與「唯利是圖、損人利己、投機取巧」的資產階級混為一談「普遍反感」，甚至有人當面指責其所提意見夾雜「個人恩怨」成分，但有黨報的支持，王芸生「不僅把記者派出去到處挖資本家禍國殃民的各種信息，自己也每每親臨工商界上層各種鬥爭會現場，去旁聽，甚至去提問和直言批評」。楊奎松先生說：「初次像共產黨人一樣，衝上階級鬥爭的第一線，喊打喊殺，王芸生表現得相當勇敢。」〔註26〕

2. 注重社論的指導性。北遷後《大公報》從「一般報紙」（大眾綜合報）轉型為「專業報紙」，其言論發生較大變化。首先，從版面直觀來看，以往《大公報》標誌性的「社評」變成了「社論」，且數量明顯大幅減少了。以前基本上每天都有社評，甚至一天多評；現在一個月也沒有幾篇。就拿 1953 年 1～6 月《大公報》社論來說，六個月共計發表「社論」31 篇，平均每月只有 5 篇左右。後來隨著慢慢適應轉型，社論數量又有所增加，但總體看還是比以前要少。其次，《大公報》社論的內容更加「專業化」了。除了過去常有的國內重

〔註25〕王芝琛著：《一代報人王芸生》，武漢：長江文藝出版社，2004 年，第 207 頁。
〔註26〕楊奎松著：《忍不住的「關懷」：1949 年前後的書生與政治》，桂林：廣西師範大學出版社，2013 年，第 132～139 頁。

大政經評論、國際外交評論之外，有關財經專業的社論由少到多、越來越佔據重要地位，以突顯《大公報》「財經宣傳」為重點的特色。以 1955 年 9 月《大公報》社論為例（見表 4-5），這個月共刊發自撰社論 31 篇，其中屬於財經相關評論（多在二版）達到 20 篇，占 64.5%。更重要的是，寫社論的方法也改變了，「不像從前報社『文責自負』，自己寫了就發表，而是一定送主管部門或財貿辦公室審定」，「有時也根據部裏的文件或領導人報告寫社論」〔註27〕。這樣一來，《大公報》社論言說視角基本轉換到「指導工作」的組織視角，言說立場對內是宣傳、貫徹黨和政府的方針政策，對外則根據黨的要求仍然以「私營報」的民間身份發言，言說語氣是中央或上級部門的語氣因而更加權威和肯定，社論篇幅比以前要長得多，內容全面細緻，整體看更像政府指導、部署工作的文件。

表 4-5　北京《大公報》1955 年 9 月社論匯總

序　號	日　期	社論標題
1	9/1	資本家必須正確對待全國私營商業及飲食業的普查工作
2	9/2	越南人民爭取祖國和平統一的鬥爭必將勝利：慶祝越南民主共和國成立十週年
3	9/3	日本的道路——民族獨立與民主和平：紀念抗日戰爭勝利十週年（1版）
4	9/3	努力完成十萬噸油脂的增產任務（2版）
5	9/5	吃用糧食當思來處不易
6	9/6	充分利用農村私營商業為旺季購銷業務服務
7	9/7	正確認識我國的糧食問題
8	9/8	進一步加強對農村私營商業的社會主義改造工作
9	9/9	對私營工業貫徹「統籌兼顧、全面安排」方針必須與改組改造密切結合
10	9/10	降低新式畜力農具價格是國家給農民辦的又一件好事情
11	9/11	糾正資本家在當前生產經營中的錯誤態度
12	9/12	重光葵的危險勾當
13	9/13	積極完成棉花預購的交售任務，保證棉花統購政策的貫徹執行
14	9/16	蘇聯和西德建立外交關係的重大意義（4版）

〔註27〕胡邦定：《說說北京〈大公報〉（上）》，《百年潮》2010 年第 4 期，第 62 頁。

15	9/17	進一步開展少數民族地區貿易工作
16	9/19	糧食部門應堅決貫徹糧食工作的兩項辦法
17	9/20	青年們，都要成為建設祖國的積極分子：祝賀全國青年社會主義建設積極分子大會開幕
18	9/21	必須深入細緻地開展糧食「三定」到戶運動
19	9/22	必須繼續向農民宣傳糧食「三定'到戶辦法的好處
20	9/23	積極開闢新油源（1版）
21	9/23	熱烈歡迎波蘭軍隊歌舞團（4版）
22	9/23	鞏固歐洲和平的重大努力（4版）
23	9/24	旺季已到，趕快檢查一下旺季購銷準備工作
24	9/25	迅速加強旺季農村工業品供應工作（1版）
25	9/25	歡迎緬甸聯邦文化代表團（3版）
26	9/25	杜勒斯應該收拾起發了黴的舊腔調了（3版）
27	9/26	滿足農民在秋收旺季中對生產資料的需要
28	9/27	加強旺季市場的管理工作（1版）
29	9/27	支持蘇聯對本屆聯合國大會的建議（4版）
30	9/28	人民的軍隊，光榮！
31	9/30	各地必須加強領導旺季農村金融工作

資料來源：係筆者統計自製。

3. 配合整風運動。1957 年 4 月 27 日，中共中央發出關於整風運動的指示。為配合「整風運動」，《大公報》當然「願意站在人民的立場上說幾句話」〔註28〕，發表了一些有針對性配合運動需要的社論。如 5 月份刊發了《拆掉牆連上線》、《歡迎工商業者大膽爭鳴》、《要傾聽群眾的意見》、《重視記者的呼聲》、《大膽鳴放 幫助整風》、《促膝談心 徹底拆牆》、《歡迎社會新風氣的誕生》、《一面整風 一面改進》、《工商聯要幫助工商業者鳴放》等社論，主要談及領導與群眾之間、黨員同志與非黨員同志之間的「隔膜」問題，給領導提「幾點粗淺的意見」（「攤開」、「亮底」和「通氣」）。同時，大力鼓勵工商業者「應該毫無顧慮地齊『放』和爭『鳴』」。關於「左葉事件」，批評「以橫蠻粗暴的態度對待記者的事情」以及歧視非黨報紙和非黨記者的做法等。值得一提的是，《大公報》4 月 13 日社論《在社會大變動的時期裏》，得到毛澤東的親筆表揚，他批示曰：「送胡喬木同志閱。可惜人民（日報）缺乏這樣一篇文章。」

〔註28〕《及時的春風化雨》，北京《大公報》社論，1957 年 5 月 3 日，一版。

4月26日，毛又在批示中讚揚《大公報》「理論水平高於《人民日報》和其他京、津、滬各報」〔註29〕

　　總的來說，改造時期的《大公報》，由於其性質從民營綜合報逐步向專業財經黨報轉型，雖然名義上還是「非黨報紙」，但民報色彩淡化，黨報色彩逐步增強，但又沒有實現完全轉型，表現出過渡性特點。其新聞報導表現為努力圍繞黨和國家中心工作展開宣傳，積極緊跟政治形勢進行報導，特別是轉型財經專業報的全新嘗試，也令大公報人手忙腳亂、壓力倍增。正因為轉型過程中的新舊衝突、立場游移、新聞操作慣例不同等諸多矛盾不適，導致《大公報》不斷犯錯、屢遭批評，甚至有幹了幾十年的報人現在不會編報的恐慌、茫然與無奈。其言論立場從民間轉向官方，言論內容除了重大政治經濟話題以外，更加突出財經和國際話題，尤為顯著的是，言論寫作方法迥異於前而致言說內容、視角、語氣等更多帶有官方指導工作特點，並對領導機關和黨的文件產生較大依賴。言論數量顯著減少的原因，一方面與剛剛轉型的大公報人對財經業務不夠熟悉有關，另一方面與新體制對社論性質與作用的認識有關。

三、脫胎換骨時的新聞與言論

　　經過「脫胎換骨」的改造，《大公報》成為「党進行鬥爭的工具」，新聞與言論自然也「越來越像黨報」了，所以此階段又被稱為「黨報化時期」〔註30〕。這個時期《大公報》實行新的編輯方針，由過去強調辦一張「專業化報紙」轉變為要辦一張「政治性報紙」。所謂「政治性」，即圍繞黨的中心工作，「加強關於國家的政治生活及重大的經濟文化建設的宣傳報導，提高我報的政治性和思想性」；在此基礎上，明確「財經宣傳」和「國際宣傳」是《大公報》宣傳報導的兩個「重點」或「特色」。換言之，新的編輯方針就是「一個中心，兩個重點」，即圍繞黨的中心工作，突出財經和國際兩個宣傳重點。據此，版面上「政治性」和「業務性」兩類稿件的占比做了相應調整，「政治性」得到高度重視和強調，強調「在宣傳報導的具體方向上和內容上，要從黨的對內對外政策、社會主義市場和人民生活供應等方面著眼，宣傳國民經濟的發展情況；對工農業生產，要報導與人民生活直接有關的生產建設情況；要注意報導社會主義分配和人民生活提高的情況，大量報導有關社會主義分配和人民生

〔註29〕張頌甲：《為〈大公報〉討還公道》，《新聞記者》1999年5期，第63頁。

〔註30〕江衛東：《黨報化時期〈大公報〉的新聞與言論》，《重慶三峽學院學報》2018年第4期，第87頁。

活供需問題上的情況和資料，並研究這方面的經驗，討論這方面的問題；還要
報導經濟領域的社會主義改造。」〔註31〕

（一）新聞報導

此階段《大公報》的新聞報導有如下幾個特點：

1. 大抓「典型報導」。在常芝青看來，典型報導與評論同樣重要，是提高
宣傳報導水平的關鍵，甚至把它提高到「辦報路線的一個重要問題」高度來認
識。他說：「寫典型報導，要有情況，有問題，有解決問題的過程，還要考慮
到其效果和影響等等。典型報導，也是報導經驗、指導工作和運動的最好方法
之一，多寫典型報導是我們採訪的方向」〔註32〕。1958 年 3 月 6 日，常芝青
帶領幾位記者到全國聞名的大躍進典型——河北省徐水縣採訪，親自撰寫了
通訊《河北省的一朵紅花——走馬觀花訪問徐水縣》，熱情歌頌徐水人民大躍
進的景況；3 月下旬，他聽說毛主席讚賞湖北省麻城縣大躍進的形勢，立即趕
去採寫了通訊《城鄉大躍進的新形勢——從武漢到麻城》，熱情歌頌麻城人民
大辦地方工業和推進農業技術改造，創造「人人豐衣足食，個個人面桃花」幸
福生活的場景。既然報社一把手積極性如此之高，那麼《大公報》自然「將宣
傳大躍進作為中心任務」加以組織報導。「據粗略統計，1958 年 4 月至 10 月
期間，《大公報》刊登宣傳大躍進和紅旗單位典型報導達 70 多篇（組），平均
三天就一個（組）典型見報，這些報導，歌頌了廣大群眾，特別是財貿戰線職
工的社會主義積極性和創造性，也助長了高指標、高估產、高徵購、瞎指揮、
浮誇風的泛濫。」〔註33〕在總結 1958 年工作時，典型報導成為第一位成績
加以肯定：「在財經報導方面貫徹執行『抓思想、抓典型、抓問題』的方針，
抓住典型報導，反映財經戰線上各行各業大躍進的形勢，使我們的報紙成為
全國各地財貿部門交流經驗、指導工作的有力武器，取得了各級黨委和財貿
部門廣大幹部職工的重視和支持」〔註34〕。進入 1960 年代，大公報社上下
「餓著肚子上班，勒緊褲帶下鄉」，「爭做黨的奮發有為的工具」。針對國家面

〔註31〕中共山西省委組織部編：《常芝青傳》，北京：新華出版社，2003 年，第 243
頁。
〔註32〕中共山西省委組織部編：《常芝青傳》，北京：新華出版社，2003 年，第 243～
244 頁。
〔註33〕中共山西省委組織部編：《常芝青傳》，北京：新華出版社，2003 年，第 248～
249 頁。
〔註34〕《編輯部 1958 年工作總結》，京檔：043-001-00156，第 141 頁。

臨的「嚴重困難」，訴諸「榜樣的力量」是黨報宣傳策略的首選，於是《大公報》對「先進人物典型」的宣傳報導進入高潮，既有全國性典型如雷鋒、王杰、王進喜、焦裕祿、張洪池、麥賢得、寇去寒等，還大力宣傳財貿部門一批敢於藐視困難、善於戰勝困難的先進典型，如李洛寬、蔣興海、楊富珍、齊俊義、張秀瑤、李素文、杜逢明、呂貴榮等。只是後者所佔版面沒有前者大，持續時間沒有前者長。

2. 突出政治性，強調思想性。這是《大公報》從民營報轉型為黨報的根本性特徵。1958 年《大公報》編輯部總結道：「從舊報紙遺留下來的『坐堂編報』、『憑興趣辦事』、『憑感想寫標題和安排版面』，轉變到現在時時從黨的政策、方針、路線出發，事事以工作利害為重，發每一段消息都要問目的何在，寫每一個標題都要考慮對工作有沒有指導性，這是一個飛躍的發展。」在這種觀念指導下，《大公報》逐步加強對「政治思想工作」的宣傳報導。以前三版是「大公園」副刊或「金融」、「合作社」、「手工業」、「輕工業」、「工商業者」等專刊，現在認為是「五方雜處、六神無主」，從而「不能適應形勢發展」需要，於是在大躍進高潮中被轉變為「向財貿等系統職工進行政治思想教育的基地」，扭轉政治思想工作宣傳薄弱的缺點，使三版「更加有效地發揮力量」。1959 年關於政治思想工作的宣傳，強調「進一步地注意關於加強黨的領導、政治思想工作的宣傳報導，是提高財經工作宣傳報導質量並豐富報紙內容，以更好地發揮報紙組織、動員、激勵、促進作用的一個重要方面」〔註35〕。為加強報紙的「指導性」，《大公報》從 1963 年 12 月 2 日到 1964 年 5 月 7 日在頭版開闢專欄，圍繞「經商要不要理財」和「經商怎樣理財」兩個問題，開展了長達 5 個多月的「怎樣正確認識經商和理財的關係」的討論。1965 年 3 月 27 日，刊登中共中央財貿政治部副主任楊樹根文章《突出政治，狠抓「四個第一」落實》，隨後 5 月 25 日，《大公報》以頭版半版的篇幅發起「財貿部門怎樣落實『四個第一』」（即「人的因素第一，政治工作第一，思想工作第一，活的思想第一」）的討論，前面「編者的話」說整個討論打算分成四個部分：（1）為什麼要把政治工作放在首位？（2）財貿部門能不能落實「四個第一」？（3）由誰來落實「四個第一」？（4）政治工作的根本任務是什麼？《大公報》宣傳報導努力突出「政治性」、「思想性」，由此可見一斑。

〔註35〕中共大公報黨組，大公報編委會：《宣傳貫徹執行六中全會的決議精神與 1959 年宣傳報導的提要》，京檔：043-001-00156，第 121 頁。

　　3. 提出並貫徹「做冷靜的促進派」的新聞報導原則。1958 年末，常芝青意識到「自己頭腦過熱」，《大公報》「大躍進」宣傳出了問題，帶著「又熱又冷的心情」進入到 1959 年。在年初召開的全國各省、市、區財貿書記會議上，常芝青「以一個老革命者和老新聞工作者的坦誠和勇氣」，公開檢討報紙宣傳中的問題，「如刊登《今年廣東糖的生產將超過英國》等嚴重虛誇的報導，發表《黑龍江尚志縣葦河供銷社一年就為二十一個農業社解決農業機械化和農業產品加工機械化所需資金》等不切實際的經驗介紹，痛切地反省了在宣傳指導思想上存在的搶新聞、趕浪頭、不實事求是的浮誇傾向」。會後，報社黨組提出「做冷靜的促進派」的宣傳報導原則，在全社上下加以認真貫徹。報社黨組 1959 年工作總結報告寫道：「在財經宣傳方面，堅持了報紙應當『做冷靜的促進派』這一重大原則，不遺餘力地克服自以為是，以感想代替政策，主觀片面的作風……；宣傳財貿戰線紅旗運動……，注意到瞻前顧後、留有餘地、冷熱結合……，一方面防止浮誇，一方面防止給群眾潑冷水」。因此，「1959 年之後，『升虛火、鼓虛勁』的宣傳報導基本絕跡，報紙質量有了很大提高」。1960～1962 年國民經濟出現嚴重困難，工農業生產大幅下降，糧食、副食品、日用品等供應緊張，在此背景下，《大公報》「以主觀符合客觀為命題，總結傳播了認真調查研究，尊重客觀規律，特別是尊重價值規律，發展商品生產的經驗，堅持集體經營為主、公私並舉發展多種經營的經驗，以及搞活市場，開展集市貿易的經驗」〔註36〕。

　　4. 開闢「專刊」「專欄」和「專頁」，增強指導性，同時調動相關單位大力開展財經宣傳的積極性。從 1958 年起，《大公報》陸續開闢了《工商業者》《金融》《供銷合作》等專刊，以及《生意經》《商品知識》等專欄。進入 1959 年以後，《大公報》三版大量出現黨政機關或國營企業「為本報編的專頁」，如《做好財貿工作 鞏固人民公社／中共吉林省委財貿部為本報編的專頁》、《用先進技術發展水產事業／水產部科學技術委員會為本報編的專頁》、《發展副食品生產／安徽省商業廳為本報編的專頁》、《思想躍進 生產躍進／中共西北國棉二廠為本報編的專頁》、《生產興旺 家畜成群／中共浙江省委財貿部為本報編的專頁》等等，僅 1～3 月此類「專頁」就達 18 版之多。此外還經常整版刊登領導幹部大塊文章，如 3 月 26 日刊發商業部副部長曾傳六的長篇文章

〔註36〕中共山西省委組織部編：《常芝青傳》，北京：新華出版社，2003 年，第 249～251 頁。

《鼓足幹勁，協作各方，更好地完成商業儲運任務》，3 月 30 日又刊發黑龍江省委書記楊易辰的長篇講話《做好商業工作，節約商業費用》等等。這一做法，不僅調動了有關單位財經宣傳的積極性，更是打通報紙編輯部與實際工作部門的藩籬，增強了報紙對實際工作的指導性。

5. 國際宣傳加強「政策性、計劃性和目的性」。遵照中央指示，《大公報》「繼續做國際問題宣傳報導工作」，並且在報導中「配合外交鬥爭和對讀者進行國際主義教育」，尤其是「較多地注意日本問題」，同時根據《大公報》「財經」特色，報社也提出「較多地注意國際經濟問題的宣傳和研究」。

《大公報》1959 年國際宣傳「總綱領」是：「『敵人一天天爛下去，我們一天天好起來』，東風繼續壓倒西風，帝國主義及一切反動派都是紙老虎」〔註37〕。主要做以下幾方面工作：一是「關於社會主義國家的宣傳」，「從年初開始，我們就發表一系列文章，闡明社會主義大家庭欣欣向榮、帝國主義日薄西山的形勢」，「還同一些兄弟國家的報紙建立了交換版面、稿件或特約通訊員的關係」。二是「關於非洲、拉丁美洲民族獨立運動和民主運動的宣傳」，一年間發表關於非洲的社論、評論、文章、資料共 110 多篇，涉及 20 多個國家和地區；發表關於拉丁美洲的材料也在 100 篇以上，數量上超過對西方國家事情的報導，佔了壓倒的優勢。三是「關於日本問題的宣傳」，發表了社論、評論、專文、通訊、資料、漫畫等 104 篇，數量之大、火力之集中，都超過往年，並質量有所提高，「有些文章為日本報刊所轉載」。此外，報社還同日本進步團體和進步人士建立聯繫，約請日本著名民主人士撰寫專文，「這樣，使報紙的國際宣傳，不僅從內容上，而且在通訊和作者隊伍的構成上，都具有了國際特色。」〔註38〕四是「關於反擊一些民主主義國家掀起的幾次反華反共浪潮」，組織了「闡述印度壟斷資本向外擴張傾向的論文」和「揭露帝國主義壟斷集團對印度尼西亞經濟的控制的論文」，「在配合外交鬥爭方面發生了一定的作用」。五是「在揭露和打擊帝國主義侵略政策、戰爭陰謀方面」，揭露了美國在亞洲製造緊張局勢的罪行，關於美挑動老撾內戰問題就發表社論、評論、文章等 30 餘篇，12 月份發表揭露美國「加強軍事集團、大搞導彈基地、加劇國際緊張局勢的專文、地圖等 20 件以上」，此外發表揭露帝國主義集團分裂等問題

〔註37〕中共大公報黨組，大公報編委會：《宣傳貫徹執行六中全會的決議精神與 1959 年宣傳報導的提要》，京檔：043-001-00156，第 121 頁。
〔註38〕中共山西省委組織部編：《常芝青傳》，北京：新華出版社，2003 年，第 285～286 頁。

的文章、圖表近 50 件等。總之，「在宣傳中，政策性、計劃性和目的性有所加強，較多地採取了重點宣傳、反覆宣傳的方式。」〔註39〕

從 1961 年起，根據胡喬木指示，《大公報》國際宣傳轉向以國際經濟問題為重點和特點，「有計劃、有系統地使這一特點表現得日益鮮明，以引起讀者廣泛的注意和興趣」〔註40〕。1 月 25 日，黨組擴大會議研究該問題，編委會制定了加強國際經濟問題宣傳報導的規劃，列出宣傳報導的主要內容，要求堅持普及與提高相結合的方針，既要有分析性評論和專文，又要有介紹各種知識和動態的資料和通訊。確定幾項原則：不能脫離政治而單純突出經濟問題，確保具有初中文化程度的讀者對象能看懂，加強研究、努力積累資料等。在版面安排上，貫徹「大、中、小並舉」的方針。大，指的是長篇連載，介紹國際經濟問題基本知識和情況的專題講話和分析性的論文；中，就是刊登一般資料性的文章，如各國經濟情況介紹等；小，就是開闢各種小專欄〔註41〕。

此階段《大公報》新聞工作也存在不少問題，除了上述「大躍進」宣傳的狂熱表現之外，還表現在：

從信息傳播角度看，1959 年以後，《大公報》信息量明顯減少。以一版為例，消息的條數大幅減少，平均在 5 條左右，整個版面呈現出大號標題、大塊文章的特點。這種現象到 1966 年 5 月「文革」開始後達到極致，頭版的消息條數更少，經常在 3 條以下，6 月 3、4 日兩天報紙頭版只有 3 條消息，6 月 5 日只有 1 條消息，甚至出現頭版竟無一條消息的現象，比如 7 月 1 日《大公報》頭版只有毛主席兩張大照片，外加一篇《人民日報》社論。當然，此「頭版無消息」的現象絕非偶然，此後 7 月 5 日、26 日，8 月 7 日、9 日、14 日等皆是如此。

從黨的宣傳工具出發，強調政治性壓倒真實性，此時期《大公報》與其他報紙一樣出現浮誇報導、虛假新聞的現象，所勾畫的「世界圖景」與現實世界出入頗大。在 1960 年代大饑荒時期，城市市民餓肚子、農村地區餓殍遍野的嚴峻形勢在報紙上沒有得到真實反映，相反，報紙版面卻在竭力營造形勢大

〔註39〕《1959 年國際宣傳總結》，《大公報國際部各時期的宣傳規劃總結等》，京檔：043-001-00193，第 4～5 頁。

〔註40〕《大公報關於進一步加強國際經濟問題的宣傳報導的規劃》，京檔：043-001-00193，第 8 頁。

〔註41〕中共山西省委組織部編：《常芝青傳》，北京：新華出版社，2003 年，第 286～287 頁。

好、歡樂幸福的氛圍。如 1960 年 5 月 7 日《大公報》三版「群眾文藝」週刊《發刊詞》寫道，廣大財貿職工「在大躍進戰鬥中，在沸騰的生活中，按捺不住內心的喜悅，自編自演，高歌歡舞，熱情歌頌總路線、大躍進、人民公社的偉大勝利，歌頌在各項工作中不斷湧現的新人新事，反映了財貿戰線大躍進的形勢，反映了廣大職工的沖天幹勁和共產主義風格，形成萬人唱、千人舞、百花齊放的局面」。

從國際宣傳看，圍繞配合黨和政府的外交政策和對讀者進行國際主義教育兩項任務展開，應當說取得了一定成績，是「別具特色的國際宣傳」。但是也應看到，這些「國際宣傳」帶有濃厚的冷戰色彩和階級鬥爭意識形態特點。這種編輯意圖，在 1958 年 2 月 3 日國際版對美國發射衛星這一事件的報導上，有生動的表現。首先，版面上方一則題為《美國的小「探險者」》的新聞，諷刺美國發射的人造衛星太小，「簡直難以讓人看見」，而美國人「幾乎要跪下來感謝上帝了」。諷刺、挖苦尚嫌不足，繼而下面又連發 3 條消息《美兩個著名科學家說／美國人造衛星用處不大》、《美通訊社和法報承認／美國的衛星遠不如蘇聯》、《美依賴納粹科學家才發射出人造衛星》，進一步多角度、多層次地貶低甚至詆毀「美帝」發射衛星的意義。然而，頗具諷刺意味的是，《大公報》拿美國衛星跟蘇聯衛星比較，盛讚蘇聯而貶損美國，但當事雙方卻表現出尊重、友好的態度，《蘇科學院打電報給美國科學院／祝賀發射人造衛星成功》的消息使這種意識形態鬥爭的宣傳模式顯示出荒唐滑稽的窘相來。

（二）言論社評

此階段《大公報》言論寫作的主要特色表現在以下兩個方面：

一是加強經濟理論宣傳和討論。「大躍進」狂熱宣傳退潮以後，1959～1961 年國家進入極端困難時期，《大公報》痛定思痛，積極反思，提出要做「冷靜的促進派」。因此，在貫徹黨的「調整、鞏固、充實、提高」方針過程中，有針對性地加強經濟理論方面的思考和宣傳，圍繞商品生產、價值規律以及按勞分配等問題，組織一大批知名學者和經濟部門同志，連續發表很多有見地的文章進行爭鳴和討論，有力地促進了國民經濟的恢復和發展。如 1962 年 4 月 2 日三版刊發《社會主義的商品生產和價值規律》，4 月 4 日刊發駱耕漠的論文《論按勞分配原則的兩重性》，4 月 16 日刊發《關於如何正確貫徹按勞分配原則的問題》，4 月 23 日刊發中央財政金融學院「關於按勞分配問題的討論」等文章，7 月 9 日刊發對駱耕漠論文的「商榷」文章，7 月 23 日三版再次

刊發駱耕漠的答辯文章《補論按勞分配原則的兩重性》。這些論題在當時政治環境下是高度敏感話題，組織如此討論報社無疑承擔著一定政治風險。「如果注意到 1962 年 9 月的『八屆十中』全會上對階級鬥爭的調子越彈越高這個事實，那麼《大公報》這種理論探討的勇氣和做法的確是難能可貴的。」〔註42〕另外，從 1963 年 11 月開始籌備，1964 年 2 月先行出版內部贈閱版以徵求意見、積累經驗和儲備稿件，最終在中央和毛澤東主席親自批示下，1964 年 3 月 27 日，《經濟評論》週刊第 1 期正式出版發行。該週刊至 1966 年 4 月 23 日第 95 期停刊，兩年多刊期內，刊發經濟論文等數百篇，受到廣大經濟工作者的關注和好評。當年副總編輯孔昭愷曾回憶說：「毛主席親自批示在《大公報》發刊《經濟評論》週刊，是《大公報》的光榮」〔註43〕。有論者指出，「《經濟評論》能夠獨立地對影響國民經濟建設的相關方面進行有益的探索，能夠站在現代化的高度對社會主義建設提出建設性的意見和看法。這一點在當時的政治氣氛下是難能可貴的」〔註44〕。

　　不僅討論國內經濟問題，還對國際經濟問題進行分析與評論。1961～1963 年共發表有關國際經濟問題的論文約 200 篇，資料性、知識性文章 250 篇，還發表「揭露南斯拉夫資本主義復辟」的專文 6 篇等。在組織作者隊伍方面，「採取內外結合的方法」，在國際部內組建「國際經濟組」，「兩年來已初步摸到了研究門徑，對國際經濟問題各方面積累了一些基本知識，瞭解若干基本動向」；同時，「大走群眾路線」，「與北京、天津、上海、廣州等地近 50 個有關單位，近 100 位研究國際經濟問題的專家建立了經常聯繫」〔註45〕，「還指定專人與中科院國際經濟研究所等學術研究單位建立了協作關係」〔註46〕。此後，「世界經濟」週刊的推出，代表著《大公報》在國際經濟宣傳方面的一個突出成果。1963 年 3 月 28 日正式推出，直到 1966 年 8 月 26 日「第 153 期」戛然而止。該週刊主要是「介紹世界各地在發展經濟方面成功的經驗和失敗的教訓，也有國內經濟學家對社會主義國家在經濟建設方面某些做法的評論文章，還有外

〔註42〕彤新春著：《時代變遷與媒體轉型：〈大公報〉1902～1966 年》，北京：社會科學文獻出版社，2013 年，第 250～251 頁。

〔註43〕中共山西省委組織部編：《常芝青傳》，北京：新華出版社，2003 年，第 284 頁。

〔註44〕彤新春著：《時代變遷與媒體轉型：〈大公報〉1902～1966 年》，北京：社會科學文獻出版社，2013 年，第 257 頁。

〔註45〕大公報國際部國際經濟組：《關於國際經濟問題宣傳座談會材料》，京檔：043-001-00193，第 39 頁。

〔註46〕中共山西省委組織部編：《常芝青傳》，北京：新華出版社，2003 年，第 287 頁。

國經濟學家對中國經濟建設的一些看法和建議,等等。它題材豐富多彩、文體不拘一格,對引導我國經濟學界關注國際經濟、促進國民經濟發展起了良好作用」〔註47〕。也有論者認為,「《大公報》對世界經濟形勢的判斷和把握以及對經濟信息的搜尋顯得有些偏頗,難免以偏概全,因此,從對世界經濟信息的報導所發揮的作用來考量,其作用還是十分有限的,只能說,為相對封閉的新中國,打開了一扇瞭解世界的窗口」〔註48〕。

二是密切配合外交鬥爭。1959 年初,日本岸信介政府主動向美國政府提出將 1951 年 9 月 8 日簽訂的日美「安全條約」改訂為日美「關於合作和安全的條約」,這一改動實質是「美日勾結締結針對中國和亞洲各國人民的軍事同盟條約」。為了配合這場國際範圍政治鬥爭,常芝青親自組織力量撰寫《不許日本軍國主義重新抬頭》、《制止日本核武裝》等社論和國際評論,約請國內日本問題專家撰寫文章揭露該條約的反動實質,3～12 月《大公報》刊登有關該鬥爭的新聞通訊、專文、評論和漫畫等達 70 多篇(幅)。另外,王芸生為配合外交鬥爭和國際形勢在《大公報》上也發表了一些文章,如 1959 年 8 月 17 日四版《日本人民不容許美日締結軍事同盟》,1960 年 1 月 25 日四版《美日反動派又為自己做成一套絞索》,1961 年 6 月 25 日三版《關於鄭成功收復臺灣——從「泰晤士報」歪曲歷史的文章說起》,9 月 18 日四版《憶「九一八」當年——並警告臺灣蔣介石集團》,1962 年 5 月 23 日四版《你們有祖國!——五·二四念臺灣同胞》等。

總之,黨報化時期《大公報》在「黨的絕對領導之下」,調整辦報方針,強調政治掛帥,貫徹「全黨辦報」「群眾辦報」路線,其新聞與言論「抓思想、抓典型、抓問題」,「時時從黨的方針、政策、路線出發,事事以工作利害為重,發每一段消息都要問目的何在,寫每一個標題都要考慮對工作有沒有指導性」,目的是要使這張報紙的內容和風格都要「像一張黨報」,發揮「黨的機關報應有的精神」〔註49〕。

綜上所述,通過對三個階段《大公報》新聞與言論的梳理與分析,不難發現,中共對《大公報》改造的效果是顯著的,使得《大公報》的新聞報導從起初面對新體制不知所措的量少質差,到改造過程中緊跟形勢進行報導,最終找

〔註47〕中共山西省委組織部編:《常芝青傳》,北京:新華出版社,2003 年,第 280 頁。
〔註48〕肜新春著:《時代變遷與媒體轉型:〈大公報〉1902～1966 年》,北京:社會科學文獻出版社,2013 年,第 318 頁。
〔註49〕《編輯部 1958 年工作總結》,京檔:043-001-00156,第 141 頁。

到辦好財經黨報訣竅「突出政治性」；《大公報》的言論也從起初的單純學習模仿階段，慢慢過渡到有意識追求對財經工作的「指導性」，最終轉變為能有一定程度的獨立思考，能夠圍繞社會主義經濟建設的關鍵問題展開探討，自覺成為黨的奮發有為的宣傳工具。因此，可以說，中共對《大公報》的改造，徹底改變了《大公報》業務操作模式，使其完成從新聞本位向宣傳本位、大眾傳播向組織傳播的轉變，使之從只能在黨外起「配合」作用的一張民營大報，逐步轉變為全黨辦報、群眾辦報且能發揮主流宣傳作用的專業黨報。

第二節　改造結果：《大公報》的退場

　　大陸《大公報》在 1949 年後的「新生」之路，也是中共對《大公報》的改造之路。從改造結果來看，《大公報》從初期天津、上海、重慶三家報館並立，到北京《大公報》碩果僅存，又從民營綜合大報轉型為財經專業黨報。然而，1966 年 5 月 16 日，「文化大革命」如燎原之火蔓延全國，四個月之後，《大公報》「新生」之路走到了盡頭。這張誕生於晚清，歷經民國改元、軍閥混戰、十四年抗戰、三年內戰、新中國建立等歷史風雲，可謂飽經滄桑、風塵僕僕的民營大報，最終結果卻是從大陸退場，僅餘香港《大公報》以續其脈，這是當初很多人所沒有料到的。然而，《大公報》「文章報國」的精神及新聞專業主義風範依然山高水長，餘音不絕。

一、北京《大公報》的最後階段

　　北京《大公報》的最後階段發生於「文革」初期。1966 年 6 月初，中央財貿政治部派出工作組進駐報社；中旬，財貿部工作組撤出後，陳伯達又指派解放軍總政治部派遣三人工作小組進駐《大公報》。6 月 13 日和 22 日，北京《大公報》發表社論《高舉無產階級文化大革命的偉大紅旗乘勝前進》《毛澤東思想是我們的命根子》，為「文化大革命」做宣傳。儘管如此，報社各層級領導仍然被迫不斷地寫檢查、挨批鬥，報社內部正常工作秩序遭到嚴重破壞。

　　與此同時，報社外部紅衛兵、造反派等猛烈抨擊《大公報》是「徹頭徹尾的反革命報紙」，要「砸爛」《大公報》牌子。因此，報社不得不用一塊紅布把「大公報」三個字遮掩起來。屋漏偏逢連夜雨，《大公報》版面上出現的「巧合」，更令大公報人心驚膽戰。有一天，報紙二版上「砸爛……」的黑體字標題，透過陽光兩面對照，恰巧落在一版毛澤東像的耳朵上。紅衛兵電話聲討

《大公報》「用巫師的手法陷害偉大領袖」，要揪鬥報社總編輯。無獨有偶，「八一」建軍節那天，報紙第四版畫刊上恰巧有炮口指向報紙頭版上的毛主席像，於是被指控為「《大公報》要炮打毛主席」〔註50〕。

在這種「內憂外患」煎熬下，報社感到強大的社會壓力，甚至有難以為繼之感。怎麼辦？面對此種新「環境」，人類行為的「理性選擇」機制開始發揮作用。考慮到《大公報》沉重的歷史包袱，大公報人想到的應對之策是仿傚《光明日報》用毛主席的字作為「新報頭」的自保辦法。1966 年 7 月 27 日，北京《大公報》負責人給「中央文化大革命小組」顧問康生寫了一份請示報告，反映報社存在的問題，主要內容說讀者來信要求改掉報名（《大公報》報頭字體，是 1902 年創刊時由嚴復先生題寫），因為那三個字是地道「保皇派」的牌子，面目可憎。如果現在改名不行，最好立即改掉原報名的寫法〔註51〕。

可是，康生把球踢給了李先念。8 月 22 日，報社黨組書記、總編輯常芝青首先給分管財貿的副總理李先念打了一份報告；三天後，報社黨組又直接給毛主席寫報告。毛主席將報告批轉給「中央文化大革命小組」處理，球又回到了中央文革小組。最後處理意見是：報名用《前進報》，表示「在大風大浪中前進」，每週出版三期對開小報。由於更名倉促，報頭用字直到臨近創刊才根據周總理指示，「按魯迅字先出版」〔註52〕。

1966 年 9 月 15 日，《前進報》創刊。北京《大公報》由此改名出版，對這個結果，大公報人起初「全體譁然」，大為失落，但也只能接受現實。常芝青還寬慰大家說，他以前辦過的《抗戰報》和《晉綏日報》都是小報，「辦小報是老區的傳統」，「辦好小報比大報還難」〔註53〕。

應該說，《前進報》「是文革年代迫於形勢倉促應變的產物，報導內容也大多是隨波逐流，刊登千篇一律的『左』的東西」〔註54〕。雖然《前進報》緊跟「文革」進程進行大力宣傳，但隨著「文革」深入發展，報紙也感到處境困難。12 月 21 日，報社領導再次給中央寫信，表示「贊成出小報，但不贊成隔日刊」，而且目前報社內部文革運動進入高潮，維持正常出版而不出事故，已

〔註50〕張頌甲：《前進報》的創刊與被封，《百年潮》2004（8），第 38～43 頁。

〔註51〕方漢奇等：《〈大公報〉百年史：1902.0617～2002.06.17》，北京：中國人民大學出版社，2004 年，第 352～353 頁。

〔註52〕方漢奇等：《〈大公報〉百年史：1902.0617～2002.06.17》，北京：中國人民大學出版社，2004 年，第 353 頁。

〔註53〕張頌甲：《前進報》的創刊與被封，《百年潮》2004（8），第 38～43 頁。

〔註54〕中共山西省委組織部編：《常芝青傳》，北京：新華出版社，2003 年，第 301 頁。

非常困難，故希望暫時停刊。經「中央文化大革命小組」批准，《前進報》擬於 1967 年元旦暫時停刊。

但是，未到元旦，1966 年 12 月 28 日夜，中央財政金融學院北京公社八八戰鬥隊「孫大聖支隊」的學生們衝進編輯部宣布封報。報社門口貼出了白紙大字的「訃告」，歷數《前進報》「罪行」，宣布「驗明正身，壽終正寢」。12 月 29 日，《前進報》雖然昨晚已編好並由張頌甲簽發，但終究沒有出刊，卻出版了一頁類似「海報」的東西，正面印有《告讀者書》，背面印有《〈前進報〉被判以死刑》的「判決書」。

《告讀者書》批判《前進報》執行「反革命修正主義的辦報路線」，「大搞知識性和趣味性」，惡毒反對毛主席。死刑「判決書」列舉了北京《大公報》「六大罪狀」，指控其抬高劉少奇貶低毛主席，拒不刊登雷鋒日記，充當帝修反和國內牛鬼蛇神的應聲蟲，宣揚資本主義的經營方針，沒有轉載姚文元文章《評新編歷史劇〈海瑞罷官〉》，還特別指出《大公報》耍了「金蟬脫殼」之計云云。同時，該判決書還控訴《前進報》「兩大罪狀」，指責其對「文化大革命「擺出「超然面孔」，採取所謂「不介入」〔註55〕政策。

顯然，這些所謂「罪狀」帶有欲加之罪、無限上綱的色彩，並無多少事實依據。但是，從其反面，倒是或多或少可以讀出北京《大公報》在極左政治甚囂塵上年代裏一些難能可貴之舉，儘管這些行為可能並非其有意為之。

在紅衛兵炮轟下，《前進報》僅僅存活 105 天就被迫停刊。粉碎「四人幫」後，一些老大公報人聯名上書中央領導同志，要求恢復北京《大公報》。1978 年，李先念副總理想辦一張以財貿為主要宣傳內容的報紙，調集原北京《大公報》總編輯常芝青等 8 人進行籌備。這應該是復刊《大公報》的極好機會，但是因有不同意見，復刊終成泡影。

二、《大公報》退場的緣由

根據 20 世紀著名美籍華裔政治學者鄒讜先生的觀點，一個歷史變遷的發生，既要從宏觀社會結構的制約中尋找其可能性和大趨勢，也要從微觀主體行動分析中發現歷史發展的選擇性和偶然性〔註56〕。因此，《大公報》從大陸

〔註55〕方漢奇等：《〈大公報〉百年史：1902.0617～2002.06.17》，北京：中國人民大學出版社，2004 年，第 355～356 頁。

〔註56〕鄒讜：《二十世紀中國政治：從宏觀歷史與微觀行動的角度看》，香港：牛津大學出版社，1994 年，第 238 頁。

退場的緣由，不妨從宏觀歷史結構原因和微觀行動原因兩個層面展開思考和討論。

（一）宏觀結構緣由

宏觀看，《大公報》退場於「文革」初期，恐非偶然現象，有其深刻的社會歷史結構原因。毫無疑問，「文化大革命」是中華民族的一場深重災難，是新中國歷史發展中的一個重大挫折，其負面影響至今不絕，正如溫家寶總理在2012年全國兩會答記者問時所指出，雖然實行改革開放幾十年了，但是「『文革』的錯誤和封建的影響，並沒有完全清除」，甚至發出「文化大革命這樣的歷史悲劇還有可能重新發生」的嚴重警告〔註57〕。導致「文革」的誘因是多重的，但主導原因是「中國共產黨內以對社會主義社會階級鬥爭問題的錯誤認識為主要特徵的『左』傾思潮惡性發展，並在黨內占居統治地位」〔註58〕。

在筆者看來，《大公報》退場於「文革」，「左」傾思潮惡性發展是根本原因，一方面表現在對新記《大公報》的定性與評價不夠客觀公允全面，失之於上綱上線；另一方面表現為對1949年後《大公報》「新生」與轉型的認識、評價不符合實際情況，階級鬥爭思維盛行，很多人的認識仍然停留在過去的刻板成見，失之於主觀和僵化，也使得《大公報》背上沉重的歷史包袱，致其「新生」之路艱難曲折，最終踏上不歸路。

據有關研究，「左」傾思潮一般具有這些特徵：1.強烈的權威崇拜傾向；2.恐懼資本主義；3.思維僵硬、狹隘、極端；4.行為狂熱、野蠻，帶有明顯的愚昧性〔註59〕。從上述《大公報》退場過程的描述，不難看出，那些要求砸爛《大公報》牌子的紅衛兵們是如何權威崇拜、思維是如何極端狹隘僵硬、行為是如何狂熱野蠻；同時，也不難看出，他們對《大公報》的批判乃至最終取締其存在，主要理由就是《大公報》的「資產階級報紙」定性。儘管建國後對《大公報》「資產階級辦報思想（新聞觀點）」和「資本主義經營方式」進行了十幾年持續不斷的批判，在《大公報》已經轉型為中央財經黨報之後仍然有很多人抱

〔註57〕溫家寶：政治體制改革不成功文革有可能重現〔EB/OL〕，（2012-03-14）〔2022-07-09〕，http://www.china.com.cn/v/zhuanti/2012lh/2012-03/14/content_24894 186.htm。

〔註58〕金春明：《六十年代「左」傾錯誤的發展與「文化大革命」的爆發》，《中共黨史研究》，1996年第1期，第47頁。

〔註59〕朱華：《中國共產黨歷次左傾思潮探源》，《探索與爭鳴》2005年第6期，第54～56頁。

持刻板成見不放，甚至在「文革」後有人對復刊《大公報》還心有餘悸，恐怕主要還是出於類似的理由和考慮。由此可見，在對《大公報》的認知、評價和取捨等方面都明顯存在「左」傾思潮的影響。

鄧小平曾經說過，中國共產黨要防右，但主要是防「左」。為什麼「左」傾錯誤會一而再、再而三地侵蝕黨的軀體，導致黨一次又一次付出沉重代價？胡喬木同志作為黨中央的一支著名「筆桿子」，也是黨史上一系列重大決策和事件的親歷人和見證人，對此做過一番思考，認為中共之所以建國後犯 20 年的左傾錯誤，主要有五個方面原因，即追求超高經濟發展速度、相信經濟建設不能離開階級鬥爭、追求某種空想的社會主義目標、國際環境惡化及其過火反應、文化落後和民主缺乏等〔註 60〕。

還有研究者從分析「左」傾思潮的本質入手，試圖對這個令人頭疼問題作出回答。他認為，黨內左傾思潮本質上是小資產階級思想、觀念、作風在政治領域內的集中反映，而「長期以來，中國共產黨的黨員成分，一直是以小資產階級出身者為主。直到 1956 年，農民和城市小資產階級出身的黨員仍占 80% 以上。」〔註 61〕換言之，黨內存在著滋生小資產階級思想、作風的深厚土壤，一旦遇到合適的氣候與條件，比如黨的領導機關發生失誤或者黨內混入品質惡劣分子推波助瀾，「左」傾思潮就會迅速泛濫成災，所以黨員成分是黨內左傾思潮長期嚴重存在的根本原因。此外，中國傳統文化中的糟粕，比如權威崇拜、絕對平均主義、無政府主義等，因歷史悠久而特別強大和頑固，不可避免地對共產黨人產生間接或直接的影響，這也是黨內「左」傾思潮的重要思想根源。兼有革命者與思想家雙重身份的黨內理論家，王元化先生也深刻指出，「五四」時期流行的激進主義思維模式是後來極「左」思潮的根源。而這種激進主義傳統可以追溯至幾百年前明末泰州學派〔註 62〕。

從政策環境看，中共改造《大公報》政策與策略的實施與導向，也構成其最終退場的宏觀結構性原因。1949 年允許《大公報》宣布「新生」後繼續出版，是新政權權宜之計和統戰策略。眾所周知，新政權本來是準備取締《大公報》、不准其繼續出版的。但是，由於天津《大公報》改名換姓為《進步日報》

〔註 60〕 胡喬木：《中國為什麼犯二十年的「左」傾錯誤》，載《胡喬木文集（第二卷）》，北京：人民出版社，2012 年，第 274～279 頁。

〔註 61〕 朱華：《中國共產黨歷次左傾思潮探源》，《探索與爭鳴》2005 年第 6 期，第 54～56 頁。

〔註 62〕 吳琦幸：《王元化傳》，上海：上海教育出版社，2020：年，第 425～520 頁。

國內外輿論譁然,再加上當時《大公報》主持人王芸生「投效一投誠一投降」的表態,新政權才將《大公報》「官僚資產階級」的反動定性,修改為進步的「人民報紙」,允許其宣布「新生」。但剛剛宣布「新生」後第三天,范長江通過「民營」改「私營」的定位,又給《大公報》戴上一頂「資產階級」帽子,在「新民主主義」過渡時期尚有一點「進步性」而暫時成為「統戰對象」。然而,從新政權階級鬥爭理論和政治使命來看,資產階級最終也是要在「消滅」之列。因此,在對《大公報》長達十七年的改造過程中,從最初「原封不動」策略到「舊瓶裝新酒」策略再到徹底黨報化策略,黨報化是改造者與被改造者共同追求的目標。最終雖然已經轉型為財經專業黨報,但資產階級報紙的刻板印象還是如影隨形,「小罵大幫忙」的歷史問題仍然陰魂不散,以至於保留原報名都變得不合時宜。顯然,這種政策環境的變遷過程也促成了作為「資產階級」報紙象徵的《大公報》,勢必要在新中國邁向社會主義和共產主義過程中一點點褪色,直至其從中國大陸完全退場的大趨勢。

(二) 微觀行動緣由

從微觀行動分析角度看,在有些人眼裏,《大公報》「罪孽深重」,並且是與生俱來的「原罪」,他們為了顯示其徹底的革命性,必然拿起批判的武器和進行武器的批判。同時,作為另一方的歷史行動者,大公報人無論怎麼努力進行自我批判、脫胎換骨改造,其「罪」似乎也是「贖」不清的,其命運也只能是被「掃進歷史垃圾堆」。

經過新政權反覆審閱的《大公報新生宣言》認為,《大公報》表面上始終穿著「民間」「獨立」外衣,實際上與國民黨政權有著「血肉因緣」;表面上始終維持著改良主義者面貌,實質上成為反動統治階級的「幫閒甚至幫兇」;總之,在過去二十幾年中,《大公報》屬於官僚資產階級,在每個大的階段,基本上都站在反動方面。

帶著這樣一種「原罪」進入十七年「新生」過程,雖經此起彼伏、連綿不斷的批判、改造和整肅,這種罪孽依然「陰魂不散」。1952 年「思想改造」運動和 1957 年「反右」運動對《大公報》的批判及其自我批判,就是比較典型的兩個案例。

「思想改造」運動的批判火力主要集中在批判「資產階級辦報思想」,結果是「在辦報思想方面的『集納主義』、『客觀主義』、『形式主義』、『技術觀點』、『客卿思想』、『營業第一,廣告第一』等錯誤思想,在個人思想作風方面

的個人主義、自由主義、無政府無組織無紀律等惡劣作風，都受到嚴格批判」，
那些曾經具有職業自豪感的大公報人經過改造「一般地都有空虛的感覺，感到
『兩手空空，一無是處』」〔註63〕。

然而，思想改造談何容易，五年之後的「整風反右」運動再次把矛頭對準
「資產階級新聞觀點」。原北京《大公報》副總編李光詒描述了報社內「兩條
路線鬥爭的過程」：1953年《大公報》與《進步日報》合併出版，擔負起財經
宣傳任務。但是，由於《大公報》係「舊報紙」，編輯記者受資產階級新聞觀
點影響較深，報紙雖經幾次改組，報人雖經思想改造運動，但是他們仍然嚮往
「同仁辦報」和「文人論政」，不願意按照黨的意圖辦事，對於辦財經專業黨
報心存牴觸，甚至公開反對。在反右整風運動中，我們和右派分子進行了不調
和的鬥爭，徹底批判了資產階級新聞觀點，鮮明樹立依靠黨、依靠群眾辦報觀
點，堅定不移地把《大公報》辦成一張以財經宣傳為主的報紙〔註64〕。由此可
見，即便經過如此長期、猛烈的政治批判和改造，《大公報》的原罪也是難以
「贖」清的。

何以如此？一方面，改造人的思想確實不是一件輕而易舉的事；另一方
面，恐怕與大公報傳統與大公報人的「驕傲自負」（李純青語）有關。《大公報》
曾經是一家有著悠久歷史傳統和廣泛社會影響的民營大報，1949年前確實是
中國報界的「輿論重鎮」，「在中上層社會中曾有一定影響」〔註65〕，也是唯一
獲得密蘇里獎章、具有重大國際影響的中國民營報紙。因此，在長期歷史發展
過程中，《大公報》慢慢形成了「文章報國」的愛國情懷、「書生論政」的「敢
言」傳統和「不黨、不私、不賣、不盲」的專業主義辦報方針，大公報人內部
也逐漸形成了獨特的榮譽感和使命感，並使之成為自己安身立命的基石和歸
宿，當然不會輕易變更和放棄。雖然在外部環境高壓之下，他們也會根據政治
形勢和現實需要進行無限上綱的自我批判，但很難真正做到「觸及靈魂」和
「靈魂深處鬧革命」，一旦氣候變化就會「死灰復燃」。

所以，雖然在宏觀結構與微觀行動交互作用之下，《大公報》逐步實現了
從民營到公私合營再到黨辦，從享譽中外的綜合大報到有財經和國際宣傳特

〔註63〕滬檔：滬委宣（52）字第1189號《上海新聞界思想改造總結》〔A〕，檔案號：
　　　　B36-1-14:19。
〔註64〕李光詒：《大公報是怎樣堅持發揚財經特點的》，《新聞業務》，1961年第1期，
　　　　第7～9頁。
〔註65〕編輯部：《大公報新生宣言》，上海《大公報》，1949-6-17。

色專業黨報的轉型和變遷，但是不少人依然視之為「資產階級報紙」而只將其作為「內部參考」，發行和傳播因而受到局限，採訪報導工作因文件不讓看、會議不讓參加而受到歧視和阻攔，記者編輯內心感到自卑而對《人民日報》、新華社等純正黨媒充滿嚮往，因此有人抱怨「螟蛉義子」和「親生兒子」的差別待遇。尤其是在「整風反右」運動中，老一代大公報人對「舊大公報」的感情和懷念自不待言，年輕一代也有不少人主張恢復「舊大公報」，由此可見「大公報」這三個字影響之大之深！

正是鑒於此，常芝青感覺到「大公報」這三字招牌已經沒有任何利用價值，相反倒有諸多不便，妨礙報社履行其作為財經「黨報」的使命和職能，必須「斬草除根」，連牌子都不能留。因此才有他不斷向中央上書陳情、意欲摘掉這塊牌子的舉動。當然，最終也由他親手摘掉了這塊「臭名昭著」的資產階級牌子。更有甚者，在「文革」結束後，中央要辦一張經濟類報紙，有人提議恢復出版北京《大公報》，但還是有人認為「大公報」這三個字有問題，最終使得《大公報》成為在「文革」後唯一沒有復刊的中央級報紙。

由此可見，不論是砸牌的紅衛兵們、摘牌的常芝青，還是保牌的大公報人，他們都是歷史行動者，大陸《大公報》的退場就是在宏觀歷史結構制約下，這些行動者通過理性或非理性選擇機制，進行一系列互動博弈的結果。

三、「大公精神」長存

雖然《大公報》從中國大陸消失已半個多世紀，但是「大公報」這三個字似乎從未消失在中國歷史的天空，不論毀之譽之，這三個字的確不時迴響在國人耳際。不用說 1960 年代王芸生、曹谷冰合寫的那兩篇「頗多無限上綱和自誣誣人之詞」的關於《大公報》的回憶性文字，就是在十年文革中那些鋪天蓋地的大批判話語裏，這三個字也還不時閃現。1978 年後，對《大公報》真正科學意義上的研究才正式開始，專著論文的數量難以計數，專史、全史、斷代史、百年通史應有盡有，研究涉及《大公報》的廣告、評論、副刊專刊、報人、經營管理、人才戰略、辦報理念等各個領域。通過這些研究和言說，《大公報》作為中國近現代民營報刊典型代表的形象日益清晰；同時，新記《大公報》的『四不』方針成為當今眾多新聞從業者進行專業化操作和實現職業認同的重要話語資源，成為他們連接新聞業歷史傳統和媒介現實的理想願景和

集體記憶〔註66〕。尤其是《大公報》作為一種文化符號所承載的「大公精神」在一代代新聞人心裏生根開花、在新聞社群中傳承光大。有學者指出，《大公報》已經不是簡單的一張報紙，而是成為一種「作為政治、社會文化表徵的《大公報》現象」，「在國際社會、中國官方、新聞界等各方力量合力下被塑造成新聞社群的典型及新聞職業象徵性符號」〔註67〕。

（一）儀式的紀念

1966年作為報紙的《大公報》從大陸消失後，作為話題的《大公報》似乎並未消歇。「文革」期間，作為資產階級新聞觀點的代表，《大公報》經常以「他者」形象遭到不斷點名批判和撻伐。1970年代末隨著「撥亂反正」「新時期」的到來，為《大公報》「辯誣」之聲漸漸由弱變強。八、九十年代，對《大公報》的研究形成熱潮，至2002年《大公報》百年誕辰之時，「《大公報》熱」成為一種「現象」，從一度「臭名昭著」到歷史芳華再現。那一年，為紀念《大公報》百年誕辰，香港《大公報》社長王國華還專門填詞創作了《大公報之歌》，試圖表達《大公報》百年發展史及其所體現出來的「大公」精神。

香港《大公報》在「一百週年報慶」時開展了一系列慶祝活動，包括舉辦盛大的「慶祝酒會」和「一百週年文藝晚會」，開展「世界報業發展論壇」、「大公報百週年紀念杯賽馬」活動以及通過郵政部門發行大公報百年紀念郵資封、紀念郵票等，原國家主席江澤民題詞祝賀，人大副委員長成思危為代表的中央和各地政府高層都曾親臨有關活動現場。此外，《大公報》香港館還編撰出版「大公報一百週年報慶叢書」作為獻禮，包括《大公報一百年》以及社評、頭條新聞、副刊文粹、新聞案例、環球特寫等文選共10冊，同時在報紙上開闢專欄，對這些書籍進行推廣和介紹。尤其值得一提的是，有兩項活動特別有意義，一是當年3月至6月開始的「百年大公報尋根之旅」活動，由香港和內地記者組成採訪團，從香港出發，沿著《大公報》曾經創辦分館的路線進行「尋根」；二是「大公報百年版面回顧展」在多地展出，香港、北京、天津、上海等地的政府高層和「知名人士」出席開幕式並剪綵。

〔註66〕黃瑚：序二//郭恩強：《重構新聞社群：新記〈大公報〉與中國新聞業》，上海：上海人民出版社，2013年，第1頁。

〔註67〕郭恩強：《重構新聞社群：新記〈大公報〉與中國新聞業》，上海：上海人民出版社，2013年，第259頁。

除了香港《大公報》自身上述「儀式性」紀念活動，大陸的新聞社群同行也參與其中。《人民日報》、《解放日報》等新聞媒體轉載了香港《大公報》社長王國華撰寫的紀念文章，人民網開闢「紀念《大公報》百年華誕」專題給予特別關注，《天津日報》舉行「大公報與天津」的主題座談會，歷數該報「為中國新聞事業的發展所創建的一樁樁豐功偉績」。

與此同時，學術界對《大公報》的討論和研究也可謂熱鬧非凡，眾聲喧嘩。筆者 2022 年 2 月 7 日在中國知網以「大公報」為主題詞，對相關文獻進行搜索，得到 5054 條結果。分析這些研究成果，關於《大公報》的討論不外乎三種路徑、框架和視角：第一種即「黨史、革命史」路徑，大部研究都屬此類，從「中間報紙」、「第三勢力」的預設立場或「民族國家」意識的預設價值出發，重點關注《大公報》的政治屬性、立場站隊、功過二元評價等問題；第二種即「自由主義」路徑，「從報人言論與行為中闡發知識分子的獨立品性」，或者著眼於中國傳統文化而將《大公報》定位為「文人論政」報紙，或者立基於西方影響而關注《大公報》對獨立、民主、自由等理念的宣揚；第三種即「新聞專業主義」路徑，從中國新聞改革過程中對新聞專業主義訴求的角度言說《大公報》，把《大公報》看成能為中國新聞業樹立「主流新聞觀和職業信仰的典範報紙」〔註68〕。

總而言之，不論是作為「他者」的批判，還是對逝去「傳統」的追尋，不論是轟轟烈烈的紀念活動，還是靜謐書齋裏的研究探討，不論官方的「統戰」或「公關」動機也好，還是新聞社群共同記憶重構也罷，這些種種記憶、言說、敘事和書寫其實都是一種「儀式」，它使人們對於《大公報》的記憶一直處於「激活」狀態，使得《大公報》作為一種文化符號和行業標杆對中國新聞事業發生持久影響。

（二）精神的繼承

不僅如此，《大公報》百年所凝聚的「大公精神」還在更多方面影響著現實中國以及大陸新聞人。2022 年 6 月 12 日，在《大公報》創刊 120 週年之際，中共中央總書記、國家主席、中央軍委主席習近平發去賀信，給予《大公報》「立言為公，文章報國」的辦報宗旨以高度評價，體現了黨和國家層面對於《大公報》的總體性肯定。

〔註68〕郭恩強：《重構新聞社群：新記〈大公報〉與中國新聞業》，上海：上海人民出版社，2013 年，第 3～4 頁。

　　何謂「大公精神」？在王國華看來，「大公」兩字就是「百年《大公報》的一貫精神，更是中華民族的崇高精神的寫照」〔註69〕，具體來說，「大公」精神主要表現為超越小我私利、追求報國利民的博大情懷。2002 年 6 月 17 日，香港《大公報》發表題為《大公報之精神》文章，更明確地把英斂之初創時的「忘己之為大，無私之謂公」、新記時期的「不黨、不私、不賣、不盲」方針以及獲得密蘇里獎章時所闡述的「我們對任何人或黨派無說好說壞的義務，除去良心的命令以外，精神上不受任何約束」等「追求和表白」，統統納入「大公報之精神」內涵當中。有學者研究分析了《大公報》所強調和張揚的「公」或「大公」在不同歷史時期的內涵變化軌跡，指出「大公理想」或「大公精神」的內涵既有道德層面意義，更有政治層面含義，「為中國報界明晰地樹立了新的座標」，「即創辦獨立報紙，代表民眾利益，推動民主政治建設」〔註70〕。

　　按照這樣對「大公精神」內涵的界定，來觀照現實中國的報業狀態，無疑極具針對性和啟發性。中共 1949 年建政以來，一直謀求建立「共產黨領導的中央行政計劃為主導的國營媒體網絡」的新聞事業新格局，新的報業格局當然是「各級黨委主管的黨報為統領的國營報業體系」。事實也是如此，除了早期保留幾家「進步的」民營報紙短暫「配合」外，大陸的報業格局很快形成黨報一統天下的格局。這種高度集中統一的報業形態固然曾在中共領導革命過程中發揮過重要作用，但無疑在結構上是存在缺陷的，導致「新聞媒介不是黨內多元聲音的對話舞臺，它只是也只能是權力之鏈上的一個鏈條，只能追隨權力的變革而起舞」〔註71〕。進入「新時期」以後，這種黨報一統的報業結構開始鬆動，「機關報一統天下模式演變成了多種類複合型結構模式」，而且「政治性在報業結構中的主導作用有所削弱，而市場性在報業結構中的作用力開始顯現」〔註72〕。1990 年代後中國新聞業市場化改革加速，誕生了一批以市場運作機制為核心模式的都市類報紙和報業集團，並且在激烈的市場競爭中逐步做大做強，但也存在越來越商業化的弊端。簡言之，雖經過 40 多年的「漸進改革，邊緣突破」，中國新聞業發展仍然不能適應社會發展需要，還存在進一

〔註69〕薄克國：《風雲激蕩百年興──訪香港〈大公報〉董事長、社長王國華》，大眾日報，2002-7-11。

〔註70〕吳廷俊：《考問新聞史》，上海：復旦大學出版社，2013 年，第 454 頁。

〔註71〕吳廷俊：《中國新聞史新修》，上海：復旦大學出版社，2008 年，第 422 頁。

〔註72〕丁和根：《新中國的報業結構變遷及其階段性特徵》，《杭州師範學院學報（社科版）》2005（5），第 33 頁。

步發展的體制瓶頸。在這種背景下，探討並發揚「大公精神」，研究並借鑒《大公報》那些被歷史證明符合新聞規律的寶貴經驗，探索以新聞專業主義為基本內涵的「文人論政」的獨立辦報模式，以此作為對主流黨報的一種輔助，未始不是個有益嘗試。

　　事實上，在當代媒體的日常新聞生產過程中，《大公報》和「大公精神」還時常作為「集體記憶」、理想願景和思想職業資源得到喚醒、言說和敘事。一些黨報如《文匯報》《廣州日報》等指出，《大公報》奉行「大公精神」，堅持愛國立場，忠實反映人民心聲，為讀者敬仰。一些新興的市場化報紙更是注重對《大公報》「帶有自由主義價值觀念話語資源的選擇和利用」。2004 年《南方都市報》設立「宏論版」直接是「以昔日《大公報》設立《星期論文》欄目」為榜樣。《新京報》之所以能成為「中國新聞原創力最強的媒體」之一，其自我分析「根本原因」在於「媒體的性質和媒體人的志趣、情懷」。這種「志趣」和「情懷」的表達，使人不禁聯想起初創時期的新記《大公報》。對於年青一代記者，《大公報》的新聞操作理念和職業操守更是影響頗深。許多人入行時就受到范長江、蕭乾等老一輩大公報人直接或間接的影響。《羊城晚報》林丹被評價為「能寫大稿，敢寫大稿，不忌諱批評人但又不會得罪人的記者」，曾經表示「認同早年上海《大公報》的理念」，認為時政新聞記者就是要「小罵大幫忙」。前中央電視臺主持人柴靜「也在不同場合展現了《大公報》給她留下的印記」，對《大公報》堅持「四不」方針而感到「心酸眼熱」，還引用張季鸞的話來表達其職業理念：「大時代中的中國記者，下筆切忌嬉笑怒罵，要出自公心與誠意。」此類範例，不勝枚舉。難怪有研究者感歎：「在中國新聞史上，能夠如此連綿不斷提供職業理念話語資源的報紙，除《大公報》外，確實鳳毛麟角」〔註 73〕。

第三節　《大公報》改造的理論批判基礎

　　中共改造利用新記《大公報》，除了前面提及的統戰需要以及建國初期報業政策基礎之外，還應當注意到另外一個重要基礎，即理論批判基礎。也就是說，中共之所以對《大公報》一邊實施改造利用政策，一邊還對其進行長期不

〔註 73〕郭恩強：《重構新聞社群：新記〈大公報〉與中國新聞業》，上海：上海人民出版社，2013 年，第 235～240 頁。

斷的批判，是因為在理論上雙方存在重大分歧與衝突。這裡，嘗試從新聞觀、政治觀和道德觀三個具體層面，作一簡要分析。

一、新聞觀

　　這裡所謂「新聞觀」，是指對報紙及新聞的基本觀點。《大公報》的新聞觀，歸根到底，就是把報紙看作是「文人論政」的場所。《大公報》多次宣稱其是文人論政機關，而不是實業機關。張季鸞曾說：「使若本報尚有渺小的價值，就在於雖按著商業經營，而仍能保持文人論政的本來面目。」〔註74〕《大公報》是一張「文人論政」的報紙，對此各方似毫無異議，但對其評價卻大相徑庭。

　　李純青認為，「文人論政」是「中國舊知識分子好的傳統」，而《大公報》的「文人論政」「不僅僅包含封建的中國知識分子傳統」，「也包含濃厚的資產階級思想在內」〔註75〕。《大公報》「文人論政」的主要內涵，一方面是李純青所言「民族概念和感情」，亦即方漢奇先生所謂「文章報國」，「是知識分子對國家興亡的關注，和他們以天下為己任的襟懷和抱負」〔註76〕；另一方面也包括其所向往的英國《泰晤士報》那種「自由主義言論獨立」價值觀，即「本知識分子之良知，本人民的立場，是其所是，非其所非」〔註77〕。在大公報人看來，報紙應是「一國輿論之代表」，一可為國民之喉舌，二可為監督政府之利器。從英斂之「忘己之為大，無私之為公」到新記時代的「公、誠、忠、勇」，這一思想一以貫之，最終使《大公報》成為既不同於一般黨報，也不同於商業性報紙，而成為一份以「文人論政」為主要特色的自由主義報紙。

　　根據吳廷俊先生研究，《大公報》「文人論政」或曰「文人辦報」（「書生辦報」）模式〔註78〕，即「論政而不參政，經營不為營利，以言論報國，代民眾

〔註74〕《本報同人聲明》，1941 年 5 月 15 日《大公報》重慶版，轉引自《新記〈大公報〉史稿》第 364 頁。

〔註75〕李純青著：《筆耕五十年》，北京：生活・讀書・新知三聯書店，1994 年，第 510～511 頁。

〔註76〕方漢奇等：《〈大公報〉百年史（1902.06.17～2002.06.17》，北京：中國人民大學出版社，2004 年版，第 3 頁。

〔註77〕唐振常：《香港〈大公報〉憶舊》，《百年潮》2000 年第 2 期，第 30～33 頁。

〔註78〕關於「文人辦報」的概念，吳廷俊先生後來在論文《秉持公心・發言論事——「書生辦報」再檢視》（發表於 2012 年第 4 期臺灣《新聞學研究》）中又發展為「書生辦報」，認為二者有很高重合度，但區別在前者還有「以文營政」一面，後者則強調辦報者「在野」身份，以言干政。

講話」,是中國知識分子除直接「從政」以外,最能實現其政治抱負、展現其深沉歷史責任感的重要途徑之一。吳先生認為,「在中國報刊史上,《大公報》是一張有特殊意義的報紙」,其「特殊意義」就在於它既不是商人辦的商業性報紙,也不是黨人辦的政治性報紙,特別是在政黨報紙佔據主導地位的中國近現代報刊史上,《大公報》「除極短的一段時間外,幾乎完全保持著『文人辦報』的形象」,尤其是新記《大公報》的「文人論政」達到了新的水平,產生了巨大影響,「大大地提高了《大公報》的聲譽。」〔註79〕在筆者看來,這種「文人論政」的新聞觀和辦報模式,正是《大公報》之所以成為它自身的核心要素,也是其之所以能成為「輿論重鎮」的根本緣由。

《大公報》新聞觀表現在辦報操作層面就是著名的「四不」方針。1926年9月1日,《大公報》續刊第一天便發表《本社同人之志趣》,鄭重提出並逐條解釋了「四不」方針:第一不黨,即「原則上等視各黨,純以公民之地位發表意見,此外無成見,無背景」。第二不賣,即「不以言論作交易」,實質是以「經濟自存」求「言論獨立」。第三不私,即「對於報紙並無私用,願向全國開放,使為公眾喉舌」。第四不盲,即「對問題獨立思考,對事理洞悉透徹,遇事變頭腦冷靜,辨是非實事求是,達到不盲從、不盲信、不盲動、不盲爭」。「四不」方針是吳、胡、張三人共同主張,是「他們投身報業十餘年經驗、教訓的總結」;該方針的提出,不僅是為了「標榜」,也是為了「貫徹執行」。吳廷俊先生詳實考察了新記《大公報》的「內部管理」和「版面上的言論、紀事」,得出結論:「新記《大公報》提出的『四不』辦報方針,在辦報實踐中,基本上得到了相當認真的貫徹」,並認為這一條「是新記《大公報》成功的根本原因」。吳先生更加深刻地指出,「四不」方針的意義,不止於一報之成敗得失,更重要的是其普遍性的理論價值和實踐意義,即「四不」方針「不僅在實踐中促進了中國新聞事業的發展,而且是中國資產階級新聞理論的一個重大發展,是中國報界走向成熟的標誌。」〔註80〕

然而,這個「四不」方針與中共「黨性原則」理論格格不入。

早在延安整風期間業已形成的中共黨報理論認為,「黨報的核心是黨性原則」。何謂「黨性原則」?首先,認為「報紙是黨的喉舌」,要以宣傳貫徹黨的

〔註79〕吳廷俊著:《新記〈大公報〉史稿》(2版),武漢:武漢出版社,2002年,「緒論」第13～15頁。
〔註80〕吳廷俊著:《新記〈大公報〉史稿》(2版),武漢:武漢出版社,2002年,第97～104頁。

方針政策為最高使命，黨報屬於黨組織一部分，一切要依照黨的意志辦事，特別是要與黨的領導機關呼吸相關，息息相通。其次，確保黨對報紙絕對領導，不能鬧獨立性和自由主義。第三，反對主觀主義，提倡聯繫實際，貼近群眾。最後，反對「無冕之王」論〔註81〕。

由此不難看出，《大公報》「四不」方針的核心是「不黨」，強調獨立思考，是是而非非。而中共黨報理論的「黨性原則」，倡導的是黨報與黨組織兩位一體，黨報只是黨組織的「喉舌」和宣傳工具，根本不允許報紙鬧任何「獨立性」，這是二者根本分歧所在。基於此新聞觀的根本不同，在言論與新聞的操作層面自然也迥然異趣。

從言論操作層面看，「四不」方針從「不黨」立場出發，主張「以公民之地位」而非「政府」之地位「發表意見」，而且發言論事的準繩是「國家利益」而非黨派私利，「利於國者，吾人擁護之；其害國者，糾彈之」，「勉附清議之末，以彰是非之公」，與黨性原則強調「站在黨的立場」、反映黨的意志、為黨宣傳發聲、嚴禁「鬧獨立」的思想恰恰牴牾。在中共新聞理論裏，媒介與黨和政府的關係是「主體」與「工具」的關係，「報紙是黨的宣傳鼓動工作的最有力的工具，每天與數十萬的群眾聯繫並影響他們」，「報紙的主要任務就是要宣傳黨的政策，貫徹黨的政策，反映黨的工作」，「各地高級黨的領導機關，必須親自注意報紙的編輯工作，要使黨報編輯部與黨的領導機關的政治生活聯成一氣」，這樣才是「名符其實的黨報」〔註82〕。顯然，「工具」是不能脫離「主體」而獨立運用的，它只能被「主體」所掌握與運用，「主體」所追求的自然是「工具」的稱手好用，如身之使臂、臂之使指，這就是所謂黨派「喉舌媒介」的「依附生存」〔註83〕。為此，「主體」必須對「工具」不斷加以「改造」和「教育」，同時制定一系列「宣傳紀律」以及「請示與報告制度」等加以約束規範，比如：「各地黨報必須執行毛主席所指示的由各地黨的負責人看大樣制度」；「各地黨報的社論及編者對於新聞的政治性和政策性的按語與對於讀者政治性和政策性的問題的答覆，必須由黨委的一個或幾個負責人閱正批准後，

〔註81〕吳廷俊著：《中國新聞史新修》，上海：復旦大學出版社，2008 年，第 338～339 頁。

〔註82〕《中宣部為改造黨報的通知》（1942.3.16），載中共中央宣傳部新聞局編：《中國共產黨新聞工作文獻選編（1938～1989）》，北京：人民出版社，1990 年，第 2 頁。

〔註83〕吳廷俊著：《考問新聞史》，上海：復旦大學出版社，2013 年，第 48 頁。

才能發表」〔註84〕，等等。同時，既然是「主體」與「工具」的關係，這也意味著「工具」不可能反過來任意批評、監督「主體」，最好的情況是在「主體」批准和指示下，偶而開展些「批評與自我批評」。然而，這種「批評」沒有形成「制度性安排」，很難堅持下去，尤其是1953年3月中宣部發文規定「黨報不得批評同級黨委」〔註85〕後，「報紙開展批評、媒介發揮監督的威力大打折扣」〔註86〕。

從新聞操作層面來看，「四不」方針指導下的新聞報導講究時效性、獨家性、市場性，根據新聞價值規律編發新聞，視「搶新聞」等新聞競爭為天經地義，這與講究時宜性、統一性、政治性的黨性原則相牴牾。《大公報》宣布「新生」後，孜孜以求的是圓滿完成黨和政府所賦予的「宣傳」任務，即所謂「宣傳工具論」。在這種黨報範式中，報導新聞成為手段，宣傳黨的路線方針政策才是根本目的，所謂「用事實說話」，「事實」不是目的，要說的「話」才是，一言以蔽之，就是「宣傳本位」。顯然，這種宣傳本位的新聞報導模式，與「四不」方針指導下的新聞報導差別頗大，後者追求的是「受者曉其事」，而前者著眼點是「傳者揚其理」。二者雖然「都是一種傳播行為，可以相互滲透，而且有交叉的地方」，但畢竟不是一回事，從表現方式上看，後者重「信息、新異、事實、時效、溝通、平衡」，前者重「形式、重複、觀點、時機、操縱、傾斜」〔註87〕。正是在這兩種新聞操作模式的興替之間，「新生」《大公報》慢慢拋棄「新聞本位」傳統，逐漸轉型成一張「宣傳本位」的專業化黨報。

綜上，作為「文人論政」新聞觀的操作模式，「四不」方針與中共黨報理論的核心概念——「黨性原則」顯然是存在尖銳衝突的。「四不」方針所追求的以「不黨」為核心的民間辦報模式事實上已成為不可能，「全能主義」政治體制使得社會自主空間被極大壓縮，「政治機構的權力可以隨時無限制地侵入和控制社會每一個階層和每一個領域」（鄒讜語），新中國報業體系只能是黨報一統天下。報紙不僅不能是民間獨立媒體，而且按照「黨性原則」論要求，

〔註84〕 《中共中央關於宣傳工作中請示與報告制度的決定》（1948.6.5），載中共中央宣傳部新聞局編：《中國共產黨新聞工作文獻選編（1938～1989）》，北京：人民出版社，1990年，第4頁。

〔註85〕 《中宣部關於黨報不得批評同級黨委問題給廣西省委宣傳部的復示》，載中共中央宣傳部新聞局編：《中國共產黨新聞工作文獻選編（1938～1989）》，北京：人民出版社，1990年，第29頁。

〔註86〕 吳廷俊著：《考問新聞史》，上海：復旦大學出版社，2013年，第58～59頁。

〔註87〕 陳力丹著：《新聞理論十講》，上海：復旦大學出版社，2008年，第1～4頁。

「黨的報刊必須由黨組經辦並由黨員直接掌辦，且內容不可與黨的方針政策相背」，明確界定「報紙是黨的喉舌」。「既然報紙是『組織的喉舌』，就意味著黨報和黨的組織是互為依託的，甚至就是二而一的」〔註88〕。因此，中共改造利用《大公報》的過程便是黨報化過程，亦即「組織喉舌」化過程。「文人論政」和「四不」方針成為「資產階級新聞觀點」而不斷遭受批判，任何對舊大公報的懷念與稱讚都會被批判為「陰魂不散」和「復辟」。在這種宏觀結構制約下，《大公報》的「新生」過程必然是不斷批判、不斷改造的過程，在極端情況下也會被「無情地掃進歷史垃圾堆」。

二、政治觀

何謂政治觀？是對政治、政權、政府的基本觀點。《大公報》的政治觀與其主持人的政治觀點與政治立場是一致的。英斂之的政治觀是維新與保皇，英斂之時期《大公報》的政治觀當然與此相關聯。彼時《大公報》作為資產階級上層的代言人，「始終抱住維新改良思想不變，『敢言』而不忘『保皇』，反對封建專制而不想徹底推翻它」，鼓吹「中國宜立憲不宜革命」。因而，英氏《大公報》在當時報界雖然表現出「指責權貴，譏評地方，且不為威脅利誘所動搖」的「獨一無二」的戰鬥性，畢竟「有其歷史的和階級的局限性」〔註89〕。

王郅隆時期《大公報》主要是由胡政之主持，彼時《大公報》的政治觀更多的是體現為胡政之的政治觀。而胡政之從其幼年所受新式學堂教育以及青年時期留學日本的教育背景來看，他接觸的是「近代西方資產階級社會思想，以及先進的自然科學觀」，「讀過嚴復的《天演論》，接受了進化論的觀點」〔註90〕。從他對張勳復辟的態度和觀點來看，其反對專制、主張共和的政治觀一目了然，1917 年 7 月 2 日到 13 日《大公報》所刊發的《共和果從此告終乎》、《討賊之師起矣》、《薄海爭傳討逆聲》、《逆賊無死所矣》、《討逆功成》等新聞標題可見一斑。他「重視教育、實業、文化新聞」的動機，是「以為今日救國大計，惟在教民富國」，鼓吹「用研究的精神求事理的真誠」，「不擾派別

〔註88〕黃旦：《「耳目」與「喉舌」的歷史性變化：中國百年新聞思想主潮論》，《新聞記者》1998 年第 10 期，第 55 頁。

〔註89〕吳廷俊著：《新記〈大公報〉史稿》（2 版），武漢：武漢出版社，2002 年，「緒論」第 4～5 頁。

〔註90〕周雨著：《大公報史（1902～1949）》，南京：江蘇古籍出版社，1993 年，第 213頁。

的意味，為一家一說張旗鼓」，「不願矯飾其說，誘致社會於盲從」等思想觀念，可見其政治觀中民主自由內涵。需要指出的是，此時胡政之信奉的已不純是「自由資本主義」政治觀了，而是「福利（或曰改良）資本主義」政治觀，因為他已看到「自由資本主義」弊端和「社會主義」所長，在論及改造中國特殊方針時，明確指出應「取資本主義之長處，以謀殖產興業，行社會主義之精神以弘社會革命」〔註91〕。

到了「新記公司」時期，《大公報》「三巨頭」吳、胡、張均是留日學生出身，在日本接受了西方「改良的自由主義」，「他們奉《泰晤士報》為楷模，以言論自由為追求，正是自由主義理念的彰顯」〔註92〕，因而從續刊之日起，《大公報》對自由主義政治理念的信奉和追求無一日而終止，並逐漸成為自由主義在中國的主要宣傳陣地之一。根據任桐研究，受到當時特殊社會環境和傳統文化影響，自由主義思想進入中國已經發生「中國化」的適應性改變，主要表現在三個方面，即「糅合儒家文化傳統，徘回於民主與民本之間」，「強化工具理性認識，服務於救亡與強國目標」，以及「吸納社會主義主張，致力於改良與中間路線」〔註93〕。

張季鸞曾說：「我們這班人，本來自由主義色彩很濃厚的。人不隸黨，報不求人，獨立經營，久成習性」〔註94〕。李純青也說「大公報內部有一定的自由空氣，各人可以各言其是，無所顧忌」〔註95〕。可見，大公報人自由民主的政治觀，首先表現在獨立辦報，一方面是政治上獨立，因為新聞記者「若身親政治，即失立言自由」〔註96〕，故張季鸞、胡政之一生沒有加入任何黨派，吳鼎昌1935年底入仕「人才內閣」後立即登報辭去社長職務，報社內部也有「禁止本社成員加入任何黨派和政治組織」的不成文規定；另一方面，是經濟

〔註91〕 王詠梅：《胡政之對王郅隆時期〈大公報〉的改革》，《國際新聞界》2007年第2期，第76～79頁。

〔註92〕 任桐著：《徘徊於民本與民主之間：〈大公報〉政治改良言論述評（1927～1937）》，北京：生活·讀書·新知三聯書店，2004年，第19頁。

〔註93〕 任桐著：《徘徊於民本與民主之間：〈大公報〉政治改良言論述評（1927～1937）》，北京：生活·讀書·新知三聯書店，2004年，第12～15頁。

〔註94〕 張季鸞：《抗戰與報人》，1939年5月5日《大公報》香港版，轉引自《新記〈大公報〉史稿》（2版），第360頁。

〔註95〕 李純青：《為評價大公報提供史實》，載周雨著《大公報史（1902～1949）》，南京：江蘇古籍出版社，1993年，第437頁。

〔註96〕 《敬悼季鸞先生》，1941年9月8日重慶《大公報》，轉引自周雨著《大公報史（1902～1949）》，第340頁。

上獨立，「堅持不收外股，不受帶有政治性的資助」，《大公報同人公約》還規定「本社職員不兼任何社外有給職務」。其次表現在言論自由，是說大公報人言論或記事都是「用自己的腦子思考，用自己的手寫出來」，秉持理性，為民喉舌。李純青講：「不論新聞採訪或評論，我不知有一事一字來自大公報以外的指示、暗示或操縱。我問大公報舊同事，皆如此說」〔註97〕。

因此，新記《大公報》的政治觀內涵是頗為明確的。新記《大公報》續刊15個月之後，1928年元旦發表《歲首辭》第一次公開表明其政治理想：「夫中國改革既有絕對之必要，而改革之大義曰解放創造（包括民族解放、群眾解放、女性解放、思想解放），非復古，亦非俄化，則大體之國是定矣。此無他，對內屬行民主政治，提倡國民經濟，採歐美憲政之長，而去其資本家專制之短；大興教育以喚起民眾，爭回稅權以發達產業；對內務求長治久安之規模，對外必脫離不平等條約之束縛。」由此可見《大公報》的政治觀，既反對復辟封建主義，也不同意搞俄國式的社會主義、共產主義，同時也看到歐美憲政「資本家專制」的弊端。從1928年元旦發表《歲首之辭》到1946年11月4日刊登《做了一個現實的夢》，新記《大公報》一直把西方資產階級自由民主憲政作為政治理想。

在筆者看來，《大公報》堅定信服自由民主憲政的時代潮流是毫無疑問的，可與其說《大公報》的政治追求是「建立自由資本主義制度」，倒不如說其更青睞於走當時美蘇之外的「第三條道路」。也就是說，《大公報》的政治理想是「魚和熊掌兼得」，既要社會主義的平等，又要資本主義的自由。至於自由與平等的比例各占幾何，大公報人似乎對前者更有所偏向。正如任桐所分析，大公報人所奉行的自由主義理念，已經不純粹是「自由資本主義」範疇，而是糅合了「儒家思想」、「工具理性」以及「社會主義」因素，呈現出複雜多元的面向。

所以，當1946年內戰重起，王芸生遂囑蕭乾撰寫《英國工黨執政一年》社評，發表於8月28日《大公報》上海版，「是為大公報宣揚改良主義道路的先聲」。10月1日，又發表《世界需要中道而行》社評，認為「理性社會需兼有美、蘇之長」，既不做美國的「衛星」，也不做蘇聯的「附庸」，選擇「中道而行」。《大公報》在受到共產黨斥責和國民黨辱罵後，王芸生思想苦悶之時，

〔註97〕吳廷俊：《新記〈大公報〉史稿》（2版），武漢：武漢出版社，2002年，第100頁。

指派蕭乾執筆在 1948 年 1 月 8 日《大公報》上發表《自由主義者的信念》長篇社評，列舉自由主義的五點基本信念，強調「政治自由與經濟平等並重」、贊成民主的多黨競爭制而反對任何一黨專政等政治觀點〔註98〕。

總之，從政治上看，《大公報》是一張自由主義報紙，「大公報有自由主義的傳統作風，大公報同人信奉自由主義」〔註99〕。儘管《大公報》不同時期政治觀不盡相同，但其倡導自由民主，反對獨裁專制的思想是一以貫之的。這一政治觀，是《大公報》面對紛繁複雜、變動不居的新聞事實而發言論事的「主心骨」，也是牢牢奠定其「輿論重鎮」地位的思想基礎。

如果說抗戰剛勝利時，和平尚未破滅，憲政尚存希望，自由主義政治觀還可「盛極一時」，那麼當國共合作破裂，革命取代改良，自由主義便沒有立足之地了。「自由主義之所以會在中國失敗，乃因為中國人的生活是淹沒在暴力和革命之中的，而自由主義則不能為暴力和革命的重大問題提供什麼答案。」〔註100〕確實，在共產黨與國民黨兩極決鬥的時代背景下，《大公報》提倡「中道而行」，鼓吹「第三條道路」，與中共的政治主張有明顯分歧。

《大公報》從其民主憲政觀出發，主張「政治民主化」、「軍隊國家化」和「經濟工業化」，要求共產黨放棄軍隊，用政爭代替兵爭；反對一黨專政，「要求國民黨結束訓政，但並不必由共產黨專政」；反對暴力革命，主張漸進改良。這一政治主張的實質，就是「拿蘇聯的經濟民主來充實英美的政治民主」，建立「英美式的民主政治和改良的資本主義相結合」的新型資產階級共和國〔註101〕。對此，共產黨人認為事關「將革命進行到底」還是「使革命半途而廢」的問題，毛澤東在《論人民民主專政》裏指出：「騎牆是不行的，第三條道路是沒有的。我們反對倒向帝國主義一邊的蔣介石反動派，我們也反對第三條道路的幻想」。在中共看來，那些以「中間派」或以「第三方面」自居的知識分子，或者是「存心欺騙」，或者是「政治上毫無經驗」，「書生氣十足」，乃至「頭腦中還殘留著許多反動的即反人民思想」的人，

〔註98〕吳廷俊著：《新記〈大公報〉史稿》（2 版），武漢：武漢出版社，2002 年，第447～448 頁。

〔註99〕《政黨·和平·填土工作——論自由主義者的時代使命》，上海《大公報》1948年 2 月 6 日。

〔註100〕〔美〕格里德：《胡適與中國的文藝復興》，南京：江蘇人民出版社，1996 年，第 377～378 頁。

〔註101〕劉利群：《從解放戰爭時期的「第三條道路」的破產看中共領導的多黨合作的歷史必然》，《求實》1990 年第 4 期，第 38～41 頁。

主張「中間路線」或「第三條道路」「就意味著在政治上已經站到和人民相敵對的方面去了」〔註102〕。

1918年，中國共產主義運動先驅李大釗在《Bolshevism 的勝利》一文中寫道：「試看將來的環球，必是赤旗的世界！」中國共產黨二十八年英勇不屈的奮鬥，就是為了實現這個理想。中共建政就是實現這個理想的開始，怎麼能走「第三條道路」呢？又怎麼能允許宣傳「第三條道路」的報紙存在呢？正因如此，在中共改造利用「新生」《大公報》過程中，這一曾經鼓吹「第三條道路」的歷史污點，成為《大公報》不斷被批判或自我批判的主要罪行之一。

三、道德觀

道德觀是指對社會道德現象和道德關係的整體認識和系統看法。這裡所謂「道德觀」包括人的倫理道德觀，也包括報紙的職業道德觀。個人道德關乎其人的言行風度，報紙的道德亦關乎其報的言論記事和報格風範。《大公報》的輿論重鎮地位，與其道德觀及其表現出來的「大公無私」道德風範，互為表裏，關係甚密。而新記《大公報》的道德觀和道德風貌，與其總編輯張季鸞先生的道德追求密不可分。

于右任評價張季鸞先生「積三十年之奮鬥，對國家有大貢獻，對時代有大影響，其言論地位，在國家，在世界，並皆崇高」；《大公報》社評說他「以一身繫國家三十年輿論之重」，「堪當中國報界之一代大師」〔註103〕。季鸞先生「何以能達此境界？同人以為其最高興趣與最低享受實造成之」。意思是說，張季鸞先生能取得如此成就，源自於其對「言論報國」的「最高興趣」，使他能夠不顧「環境之艱，生活之苦」而奮鬥不息。那麼，問題來了，季鸞先生「最高興趣」由來何處？他在《歸鄉記》對此作出回答，他要「擴大對父母對子弟的感情，愛大家的父母和子弟。從答報親恩，擴大而為報共同的民族祖先之恩」，這就是他的人生觀，「簡言之，可稱為報恩主義。就是報親恩，報國恩，報一切恩！」換言之，季鸞先生投身新聞事業三十載，實欲「文人論政」、「文章報國」以不負「中國民族的共同祖先」，更「免教萬代子孫作奴隸」〔註104〕

〔註102〕唐弢：《歷史長河中的一陣小泡沫──談所謂「第三條道路」問題，學習〈毛澤東選集〉第四卷筆記》，《文學評論》1960年第6期，第1～8頁。
〔註103〕《敬悼季鸞先生》，重慶《大公報》，1941年9月8日。
〔註104〕季鸞：《歸鄉記》，載周雨著《大公報史（1902～1949）》，第356～357頁。

也。共產黨人李純青說「張季鸞是智慮高潔，老成謀國，富有民族感情的一代報人」〔註105〕，確係恰中肯綮。

張季鸞「報恩主義」道德觀與道德風範，反映到《大公報》的辦報和言論上，就是堅持「國家中心論」，愛國抗戰，誓不投降。張季鸞深受儒家思想影響，持有「報恩主義」道德觀，蔣介石以「國士」待之，他自然會「以國士報蔣先生」。所以，張季鸞才會在1938年1月對王芸生交代言論方針：「我和蔣介石先生有交情，你寫社評，只要不碰蔣先生，任何人都可以罵」〔註106〕，《大公報》對國民政府才有所謂「小罵大幫忙」之說。然而，《大公報》把蔣介石作為「國家中心」加以擁護和愛戴，並非僅僅是對蔣氏個人的愚忠，正如吳廷俊先生所言，《大公報》「國家中心論」中的「擁蔣」實際上包括了很大成分的「抗日」，包括了很大成分的愛國主義。所以，在艱難抗戰的日子裏，《大公報》以艱苦卓絕的工作精神，堅定不移的愛國立場以及積極進步的辦報傳統獲得了美國密蘇里新聞學院授予的1941年度榮譽獎章。也因此現代中國兩大政治力量都對《大公報》愛國立場褒揚有加，當其總編輯張季鸞逝世之時，蔣介石稱之為「一代論宗，精誠愛國」，毛澤東等中共領導人則稱讚其「堅持團結抗戰，功在國家」。據費彝民先生講，周恩來生前也一再稱許《大公報》是一張愛國的報紙。

總之，在筆者看來，《大公報》的「愛國」立場實來源於以「報恩主義」道德觀為基礎的「文人論政」辦報理想與辦報傳統，而這種道德觀和理想傳統又直接脫胎於幾千年來儒家文化所孕育的強烈政治意識和深沉歷史責任感之中，這也是《大公報》言論之所以具有感動人心力量，乃至終成「輿論重鎮」的深層歷史緣由所在。

然而，深入分析其道德觀，張季鸞從報「親恩」到報「國恩」，這裡「國」當然是指「中華民國」，「國恩」不僅指民族、國家的養育之恩，更主要的是具體化、人格化為國家領袖蔣介石以「國士」相待的知遇之恩。基於這種「報恩」心理，《大公報》在相當長時間內把蔣介石政府視為唯一合法正統政府，幫國民黨政府的忙是自然的。在看待國共兩黨時，《大公報》維護中央政府的權威，站在國民黨蔣介石一邊，表現出反共立場，比如毛澤東到重慶談判

〔註105〕李純青著：《筆耕五十年》，北京：生活・讀書・新知三聯書店，1994年，第514頁。

〔註106〕吳廷俊著：《新記〈大公報〉史稿》（2版），武漢：武漢出版社，2002年，第242～243頁。

時，王芸生勸告其不可脫離中央政府「另起爐灶」，還隱諱地批評過毛有「帝王思想」〔註107〕等。在看待國民黨內部派別時，又視蔣介石為正統，表現出擁蔣立場。

既然要「報恩」和「幫忙」，作為報人或一張民間合法報紙，怎麼報，怎麼幫？1929年12月29日，張季鸞批評「過分嚴整的宣傳」，有兩大弊端：一則「使得人民神經久而麻痹，反使宣傳失效」；二則「報紙專為政府作宣傳機構」會讓人民失掉讀報興味而最終取消報紙存在的意義。這樣一來，「前者不利於政府，後者不利於報紙」〔註108〕。此話意思很清楚，報紙不應當完全充作政府的宣傳機構，否則兩敗俱傷。那麼，報紙應當如何做？1943年10月1日，《大公報》正式提出「小罵大幫忙」的新聞操作方法。即只有允許報紙擁有「小罵」政府的權利，報紙才能在政府需要時幫得上「大忙」；否則，「假使批評為難，則幫忙時也就乏力。」為什麼會這樣？因為報紙對政府不能「小罵」，那麼，「一般民眾以為反正報紙都是政府的應聲蟲，不會有真知灼見，而國際讀者也認為你們的報紙沒有獨立的精神，而不重視」，結果是「報紙雖欲對政府幫忙，而也沒有力量了。」〔註109〕總之，大公報人認為「小罵大幫忙」的新聞操作模式是對國家和報紙都有利的編輯方針。所以，《大公報》與國民黨政府之間就形成了一種所謂「小罵大幫忙」的關係。

然而，這種關係在中共眼裏，正是《大公報》最狡猾、最可惡之處，早從1940年代中期起就開始痛加批判。其批判的鋒芒，從道德角度看，直指《大公報》所謂「立場中立」、「客觀公正」等職業操守。認為《大公報》「小罵大幫忙」，「表面上使讀者覺得它頗為公正，並不偏袒蔣政府，實際上則偏袒得最有力，最有效果」，《大公報》雖然「不直接拿國民黨的津貼，但比接受津貼的報紙要多得實惠數百倍以至千倍」。因此，《大公報》就成了一張「蔣黨」的報紙，一張極為「反動」的報紙。同時，在共產黨看來，報恩也是有階級性的，「世界上沒有無緣無故的愛，也沒有無緣無故的恨」，政府更是有階級性，國民黨蔣介石政府是代表大地主大資產階級利益的反動政府，替這樣政府「幫忙」的《大公報》當然也就成了反動報紙。這一定性，把《大公報》與國民黨蔣介石視為同類，無異於在政治上宣布了《大公報》的死刑。

〔註107〕楊奎松著：《忍不住的「關懷」：1949年前後的書生與政治》，桂林：廣西師範大學出版社，2013年，第97頁。
〔註108〕張季鸞：《國府當局開放言論之表示》，《大公報》1929年12月29日。
〔註109〕社評：《今後的中國新聞界》，《大公報》1943年10月1日。

中共建政後，出於統戰考慮和報業政策，允許《大公報》「新生」的同時，經常保持對「舊大公報」的批判態勢。批判的焦點還是落在舊大公報是國民黨政學系的報紙，是國民黨反動派頭子蔣介石的幫兇；批判的邏輯仍然循著揭露舊大公報導德虛偽路徑來進行：「在什麼『文人論政』、『不黨不賣不私不盲』、『超政治』、『中間路線』種種煙幕下，通過『小罵大幫忙』的鬼蜮伎倆，幫著國民黨反動派統治集團為非作歹」〔註110〕。總之，「小罵大幫忙」成為《大公報》「反動性」的象徵和代名詞，在大大小小政治運動中被批倒批臭，成為懸在大公報人頭頂上的達摩克利斯之劍。然而，吳廷俊先生研究指出，「小罵大幫忙」其實反映了現代法治社會裏合法媒介與政府當局的正常關係，即相對獨立、互相需要、和諧生存、共同發展的關係，「是《大公報》對世界新聞事業的獨創性貢獻」，「契合了新聞媒體的運作規律」。歷史經驗表明，報紙成為「階級性」宣傳工具後，「打擊敵人」固然鋒利無比，但也可能造成自傷。

綜上所述，從《大公報》新聞觀、政治觀和道德觀三個維度分析，不難發現，《大公報》這三個字是「有毒」的，與中共新聞理論和黨報範式是衝突牴牾的。難怪中共得出結論：《大公報》是「反動政學會的機關報」，屬於「官僚資本」，是一張「反動報紙」。

確實，對《大公報》來說，官僚資本還是民族資本的定性，可謂生死攸關。按照中共新民主主義理論，官僚資本是反動屬性，應在鎮壓和沒收之列；而民族資本為統戰對象，名列四個革命階級之一。根據大公報史專家吳廷俊先生研究，新記《大公報》原始資本來源是「民族資本」。20年後資產雖有增值，但「的確沒有營利」，「所謂財產，不變資本只有幾架印刷機」；從經營方式看，「從胡政之、張季鸞到工廠的工人，都是勞動者」，「沒有老闆，實行股份制」；從政治態度看，「堅定地站在廣大人民群眾一邊」。因此得出結論：「《大公報》館是民族資本企業」〔註111〕。

然而，脫去「官僚資本」的帽子，穿上「小資產階級和民族資產階級」的新衣，並不意味著安全甚至「革命」，因為中共對資產階級政策是變化的，是基於「中共所信奉的意識形態與中國現實狀況之間的矛盾做決定的」。也就是說，在新民主主義理論框架中，「對中國資產階級在大中小程度上的劃分，及

〔註110〕 德山：《舊大公報剖視》，《新聞戰線》1958年第1期，第25～32頁。
〔註111〕 吳廷俊著：《新記〈大公報〉史稿》（2版），武漢：武漢出版社，2002年第2版，「緒論」第29頁。

其應對策略的設定，充其量只能是基於現實力量對比的考量，從利用、分化對手的角度設定策略運用的手法，而不可能根本改變作為策略運用對象的資產階級本質的看法」。而「依據階級鬥爭的意識形態來看待中共與中國資產階級的關係，不可避免地會使中共始終在內心深處將資產階級視為敵人」，所以在打敗了國民黨敵人、建立了自己的新政權以後，中共「不可避免地日益加強了對後者（資產階級）的警惕和戒備，進而逐步開始從團結利用的方針，迅速轉向了『利用、限制、改造』的逐步消滅資產階級的政策」〔註112〕。

「原罪」本是「基督教主要教義之一，指人類始祖亞當和夏娃傳下來的罪」，「是人類一切罪惡和災禍的根由」〔註113〕。《大公報》出身於「官僚資本」，「新生」後又定位於為「小資產階級和民族資產階級」服務，這種與「資產階級」千絲萬縷的聯繫就成為《大公報》擺脫不掉的「原罪」，成為中共批判、取締、改造和利用《大公報》的主要理論基礎。

〔註112〕 楊奎松著：《中國人民共和國建國史研究 1》，南昌：江西人民出版社，2009年（2012年重印），第 461～462 頁。

〔註113〕 夏徵農，陳至立主編：《辭海》（第六版縮印本），上海：上海辭書出版社，2010年，第 2345 頁。

第五章 《大公報》改造策略的具體分析

本章借鑒鄒讜先生「雙層交叉分析」的理論視角，具體分析中共改造利用《大公報》的兩個策略路徑，即從民營到黨辦、從綜合報到專業報變遷的動機緣由和歷史過程，凸顯歷史變遷中宏觀結構因素與微觀行動因素的複雜互動與交相輝映。

第一節　鄒讜及其「雙層交叉分析」理論

鄒讜（Tsou Tang 1918～1999），美國華裔政治學家。1918 年 12 月出生於廣州，廣東大埔人，係中國國民黨元老鄒魯之子。1940 年畢業於西南聯大，1946 年就讀芝加哥大學研究院，1951 年獲得芝加哥大學政治學博士學位，1966 年起一直任教於芝加哥大學政治學系，是利文思敦講座教授（Homer J. Livingston Professor），直到 1988 年退休。曾擔任美中關係全國委員會理事和中國社會科學院名譽高級研究員，北京大學名譽教授。英文著作有《美國在中國的失敗：1941～1950》（該書獲 1965 年度美國 Gordon J. Lazing Prize，令其名聲大噪，被譽為芝加哥大學出版社當年最佳著作，奠定了他的學術界地位。2016 年，上海人民出版社出版了中譯本）、《中國的危機》（合編）、《文化大革命與毛後改革》，中文著作《二十世紀中國政治：從宏觀歷史與微觀行動角度》《中國革命的再闡釋》分別於 1994 年、2002 年由牛津大學出版社出版。

鄒讜先生在其漫長的學術生涯中，全部思考都聚焦於一個問題，那就是如何理解極端複雜的二十世紀中國史。在這個總問題之下，又可以分解為兩個基

本問題：其一，國民黨為什麼會敗於共產黨；其二，中國知識階層為什麼會在四十年代後期從親美轉向反美。這構成了他學術研究的基本問題意識，也是《美國在中國的失敗：1941～1950》這部著作的原初問題意識。

《美國在中國的失敗：1941～1950》出版於 1963 年，是 1960 年代美國美中關係研究的代表作。美國國際政治和國際關係專家摩根索教授不僅高度評價該著作「在美中關係史上可稱為一個巨大的思想貢獻」，而且特別指出其研究方法上的「交叉性」：「它既是一部體裁宏偉的歷史著作，又是一部傑出的政治科學著作。」〔註1〕可以說，這部著作是鄒讜先生研究二十世紀中國政治的基本出發點，這種交叉研究方法為他後期「雙層交叉分析」理論的形成開啟了先聲。

鄒讜先生研究的中心問題，是中國政治如何「向民主過渡」（transition to democracy）。他著重探討，在中國社會歷史的給定條件下，向民主過渡是否可能？如果答案是否定的，那麼是哪些「機制」（mechanisms）阻礙了過渡？如果答案是肯定的，又是哪些「機制」可能發生作用？他追求的是，如何既立足於中國政治的經驗之上，又充分利用西方政治學研究的成果，以逐步建立能夠用來說明和分析中國政治現象、總結中國政治經驗的「中國政治學」。因此，鄒讜先生的分析構架和方法既是從中國政治的具體經驗出發，又不斷吸取西方社會科學研究所產生的新方法、新成果，呈現出別具一格的思想魅力。

在 1970 年代末以前，西方政治學界對「向民主過渡」這一問題的主流研究路徑，是「現代化」理論研究的一部分，屬於「宏觀歷史社會學」研究路徑。該研究路徑的基本特點是，突出強調社會經濟歷史條件對於走向民主政治的制約性。但是，從 1970 年代後期起，這種主流研究路徑開始受到來自實踐和理論兩方面的挑戰。從實踐方面來看，大量經驗研究和統計分析表明，工業化、現代化的發展程度與政治民主化之間並無直接因果關係。由此昭示，「向民主過渡」的過程遠比人們想像得更為複雜，從而開始批判反省「宏觀歷史社會學」研究路徑的不足。從理論方面來看，從 1970 年代中後期開始，以「博弈論」（game theory）和「理性選擇理論」（rational choice theory）等方法論為基礎的西方社會科學的研究重心，日益轉向個體和集體行動的「微觀機制」，研究各種理性和非理性的「偏好」（preference）和「選擇」機制對人類行為和

〔註1〕〔美〕鄒讜著；王寧，周先進譯：《美國在中國的失敗：1941～1950 年》（修訂本），上海：上海人民出版社，2016 年，「序」第 4 頁。

互動的影響。這種「微觀取向」（micro-oriented）的理論轉向，給政治學研究帶來一個明顯變化，即研究重心日益注重於「在具體的歷史情景下（微觀），政治行動者會選擇什麼樣的行動方式和策略（可選擇性），以及這些行動方式在各方互動過程中所產生的政治結果」。與「宏觀歷史社會學」研究路徑濃重的「決定論」色彩相比，「微觀策略分析取向」所強調的是，即使在相同的社會經濟歷史條件下，個體和群體絕非只有一種選擇，而總是可以作出不同選擇、不同決定，這樣就會帶來不同政治結果，從而影響事件發展進程和有關個體與群體的命運，也就影響著社會歷史發展本身。

在此學術大背景下，鄒讜先生的研究取向難免受其影響。他本來分析路徑是比較著重宏觀歷史分析的，強調對當代中國政治的分析應以對帝制崩潰以來中國政治在 20 世紀發展全過程的總體把握為基礎。但在後來研究中，他明顯有日益注重微觀行動分析的傾向。然而，鄒讜先生並不因為採用微觀行動分析的方法，就完全放棄宏觀歷史的分析方法，像許多西方學者那樣把宏觀與微觀、歷史與行動、結構與主體完全對立起來，而正相反，他力圖把這二者有機結合起來，以更深入、更辯證地理解和分析 20 世紀中國政治。「正是通過這種宏觀與微觀、歷史結構與主體行動的交叉分析，鄒先生向人們著重指出，中國『向民主過渡』的複雜性和困難性，並不僅僅在於種種歷史地形成的客觀結構制約，而且同樣在於二十世紀中國政治行動者一代又一代相互模仿所形成的政治行動方式。」〔註2〕

本研究的核心理論工具，借鑒的正是鄒讜先生的「雙層交叉分析」方法論。

所謂「雙層交叉分析」，一層是宏觀歷史結構分析，一層是微觀主體行動分析，前者為後者提供理論框架，後者則為前者提供實踐基礎〔註3〕。鄒讜先生認為，通過雙層交叉分析，就可以把著重微觀行動分析的「理性選擇論」（rational choice theory）與宏觀的社會結構論（structuralism）綜合成為一個完整的人類行為與社會變遷的理論。可見，「雙層交叉分析」理論的核心，就是特別關注歷史變遷中的「行動者」及其人文動機和精神生活，分析他們在什麼樣的環境下，出於怎樣的動機和心態，作出何種選擇和決策，如何演成和改變歷史發展的軌跡。

〔註2〕甘陽：《序言》，載鄒讜著：《二十世紀中國政治：從宏觀歷史與微觀行動的角度看》，香港：牛津大學出版社，1994 年，第 10～15 頁。

〔註3〕鄒讜著：《二十世紀中國政治：從宏觀歷史與微觀行動的角度看》，香港：牛津大學出版社，1994 年，第 238 頁。

首先，從宏觀歷史結構層面來看，鄒讜先生通過分析 20 世紀中國政治從傳統權威主義轉向現代全能主義的基本特徵，強調研究重點應當是微觀的政治行動及其帶來的政治系統變化，進而分析行動者的理性或非理性選擇。而宏觀歷史結構如社會經濟等因素，只是為政治行動提供制約和機會的大的歷史環境。

在鄒讜先生看來，20 世紀初中國所面臨的亡國滅種總形勢，使其必須在一種新型政黨領導下通過「社會革命」來達成「國家制度重建」。這種經過社會革命而重建的「國家制度」，他用一個新名詞「全能主義」（totalism）來概括，其內涵是指在這種國家制度下，政治權力無限擴張，不受法律、道德、宗教等限制，可以侵入社會各個領域，包括個人生活各個方面[註4]。儘管在現實層面上侵入程度大小不一，但在國家與社會關係上，強國家、弱社會的局面則是肯定的。

其次，從微觀主體行動分析層面來看，宏觀歷史變化必有微觀基礎，即共產黨人的行為，分析焦點在於中共的政治行動和決定政治行動的各種選擇，包括在思想、主義、組織、政策、工作方法、戰略策略等方面的選擇。鄒讜先生認為，宏觀政治系統變化的基礎是個人的政治行動，而個人政治行動又必然在宏觀政治系統指導下進行，體現為宏觀政治系統的具體內容。這種宏觀結構與微觀行動的緊密互動與博弈，是所有歷史變遷的內在機制。

鄒讜先生解釋道，社會結構設定了個人和集體政治行動的機會與制約，同時也提供了一系列可被選擇的行動方案。也就是說，這種宏觀的社會結構只是為微觀行動提供了客觀的整體的結構環境。面對可被選擇的行動方案，政治行動者自身的經濟利益、文化背景、個人經驗、私人偏好等因素，雖然會在一定程度上影響政策的選擇，但決定性因素是政治行動者對這種結構環境的看法（perception）及其對整個環境可能性的評估。這就是所謂「環境參數理性」（parametric rationality）。

同時，政治行動者的選擇與行動，雖然與其對上述宏觀結構環境的感知與評估有關，但更加重要和直接的影響因素應當是中觀的政治環境，包括各種政治力量對比和均衡，各種戰略策略的運用，以及有關政治勢力之間彼此對他方戰略策略的認知程度。這就是說，政治人物的選擇與行動，更直接地受政治鬥

〔註 4〕鄒讜著：《二十世紀中國政治：從宏觀歷史與微觀行動的角度看》，香港：牛津大學出版社，1994 年，第 258 頁。

爭兩方面或多方面的戰略策略互動的影響。這就是所謂政治選擇和決策的「戰略理性」（strategic rationality）。

總之，微觀行動主體在進行歷史活動和理性選擇時，「環境參數理性」告訴他們行動範圍和選擇可能性，而「戰略理性」則根據對手的戰略互動而給出具體的選擇和決策。這種行動和決策不只是政治行動者面對個別問題，在各種已有的、現成的「可行途徑」（feasible alternatives）中作出一個選擇，而且要特別注意到理性選擇還有其「創新性、系統性和戰略互動性」。

所謂「創新性」，是說政治行動者理性選擇時並非只是在已有的方法集或「工具箱」中進行簡單選擇，而是會根據解決現實問題的需要，特別是當現成方法或途徑不能很好解決問題時，發現或創造新的可行方法、途徑或路向，以達成他們的目標，這樣就擴大了原有的「可行方法集」（expanding the feasible set）。這種創造，包括組織、制度、人際關係、政治軍事戰略和策略的變化等。西方學者稱這些政治行動者為「政治企業家」（political entrepreneurs），他們的天才就是表現在能夠根據政治發展形勢需要而適時發現和創造新的方法、途徑與路向，而不僅僅是在現成可行方法中作出理性選擇；成功的政治企業家善於影響其他政治行動者及一般民眾的偏好與看法，而不只是解釋和總結他們的意見和願望。

所謂「系統性」，就是指在解決問題的「可行方法集」中，個別方法或手段之間互相勾連、互相影響以至聯動反應，形成一個系統，鄒先生名之為「抉擇構造」（structure of alternatives）。歷史變化越大，這個抉擇構造就越複雜。這個構造的形成，有以下三條線路：一是從目的到手段、自上而下的聯繫線路（downward linkage between end and means），比如，要革命就要搞群眾運動，工人階級力量薄弱並且在國民黨控制之下，那麼就只能主要依靠農民；二是手段之間平面延展的聯繫路線（horizontal linkage between means），比如，發動農民就要與地主對立，就要用武力抵抗地主與國民黨的軍事力量，就要組織軍隊，展開游擊戰爭，就要建立根據地，成立政府；三是從手段到目的或政策取向的自下而上的聯繫線路（upward linkage between means and ends/policy orientations），比如，採用游擊戰術就決定了「從農村到城市」的戰略，也是「從游擊戰發展成運動戰、正規戰」的戰略。總之，「手段常常有它的不能預期的效果，影響政策的方向。」比如，中共採取「以農村包圍城市」的革命路徑，就必然影響其對城市文化和需要，特別是城市中知識分子需要、訴求等的瞭解

和認知，進而影響其接收、管理和建設城市政策的制定與執行，因而產生「對知識分子不夠愛護，對純理論提倡不足，對高深細緻的文化事物不能充分欣賞，對世界新興潮流不夠瞭解」〔註5〕等弊端，最終對歷史進程產生相當程度的影響。

所謂「戰略互動性」，是指政治活動家或政治集團在進行理性選擇時，採用一個新的抉擇構造，就會立刻影響到其他政治活動者或政治集團以及一般民眾抉擇構造的選擇與運用，也就是說，政治行動中某一方戰略策略的改變，必然引起另外方面戰略策略的相應變動。比如，中國共產黨在政治鬥爭中採用了新的方法、途徑與路向，那麼，國民黨就發現不能用原來其對付軍閥的方法去對付中共；共產黨注意工人動態，控制工人政治活動與傾向取得相當效果，那麼，國民黨就相應組織黃色工會、成立社會部、利用地下社會組織、運用治安機構去對付；共產黨掀起農民運動，國民黨就恢復保甲制度以應對，等等。

由此，鄒讜先生得出這樣重要結論：「理性選擇的創新性、系統性和戰略互動性就是客觀歷史變化和政治社會系統轉型的最直接的微觀機制。」〔註6〕而以往研究所忽略的，正是這種歷史變遷的微觀機制。換言之，歷史行動者在歷史大潮澎湃而來之時，主要是運用理性選擇的機制和力量來處理紛至沓來、應接不暇的問題和挑戰。具體來說，一方面運用「環境參數理性」對宏觀整體的歷史趨勢進行判斷和選擇，另一方面運用「戰略理性」對自己的微觀行動作出規劃與選擇，其間，歷史行動者必須根據解決問題的現實需要和戰略對手的策略變化，創新地、系統地、靈活地更新自身的「可行方法集」，這樣才能有效達成行動目標，從而更好地控制或改變個體自身的命運流轉，也在整體、宏觀的歷史變遷中發揮其或大或小的作用。

需要指出的是，西方社會科學中的「理性選擇論」，早期對「理性」一詞採取了極狹隘的定義，使得該理論淪為僅僅是關於如何選擇最佳方法去實現個人自私利益的理論，而拋棄了規範（norm）和其他道德觀念。但是，這個初期理論在艾斯德（Jon Elster）和其他學者著作中得到修正，「規範」已被重新納入「理性選擇論」，並說明理性選擇並不排除利他主義行為與動機。鄒讜先生所提到和應用的「理性選擇論」，正是這個修正後的學說，並解釋說「這個

〔註5〕鄒讜著：《二十世紀中國政治：從宏觀歷史與微觀行動的角度看》，香港：牛津大學出版社，1994年，第252頁。

〔註6〕鄒讜著：《二十世紀中國政治：從宏觀歷史與微觀行動的角度看》，香港：牛津大學出版社，1994年，第253頁。

學說與中國二十世紀政治行為有暗合之處，並且能幫助我們去瞭解中國革命的過程，所以我近年來對這個學說和研究方向，發生極大的興趣。因此決定給中國學者介紹這個學說在研究中國問題中的初步應用的實例，希望年輕一代學者及時去瞭解和發展這個研究方法」〔註7〕。

第二節　從民營到黨辦的改造策略分析

中國共產黨改造利用《大公報》的策略，從大的方面看，首先是把《大公報》從「民營」改造成為「黨辦」，其次是從「綜合報」改造成為「專業報」。這一節先談前者，後者在下一節中具體分析。

說到中共對《大公報》的改造，不得不提一下相關論題，那就是 1949 年後大陸民營報紙的集體退場。新聞史學界對 1949 年後民營報紙從大陸「退場」的原因，多有研究探討。有研究者指出「當時實行的一系列政策使私營報業面臨的制度環境逐漸演變為政府管制的計劃體制，報業賴以生存的經濟來源（發行和廣告）逐步萎縮」，同時「在內容上，私營報紙逐步納入中共黨報體制的分工之中，非黨與黨的界線日漸消弭」〔註8〕。有的則認為「中國大陸私營報業的最終消亡，既有社會和歷史因素，也與私營報業自身的特點有關」，其中一具體原因是民營報業不瞭解新社會的讀者，向黨報學習，「結果不但沒能學好，而且失去了自己報紙的特色」〔註9〕。還有專家揭示民營報業之所以像「恐龍現象」一樣從中國大陸「集體退場」的本質原因，在於「整個媒介生存環境發生了巨大變化所致」〔註10〕。顯然，上述各家觀點都強調了「環境」的決定性影響，是對民營報退場的「宏觀」研究。

然而，今日絕大多數社會科學家「不同意用經濟、社會、文化等單一的因素去解釋政治系統的蛻變。這種分析方法在基本方法論上是很有問題的，即總

〔註7〕鄒讜著：《二十世紀中國政治：從宏觀歷史與微觀行動的角度看》，香港：牛津大學出版社，1994 年，第 298 頁。

〔註8〕施喆：《建國初期私營報業的社會主義改造》，《新聞大學》2002 年第 1 期，第 54～58 頁。

〔註9〕曾憲明：《解放初期大陸私營報業消亡過程的歷史考察》，《新聞與傳播研究》2002 年第 2 期，第 71～79 頁。

〔註10〕吳廷俊：《「恐龍現象」——民營報紙在中國大陸集體退場的歷史考察》，載《新聞與傳播評論》2011 年卷／羅以澄主編，武漢：武漢出版社，2011 年，第 32～45 頁。

是以單一的因素為獨立變量（independent variable），將其他一切現象看成依賴變量（dependent variable），而以前者去解釋後者的變化，很多人從前信服的歷史必然規律，多半是從這個思維方法出發」〔註11〕。根據鄒讜先生「雙層交叉分析」理論，觀照和分析中國共產黨對《大公報》的改造過程、改造策略以及改造結果，不僅要看到「環境」的結構性作用，更要看到在「環境」提供的多種可能性當中，個人或集體行動者「理性選擇」等主觀因素也在其中扮演重要角色。因此，應拋棄歷史決定論的簡單思維方式，不僅關注「環境」作為歷史結構的制約作用，還要把更多注意力投放到人的主觀選擇諸方面，把「宏觀結構」與「微觀行動」兩種分析視角結合起來，從而達到真實再現和還原歷史變遷中的種種複雜面相，實現「見物又見人」的研究宗旨。

一、第一次選擇：「新生」與「利用」

　　20世紀40年代末的《大公報》生死懸於一線，報人的心也在絕望與希冀、恐懼與嚮往、悲傷與欣喜、無奈與掙扎等極端情緒中跌宕。恩格斯曾指出，歷史結果是由無數相互衝突、相互交錯的個體意志合力形成的，「每個意志都對合力有所貢獻，因而是包括在這個合力裏面的。」〔註12〕因此，在1949中國大陸所經歷的巨大歷史變遷中，所有歷史行動者的「意志」都在發揮作用，每個行動者都在基於各自面對的「十分確定的前提和條件」作出抉擇。時代嬗變之際，《大公報》作出了由「投降」而「新生」的抉擇，而中共作出了由「取締」到「利用」的抉擇。

（一）大公報人的夢想與挫折

　　《大公報》三巨頭之一的胡政之，抗戰勝利後曾有過一個「報業托拉斯」的夢想。他分析當時的政治形勢和政治格局後，認為秉持「不私、不盲」社訓的《大公報》大有發展前途。於是，他成立大公報社總管理處，領導上海、天津、重慶三館的業務，「並計劃創辦廣州館，佔據華東、華北、華西、華南四大據點，使《大公報》成為中國報界盟主」〔註13〕。然而，胡政之雄心勃

〔註11〕鄒讜著：《二十世紀中國政治：從宏觀歷史與微觀行動的角度看》，香港：牛津大學出版社，1994年，第240～241頁。

〔註12〕恩格斯：《致約瑟夫・布洛赫》，《馬克思恩格斯選集》第4卷，北京：人民出版社，2012年，第604～606頁。

〔註13〕吳廷俊著：《新記〈大公報〉史稿》（2版），武漢：武漢出版社，2002年，第385頁。

勃的夢想很快被現實粉碎，不得不迅速調整報紙發展戰略。首先採取緊縮維持策略，打消創辦廣州版計劃；繼而，發現維持亦不可能，遂開始實施《大公報》香港版的復刊工作以為退路。雖然港版《大公報》艱難再起，但天不假年，1948 年 4 月胡政之病倒，臥床經年後於 1949 年 4 月 14 日病逝於上海，終於撒手念茲在茲的《大公報》事業。如果胡政之不在這個多事之秋病倒乃至逝世，《大公報》恐怕會有不同的選擇與命運。然而，歷史無法假設，時代巨輪滾滾向前，不論是報還是人，在此大轉折關口都必須採取行動作出抉擇。

胡政之病倒後，《大公報》命運實際上交到了第二代領導人王芸生手中。王芸生當然也有夢想，不過與胡政之比起來他的夢想要卑微得多。王芸生最大夢想是在兩極對決中保住《大公報》，其次才是如何發展的問題。王芸生已經清楚預感到「《大公報》繼續走自由主義之路實為兩大政黨所不容」。對他個人而言，國民黨方面圍攻他，「甚至人身安全都受到威脅，深感國統區已不是久留之地」；但是要到共產黨方面去，「大北方蘇聯的『清洗』運動，小北方的『野百合花』遭際都令他不能不有所畏忌」〔註14〕，再考慮到之前因「另起爐灶」、「沁園春・雪」、「長春之戰」等事件已開罪於彼，怕招來「殺身之禍」。一時間左右為難、進退失據，走投無路、悲觀絕望，以至於「一副病態，魂不守舍，整日里長籲短歎，有時甚至連話都說不完整了」〔註15〕。

就在此時，報館內中共地下黨員楊剛、李純青對王芸生展開統戰工作，允諾《大公報》滬、津、渝、港四館「不易名、不換人，照原樣出版」，還轉達毛澤東邀請他參加新政協會議之意。「王芸生晚年時說，有了楊剛的『承諾』，還有毛澤東的邀請，他個人的命運，決不會再成為一個『王實味』，《大公報》的命運也會很好。」〔註16〕基於此判斷，王芸生對《大公報》和他個人命運作出重大抉擇。毫無疑問，此時王芸生心中充滿著「山重水複疑無路，柳暗花明又一村」的喜悅之情，夢想著《大公報》將會在新政權、新體制下保持原樣，甚或有更大發展。

和王芸生情況相似的徐鑄成，在 1949 年 2 月秘密離港北上時，曾向同人

〔註14〕王芝琛著：《一代報人王芸生》，武漢：長江文藝出版社，2004 年，第 179 頁。
〔註15〕楊奎松著：《忍不住的「關懷」：1949 年前後的書生與政治》，桂林：廣西師範大學出版社，2013 年，第 98 頁。
〔註16〕王芝琛著：《一代報人王芸生》，武漢：長江文藝出版社，2004 年，第 182 頁。

談起全國解放後的辦報設想。除了保持香港《文匯報》外，他還要在北平、上海、重慶、武漢等地創辦《文匯報》，屆時他將輪流到這些地方去處理報社各項工作。他笑著說：「那時候，自己可能忙得不得了。」〔註17〕當時，徐鑄成先生確實是「抱著一肚皮『雄才大略』」，夢想「成為新聞界的巨頭」，決心要讓《文匯報》「代替大公報」成為名副其實的全國大報。正當壯年的王芸生，其雄心與抱負恐也不輸徐鑄成，對於進入共產黨執政時代的自己和《大公報》，難免「躊躇滿志，準備大展宏圖」，繼續其「全國大報的憧憬」〔註18〕也在情理之中。

在中共地下黨精心安排之下，王芸生 1948 年 11 月 8 日由滬經臺抵達香港，香港《大公報》的立場開始轉向擁共。1949 年初，作為香港「中共喉舌」的《華商報》展開了關於新中國新聞政策的討論，雖然眾說紛紜，意見分歧明顯，但並未影響王芸生等民間報人的希望和信心。然而，等到 1949 年 3 月 5 日王芸生從香港北上登陸華東解放區的煙台，親眼看到《進步日報》，才知道天津《大公報》已經「改名易姓」，尤其是讀了 3 月 4 日《人民日報》「痛斥《大公報》一貫反動的文字」後，心情急轉直下，「抗拒」之心恐怕在所難免，敏感的王芸生甚至覺得「同行的人立刻對他改變了態度，似乎看不起他了」。

3 月 14 日到達濟南，與王芸生同行的這批著名知識分子民主人士對新中國是否允許「私人辦報」甚為關心，惲逸群的答覆是「日前私人辦報，事實上甚為困難云云」〔註 19〕。這批民主人士到達北平後，對於徐鑄成的「大報計劃」，曾經也是大公報人、時任新政協籌備會副秘書長的宦鄉「耐心講解黨的新聞工作方針」、「婉言勸棄」〔註20〕。同時，新政權有關方面不僅譴責《大公報》歷史，甚至要王芸生「交代」責任，王芸生感到「許多莫名其妙的人」「都被視為貴賓，唯獨對我這樣，真是豈有此理」。此時，王芸生心中的「痛苦與

〔註17〕文匯報史研究室編寫：《文匯報史略（1949 年 6 月～1966 年 5 月）》，上海：文匯出版社，1997 年，第 20 頁。

〔註18〕張濟順：《從民辦到黨管：上海私營報業體制變革中的思想改造運動——以文匯報為中心案例的考察》，載華東師範大學中國當代史研究中心編：《中國當代史研究》（第一輯），北京：九州出版社，2009 年，第 46 頁。

〔註19〕宋雲彬著：《紅塵冷眼》，太原：山西人民出版社，2002 年，第 112 頁。

〔註20〕張濟順：《從民辦到黨管：上海私營報業體制變革中的思想改造運動——以文匯報為中心案例的考察》，載華東師範大學中國當代史研究中心編：《中國當代史研究》（第一輯），北京：九州出版社，2009 年，第 46 頁。

抗拒」可想而知，憤憤不平地想：「既然叫我到解放區來，何必如此整我？」，甚至對楊剛表示「準備結束生命」〔註21〕。

要死要活的念頭，畢竟出於一時憤激情緒。當個體與環境發生矛盾時，若不能改變環境，只能改變自身，這是個體適應環境劇變的心理應激機制。到了解放區的王芸生已成「過河卒子，只有向前」，經過「激烈的思想鬥爭」，逐步經歷「投效─投誠─投降」的心路歷程變化，進而從「議政而不參政」的民間報人轉變到「革命者」的角色。這種應變策略，立即從「環境」獲得報償，「《大公報》得到繼續存在，我個人參加了人民政協，名列於全國委員，我頭腦昏昏，以為大公報還有可取之處，我個人還可享名，得地位」。然而，這種角色轉變不是輕而易舉、一蹴而就的，過往數十年民間報人經驗雖經新政權、新體制、新環境強力教育與改造，仍盤踞個體心靈深處，並不時在「行動」中忽隱忽現。比如對「黨報」的認識和態度問題，王芸生在1952年思想改造運動中作「思想檢查」時說：「在解放初期，根本不瞭解解放日報是領導報紙，存著競爭心，不願同解放日報交換發行數字，保守『業務機密』，在版面形式上比較，以為大公報優於解放日報。直到五反期間，連犯嚴重錯誤，才知道尊重解放日報的領導。」〔註22〕顯然，從「民間報人」轉變成黨所需要的「新聞戰士」，需要長期「學習」過程，其間反覆進行犯錯、批評、改正等「學習」、「批判」與「改造」活動，最終形成領導、組織、制度等一系列體制、機制和慣習。

無論如何，在「環境」劇烈變動背景下，從報人的微觀選擇看，王芸生最大夢想──《大公報》「存名」，畢竟在一定程度上得以實現。雖已無胡政之當年開創報業托拉斯的雄心抱負，北上前「大展宏圖」的計劃亦已渺茫，但在其內心深處懷著對新政權、新體制的憧憬，還隱約存留些在新環境中有所作為的希冀。

（二）中共的政策變化：從取締到利用

1949年《大公報》所面臨的「環境」劇變，從大的方面看是政權更迭，是政治、經濟、文化、社會的根本性變動，而從更加直接、具體的影響方面看，是中共新政權的新聞政策。

〔註21〕《新聞界思想改造情況》（十一）（1952.9.6），滬檔：A22-2-1551，第73頁。
〔註22〕《王芸生同志思想檢查》，華東學習委員會上海新聞界分會辦公室主編：《學習》第九號（1952.9.24），滬檔：A22-2-1550，第8～9頁。

　　新政權的新聞政策自然要「破舊立新」。「立新」，就是要建立「共產黨領導的中央行政計劃主導的國營媒體網絡」，其功能是「執政黨及其國家意識形態的宣傳工具」。「破舊」，即是即對舊新聞事業如何處理，這對《大公報》的影響更加直接。

　　如前所述，中共處理舊新聞事業的總原則是，根據政治上「反動性」、「中間性」或「進步性」的不同情況，區別對待。對「進步性」的民營報紙，中央政策的總體要求是：「大城市中，除黨報外視情況需要再辦一兩家或若干家非党進步的報紙，以聯繫更廣泛的社會階層」，但這種報紙「種數亦不宜過多，以免紙張和人力和銷路和各報分工發生困難」〔註23〕。

　　顯然，上述中共建國後新聞事業的規劃及其對民營報的政策，對處於新舊交替之際的《大公報》而言，構成一種具有直接影響力的「外部環境」，其政策實施對《大公報》變遷無疑是客觀的結構性制約。那麼，中共對《大公報》如何定性以及採取何種政策？先是認定《大公報》有國民黨「官僚資本」，對國民黨政權「小罵大幫忙」，定性為「反動政學會的機關報」，中共中央初步內定「不讓其繼續出版」。於是，天津《大公報》被徹底批判，並「易名改姓」為《進步日報》。可是，《大公報》畢竟是民間大報，在國內、國際影響頗大，雖然「罵」過中共，但也曾「幫忙」，毛澤東、周恩來等中共領導人對《大公報》還是頗為看重，再加上王芸生政治上「投降」的積極姿態，使得中共改變了取締《大公報》的決策，對上海《大公報》採取「完全不動，即不易名、不改組、不更人」的保留政策。

　　然而，中共對「民間報紙」的屬性已有新的定位。中央明確指示，今後凡「民營資本」「民間報紙」等名稱，均應不再沿用，而應改稱為私人資本、私營報紙等」，因為「民營」「民辦」「民間」等字樣是從舊社會遺留下來的，在今天的解放區，已完全不能適用〔註24〕。因此，在上海《大公報》宣布「新生」三天之後，在上海市軍管會召集的解放後新聞出版界第一次座談會上，文管會副主任范長江把「民營」報紙改稱為「私營」報紙，指出在國民黨反動統治時期，有些私營文化出版單位曾在不同程度上代表人民，是應該稱「民營」或屬於「民間」的，但是在人民政權下，政權本身是代表人民的，這裡只有公營和

〔註23〕《中央關於大城市報紙問題給南京市委的指示》（1949 年 5 月 9 日），載《中國共產黨宣傳工作文獻選編（1937〜1949）》，第 828 頁。
〔註24〕《中央關於使用「民營」、「民辦」、「民間」等字樣問題的指示》（1949 年 2 月 18 日），載《中國共產黨宣傳工作文獻選編》，第 795 頁。

私營之分，不再是「官方」與「民間」的區別〔註25〕。這種「民改私」的性質認定，有學者認為，動搖了民營報業「人民報紙」的自我認同，「強化了它的資本和階級屬性」〔註26〕。

同時，說「完全不動」，並不意味著新政權對《大公報》放任自流，保留是為了作為黨報之外「民主報紙」加以「配合」利用。因此，新政權雖然沒有變動上海《大公報》的內部人事，但對《大公報》的改造和管控仍是嚴格的，加強了思想改造、組織領導和業務控制，只是呈現「外鬆內緊」的特點。

綜上所述，在時代劇變的驚濤駭浪之中，大公報人從恐懼絕望中掙扎走出，抓住新政權統戰之機，轉變立場，適應「環境」，不僅《大公報》「存名」夢想得以實現，還依稀留存在新時代、新中國有所作為的希冀。同時，新政權對《大公報》從「取締」到「改造利用」的政策變化，既反映了新政權處理《大公報》這份有威望、有影響民間大報的靈活務實態度，同時也要看到大公報人自身、特別是王芸生政治立場轉換、積極表現等因素在其中所發揮的重要作用。簡言之，《大公報》的「新生」，是「宏觀結構」與「微觀行動」共同作用的結果。

二、困境中彷徨：態度差異與股權變化

經過第一次選擇，《大公報》死活問題總算解決了，接下來就是如何活的問題。大公報人自信滿滿，準備放開手腳大幹一番。雖然「新生」初期受到軍管會多次表揚，發行量也曾短暫衝到 19 萬份巔峰，可是好景不長，發行量迅速下跌，一個月後已經跌至 6 萬份左右。隨後，《大公報》營業危機逐漸加劇，生死再次成為問題。對此，民營報人與政府當局態度有別，各有盤算，在尋求擺脫困境過程中，《大公報》股權結構逐步實現由私到公的轉化。

（一）面對困境：各有各的盤算

《大公報》宣布「新生」後，很快陷入經營困境，甚至有「垮臺」危險。從政府角度看，既然覺得《大公報》尚有些用處並允許「新生」，當然不希望它這麼快就垮臺。所以當《大公報》經營發生困難時，1949 年 11 月 31 日中

〔註25〕文匯報史研究室：《文匯報史略（1949 年 6 月～1966 年 5 月）》，上海：文匯出版社，1997 年，第 21 頁。
〔註26〕張濟順：《從民辦到黨管：上海私營報業體制變革中的思想改造運動——以文匯報為中心案例的考察》，載華東師範大學中國當代史研究中心編：《中國當代史研究》（第一輯），北京：九州出版社，2009 年，第 47 頁。

宣部就致電華東局宣傳部：「私營報紙及公私合營報紙，在現階段，有其一定的必要，故應有條件予以扶助」，要求「撥給適當數目紙張，作為公股投入該報」〔註27〕。但是，建國伊始，百廢待興，政府經濟上捉襟見肘，也不希望背上不斷「扶助」民營報這個「包袱」，因此還是竭力鼓勵民營報自力更生，克服困難。

然而，包括《大公報》在內的全國很多報紙經營上不斷「虧累」漸成政府負擔，新政權不得不想辦法解決報紙虧損問題。為此，1949年12月新聞總署召集全國報紙經理會議，提出報紙提價、用國產紙、郵局統一發行、縮編冗員等措施以解決報紙經營困境。1950年3月29日至4月14日，新聞總署又召開全國新聞會議，從報紙宣傳功能出發，在紙張緊張和銷路困難背景下，提出減少報紙數量和報紙分工的主張，強調報紙要分成全國性報紙與地方性報紙，不同報紙應專門服務於不同方面的讀者對象。自然，《大公報》被定位為上海地方報紙，分工面向商界和高級知識分子。楊奎松認為，「這樣的措施只能進一步強化報紙公營化的趨勢，並不能為私營報紙的生存找到出路」〔註28〕。

從大公報人角度看，《大公報》事業曾經興旺發達，本來對自身職業能力很自信，不肯、不屑於仰賴政府救濟以苟活，「不黨、不賣、不私、不盲」的宣言就是明證。李純青說《大公報》內有一種「特殊風氣」，那就是「人人都顯得英雄」〔註29〕；對華東郵局布置各報的發行任務，大公報人「要求和黨報平分秋色」，自我感覺「大公報比解放日報辦得好，歷史久，應該讓我們多銷；至於接受黨報的領導，我們不獨不重視，而且也沒有想到過」〔註30〕。可是，在新的「環境」下，《大公報》竟然虧損連連，甚至難以為繼，殘酷的現實對於自我感覺良好的大公報人打擊頗大。在「思想改造運動」中，王芸生曾說：「我現在是一無所有的窮漢。」意思是說，經過政治學習和自我批判，「他已初步認識到自己一套辦報經驗已不行了」，李純青也說「舊大公報自高自大的

〔註27〕孫旭培：《解放初期對舊新聞事業的接收和改造》，載《新聞研究資料》（第43輯），北京：中國社會科學出版社，第58頁。

〔註28〕楊奎松著：《忍不住的「關懷」：1949年前後的書生與政治》，桂林：廣西師範大學出版社，2013年，第129～130頁。

〔註29〕李純青：《大公報工作人員思想情況》，滬檔：A22-2-1532，第22～33頁。

〔註30〕大公報支會：《對「廣告第一、賺錢第一」及其他錯誤思想的批判》，華東學委會上海新聞界分會辦公室編：《學習》第十六號（1952.10.15），滬檔：A22-2-1543，第38頁。

傳統與舊的一套辦報思想已得到清算」〔註31〕。

面對困境，大公報人當然心有不甘，也不肯認輸，採取一系列措施，試圖改變被動局面。比如1950年7月「一次性裁掉79人，占到當時報館職工總數的16.4%」，同時加大發行和廣告力度，「搶新聞」、「搶讀者」、「搶廣告」等，但都無濟於事。對此，連自尊、自傲的王芸生也感到「前途悲觀」，「想到假如大公報辦不下去，自己怎麼辦？何況經濟情形又不好，孩子生了肺病，花了二千多萬醫藥費還是華東軍政委員會代付的」，因此有「後半生無以為生」之感〔註32〕。在這種焦慮心態下，1951年1月8日社評會上，王芸生因為「解放日報不漲價」對李純青發脾氣說：「要檢討李純青，檢討你們的黨」。李當場反擊道：「我們的黨，沒有對不起你王芸生。」〔註33〕

儘管如此，精明的王芸生慢慢還是看出了其中「門道」，新政權不會對《大公報》死活坐視不管。後來，他在「思想改造運動」中進行自我檢查時稱之為「耍無賴心理」：「大公報業務發達時，我就心花怒放，喜歡到沖昏頭腦的程度。在大公報業務困難時，心裏難過，嘴上號召『壯烈犧牲』，而實際存著一種依賴心理，以為黨和人民政府總不會看著大公報垮臺。這是一種耍無賴的心理。」〔註34〕自尊而敏感的王芸生，竟給自己戴上「無賴」的帽子，確實意味深長！

事實上，不僅報人自身關注《大公報》命運，上至國家層面的新聞總署、中宣部，下到地方層面的上海市委有關部門及其領導人，都對《大公報》困境和出路頗為關注，最終決定北遷實行公私合營的方案徹底解決了令各方頭疼的問題。

（二）股權變化：私與公的消長

中共對《大公報》的改造，不僅改變了其外在樣貌，更重要、更深刻的改變是其股權結構的悄然變遷。隨著《大公報》虧損日益嚴重，政府「扶助」的「公股」和「借款」等也不斷增加，《大公報》的股權結構隨之發生很大變化，逐漸從純民營的報紙變成了「公私合營」報紙，最終變成「國營」黨報了。

〔註31〕《王芸生在思想改造運動前後的表現》，《新聞界思想改造情況（21）》（1952.10.13），滬檔：A22-2-1551，第140～142頁。
〔註32〕《王芸生第一次檢查報告記錄摘要》，《新聞界思想改造情況（19）》（1952.9.30），滬檔：A22-2-1551，第128～132頁。
〔註33〕李純青：《大公報工作人員思想情況》，滬檔：A22-2-1532，第22～33頁。
〔註34〕《王芸生同志的思想檢查》，華東學委會上海新聞界分會辦公室編：《學習》第九號（1952.9.24），滬檔：A22-2-1550，第8～9頁。

原來，「大公報社股份有限公司」股份總額為六萬股，大致由四部分組成。第一部分，即新記大公報創始人吳、胡、張三巨頭所有的股份共計 2 萬多股，分別為 9750 股、7500 股和 5000 股；第二部分，是報社不同時期贈予有功同仁的股份，即「同仁股」或「勞力股」，大致在 15000 股以上；第三部分，則是社會人員擁有的股份，大致在 16000 股以上；第四部分，則是留存準備分給有功同仁的「留存股」5950 股。

1951 年，遵照政務院發布的「企業中公股公產清理辦法」，「大公報社股份有限公司」總管理處把屬於公股公產範圍內的股份呈報上海市人民政府工商局請求核示。6 月 16 日，又將有關情況報告上海市人民政府新聞出版處。該報告說，由於「（一）原屬天津大公報館的資產自進步日報社使用後，該社即未造送任何報表，遂致數字無由詳知；（二）香港大公報館自 1949 年 3 月中旬復刊以來，賠損甚巨，原由公司撥付的資金及印刷機件均已耗盡；（三）重慶大公報館亦因一年多以來營業賠損，迭次變賣資產，勉強維持業務」等原因，「大公報社股份有限公司」的資產總額目前尚無法計算清楚，只能就「上海大公報館」資產情況作出說明報告。

「上海大公報館」是「大公報社股份有限公司」事業的一部分，資本額占44.8%。按照政府「沒收官僚資本」政策，吳鼎昌的股份（占總股本 16.3%）由政府沒收充公，這樣，上海大公報館的「商股資本」221 億元中屬於吳鼎昌的 35.9 億元轉化為「政府資本」，加上 1950 年 10 月政府投資 200 噸白報紙折價 23 億元，「政府資本」約計 59 億元，占 24.2%，而「商股資本」縮減為 185億元，占 75.8%。這是上海大公報館 1951 年股權結構情況。

到 1952 年，「政府的借款總額已經超過《大公報》總資本一半以上」，這些「借款」最後也折算成「公股」，大公報股權結構進一步發生變化。1953 年實際施行「公私合營」後，王芸生等大公報同仁所持有的「勞力股」也都「自願」上交政府，因此「私股」比例進一步下降，「公股」越來越占大頭。到 1957年常芝青到任後，陸定一明確說「大公報不再是公私合營」，「由公私合營改為國營報紙」了。據常芝青解釋，此時《大公報》「按公私股比例計私股只占百分之十七」，公股占到 83%。

按照常芝青意見，這些「私股」沒收的沒收，凍結的凍結，繳公的繳公，大部分「均無清理必要」，「現在只有王佩之這個資本家需要考慮，據說過去表示不願放棄股權，不過他的股票不及總私股的十分之一」，「可以將原來股金

合理退還」。另外，「張季鸞家屬，每月由報社給予生活費 200 元」，胡政之及
其妻女所持股票「是否承認大可研究」。同時，「過去曹谷冰、金城夫二經理曾
作過名義上的資方代理人，但早由本人申請並經黨組織報請中央統戰部批准
摘掉資方的帽子」，因此報社也不存在「私方代理人」或「資方」。而且，自
1953 年以來，報社「盈餘」一直「都按照利潤、所得稅、營業稅等形式全部上
繳國庫，從未分發過亦不應分發股息；報社一切開支亦均按國營企業列入國家
預算，向國庫支領，實際上早已體現國營企業性質」。

　　總之，到 1958 年，《大公報》已經在股權結構上完成了由「私營」到「公
私合營」、再到「國營」的三級跳。但是，正式的法律變動手續並未立即辦理，
常芝青為此多次向上級抱怨：「大公報現在已經是黨在財經工作方面的公開
報紙，但據經理部反映行政領導機關和有關機關如稅務局等迄今仍視為公私
合營企業」，從而「不僅在工作上造成了許多不必要的煩雜手續，而且弄得黨
與政府口徑不一，既在政治上對我們極為不利，也對改進報紙工作本身有不
好影響」〔註35〕。在常芝青強烈要求和推動下，《大公報》直到 1959 年以後
才開始從公私合營到國營的實際變動過程，「法律手續」到 1960 年以後才告
大體完成〔註36〕。

三、第二次選擇：「舊瓶裝新酒」與「徹底黨報化」

　　在 1948～1949 年間的第一次選擇中，中共在考慮新中國新聞政策時，對
於民營報業，主要是出於宣傳和統戰的政治需要，做出少量保留的政策選擇，
對經濟問題沒有過多考慮，不妨稱之為「政治選擇」。同樣，當時民營報人考
慮的也主要是政治立場問題，以為只要立場轉變了，業務經營照常進行，生存
肯定沒問題，甚至還想有更大發展。沒料到建國後，這些民營報紛紛經營虧損
以至於不能維持，終成政府經濟「包袱」。怎麼辦？此時，新政權和民營報人
實際上面臨第二次選擇。選擇中，雙方各有打算，有一致，也有矛盾，博弈結
果出乎所有人意料——《大公報》從中國大陸徹底消失。

（一）黨的選擇：「舊瓶裝新酒」

　　第二次選擇中，中共政策主要著眼於政治和經濟兩個方面。從政治方面考

〔註35〕常芝青：《就大公報是國營企業事致陳克寒的信（1958.12.9）》，京檔：043-001-
　　　00033，第 15～16 頁。
〔註36〕楊奎松著：《忍不住的「關懷」：1949 年前後的書生與政治》，桂林：廣西師範
　　　大學出版社，2013 年，第 195～196 頁。

慮，《大公報》既已「新生」就不能讓其「自生自滅」，尤其是在當時即將展開無產階級對資產階級的鬥爭中，《大公報》尚有不可替代的利用價值。從經濟方面考慮，在短期財政救助不奏效的前提下，通過公私合營和分工搞財貿的辦法，徹底解決其經營困境。這樣，經濟上保存《大公報》這只「舊瓶」，政治上改造使其具備「裝新酒」之功能。

中共是個革命黨，建黨伊始便有全面社會革命的使命與目標，而「社會革命從一開始就蘊藏著全能主義政治因素」〔註37〕。在中國革命過程中，由於革命目標和革命形勢需要，中共使「政治權力深入到每一個角落」，動員和影響能力真正做到最廣泛地覆蓋社會各領域和最深入地觸及人的靈魂，因而「全能政治」趨勢也潛伏其中。然而，「如果政治權威長期深入到社會的每一個領域中，就會限制個人創造力的發展，限制社會群體在社會中的作用」，尤其當「社會革命成功之後，由於政治上的失誤，沒有不失時機地降低和縮小政治控制社會的力量和範圍，沒有退離一些應該退離的社會領域」，就會產生嚴重問題和尖銳矛盾，革命初心和奮鬥目標就會逐漸蛻變成「追求眼前政治目的之手段」，最終「使得政治權威惡性膨脹，於是有了『反右』、『大躍進』，到了『文革』登峰造極。」〔註38〕

因此，實行「全能政治」的黨，面對「辦報賠錢」局面，當然不會採用賠不起就關門的辦法。對陷於經營虧損的私營報紙，無論是出於政治形象或是保留宣傳陣地的考慮，新政權都會千方百計幫助其「勉力支撐下去」，不會聽其自生自滅。比如，1949年香港《大公報》發行困難、月虧港幣數萬、準備關門之際，由於「接受政府指示，適應海外需要，現仍繼續刊行」。再比如，重慶解放後，渝版《大公報》本來由於編輯不足等原因計劃停刊，但重慶黨政部門認為有必要保持該報，因而重慶《大公報》只好繼續發行〔註39〕。

那麼，如何解決《大公報》經營困境，使其不致「垮臺」？財政上提供幫助只能救一時之急，從長遠看，經濟上捉襟見肘的新政府當然也不願背負不斷補貼民營報這個包袱，夏衍、惲逸群、姚溱等「新聞工作的領導們」亦說

〔註37〕鄒讜：《二十世紀中國政治：從宏觀歷史與微觀行動的角度看》，香港：牛津大學出版社，1994年，第70頁。
〔註38〕鄒讜：《二十世紀中國政治：從宏觀歷史與微觀行動的角度看》，香港：牛津大學出版社，1994年，第59～60頁。
〔註39〕楊奎松著：《忍不住的「關懷」：1949年前後的書生與政治》，桂林：廣西師範大學出版社，2013年，第128頁。

「公家萬難無止境地補貼維持」〔註40〕。怎麼辦？政府首先想到的原因是報紙數量太多，對策就是通過合併以減少報紙數量，而民營報理所當然成為精簡合併的首要對象。其次，通過報紙適當分工，面向特定讀者群，以解決發行困難問題。上述兩策再不奏效，那就只好採取釜底抽薪之策，即實行公私合營，通過公股進入和加強領導，徹底解決其生計問題。

對於《大公報》如何走出困境，新政權確實頗費腦筋，各方提出七套方案之多。這裡，不妨以 1952 年 6 月 23 日陳虞孫寫給范長江的一封未發出的信作為「解剖麻雀」，從中可以看出新政權對《大公報》政策的精細考量：

> 大公能起的作用主要是在國際問題，特別在日本問題上。這方面我們必須使其大大發揮。把這個任務交給大公，王芸生是高興的。留在上海的好處是顯著地保持了它的私營身份。它發言更有利。但缺點是離中央遠了些。在對國際大事表示態度意見時，如何幫助大公既迅速及時又分寸恰當，不致發生毛病，在這方面華東與上海都感到困難的。王芸生是以「揣摩」擅長。他自己亦表示，離天安門太遠，怕「揣摩」不到而感到苦悶。為使大公充分發揮其所長，同時又保持其「民間」身份，是否可以請中央考慮，還是把它搬回老家天津和進步（日報）合併起來。既可表示它和北京還「保持著距離」，又可以朝發夕至，呼喚便利，容易指揮。〔註41〕

不難看出，中共對《大公報》的政策選擇主要考慮：1.「大公報」這三個字「對內對外還有一定作用」，所以不管何種方案，保存其名和「民間」身份而善加利用都是共識；2.大公報人的編輯業務能力比較強，所以在處理時多有倚重、發揮其新聞編輯力量的考慮；3.《大公報》是「歷史大報」，有自己傳統和個性，有擅自主張、「不易管理」的麻煩，所以也要考慮「呼喚便利，容易指揮」的管理問題。

基於此，上海、北京等地方政府都有把《大公報》推出去的心理，統戰部則有把《大公報》收歸旗下辦「教師報」的念頭，而毛澤東則看到「大公報」三個字的政治「含金量」和利用價值。因為就在此時，毛澤東剛剛提出當前「中國內

〔註40〕張濟順：《從民辦到黨管：上海私營報業體制變革中的思想改造運動──以文匯報為中心案例的考察》，載於華東師範大學中國當代史研究中心編：《中國當代史研究》（第一輯），北京：九州出版社，2009 年，第 51 頁。

〔註41〕陳虞孫：《關於「上海五報的調整分工計劃」給范長江的（未發出的）信》（1952.6.23），滬檔：A22-2-1533，第 27～29 頁。

部的主要矛盾即是工人階級與民族資產階級的矛盾」的觀點，「正在考慮如何加速推進資本主義工商業所有制改造，實現社會主義」，也就是說，「他已開始把準備全面展開與民族資產階級在經濟上乃至政治上的鬥爭的問題提上了議事日程」。在這種政治背景下，「王芸生作為民族資產階級知識分子代表人物，在認識和揭批資產階級本性方面的作用，以及《大公報》在民族資產階級及其工商界中的影響力，顯然都對毛澤東實現其下一階段鬥爭任務和改造目標有著十分重要的利用價值」〔註42〕。所以，新政權對《大公報》的最終政策，一言以蔽之，就是「舊瓶裝新酒」，在「向社會主義過渡」的歷史大背景下，利用「大公報」這個具有一定影響力的資產階級「舊瓶子」，去裝無產階級的「社會主義新酒」。

當然，要完成這個特殊使命，「舊瓶子」不能拿過來就用，而是要經過「思想改造運動」、「反右運動」等「改造」和「清洗」以後，才能「裝」好社會主義新酒。這種「改造」和「清洗」主要包括清除「資產階級新聞觀點對大公報的影響」以及機構人事整編。李純青把資產階級新聞觀的影響歸納為「五個概念」，即「無冕帝王」、「言論自由」、「有聞必錄」、「標新立異」和「新聞競爭」，認為這五種資產階級新聞觀現在雖沒有人「公開倡說」，「但它在習慣上有很大的力量」，「為要創造自己報紙的特點，為求營業收支平衡，很容易陷入資產階級新聞競爭的地獄」〔註43〕。而機構人事整編一方面是裁汰冗員，提高工作效率和經濟效益，「1950 年 9 月整編過一次，減去 79 人」，到 1952 年 7 月「大公報工作人員已減少了 157 人，現有職工 318 人，仍有過剩勞動力」〔註44〕；另一方面，則是「有些人不適宜做新聞工作，應予解決之」，遷津時淘汰了一批人，「反右」時通過「引蛇出洞」又「解決」了一批。這樣，通過思想改造與人事整編雙管齊下，逐步「解決」報紙舊人，同時分批引進建國後培養新人的方式，在保持《大公報》這只「舊瓶」形式依舊的條件下，逐步從內裏實現了新舊更新。

顯而易見，要實現「舊瓶裝新酒」策略，前提是「舊瓶」在經濟上不能垮臺。因此，對《大公報》實施「公私合營」和「分工財貿」政策就水到渠成，中共中央和中央宣傳部甚至為推動《大公報》的利用與發行，兩度專門下文，明確指示「各級黨委亦應通知各地郵局，很好地進行推銷工作，不得有所歧視」，要求有關部門運用《大公報》「使之成為自己發表意見、解釋政策、交流

〔註42〕楊奎松著：《忍不住的「關懷」：1949 年前後的書生與政治》，桂林：廣西師範大學出版社，2013 年，第 155 頁。
〔註43〕李純青：《大公報工作人員的思想情況》，滬檔：A22-2-1532，第 22～33 頁。
〔註44〕李純青：《大公報工作人員的思想情況》，滬檔：A22-2-1532，第 22～33 頁。

經驗的工具」，要求相關部門黨組和黨員負責人「對大公報的宣傳報導工作予以指導和協助」〔註45〕，可謂極為重視。事實上，隨著《大公報》性質改變，有龐大黨組織作為後盾，《大公報》的發行很快突破困境，銷量一路飆升，經濟困窘頓時冰消雪融，甚至還有不少「盈餘」上繳國庫。

（二）大公報人與報社領導殊途同歸：徹底黨報化

就在政府為《大公報》何去何從反覆協商討論之時，大公報人作為利益直接相關方自然不會無動於衷，面對自身前途和命運當然也有自己的願望、訴求以及選擇和行動。說到底，《大公報》命運是其自身行動與環境互動的結果，即黨的選擇與大公報人的選擇協商之產物。

《大公報》宣布「新生」以後，帶著對新政權、新體制、新環境的憧憬，以及對自身職業能力的高度自信，一度抱持有所作為的希冀，甚至不把黨報放在眼裏，要跟《解放日報》比試一番。即使到1952年王芸生去北京求助的時候，竟然還抱著「恢復大公報權威以及直接通天的幻想」〔註46〕。然而，大公報人不久就發現這抱負是不切實際的。在遭遇經營困境進而出現生存危機，以及對「資產階級新聞觀」批判一浪高過一浪、自身也因版面上連續「犯錯」而不斷遭受批評的雙重打擊下，大公報人開始有「彷徨苦悶的情緒」。李純青在1952年「思想改造」運動開始前對大公報人思想情況的分析中說：「否定了過去辦報的經驗，而不知道怎樣創造新的，因而覺得無所長，有彷徨苦悶的情緒，最近特別如此」。

尤其是「私營」報人在工作中經常遭受歧視，和黨報記者的社會地位差距明顯。「在上海報業的新格局中，解放日報作為華東局和上海市委機關報，享有分級別列席華東局書記辦公會、上海市委常委會、市政府各委員會及行政會議的特權，許多官方文件、資料也直接送達報社。他們的記者更是以『無冕之王』的架勢在各種場合通行無阻。與黨報的信息權威地位形成鮮明對照，私營報紙不但沒有這些特權，而且受到新聞紀律的約束和黨政機關、國營單位的歧視和冷遇，政治劣勢地位時時顯現。」〔註47〕《文匯報史略》記載：「黨報記

〔註45〕《中央關於重視運用〈大公報〉的通知》，京檔：043-001-00022，第1～2頁。
〔註46〕楊奎松著：《忍不住的「關懷」：1949年前後的書生與政治》，桂林：廣西師範大學出版社，2013年，第152頁。
〔註47〕張濟順：《從民辦到黨管：上海私營報業體制變革中的思想改造運動——以文匯報為中心案例的考察》，載華東師範大學中國當代史研究中心編：《中國當代史研究（第一輯）》，北京：九州出版社，2009年，第56～57頁。

者與非黨報記者是在很不平等的條件下競爭的。有時各報記者同赴一個單位採訪，黨報個別記者常常取走所有資料和材料，有次一位女記者為此回報社大哭一場。」〔註48〕面對此種歧視和不平等狀況，「《文匯報》記者楊重野把黨報比作親生兒子，說非黨報紙只不過是螟蛉義子。鄧季惺也列舉在採訪新聞、紙張分配、進口機器、批准外匯、發行廣告等方面，黨報與非黨報的待遇都有不公的地方」〔註49〕。

　　《大公報》記者也不例外。李純青說：「記者在外碰到黨報記者，因為得到消息的難易不同，有時心裏牢騷，但不敢公開說」〔註50〕。這種情況到1953年公私合營以後仍然存在，以至於1957年5月16～18日在首都新聞工作座談會上，《大公報》記者蕭離還在抱怨說：「新華社和人民日報在新聞報導上經常處於一種壟斷地位。種種不公平的對待使我們無從展開競賽。」

　　總之，大公報人遭遇經營困境，又被批判得「彷徨苦悶」，再遭職業身份歧視，進而發展到「覺得私營報紙沒有前途，不安於位，離心力很大。一有機會，就發生要辭職的問題。」於是，就產生了頗令李純青苦惱的惡性循環局面：「進步的不願意在大公報工作，落後的不願意離開大公報」，「三年來強制要求辭職、而且已經辭職的，有下列諸人：江瑞熙、高潔（二人到新華社），譚文瑞（到人民日報），呂德潤（到中央財經計劃局），季崇威（黨員，到輕工業部），陳偉球（到工人日報），嚴琬宜（到華東婦聯），戴文葆（到人民出版社），高汾（黨員，最近到人民日報）」〔註51〕。此外，還有一些大公報骨幹或早或晚另謀高就，「如宦鄉調外交部任西亞非洲司司長，楊剛先調任總理辦公室主任秘書，後來到《人民日報》當副總編輯，徐盈則調到國務院宗教事務局任副局長，李純青調外交部，孟秋江調香港《文匯報》任社長，張琴南調任天津市政協副主席兼民政局局長」〔註52〕等。

　　針對這種人才流失問題，王芸生在北京爭取出路時「希望能有中央級的負責同志出面幫助說服教育報社的骨幹安心工作」。從上述人才流向，顯然可以

〔註48〕文匯報史研究室編寫：《文匯報史略（1949年6月～1966年5月）》，上海：文匯出版社，1997年，第22頁。
〔註49〕方漢奇、陳業劭主編：《中國當代新聞事業史（1949～1988）》，北京：新華出版社，1992年，第110頁。
〔註50〕李純青：《大公報工作人員的思想情況》，滬檔：A22-2-1532，第22～33頁。
〔註51〕李純青：《大公報工作人員的思想情況》，滬檔：A22-2-1532，第22～33頁。
〔註52〕胡邦定：《說說北京《大公報》（上）》，《百年潮》2010年第4期，第61～66頁。

看出大公報人心之所繫，而對沒有門路和機會離開的人來講，強烈要求「公私合營」或「公營」以轉換「身份」，實現從「民營報人」向「國家幹部」的跨越，當在情理之中。基於對這種心態的瞭解，王芸生在和中央統戰部第一副部長徐冰談話時，強烈要求給大公報社以公營地位，建議「目前先行合營，但暫不宣布。」他強調「私人辦報的時代已經過去了，由於黨和政府在群眾中擁有極高的威信，只有公營才能吃得開」〔註53〕。

其實，關於「私營報紙的前途」問題，大公報人已經思考討論很久了。李純青說，他們通過學習「辯證法」清醒地認識到：「在一定條件下，私營報紙尚有它的若干作用，私營報紙的前途有二：一是死亡，瓦解；二是變質，爭取變成公營。這可以代表大部分人對大公報的看法。除少數落後者外，普遍心理是要求早日實現公營」〔註54〕。當他們聽說《大公報》要遷津實行「公私合營」之後，都積極表現、爭取列入「遷津」名單，甚至在「思想改造」運動中，「有些人公開提出：『整得好，可以去天津。』有些落後分子怕在思想改造中暴露自己的錯誤思想，愈不能去天津。把搬家看得比思想改造重要。」〔註55〕由此可見，大公報人轉換身份的願望多麼強烈和迫切！

應當指出，從工資待遇層面看，「民營報人」工資比「國家幹部」還高些。因為從公私合營以後，直到1956年下半年進行工資改革，對民營報人並未立即實行國家工資制度，而是維持了較國家統一工資標準為高的私營時期工資水平。但是，民營報人更看重的是「政治待遇不同」，包括：1.取得國家幹部身份的人，開始累計「參加革命」的「工齡」；2.享有獲取某些信息的優先權；3.編輯部以上幹部「可視必要」列席黨和政府的有關會議〔註56〕。

然而，公私合營以後，大公報人雖然身份轉換實現了，但因為「公私合營」並未對外公開宣傳，外界仍然把《大公報》看作是「私營報紙」而處之冷淡、甚至加以歧視，到1958年大公報人還在抱怨：「儘管《大公報》已經成為黨的財經機關報，對《大公報》性質的瞭解仍局限在省級領導機關，越往下越不明了，特別是發行基礎薄弱的地區和邊遠地區，仍把《大公報》看做是資產階級

〔註53〕《王芸生關於大公報問題的意見》（1952.6.30），京檔：1-6-584，第3～4頁。
〔註54〕李純青：《大公報工作人員的思想情況》，滬檔：A22-2-1532，第22～33頁。
〔註55〕華東學委會上海新聞界分會辦公室編：《新聞界思想改造情況（七）》（1952.8.30），滬檔：A22-2-1539，第63～69頁。
〔註56〕華東師範大學中國當代史研究中心編：《中國當代史研究（第一輯）》，北京：九州出版社，2009年，第73頁。

報紙」，在甘肅省甚至「有些縣委把送給第一書記的《大公報》當做秘密文件，不准別人看」〔註57〕。《大公報》的編輯記者「心裏常把自己和人民日報、新華社相比」，覺得「沒有他們的牌子硬，有時心裏感到很自卑」〔註58〕。「整風運動」期間，一些大公報人不禁懷念起原先《大公報》的風采和地位，蕭離說：「《大公報》目前這種死氣沉沉的局面必須迅速改變，必須重視《大公報》的傳統和特點，來研究一下究竟怎麼辦」〔註59〕。很快，「整風」變成「反右」，有二十多位大公報人被打成「右派」，使得恢復《大公報》傳統的希望由此破滅。為自己生計和前途著想，大公報人的出路只剩下一條，那就是徹底黨報化。

《大公報》徹底黨報化的有力推手，是作為黨組書記的常芝青。他不僅通過調整編輯方針、明確組織領導、實行全黨辦報群眾辦報、加強政治學習等有效措施，完成了《大公報》黨報化的最後一環，而且他對黨報化的追求更加徹底，提出把「大公報」這三字招牌徹底拋棄。儘管毛澤東個人曾認為「大公報」這塊牌子應該保存下去，「至少可以成為印證新中國能夠改造一切舊事物的重要憑據」，但在常芝青等多數中共幹部的革命思維裏，革命就是除舊布新，《大公報》這塊牌子明顯是「舊事物」的象徵，摘牌是理所當然的，只不過時間遲早罷了〔註60〕。

這裡，有必要穿插介紹一下常芝青其人情況，有助於理解他為何對「大公報」這塊牌子避之唯恐不及的態度以及「摘牌」的迫不及待行為。

常芝青（1911～1985），山西交城人，1935年加入中國共產黨。曾任晉西北《抗戰日報》編輯部主任、副總編輯、總編輯，《晉綏日報》總編輯、社長，新華通訊社晉綏總分社社長。建國後，歷任重慶《新華日報》社副社長、社長，中共中央西南局宣傳部副部長，北京時代出版社社長，《光明日報》總編輯，《大公報》黨組書記、總編輯兼財政經濟出版社社長，並任國務院財貿黨委委員，《人民日報》副總編輯兼黨委第二書記，《財貿戰線》報、《中國財貿報》負責人，中華全國新聞工作者協會常務理事，是第三屆全國人大代表，北京市第五屆政協常委。

〔註57〕彤新春著：《時代變遷與媒體轉型：〈大公報〉1902～1966年》，北京：社會科學文獻出版社，2013年，第103～109頁。

〔註58〕《採訪新會會議工作小結》，京檔：043-001-00156，第139頁。

〔註59〕方漢奇、陳業劭主編：《中國當代新聞事業史（1949～1988）》，北京：新華出版社，1992年，第111頁。

〔註60〕楊奎松著：《忍不住的「關懷」：1949年前後的書生與政治》，桂林：廣西師範大學出版社，2013年，第205頁。

應該說，常芝青是中共黨報系統的資深報人，宋任窮稱他為「傑出的無產階級新聞戰士」，「他始終把新聞事業置於黨的絕對領導之下，忠實地作黨和人民的喉舌」，「堪稱辦報的楷模」〔註61〕。他對中共黨報理論、實踐的體認與貢獻，具有特殊作用。他曾經主持、領導的《抗戰日報》與《晉綏日報》，在各根據地黨報中出類拔萃，「在工作實踐中首次提出了『全黨辦報』、『大家寫、大家看』、『做什麼、寫什麼』的辦報理念，把群眾觀點、群眾路線在黨報工作中具體運用和體現出來」〔註62〕。1948年4月，毛澤東接見《晉綏日報》編輯人員，對報社工作和經驗給予充分肯定，表揚常芝青「很有點學問，有點馬列主義」，同時發表《對晉綏日報編輯人員的談話》，首次論述黨報的性質、任務和作用，黨報的戰鬥風格和全黨辦報方針，這篇文獻也成為指導中共辦好黨報的綱領性文件。常芝青是這篇著名談話稿的記錄整理者，並在《新聞戰線》創刊號上公開發表。另外，他在辦報實踐中的兩大創舉，即發動和主持「反客裏空」運動以及創造和使用「編者按」的新聞體例，也成為中共黨報實踐中的經典慣例和報業規範。他在長期領導、主持黨報過程中逐漸形成了自己的新聞理念，並形象比喻為「一體兩翼」：「如果把新聞報導也比作一隻鳥，那它的主體，大概就是宣傳和貫徹黨的中心工作；而它的一雙翅膀，則是密切聯繫實際、聯繫群眾和開展批評與自我批評」〔註63〕。這種新聞理念貫穿於他幾十年的辦報生涯，「從來沒有動搖過，而且隨著情況的變化不斷有所發展，增添了不少新的內容和新的形式」〔註64〕。

　　正是因為有這樣的身份背景和歷史背景，常芝青努力要把《大公報》徹底改造成黨報，就顯得水到渠成、自然而然。在《大公報》黨報化改造過程中，他逐漸認識到「大公報」這塊牌子與其黨報身份格格不入，因此「摘牌」之舉也就順理成章。

　　首先，常芝青對作為舊《大公報》在解放後的一個象徵人物——王芸生，進行了「矮化」處理並使之靠邊站。一方面，他向中央表態說自己「對於王芸

〔註61〕中共山西省委組織部編：《常芝青傳》，北京：新華出版社，2003年，「序」第3頁。

〔註62〕《紀念常芝青同志誕辰一百週年座談會在京舉行／徐如俊、胡蘇平、李立功、杜善學等領導出席》，http://www.sxllnews.cn/news/html/2011-02/20110228094 02011.html，2013.11.19。

〔註63〕中共山西省委組織部編：《常芝青傳》，北京：新華出版社，2003年，第175頁。

〔註64〕中共山西省委組織部編：《常芝青傳》，北京：新華出版社，2003年，第104頁。

生，依然採取爭取、團結、改造的方針」，一方面委婉地向中央反映自己的意見：「對王芸生的作用不宜估計過高」。在他要求撰寫的專供「黨內參考」的《大公報概況》中，說王芸生「性情偏激、驕傲、膚淺、好出風頭，真實學問有限，名浮於實，但他有一些新聞經驗，有敏感，有文才」；「解放後，他很努力，努力維持他的地位，工作積極，極力和黨靠近。而內心是不太舒服的」；雖然是大公報社長，「但自解放以來，他對大公報已不能一意孤行，群眾對他不好。因此，事實上，大公報已不是他在領導，而是黨在領導」。

其次，常芝青對「大公報」這塊牌子討厭至極，不去不快。在他看來，「就財經黨報來說，舊《大公報》影響毫無價值，而且它還會成為完成黨交給的宣傳任務的一個很大障礙」，很多黨的基層幹部對資產階級性質的《大公報》「有著無法抹去的消極印象」。所以，他曾再三向中央曲折地表達過想要廢棄「大公報」這塊舊牌子的想法，因為「舊大公報的傳統及其影響」總是「陰魂不散」，想徹底改造很困難。《大公報概況》中也稱：「解放後，《大公報》得以繼續出版，但在群眾中威信很低。黨利用它來做宣傳，聯繫它原來的讀者，教育資產階級，在過渡時期是有必要，有作用的。過渡時期結束後，《大公報》聯繫舊資產階級分子的使命也告結束」。言下之意，「大公報」這個招牌也可扔進歷史的垃圾堆了，再「希望能夠改造利用它來做黨的財經宣傳工具，是得不償失的」〔註65〕。

對於常芝青砸掉「大公報」牌子的心曲，上面始終沒有鬆口，直到 1966年「文革」爆發，其心願才得以成真。

第三節　從綜合報到專業報的改造策略分析

如果說中共把《大公報》從「民營」改造成「黨辦」的策略，黨起初並不積極而大公報人比較熱衷的話，那麼，中共把《大公報》由「綜合報」改造成「專業報」的策略，則恰恰相反，黨和政府對此持積極態度，而大公報人則多少帶點被動和無奈。

一、綜合報與專業報興替

所謂「綜合報」或「綜合性報紙」，「是指把政治、經濟、社會、文化、體

〔註65〕楊奎松著：《忍不住的「關懷」：1949 年前後的書生與政治》，桂林：廣西師範大學出版社，2013 年，第 200～204 頁。

育等內容糅合在一起的報紙」，其「綜合性」體現在反映各條戰線、各個行業領域、各個區域的信息與內容。在新中國報業史上，不論是 1980 年代以前的「機關報」，還是後來相繼出現的「晚報」和「都市報」，基本都是「綜合性報紙」，只是內容偏重有所不同。但是，在 1980 年代還大量出現另外一種報紙類型，即「行業報」。所謂「行業報是各個部委辦所辦的機關報，為各個部委辦的工作進行宣傳，計劃經濟特色明顯」，在內容上聚焦於某行業情況，與綜合報比有明顯不同。進入 21 世紀後，隨著中國報業市場形成並逐漸成熟，一種新型「專業報」在當代中國報業市場上風靡一時。這種「專業報」以「企業化、市場化、專業化」為發展趨勢，是在中國加入世貿、受眾結構從單一走向多元的背景下應運而生的，也就是「綜合性已經難以滿足讀者變化了的需要，時代要求受眾從大眾走向分眾，報紙也從雅俗共賞走向雅俗分賞，從綜合性向專業性轉化已屬必然」〔註66〕。

　　從《大公報》發展歷史來看，從其誕生直到 1953 年，半個世紀以來一直是以「綜合報」形象出現的。1953 年開始，中共將《大公報》改造成為「中央一級的財經工作部門」的「機關報」，其實質是「行業報」概念。考慮到轉型後《大公報》除了「財經宣傳」這種「行業性」內容，還包括「國際宣傳」這種無法歸屬任何「行業」的內容，因此，本文雖從一般性意義上將此策略路徑稱之為從「綜合報」到「專業報」，但這裡所謂「專業報」是指行業機關報或曰專業黨報，與 21 世紀中國報業市場上出現的「專業報」純屬「風馬牛」。

（一）宏觀結構分析：報紙分工政策

　　顯然，中共將《大公報》由綜合報改造為專業報，不是報業市場競爭的自然自發行為，而是宏觀結構影響和推動下的「理性選擇」行為。這種宏觀結構的影響與作用，主要表現為政府的報紙分工政策。

　　1949 年 9 月 20 日，在《新民報》創刊二十週年之際，胡喬木和夏衍應邀到北京新民報社就報紙定位作指示和建議。胡喬木在會上明確指出：「無論在哪一種社會裏，報紙均需分工……不分工何必要這麼多報紙呢？」〔註67〕

〔註66〕李曉林：《從綜合走向專業──談新世紀報紙的發展趨勢》，《傳媒》2002 年第
　　　　6 期，第 24～26 頁。
〔註67〕丁騁：《新中國民營報紙新聞業務改造探析》，《媒體時代》2012 年 11 期，第
　　　　18 頁。

　　1950年2月，報紙分工成為京津新聞工作會議上的重要議題。對於不同報紙之間的分工，主要從兩個方面作了規定：一方面，規定全國性報紙與地方性報紙的分工，《人民日報》等全國性報紙應注意建立全國各地專電與通訊，與新華社相互配合，而天津的報紙作為地方報紙則應加強地方特點；另一方面，劃定了公、私營報紙之間的分工，即根據所面向的不同讀者對象和各自報導內容的不同側重面進行分工合作。如《人民日報》主要讀者對象應為幹部與先進群眾，主要內容應是報導評論國內國際主要時事、思想、政策情況，介紹交流中心工作經驗等。而私營《新民報》的讀者對象主要是北京的小資產階級及比較無組織的勞動群眾，其特點在通俗文藝的副刊；天津《進步日報》應主要以天津民族資產階級、小資產階級及知識分子為對象，報導內容應當側重經濟和自然科學等，特別是關於私人資本主義及其改造問題。如此分工調整，好處是使得「建國初比較重複、混亂、不夠合理的全國新聞事業得到初步的統一和分工，形成相互協作，各有側重的比較合理的布局」；「不足之處是，這種分工未能很好地照顧到某些私營報紙原有的歷史傳統和特色，因而一度影響這些報紙的發展。」〔註68〕

　　隨後，在3月29日至4月16日召開的全國新聞工作會議上，確定了上海四大報紙的分工：《解放日報》面向政府和黨的幹部，《新聞日報》面向工商界，《大公報》偏重商界和高級知識分子，《文匯報》則面向青年知識分子〔註69〕。6月9日，夏衍在上海《新民報》再次強調：報紙必須走分工的道路，才能取得發展和成績，報紙要選準服務對象云云。可是，儘管政府內部對報紙分工原則上沒有什麼分歧，但對具體何時實施仍然存在爭論，1951年下半年，夏衍認為面對民營報「虧累」不堪的現狀，必須立即實施報紙分工政策，而時任上海新聞協會黨組書記、市政府新聞出版處處長陳虞孫則表示「遽爾分工」可能使「銷數反減」，主張觀察一段時間再說〔註70〕。

　　應當說，中共新政權之所以提出報紙分工政策，主要是出於以下幾個方面考慮：

〔註68〕 方漢奇等主編：《中國新聞事業通史》）（第三卷），北京：中國人民大學出版社，1999年，第45～46頁。

〔註69〕 文匯報史研究室編寫：《文匯報史略（1949年6月～1966年5月）》，上海：文匯出版社，1997年，第22頁。

〔註70〕 丁騁：《新中國民營報紙新聞業務改造探析》，《媒體時代》2012年11期，第19頁。

　　其一，是計劃經濟思維在新聞政策上的反映，認為「計劃」代表「秩序」和「效率」，是社會主義本質特徵之一，明顯高於資本主義自由「競爭」帶來的「無政府」、乃至「混亂」。方漢奇等認為，這種統一分工「不足之處是在這種高度的統一集中下，過多地強調了共性，而忽視了各自的個性特色」〔註71〕。

　　其二，實行報紙分工是「遏制」民營報發展以確立和鞏固黨報權威地位、形成新報業格局的需要。根據張濟順先生研究，中共關於新中國報業格局的戰略規劃是「各級黨委主管的黨報為統領的國營報業體系」，為形成這一新的報業格局，中共必須控制、改造民營報業以確立黨報的權威地位，「推動報業國營化、報紙政治化」進程。而像《大公報》等民營報就其輿論影響力和傳播輻射力方面而言，在民國時期都稱得上全國性大報，為建立報業新格局必須「轉變」這些民營報「根深蒂固的大報觀念」，使其自覺自願「定格在專業性的報紙上」。因此，「遏制民營報紙的全國大報發展態勢，形成綜合性第一大報解放日報為統領的專業報紙分工的上海報業新格局，是領導者們用心用力最多的事。」〔註72〕

　　其三，中共黨報理論強調為黨宣傳是報紙根本使命，講究對不同對象進行針對性宣傳，以及對各個階層進行全覆蓋宣傳，而報紙分工則有利於增強有效覆蓋、改進宣傳效果。

　　其四，為解決民營報的經營困境，也需要進行報紙分工，「以便各有重點，減少重複」〔註73〕，有利於解決發行難問題。而且，前面已有北京《新民報》由於分工面向「北京的小資產階級及比較無組織的勞動群眾」的定位，「以通俗文藝吸引北京下層民眾」而實現「銷路上升」的盈利示範，這就給新聞總署全力推動實施報業分工政策以極大鼓舞和說服榜樣。

　　但是，也有學者研究認為，這種「行政命令式」的報紙分工政策與市場競爭形成的報紙分工具有本質區別，對《大公報》等民營報紙來說，「各報的讀者對象被限定在一定範圍之內」，同時「各家報紙原有的特點逐步弱化、異化」，

〔註71〕方漢奇、陳業劭主編：《中國當代新聞事業史（1949～1988）》，北京：新華出版社，1992年（1995年第二次印刷），第6頁。

〔註72〕張濟順：《從民辦到黨管：上海私營報業體制變革中的思想改造運動——以文匯報為中心案例的考察》，載華東師範大學中國當代史研究中心編：《中國當代史研究》（第一輯），北京：九州出版社，2009年，第41～47頁。

〔註73〕吳廷俊著：《中國新聞史新修》，上海：復旦大學出版社，2008年（2010年第2次印刷），第402頁。

最終導致這些昔日全國性綜合大報「在分工政策下失去擴展報導的範圍，喪失了更大發展的可能性，很快降格為地方性報紙、專業性報紙」〔註74〕。

（二）微觀行動分析：報人無奈選擇

從微觀行動分析層面看，大公報人面對由綜合報向專業報的轉型，顯然更多的是無奈。

這些大公報人多年以來只有辦綜合報的經驗和知識，而對專業報則不太熟悉，對於辦一份財經專業黨報更是缺少相關經濟理論等業務知識和思想政治素質。甚至到 1957 年 8 月常芝青到任《大公報》後，依然覺得《大公報》的編輯、記者雖然「文化程度高、具有多年新聞工作經驗」，但他們並不能真正適應形勢發展的要求，因為「多數編採人員缺乏系統的財經理論和專業知識，也沒有做實際業務的經驗」。自《大公報》宣布「新生」以來，在不斷改造過程中，這些大公報人的職業自信和專業能力已經被批判得「一無是處」，在這種背景下，可以想像，讓他們轉向一個完全陌生領域時，其內心是何等迷茫和慌張。但沒有辦法，報紙虧累已經難以為繼，不轉則是「死路一條」，他們只得硬著頭皮往前走。1953 年剛剛轉型半年的工作總結，透露出大公報人悽惶無奈的狀態，說由於「我們對新任務不熟悉，無把握」，所以報紙「沒有權威，還不能指導讀者的生活和工作」，「對許多事物還觀察不出問題，更不敢有所批評」，至於版面上的稿件「數量不多，質量也不高」，「主要是依靠報社以外的力量」，「我們自寫及自己組織來的稿件不過 20％」，等等。

《大公報》分工搞「財經宣傳」與「國際宣傳」，實現由綜合報向專業報轉型，是解決經營虧損、尋覓「飯碗」和出路的「沒有辦法的辦法」。在討論《大公報》何去何從的各種可能性時，除了探討留滬還是北遷哪個好，另外一個重要問題就是討論《大公報》的分工定位問題。起初有人提出「把報紙的對象定位在高級知識分子群體身上」，報館內有三種不同態度和反應：一是肯定，認為「大公報找著了路了」，「認為大公報搞工農大眾不行，搞商人也搞不來，比較合適還是搞知識分子」；二是懷疑，認為「大知識分子沒有幾個人」，「讀者對象不滿兩萬人，沒有什麼希望」；三是不滿，「認為大公報是被迫無路可走，才搞大知識分子，他們以為上海讀者對象已被分割，剩下來少數大知識分子，

〔註74〕丁騁：《新中國民營報紙新聞業務改造探析》，《媒體時代》2012 年 11 期，第 19 頁。

只好搞他們」〔註75〕。王芸生對以「大知識分子」為主要讀者對象來改變《大公報》生存困難的分工，表示「並無信心」。隨之，他提出了《大公報》轉型的主攻方向：一是「國際宣傳」，「希望黨和政府能夠瞭解《大公報》歷史上在國際宣傳方面所具有的優勢，《大公報》很願意在這方面做《人民日報》的助手」；二是「工商界」，理由是「上海工商界上層分子，目前302戶均為《大公報》讀者，外埠工商界讀者也有1萬多人」〔註76〕。

最終，毛澤東一方面根據政治需要，也就是即將開展的向社會主義過渡以及與資產階級鬥爭的需要，另一方面也是民營報人王芸生自己提出的意見，國際宣傳用其所長，財經宣傳解決銷路，拍板決定《大公報》轉型「搞財經和國際」。這樣一來，執政者的政治需求和大公報人的「脫困」意願產生交響共振，《大公報》轉型就立即從主觀觀念變成客觀行動，當事雙方各取所需，皆大歡喜。北遷轉型財經專業報這個結果，在具體歷史情境下，對《大公報》而言雖不算最好、也算比較滿意的一個結局了。

二、財經專業報轉型與報人複雜心態

《大公報》轉型搞「財經和國際」的選擇，是在綜合報模式經營困難和新政權推行報紙分工政策的背景之下，「環境參數理性」與「戰略理性」共同作用的結果。然而，決策易，施行難，大公報人要為這一選擇付出艱巨努力，其間苦辣酸甜也是「如魚飲水」，複雜難言。

（一）積極適應

如果說一張普通綜合報轉變為面向某個行業的專業報是困難的，那麼像《大公報》這樣具有悠久歷史傳統和廣泛社會影響的民間大報轉型為專業報就更加困難，因為它要面對特別強大的傳統力量和思維行為慣性。

對於轉型後的「新大公報」，主要困難在於如何辦一張「專業報」問題。對此，他們定位是「中央一級的、有一定讀者對象的、有一定宣傳任務的、專業的報紙」。顯然，「辦這樣一張報紙，我們都沒有經驗，又沒有一段準備學習時間」，只能「匆匆上陣，火線練兵」。「半年來，我們是在新的環境中摸索前進。由於報紙的性質不同於進步日報和上海大公報，編採工作以及營業工作都

〔註75〕 李純青：《大公報工作人員的思想情況》，滬檔：A22-2-1532，第22～33頁。
〔註76〕 楊奎松著：《忍不住的「關懷」：1949年前後的書生與政治》，桂林：廣西師範大學出版社，2013年，第151頁。

起了變化，都有它的新內容。我們對新任務不熟悉，無把握，工作在摸索的過程中，不免要走些彎路，但總的方向是摸索前進，找出新的軌道來。」〔註77〕可是，對於這種陌生的報紙類型和全新的業務知識，一些大公報人難免有些拒斥，對鑽研新業務，「當初有不願意鑽或鑽不進去的情況」。對於轉型後初期報紙工作，他們自我反省說，還沒有達到胡喬木關於「報紙本身就是一種領導工作」以及新聞工作者要「把自己培養成為政治上、工作上、思想上的觀察家和批評家」的要求，「我們還沒有權威，還不能指導讀者的生活和工作，我們依靠黨和各財經部門的領導，這是對的，但我們本身也應該獨立思想，獨立負責，起領導作用，現在我們的工作還不能成為『領導工作』。」對於報導對象即財經貿工作，「我們許多同志，對許多事物還觀察不出問題，更不敢有所批評」。他們還頗有自知之明，認為報紙讀者增加主要依靠中央各財經部門對所屬機關通告普遍訂閱，版面突出也主要依靠「報社以外力量」。經過認真反省總結，他們認為主要缺點有：「工作經常陷於被動，缺乏有計劃的系統的宣傳」；稿件質量很差，缺乏思想性，報導目的性不明，文字不生動；「各業務部門報導工作不平衡，又是孤立報導，沒有全面研究問題」；「地區報導不平衡，又沒有抓住應該依靠的重要地方（上海、天津）」等等。

面對這些缺點和問題，怎麼辦？編委會認為，首先要解決「思想問題」，因為「我們是思想工作者，首先要使自己的思想正確，才能生產正確的思想」。那麼，目前大公報人的思想狀況如何呢？「一般說，我們的特點是：一批小資產階級知識分子，還處在從資產階級辦報到工人階級辦報的過渡期間。就特殊的情況說，是對於由一張一般報紙到專業報紙的改變，不瞭解，不習慣，或不樂意，由此而產生的各種思想問題。」所以，「應該批判資產階級的新聞思想的殘餘，批判個人表現個人趣味，批判忽視全局的本位主義和不切實際的片面觀點」。經過思想批判，多數幹部「專業雖不精通，但已入門了。大家都有興趣有信心在鑽研業務，而且鑽研是有進步的，事實證明，困難是可以克服的」。其次，「檢查方針計劃」，強調「要有全國觀點，同時還要注意國際影響」，報導內容要「不限於財經消息」和不能「輕視政治和文化」，國際版「需要更多和特別的國際新聞」。同時，注意到「專業報紙」要和「專業雜誌」相區別，要有「大量的消息，要宣傳黨的政策，要反映人民生活，不能只討論專門問題，特別是

<hr>

〔註77〕《編委會對（1953 年）上半年工作總結和下半年工作方針的意見（草稿）》，京檔：043-001-00156，第 18 頁。

不能脫離政治」〔註78〕等等。然而，此「辦報方針」，1957 年常芝青到任後並不認同，他批評「原來的領導強調『向專業化報紙發展』，辦報路子比較窄，報紙從內容上、版面上都難於全面充分地圍繞黨的中心工作進行宣傳報導。在辦報路線上，是搞關門辦報，還是依靠群眾辦報，問題沒有解決」〔註79〕。

財經專業報轉型雖然艱難，但大公報人還是振作精神，想方設法積極適應。當年的編輯記者描述了《大公報》北遷初年「上上下下緊張工作的情景」，「報館內從社長到所有北遷人員，人人都憋著一股勁，想要努力做出成績來」〔註80〕。首先，為了更好實現專業報轉型，當時報社設在天津，但業務領導中心一直設在北京，為的是「便於接受中央各部門的指導」，這樣就「實際形成大部稿件由北京編輯而在天津出版的極為少見的模式，當時報社內部京津間電話十分忙碌」。其次，「每個編輯都一門心思開始鑽研財經，想要盡快熟悉和做好新的工作」；「跑外的記者則天天奔走商業部、外貿部、工商行政管理局、供銷合作社等部門」。其三，報社領導層對財經新聞也非常重視，作為老報人的王芸生經常認真聽取工作彙報，「雖然財經報導的業務性強，相當枯燥，但他總是認真聽，毫無怠意」；同樣，副社長李純青對財經新聞和評論要求很嚴，「對經手的稿件常常苦改不已」，「稿子經他修改後面目全非」〔註81〕。其四，對財經專業知識，「編輯、記者都沒有到財經院校去接受培訓，而是在幹中學，或者說一邊學習，一邊做新聞報導，有時也根據部裏的文件或領導人報告寫社論」〔註82〕。

由此可見，大公報人在新的「環境」中，意氣奮發，積極適應，努力克服困難跟上形勢發展要求。但《大公報》轉型之路非常艱難，可以說是開中國財經媒體的先河，不是一朝一夕可以完成。

（二）抵抗與流放

如前所述，大公報人在面對由綜合報向專業報轉型時，心態複雜。雖不

〔註78〕《編委會對（1953 年）上半年工作總結和下半年工作方針的意見（草稿）》，京檔：043-001-00156，第 18～28 頁。

〔註79〕 中共山西省委組織部編：《常芝青傳》，北京：新華出版社，2003 年，第 239 頁。

〔註80〕 楊奎松著：《忍不住的「關懷」：1949 年前後的書生與政治》，桂林：廣西師範大學出版社，2013 年，第 158 頁。

〔註81〕 吳永良：《解放初期天津〈大公報〉瑣記》，《書屋》2004 年第 1 期，第 56～57 頁。

〔註82〕 胡邦定：《說說北京〈大公報〉》（上），《百年潮》2010 年第 4 期，第 62 頁。

十分情願，但也無可奈何；既非如此不可，總又心存不甘、失落甚或不滿。經過近五年的逐步適應，報紙越來越「像張黨報」了，但大公報人心中也不斷積累一些怨氣和不滿，這種情緒終於在 1957 年「整風運動」中釋放出來。

在轟轟烈烈的整風鳴放中，除了對黨員幹部的官僚化、特權化等問題加以猛烈炮轟外，《大公報》整風運動中還有一個非常突出的主題，就是關於辦報方針的爭論與角力。「許多老記者、老編輯最耿耿於懷的還是報紙的編輯方針及其現狀」，「他們內心裏最反感繼續以財經工作作為中心的方針」。在他們眼裏，過去的《大公報》內容充實、版面豐富、社會影響廣泛，現在的《大公報》內容單調乏味、一般讀者看不懂，特別是過去為讀者所讚賞的社論、通訊、副刊，現在這三樣都沒有了。於是，有人提出質問：「大公報是一張有傳統的著名報紙，現在的做法失去原來的傳統是否好；報紙應該有分工，但大公報這樣專業化，是否符合我們對報紙的概念？」這些人承認這幾年《大公報》銷量上漲多少倍，但他們認為這些數字是中央部門「用行政命令往下灌」壓出來的，實際上「大公報的社會地位卻一落千丈」，他們批評這是「得不償失」，徒然是「報紙的浪費和國庫的損耗」。

這些主張恢復傳統辦報方針的老記者、老編輯以及報社一批年輕人原本把希望寄託在王芸生身上，想爭取老社長王芸生的支持，並希望擁戴他作為自己意見的代言人。他們甚至策劃召開一次座談會對報紙方針任務發表意見，決定在會上由一人朗讀「致王社長的公開信」，讀完全體鼓掌，造成一種氣氛，「向王社長施加壓力，『請願』恢復舊大公報」。可是，王芸生並未落入他們殼中，「話講得很巧妙，很有技巧，也提出了很好的想法」，但是堅持毛澤東和中共中央原定方針。他的核心觀點是，原定「搞財經和國際」的辦報方針是正確的、有成績的，雖然「我們丟掉了幾千或者幾萬知識分子」，但「得到了幾十萬財經方面的讀者」，得大於失。對於大家普遍反映當前報紙枯燥乏味，丟了傳統《大公報》長處的問題，他表示深有同感，但強調「不能恢復解放前的老樣子」，「不能丟掉現在的幾十萬讀者」而去爭「文教和大知識分子」。他建議：在擴大財經報導面、深入反映人民生活、豐富多彩地進行國際宣傳的基礎上，「增加文化方面的比重，收復我們在知識分子方面的一部分失土」。對於王芸生的講話，有人支持，有人失望。蕭離、蕭鳳等 14 人聯名主張要「辦一張政治性綜合性的報紙」，朱啟平等則貼出大字報聲稱要「做人民的喉舌，代人民說話」，「辦一張人民群眾的報紙」，編輯組及大公園副刊組也認為「大公報應

該是一張綜合性的報紙」〔註83〕。

不難看出，作為專業報的「新大公報」與作為綜合報的「舊大公報」在這裡形成了對抗局面，表達了一些大公報人「斥新懷舊」的願望和情緒，不能不說是對《大公報》由綜合報到專業報轉型「心存牴觸，甚至公開反對」（李光詒語）。然而，「整風」很快演變成「反右」，「幫助黨整風」也立刻變成「向黨猖狂進攻」，大公報社內部關於辦報方針的爭論隨之變成新聞界右派分子「企圖推翻黨對新聞事業的領導，其中有一個幌子是復辟舊大公報」〔註84〕。「凡詆毀人民新聞事業者，必盛讚舊大公報；凡污蔑黨的新聞工作者『無才』者，必吹噓舊大公報善於『培養人才』；凡伸手向黨索取資產階級『新聞自由』者，必渲染舊大公報『提倡獨立思考的精神』。一時，八年以前早已蓋棺論定的舊大公報大有借屍還魂之勢。」劉克林把這場本屬不同觀點的論爭誇大其詞地描述為「人民的大公報確曾一度處於內外受敵的緊急狀態」，「社外有舊大公報不散的陰魂，社內有舊大公報復辟的逆流；黨外有右派，黨內有叛徒」。社外，曾任舊大公報副總編輯的徐鑄成高呼「文人論政」，許君遠要求恢復「昂首闊步出入於『大人先生』之門」的「無冕之王」地位，蕭乾重彈西方資產階級民主自由的老調，彭子岡大肆宣揚舊大公報用人唯才、兼容並包的胸襟和雅量。社內是「四路大軍圍攻黨的領導」，編輯顧國權宣告「大公報這一份家業被共產黨敗壞了」，「大公報記者聲勢赫赫的社會地位一去不復返了」，因此他號召「翻身」，要求「當主人」；副總編輯趙恩源以報社民盟負責人身份召開點火座談會，號召平素對黨不滿的人向黨「討債」；典型的「民主個人主義者」朱啟平拋出反動辦報綱領，主張把《大公報》辦成一張凌駕於黨和政府之上的「真正的人民群眾的報紙」，又叫「人民的人民日報」，以揭露「人民內部矛盾」和報導資本主義國家的社會新聞為主要任務；過去沒有進過舊大公報卻一直嚮往舊大公報的蕭離、蕭鳳提出「革新芻議」，要革人民報紙的命，以便發揮舊大公報的「光榮傳統」。更加嚴重的是，大公報總編輯、當時黨組書記袁毓明對黨不滿和喪失信心，為保住職位主動豎起白旗，流淚傾訴他在黨內所受的「傾軋」，相約共同向黨內「宗派主義」作鬥爭，右派從他那裏得到大批反黨的炮彈〔註85〕。

〔註83〕楊奎松著：《忍不住的「關懷」：1949年前後的書生與政治》，桂林：廣西師範大學出版社，2013年，第170～177頁。
〔註84〕德山：《舊大公報剖視》，《新聞戰線》1958年01期，第25頁。
〔註85〕劉克林：《剖視復辟舊大公報的陰謀》，《新聞業務》1957年？，第40頁。

結果，這些人先後被打成「右派分子」或「反革命分子」，受到「留機關監督勞動」、發配黑龍江密山農場勞動、留用察看、行政降級、逮捕判刑等形式的處理和懲罰。原新華社高級記者戴煌曾寫過一本關於他「九死一生」「右派」歷程的書，其中談到《大公報》名記者」朱啟平下放北大荒勞動的情形，讀來讓人不勝唏噓。很多「右派」餓死、累死、凍死、伐木砸死、不堪折磨自殺而死、被虐待致死在那裏，幸運的朱啟平受到廖承志關照而能活著離開北大荒，但彼時的他已經被折磨得不成人樣了：「瘦骨嶙峋，胸前皮下的兩排肋骨根根可數，如果不比死人多口氣，則完全成了一具木乃伊。」〔註86〕

三、專業報的困惑：「共性」與「特性」

如前所述，《大公報》由綜合報向專業報轉型，一方面是民營報人擺脫生存危機、尋找出路而不得不適應環境、尋求變化，另一方面也是中共新政權為實現自身政治目標而欲繼續利用「大公報」所作的政策選擇。可是，辦一張財經專業報畢竟是個新生事物，大公報人心裏沒底，新政權方面也未見得更清楚一點。因此，只能帶著毛澤東主席「團結起來，鑽進去，努力工作」的鼓勵，邊幹邊探索，其中各種困惑在所難免。

（一）強調「共性」：政治性報紙

在「反右」運動中，讀者反映轉型後的《大公報》丟掉了以前好傳統，「不好看」，「不想看」，一些老記者、老編輯也「頗覺鬱悶」，認為「得不償失」。這些困惑和抱怨，無疑都涉及到一個最根本、事關辦報方向和編輯方針的問題，那就是專業報與綜合報的區別何在，一張黨領導下的專業報究竟是個什麼樣子。

按照1953年中共中央規定，「大公報除加強國際問題的報導外，確定以報導和討論財政經濟問題特別是公私關係和勞資關係為主」。1954年，中央宣傳部再次重申這一編輯方針：「大公報以財政經濟貿易方面的工作及對資本主義工商業進行社會主義改造為其主要的宣傳報導內容，並準備條件向財政經濟方面的專業報紙的方向發展，此外，並可適當注意配合國際問題的宣傳和報導」。大公報人起初對此的理解，一是強調報紙的「中央級」，面向全國，要有全國觀點，同時注意國際影響；二是基本讀者是「財經幹部和私營工商業者」，

〔註86〕戴煌著：《九死一生：我的「右派」歷程》，上海：學林出版社，2000年，第202～203頁。

因此「財經新聞」應當突出；三是「國際版」讀者是「全國人民」，因此需要
「更多和特別的國際新聞」；四是「專業報」要與「專門雜誌」相區別，應深
入研究專門問題，但必須有「大量的消息，要宣傳黨的政策，要反映人民生
活，不能只討論專門問題，特別是不能脫離政治」。一言以蔽之，就是強調「財
經新聞」和「國際新聞」兩個重點，同時適當注意政治、文化等問題。換言之，
主要是專業報的方針，外加一點普遍性的新聞。

　　然而，常芝青上任後，對過去《大公報》的發展方向、辦報方針和辦報路
線提出批評，指出《大公報》過去「向專業化報紙發展」的方針是片面的，
辦報路子狹窄，報紙內容和版面不能充分圍繞黨的中心工作進行宣傳報導，
導致報紙不問政治，偏離黨的路線，同時有關門辦報的問題。那麼，他頭腦
中《大公報》應當是什麼樣子？他認為，「社會主義的報紙，不管側重什麼業
務，都必須以宣傳黨的路線方針政策，鼓舞和調動人民群眾的積極性為宗
旨」，因此，「《大公報》是宣傳財經貿的政治性報紙，既要突出專業特點，又
要以宣傳黨的路線方針政策為重」〔註87〕。這裡，常芝青強調《大公報》不
應是「專業報」，而應是「政治性報紙」，究其實質，他想把《大公報》辦成
一張有財經貿「特色」或「重點」的綜合性「黨報」。於是，在他主持下，經
黨組會討論決定，於 1957 年 9 月 12 日報經中央宣傳部和國務院五辦批准，
制定實施新的《大公報的編輯方針》：「根據中央宣傳部最近的指示，進一步
明確大公報的編輯方針是：大公報是一張以報導財政、經濟、貿易為重點，
並作國際問題宣傳報導的全國性的政治性的國營報紙。」中央決定，今後《大
公報》的宣傳報導工作由國務院第五辦公室領導，並繼續和國務院第四辦公
室、第八辦公室聯繫。「在做好重點宣傳報導的同時，也需加強關於國家的政
治生活及重大的經濟文化建設的宣傳報導。」指出雖然《大公報》主要讀者
對象為財經幹部，但還是「需要適當地供給他們以有關文化藝術等方面的讀
品，報紙副刊（大公園）應該擔負起這項任務」。還提出要拿出「一定的篇幅」
登廣告〔註88〕。

　　在常芝青看來，新中國報紙是黨的宣傳工具，講究「政治性」是一切報紙
的「共性」，《大公報》有自己的分工任務，那只是「特性」，必須正確處理共

〔註87〕中共山西省委組織部編：《常芝青傳》，北京：新華出版社，2003 年，第 241 頁。
〔註88〕《黨組關於大公報的編輯方針向中宣部的報告》，京檔：043-001-00029，第 4
　　　　頁。

性與特性關係，堅持「共性第一、特性第二」的原則。他認為，共性與特性問題是全局與局部的問題，不堅持共性第一就是非政治傾向；是政治與業務的關係問題，政治工作與業務工作要相結合，但技術、業務要服從政治、服從政策。針對報社內部有人搞不清楚「政治性」與「業務性」的「含義」，他具體解釋道：「大公報上有政治宣傳和經濟宣傳，宣傳重點是經濟，主要是財經、輕紡，但又要做政治宣傳（如國內外大事）。在經濟宣傳中，又有方針政策、政策思想和業務技術宣傳，但首先要宣傳方針政策、政策思想，包括工作方法、工作作風、工作關係（協作）等等」，總結起來一句話，就是「從整個報紙的宣傳來說，要加強政治性和思想性，也要加強理論宣傳和提高國際宣傳報導的水平」〔註89〕。

為此，1958 年 4 月 16 日至 5 月 27 日，大公報人開展了「務虛」討論，5 月 4 日黨組書記常芝青作動員報告，提出樹立「群眾路線辦報方針」。通過這次大討論，報社內形成「人人講政治，個個談思想」濃厚氛圍，「明確了政治是統帥，是靈魂」，確定「三破三立」的辦報綱領，即破「同仁辦報」、「才子辦報」思想，立依靠黨、依靠群眾辦報思想；破「配合」「配合」的辦報思想，立辦國家機關報的思想；破輕政治重業務思想，立又紅又專思想。在思想認識提高的基礎上，並改進工作方法，調整了組織機構和人力安排〔註90〕。

那麼，在財貿宣傳中具體如何突出「政治」呢？「在宣傳報導中突出政治，就是要加強政治思想工作的宣傳，就是要在經濟工作的宣傳中加強政治性、思想性」，而「突出政治的中心問題（或突破口）是抓活思想，包括廣大職工在政治生活、業務活動和業餘生活中的一切現實思想問題，用毛澤東思想去加以分析、說明和解決，以提高人的思想，指導人的行動」，這樣「『政治思想工作的綱』也就提起來了」，「我們報紙的政治性、思想性也就提高了，就能緊密聯繫群眾，起到團結、指導、組織群眾的作用，報紙就能成為『不見面的司令員』」。對於《大公報》來說，「在宣傳中突出政治，要從兩方面努力：一是要大大加強財貿部門的政治思想工作的宣傳；二是要努力提高經濟宣傳的政治性和思想性」〔註91〕。

〔註89〕中共山西省委組織部編：《常芝青傳》，北京：新華出版社，2003 年，第 262～263 頁。

〔註90〕《大公報、光明日報「務虛」》，《新聞戰線》1958 年第 4 期，第 41 頁。

〔註91〕《大公報記者討論財貿宣傳怎樣突出政治》，《新聞業務》1965 年 3 月，第 29頁。

總之，在常芝青看來，財經專業黨報首先應是政治性、綜合性的黨報，其次才是財經的特色和角度。

（二）顯示「特性」：財經宣傳與國際宣傳

顯然，在常芝青辦報思想裏，「共性第一」就是要批判以前「專業報」的辦報方針，突出報紙的政治性、思想性，辦報應圍繞「全黨的中心工作」，「要反映大政方針的貫徹情況」；在「共性」得到突出的基礎上，才講到「特性第二」，即宣傳報導要有「財經」側重點，有「財貿角度」；但在經濟宣傳中也要突出政策、思想層面的角度，並且要有「大財經」視野，「許多問題與財貿、輕工有關，如糧棉爭地問題，是農業生產問題，實際上與財貿關係很大，不能認為同財貿無關而不去報導」，而應當「從黨的工作需要出發」，不斷擴大報導範圍。換言之，即便在做「特性」報導時，仍然要尋找和突出「共性」角度。

關於「報紙專業化」問題，王芸生曾就「專業化和讀者興趣」如何結合問題，請示過毛澤東。「毛主席指示，專業是一面，群眾除了業務工作外還有文化生活的一面，毛主席說，報上不能天天盡是打氣。」〔註92〕因此，文化的內容也可納入報紙版面。這樣一來，《大公報》政治、經濟、文化等都可搞，只不過有個財經宣傳和國際宣傳的側重點而已。因此，在一定程度上，後期黨報化的《大公報》又有回歸綜合報的趨向，常芝青名之為有財經貿和國際宣傳重點的「政治性的國營報紙」。《大公報》這個新辦報方向和編輯方針得到當時國務院領導李先念的肯定：「辦報要謙虛謹慎，要慎重，不要犯政治性錯誤。要做到『共性第一，特性第二』。在這方面，這幾年大公報是做得好的，守住了口子，沒有犯什麼錯誤。」〔註93〕

那麼，《大公報》是如何堅持發揚其「財經」特點的？首先，「貫徹執行依靠黨、依靠群眾的辦報方針，是發揚報紙特點的關鍵」，主要包括三個層次：一是在全國除西藏外各省區和大城市建立起35個地方記者站，以及加強各地財貿系統的通訊工作；二是在商業部、糧食部、財政部等國務院有關部委設立「駐部記者組」或「駐部記者」；三是輕工業部、紡織工業部、交通部和郵電部在重點省區市的所屬廳、局和一些重點企業為報社配備了「特約記者」，到1960年底已有特約記者60人並還在繼續發展中。其次，「堅持突出特點，正

〔註92〕楊奎松著：《忍不住的「關懷」：1949年前後的書生與政治》，桂林：廣西師範大學出版社，2013年，第176頁。
〔註93〕中共山西省委組織部編：《常芝青傳》，北京：新華出版社，2003年，第277頁。

確處理『共性宣傳』與『特性宣傳』的編輯方針」，主要做法：一是版面數量上保證，「每天以兩版半的篇幅刊登有關財經方面的新聞、通訊和論文」；二是版面位置的保證，即「在版面上顯著安排足以顯示報紙特點的重要稿件」，提出「財經上樓」的口號；三是探索「特性宣傳」與「共性宣傳」相結合的規律。再次，以「提高稿件的內容和質量」為抓手，「緊密結合黨在財經方面的中心工作，抓問題、抓思想、抓經驗，大搞典型報導」，同時做到「典型報導與言論配套，一方面介紹先進經驗，一方面發表有關的言論，指出那些經驗的意義和作用，這樣更有利於普遍推廣，也更有利於推動工作」。

　　綜上所述，《大公報》在由「綜合報」向「專業報」轉型過程中，辦報方針發生如何處理「共性」與「特性」關係的困惑。大公報人明白，既然向「專業報」轉型的趨勢不可逆轉，那麼就必須在「特性」上做足文章，同時他們也看到不能忽視「共性」，因為「報紙在任務上雖然有所分工，各有特點，但是決不同於某一個部門的內部業務刊物」。《大公報》「是一張以財經工作為宣傳報導重點的報紙，同時又是一張全國性的政治性的報紙，擔負著國際宣傳任務」。單純注意「共性」，報紙版面經常「讓給共性」，則「特點難以表現，使報紙流於一般化」；相反，過分強調「特性」而忽視「共性」，則「有可能在政治上犯錯誤」。那麼，「共性」與「特性」發生「碰車」、矛盾時，怎麼辦？大公報人在辦報實踐中也「摸索到一些規律」，要點是：二者能結合的則結合，做到「相得益彰」；不能結合時，突出「共性」，「特性」讓路；「特性」讓路時，在可能情況下，也要力爭「見縫插針，擠上版面」。比如，「平常情況下突出財經宣傳，經常密切注意宣傳黨的路線、方針和政策以及黨中央在這些方面的重大決議和指示」，如果遇到特殊形勢和「重大政治事件」，則「有計劃地、積極地宣傳國內外時事」〔註94〕。以 1960 年 1 月《大公報》頭版頭條新聞為例，全月 31 天除去 28～30 日三天春節無報、2 日缺報共計有報 27 天，頭條新聞則有 27 條，其中屬於「財經貿」的「特性」新聞計有 14 條，而國家政治、外交等「共性」新聞則有 13 條，也就是說，「共性」和「特性」的矛盾被處理得比較「平衡」，二者「結合」得相當不錯。

〔註94〕李光詒：《大公報是怎樣堅持發揚財經特點的》，《新聞業務》1961 年 1 月，第
　　　7～9 頁。

第六章 《大公報》改造策略的多學科評價

本章主要從從政治學、經濟學和傳播學等多學科角度，對中共改造《大公報》的政策策略及其相關問題進行客觀全面的反思與評價，為下一章作出「結論與建議」打下基礎。

第一節 政治學視角的評價

一、政策初心與政策執行的矛盾

眾所周知，中國共產黨在新民主主義革命時期戰勝敵人有三大法寶，首要一條就是「統一戰線」政策。這一政策，要求「無產階級政黨在革命鬥爭中要正確布置革命力量，分化反動力量，團結一切可以團結的力量，結成最廣泛的統一戰線，孤立和打擊最主要的敵人」〔註1〕。在 1949 年遼瀋、淮海、平津三大戰役結束以後，中國共產黨開始「由城市到鄉村並由城市領導鄉村」的時期，黨的工作重心由鄉村轉移到了城市。在這樣背景下，中共提出在團結工人階級、農民階級和革命知識分子這些「領導力量和基礎力量」的同時，也要「去團結盡可能多的能夠同我們合作的城市小資產階級和民族資產階級的代表人物，它們的知識分子和政治派別」，以便在革命時期孤立、打倒國內反革命勢力以及在勝利後迅速恢復發展生產和對付國外帝國主義。因此，「我黨同黨外

〔註1〕王滬寧主編：《政治的邏輯：馬克思主義政治學原理》，上海：上海人民出版社，2016 年，第 397 頁。

民主人士長期合作的政策，必須在全黨思想上和工作上確定下來。」〔註2〕

與此統戰政策的指導思想相一致，中國共產黨頒布實施的報業政策對私營報紙沒有採取無限放任或一律取消的政策，而是根據政治立場區別「反動」「中間」「進步」等三種不同情況，分別施策，明確對「極少數真正鼓勵群眾革命熱情的進步報紙刊物，應扶助其復刊發行」。尤其是在 1949 年 5 月 9 日《中央關於大城市報紙問題給南京市委的指示》中，明確規定「大城市中，除黨報外視情況需要再辦一兩家或若干家非黨進步報紙，以聯繫更廣泛的社會階層」。如此政策規定，反映出中共進城之初對於當時報業狀況的評估是客觀冷靜、實事求是的，5 月 14 日凌晨，周恩來在中南海就曾談到城市辦報與以前在山溝裏辦報的不同，說「辦成解放區那樣，讀者也會不習慣，達不到教育、宣傳的目的」，關於民辦報紙問題明確指出「我們的初步意見是北平、上海這樣的地方，還可以保留幾家民營報紙」。換言之，之所以在大城市保留一些非黨民營報刊，一方面是統一戰線需要，另一方面也是考慮辦報環境和受眾需要已然變化的歷史條件。

對於《大公報》，中國共產黨的定性與政策，有一個變化過程。起初，中共將其定性為「反動報紙」，內定不讓其繼續出版；後來，政策從取締修改為保留，以及在其經營困難時給予大力扶助，目的在於發揮其作為民營大報在海內外的巨大影響。應當說，這「舊瓶裝新酒」的改造策略是十分英明而正確的，符合當時的歷史實際，有利於調動具有出色辦報本領和民主愛國精神的大公報人的工作積極性，有利於表現新民主主義政權的廣泛代表性，有利於反映城市裏小資產階級和民族資產階級的意見與呼聲，也體現了馬克思主義政策和策略原理的根本法則，即「原則性與靈活性的統一」。正如列寧所指出，「應當把對共產主義思想的無限忠誠同善於在實踐中進行一切必要的妥協、機動、通融、迂迴、退卻等等的才幹結合起來」，恩格斯也告誡「我們在行動時，用我們的老朋友耶穌基督的話來說，要像鴿子一樣馴良，像蛇一樣靈巧」〔註3〕。

然而，中央決定保留、改造《大公報》加以長期利用的決策，在執行時發生了一定偏差，主要表現為目的與手段不相稱。當初保留《大公報》不動，主

〔註2〕毛澤東：《在中國共產黨第七屆中央委員會第二次全體會議上的報告（1949 年 3 月 5 日）》，載《毛澤東選集》（第四卷），北京：人民出版社，1991 年，第 1436～1437 頁。

〔註3〕王滬寧主編：《政治的邏輯：馬克思主義政治學原理》，上海：上海人民出版社，2016 年，第 390～391 頁。

要目的不僅僅是用其名，還要充分發揮其作為民營報的獨特作用。雖然新中國報業政策強調國營報刊或黨報的絕對主導作用和「領導地位」，但是既然要保留或再辦「一兩家或若干家非黨進步報紙」，那必然是要用其「異」而不是追求「同」，否則當初保留政策就失去了意義。遺憾的是，當初被保留下來的少數幾家民營報，或主動學習黨報的做法，或被動改造為黨報，一味向黨報看齊，逐漸失去自己的特色，以至在短時間內從中國大陸「集體退場」，從中共角度來看，這一改造策略的歷史結果是有違當時政策「初心」的。換言之，當初目的是為了「保留」，保留一點民營報以增加報業結構的多元性，用民營報的生動活潑以配合、補充黨報的權威性和嚴肅性，而實際執行的手段卻是「去除」，即用不斷的改造逐漸消除其民營報色彩，追求黨報一統天下的清一色報業格局，用當下一句流行語來說，就是「走得太遠，忘記了初心」。

顯然，這裡存在著一個上層政策設計與下層政策執行的張力與博弈。如前所述，《大公報》在中國大陸的徹底消亡，實際上並非毛澤東等上層決策者的本意，而是下層政策執行者的偏執與癲狂。在洶洶「民意」或「輿論」的鼓譟之下，上層有時也不得不順時應勢、轉為新的政策導向，或為輿情所綁架，作出非理性、俯就群氓的選擇。在這一博弈過程中，既有正統黨報行動者常芝青出於理性的考慮與選擇，認為「大公報」這塊招牌在新的歷史條件下已經失去利用價值，再堅持使用這塊舊招牌就會帶來諸多不便，甚至「得不償失」；也有紅衛兵等「革命群眾」極左思維的非理性選擇，在他們眼裏，早已黨報化的《大公報》無論如何都擺脫不掉其「反動報紙」的歷史陰影，非「打倒」「砸爛」不可。甚至在「文革」結束後，有人提議恢復北京《大公報》也終不可行，其中緣由恐怕與《大公報》的反動歷史不無關聯。

二、國家與社會關係的反思

從中共對《大公報》的政策選擇、改造過程來看，還折射出社會與國家、新聞與政治的關係問題。

列寧認為，「國家就是從人類社會中分化出來的管理機構」〔註4〕。國家不僅是階級矛盾的產物，是統治階級的工具，而且也是從社會分化出來的管理機構，這就決定了國家內部職能是政治統治職能和社會管理職能的辯證統一。國家的形成，既是階級鬥爭和衝突的必然產物，也是控制這種衝突和鬥爭需要

〔註4〕列寧著：《列寧選集》（第4卷），北京：人民出版社，1972年，第45頁。

的產物。因而，國家作為統治階級的工具在根本上脫離社會大眾，而具有實質上的相對自主性；同時，國家作為社會「第三種力量」，也可能表現出脫離社會各階級而具有形式上的相對獨立性〔註5〕。

因此，國家與社會的關係成為政治學和社會學領域一個重要概念和範疇。在鄒讜先生看來，20 世紀中國政治經歷了從傳統權威主義—新權威主義—全能主義政治的變遷過程，其間國家對社會的入侵與控制日益增強和全面化，結果形成了「強國家—弱社會」的政治系統。從歷史淵源來說，當然是由於 19 世紀以來中華民族由外部刺激所導致的全面危機，進而引發社會革命以回應和解決這個危機所致。一方面，強勢的國家彌補了社會發育不足所導致的公共物品供應不足的問題，另一方面，國家權力的極度膨脹也會導致社會自主獨立發展空間狹小以及社會創造性不足等問題。在社會學領域，趙鼎新和賀爾（John Hall）以及埃雲斯（John H. Evans）運用「有限自主」和「嵌入性自主」概念，試圖找出某種國家—社會關聯對民族經濟發展會起關鍵作用。最近以國家—社會關係為核心的研究，絕大部分都集中在民主轉型和鞏固民主社會等問題上，所採用的研究方法和角度各有不同，但大部分研究都將民主化看作國家與社會之間的互動過程。顯然，國家—社會關係視角，不僅強調國家的結構和性質，而且強調國家與社會之間關係的重要性，因而能夠對一些政治過程提供更為平衡的理解〔註6〕。

從國家—社會關係理論來看中共對《大公報》的改造策略，表現出國家權力的強勢主導和對社會領域的全面整合。眾所周知，中共取得全國政權是經過二十八年血雨腥風的革命戰爭，崇奉的意識形態是階級鬥爭理論，因此強調國家權力的集中統一，國家內部職能重視的是政治統治職能而疏於社會管理職能，強調集中而忽視民主，給社會留下的自主、獨立發展的空間比較小。表現在新聞政策上，就是特別強調新聞報刊的意識形態屬性和黨性，把報刊媒體當作是黨機器上的「齒輪和螺絲釘」，而對其大眾傳播屬性重視不夠，因而追求黨報一統天下，報業結構過分單一集中。雖然建國初期中央決策層有意保留一點進步的民營報紙，以「聯繫更廣泛的社會階層」，但是由於國家宏觀環境和整體空氣的緊張，再加上基層政策執行者的極端化追求，導致民營報紙很快從

〔註5〕王滬寧主編：《政治的邏輯：馬克思主義政治學原理》，上海：上海人民出版社，2016 年，第 168 頁。
〔註6〕趙鼎新著：《國家·社會關係與八九北京學運》，香港：中文大學出版社，2007 年，「導論」第 32 頁。

中國大陸「集體退場」。而中共對《大公報》的改造策略，雖然有天津模式、重慶模式、上海模式與北京模式的具體差異，但總體政策是保留改造、為我所用的「舊瓶裝新酒」策略，使得《大公報》經歷從民營—公私合營—黨辦、從綜合性大報到專業化黨報的變遷過程。從政策目標實現看，要想裝「新酒」或把新酒裝好，首先必須把「舊瓶」保存好，別把它打碎了；其次還必須充分發揮「舊瓶」的特色，而不是千方百計把「舊瓶」改造得像「新瓶」。然而，歷史結果出乎所有人意料，最終還是沒有保住這只「舊瓶」，從政策設計和策略實施的角度看，未嘗沒有值得反思的地方。

三、政治與新聞關係的反思

從政治與新聞關係或者說媒介與權力關係來看，中共改造《大公報》的基本策略思想，主要是致力於解決新聞媒介為政治權力服務的問題。正如恩格斯所言：「絕對放棄政治是不可能的；主張放棄政治的一切報紙也都在從事政治。」〔註7〕毫無疑問，新聞與政治或媒介與權力之間必然、也必須存在某種關係，完全脫離政治的報紙是不存在的。但是，這種關係並不必然意味著那種簡單的決定與被決定的關係，意味著新聞就必然是政治的附庸，媒介就必然是權力的婢女。

從哲學層面看，政治和新聞都是屬於社會上層建築，但「政治上層建築是整個上層建築中最重要的部分，在與經濟基礎的關係中，政治上層建築的地位比其他部分重要。在政治上層建築裏面，國家權力、政治制度和法律制度又構成最有決定意義的部分」〔註8〕。因此，新聞必然要反映和受制於政治，但新聞畢竟還有自身的獨立性，正如馬克思所言，「要使報刊完成自己的使命，首先必須不從外部為它規定任何使命，必須承認它具有連植物也具有的那種通常為人們所承認的東西，即承認它具有自己的內在規律，這些規律是它所不應該而且也不可能任意擺脫的。」〔註9〕著名傳播學者李金銓先生對媒介與政治權力的關係有過生動的闡述：「媒介和權力結構像跳一支探戈舞，領舞的總是

〔註7〕恩格斯：《關於工人階級的政治行動》，載陳力丹編著：《馬克思恩格斯列寧論新聞》（2版），北京：人民日報出版社，2017年，第163頁。

〔註8〕王滬寧主編：《政治的邏輯：馬克思主義政治學原理》，上海：上海人民出版社，2016年，第67頁。

〔註9〕馬克思：《報刊具有自己的內在規律》，載陳力丹編著：《馬克思恩格斯列寧論新聞》（2版），北京：人民日報出版社，2017年，第035頁。

權力結構，跟舞的總是媒介，領者和跟者配合才跳得起舞。」〔註10〕

據此邏輯，《大公報》按照「四不」方針，「論政而不參政」，對國民政府採取「小罵大幫忙」的辦法，是一張合法民營報紙的常規做法，屬於當時三種主流報紙範式之一，即所謂「專業報」範式，其實就是筆者前面論及的「文人論政」辦報模式或曰「文人辦報」「書生辦報」模式。這類報紙和報人「不求權，不求財」，辦報宗旨在於文人論政、言論報國，展現了強烈的國家主義傾向；新聞觀上神似西方專業主義，特別注重新聞報導。李金銓指出這種「文人論政」的報紙範式，以國家現代化為目標，追求社會與國家的互動與制衡，即希望建立現代社會的「道統」以促進和監督權力中心的「政統」。雖然其前途命運並不樂觀，但是，「文人論政是中國報業的基本特色之一」，即使原有形式不再，但中國知識人的報國情懷必然長存，也許會以別的媒介形式表達出來而已〔註11〕。

因此，中共對《大公報》實施「舊瓶裝新酒」的改造總策略，適當改造是必要的，只要在政治上與中共路線、方針、政策保持一致的前提下，中共希望《大公報》等民營報紙繼續發揚其業務特色和運作機制，充分發揮其社會功能，對黨報「主力軍」角色做好「助攻」、打好配合。遺憾的是，此改造策略在執行過程中沒有得到完全、徹底的貫徹。雖然在相當長時間內，即便已經對《大公報》實施了「公私合營」乃至「黨報化」改造，對外仍然沒有公布其真實身份，努力保持其「民營報」的公開形象，此舉策略意圖無疑是顯而易見的。但是，僅僅保留其外在形式，而將其內容掏空，對於實現起初政策目標來說仍然是屬於手段變形，使得政策目標的實現大打折扣，甚至會產生南轅北轍的效果。

胡喬木同志曾經在「談新聞工作的改革」時說過：「新聞工作的黨性原則是有範圍、有限度的。對非黨的新聞工作就提不到黨性原則。」〔註12〕換言之，對黨報提黨性原則，那是理所當然的事情，但對非黨報紙的要求則應有所區別，而不應簡單化、一刀切。如果把這一策略思想用於指導對《大公報》等民營報紙的改造過程，那麼，改造效果和結果可能大不一樣。不難設想，把

〔註10〕 李金銓編著：《報人報國：中國新聞史的另一種讀法》，香港：中文大學出版社，2013年，第402頁。

〔註11〕 李金銓著：《傳播縱橫：歷史脈絡與全球視野》，北京：社會科學文獻出版社，2019年，第220～276頁。

〔註12〕 胡喬木著：《胡喬木文集》（第三卷），北京：人民出版社，2012年，第205頁。

《大公報》改造成一家黨報，對於龐大的黨報家族來說，無疑增一不顯其多，減一不顯其少；反之，則新中國的報業園地會多一些色彩，人民新聞事業會更加豐富多姿。

第二節 經濟學角度的評價

在前面「策略分析」中，筆者借鑒鄒讜先生「雙層交叉分析」法，對中國共產黨改造《大公報》策略進行了理論觀照。其中，微觀行動分析主要是通過「理性選擇論」來進行的。其實，「理性選擇論」最初是來源於微觀經濟學的一個理論工具。

一、市場化資源配置與社會有效率生產

一般來說，微觀經濟學是指研究單個經濟單位如何在無限的競爭性需要中，根據不同用途對稀缺資源進行配置的科學。也就是說，任何個人和社會都有「稀缺」（scarcity）的問題，即社會資源是有限的，不能生產人們希望擁有的所有物品與服務。換言之，人類的需要（wants）總是超過現實的生產能力。需要反映了個人或家庭作為消費者所產生的欲求；而需要則經由商品和服務來滿足。既然存在稀缺性，人們就必須在各種方案之間作出選擇：生產什麼，如何生產，以及為誰生產。這就是微觀經濟學所面對的三個基本問題。

如果要徹底回答和解決微觀經濟學三大基本問題，首先取決於社會目標，也就是整個社會要追求的目標是效率（efficiency）還是公平（equality，或平等）抑或二者兼顧。所謂「效率」，就是通過對「生產什麼或如何生產」的選擇，實現帕累托改進（使某些人境況變好而沒有任何人受損，或者使所有人境況都變好）。換言之，每種商品都以最小成本生產出來，每個經濟單位都從其資源中獲得最大收益時，就實現了經濟效率。所謂「公平」，指的是以公正的方式分配收入，但是不同的人對什麼是公平的看法不盡一致〔註13〕。通俗的說法是，效率決定經濟蛋糕的大小，而公平則是指如何分割這塊蛋糕。二者往往是不一致的，社會或政府在追求發展、設計政策時，不得不在這兩個目標之間進行權衡取捨。有時政府的政策取向是實現更大程度的公平，但與此同時卻降低了效率。因為政府把富人收入再分配給窮人，就減少了對辛勤工作的獎勵，

〔註13〕喻國明等編著：《傳媒經濟學教程》（2版），北京：中國人民大學出版社，2019年，第16～18頁。

結果是人們工作少了，生產的物品與服務也少了。換言之，「當政府想要把經濟蛋糕切為更為均等的小塊時，這塊蛋糕本身也變小了。」〔註14〕

　　其次，微觀經濟學認為，社會要實現有效率的生產，必須對生產資源進行優化配置，而市場是進行這種資源配置最高效的場所。在市場經濟條件下，資源的優化配置是各個經濟單位在產品市場（product market）和要素市場（factor market）上交互作用並基於各自利益做出「理性選擇」的結果。理性選擇，源於經濟學家的「經濟人」（或「理性人」，rational people）假定，即經濟單位總是以「經濟人」方式做出行動，即在可用機會為既定的條件下，經濟人總是「系統而有目的地盡最大努力去實現其目標」，也就是追求利益最大化，包括消費者所追求的「效用最大化」（utility maximization）和廠商所追求的「利潤最大化」（profit maximization）。換言之，消費者和廠商的理性選擇，就是分別根據效用或利潤最大化原則，在各種備選方案中，使用邊際分析的方法權衡邊際成本（marginal cost）和邊際收益（marginal benefit），進而作出符合各自利益需求的選擇。如果邊際收益大於邊際成本，做這件事或多做這件事就是理性的；反之，則不做這件事或少做這件事就是理性的。

　　經濟學特別強調市場在配置資源中的決定作用，而與之相反，計劃經濟的前提假設是，中央計劃者決定生產什麼物品和服務、生產多少以及誰生產和消費這些物品與服務，認為只有政府才能以促進整個社會經濟福利的方式組織經濟活動。然而，不爭的事實是，世界上絕大部分曾實行中央計劃經濟的國家都已經放棄了這種制度，代之以發展市場經濟（market economy）。在市場經濟中，沒有一個人追求整個社會的經濟福利，所有人都主要關心自己的福利。但事實已經證明，市場經濟能夠成功地通過一種促進總體經濟福利的方式組織經濟活動。正如亞當·斯密（Adam Smith）在其1776年出版的著作《國民財富的性質和原因的研究》中所指出，家庭和企業在市場上相互交易，二者「既不打算促進公共的利益，也不知道自己是在何種程度上促進那種利益……他所盤算的也只是他自己的利益。」但是，二者彷彿被一隻「看不見的手」所指引，並導致了合意的市場結果：「他追求自己的利益，往往使他能比在真正出於本意的情況下更有效地促進社會的利益。」〔註15〕

〔註14〕（美）曼昆著，梁小民、梁礫譯：《經濟學原理：第7版.微觀經濟學分冊》，北京：北京大學出版社，2015年，第5頁。

〔註15〕（美）曼昆著，梁小民、梁礫譯：《經濟學原理：第7版.微觀經濟學分冊》，北京：北京大學出版社，2015年，第12頁。

　　經濟學認為，價格就是那隻「看不見的手」用來指引經濟活動的工具。斯密敏銳地發現，價格會自發調整、指引單個買者和賣者達到某種市場結果，而該結果在大多數情況下會實現整個社會福利的最大化。按照斯密的觀點，如果政府阻止價格根據供求狀況自發調整，就限制了「看不見的手」對整個經濟活動進行調節的能力。這個原理就解釋了中央計劃經濟的失敗原因：在中央計劃經濟國家，價格並不是在市場上決定的，而是由中央計劃者決定的。由於這些計劃者缺乏關於消費者偏好和生產者成本的必要信息，因而其決定的價格不能真實反映市場供求關係，進而不能真正發揮其優化資源配置的經濟調控作用，因此，計劃經濟體制的效率是低下的，浪費是驚人的。簡言之，中央計劃者之所以失敗，是因為他們在管理經濟時把市場價格這隻「看不見的手」捆綁了起來。

二、報紙「企業化」管理與「有計劃」發行

　　建國初期，中共新政權出於恢復國民經濟、減輕財政負擔、進一步擴大宣傳等目的，努力推行報紙「企業化」經營方針。

　　對於黨與政府的報刊、通訊社，中共中央規定其經濟來源除了銷售與廣告收入外，「可說明由黨與政府補助」〔註16〕。為了解決全國公、私營報紙「紙張與賠耗問題」，中央人民政府新聞總署於 1949 年 12 月 17～26 日召集「全國報紙經理會議」，提出三個工作方針：其一，解決紙張問題，採用組建「文化用紙委員會」「統籌新聞出版用紙的生產、進口與配售，其原則是發展國產紙，限制進口紙，以優待價格統一配售給新聞出版機關」；其二，解決公營報紙賠耗問題，「爭取自給」，主要方法是報紙定價必須不低於紙張成本、多登有益廣告、報紙發行逐步交郵局統一辦理、健全會計制度、消滅浪費縮減冗員等；其三，實行上述辦法後仍不能自給的公營報紙，「均由政府新聞行政部門與財政部門在審核報社預算後實行定期、定額的補貼制度，廢除現在許多地方予取予求的單純報銷制度」〔註17〕。

　　「全國報紙經理會議」以後，經過九個月工作，中宣部（1950 年 9 月）通報了報紙實行企業化經營的情況，說已經有 21 家報紙實現了「自給而有盈

〔註16〕中國社會科學院新聞研究所編：《中國共產黨新聞工作文件彙編》（上），北京：新華出版社，1980 年，第 293 頁。
〔註17〕中國社會科學院新聞研究所編：《中國共產黨新聞工作文件彙編》（上），北京：新華出版社，1980 年，第 294～295 頁。

餘」，另外有不少報紙縮小賠耗數字、將要開始自給，但是還有一些報紙依然存在「嚴重虧損現象」。如華東《解放日報》上半年虧損 30 餘億元，《大公報》七個月中虧損 16 億 5 千 5 百餘萬元等。中宣部分析其嚴重虧損的原因，首先是思想上不瞭解、不重視「企業化的方針」：「他們認為報紙是文化事業，不能當作生產事業來經營，甚至個別報社的工作同志還殘留著『賠多少向公家報銷多少』的錯誤思想」；其次是「他們缺乏精打細算的經濟核算觀念，報價太低，編制與費用太大，不力求增加收入減少支出，對報紙的發行工作沒有足夠的重視和當作一種組織群眾工作而用大力來開展。」中宣部批評了上述錯誤觀點，要求各報切實執行企業化經營方針，訂出改進經營工作的「決定與計劃」上報，希望「儘量使省級以上的報紙在一九五一年中消滅賠耗數字，做到自給自養」，確有困難不能自給者，「亦應據實呈報新聞總署，請求批准補貼，並將賠耗減至最低限度」。〔註18〕

　　由此看來，政府當局推行報紙「企業化」經營的主要訴求，是解決賠耗、減輕財政負擔的動機。同時，這種「企業化」僅限於單個報社印刷、發行等「經營」方面，實質上是一種「企業化」管理措施，缺乏宏觀市場體系的支撐，生產資源配置主要依靠人為計劃而非建立在市場機制基礎上，而且始終保留著政府補貼、只生不死的兜底保障，再加上對媒介政治屬性的高度強調，使得「企業化」方針難以貫徹到底。

　　由此，就產生了計劃體制難以克服的一系列矛盾和困難。從 1950 年初開始，報刊發行實行「定期定額計劃發行的方針」，「郵（遞）發（行）合一」，特別強調「計劃性」。中共中央（1952 年 12 月）解釋實行「計劃發行和預定制度」，目的是「為了使我國各種出版物的出版和分配更加合理，減少編輯力量、印刷力量、發行力量、紙張以及讀者購買力和閱讀時間的浪費，避免積壓和強迫攤派現象，有計劃地配合國家經濟建設和文教建設」。具體辦法是，創辦報紙和期刊，必須報經地方和國家有關主管部門核准登記，自不待言；對全國已經出版的省市以上報紙和主要雜誌的發行份數，由中央宣傳部負責審核，核定後交由出版總署分別通知執行，「不得自行增加發行份數。」規定報紙和期刊必須按時出版。為便於控製紙張分配計劃，通常來說全國絕大多數報紙除非四大節日平時不得增刊。年度和季度的出版發行計劃一經核定，「不得臨時

〔註18〕中國社會科學院新聞研究所編：《中國共產黨新聞工作文件彙編》（中），北京：新華出版社，1980 年，第 20～21 頁。

任意加印份數」〔註19〕。

　　然而，在執行過程中，需要處理好三大矛盾關係，即解決報刊出版與讀者需要、發行數量和紙張生產、發行數量和郵局發行力量之間的平衡，這是非常困難的。由於中央計劃者信息不對稱問題以及基層執行者激勵不同等問題，報紙發行計劃漏洞迭出，各方執行者矛盾掣肘也此起彼伏，在社會上出現向讀者強迫攤派報刊的錯誤，發行份數時高時低，市場上同時出現城市讀者訂不到買不到某些報刊、引起群眾不滿以及農村報刊種類和數量超出農民需要、增加群眾負擔等矛盾現象。

　　在這一複雜的矛盾博弈過程中，大部分困難和問題恐怕不是當事人主觀努力以及當時客觀物質條件所能徹底解決的。比如，中央計劃者新聞總署要想核定出準確的定額數字，需要充分而及時的信息支撐，而要獲得如此海量信息需要巨額財政、人力投入和技術保證，不是這樣「對各報刊的真實需要情況及其在讀者中的影響，缺乏調查研究，沒有分別對待，有偏高偏低現象」等簡單自我檢討一番就能解決的。再比如，計劃執行者的激勵不同也會造成利益博弈和互相掣肘、互相指責而行動不協調。這裡邊主要涉及到三方執行者：其一，郵電部門負責包銷，因而有「片面地追逐發行數字而不問實際效果」的問題，有些地方郵電部門甚至為完成包銷任務而多次開展報刊發行競賽，「以突擊方式向人民群眾攤派」；其二，報刊社認為自己編輯出版的報刊「發行得越多越好，以顯示報刊辦得好，讀者多，地位高，並可增加收入。因此，經常催促郵局推廣和增發報紙，收到讀者反映訂不到報紙的信就在報上不斷披露，而對讀者反映有強迫攤派的信雖也偶而發表，卻並不積極地認真追究」；其三，「若干地方黨委往往把增加報刊的發行數作為一個政治任務責成郵局和下級黨委完成，也起了助長強迫攤派的作用」。

　　鑒於上述計劃體制的內在弊端，出現下述屢攻不克的「痼疾與頑症」，就不是難以理解的事了。有關部門雖然認識到計劃發行中種種錯誤和缺點，也作了自我檢討和不斷改正，但是到1953年10月，郵電部黨組和出版總署黨組承認還是有很多困難和問題：「（一）發行管理上雖然已在不斷改進，但差錯積壓還很嚴重，主要是在農村，收不到、看堆報的現象還比較普遍。（二）目前報刊的總發行額雖已較前合理，城鄉分配的總比例也有所調整，但因過去的

〔註19〕中國社會科學院新聞研究所編：《中國共產黨新聞工作文件彙編》（中），北京：新華出版社，1980年，第231～234頁。

盲目發展，現在的心中無數，發行地區分配不合理的現象還未改變。（三）郵政總局雖有發行處的組織，但早已不能適應今天這種全國規模的、不斷發展的報刊發行工作的要求。（四）有些報刊社總希望發行得多些，因此，還常與郵電部門有矛盾。此外，少數地方還有讀者訂不到報刊的事情發生。」儘管有關部門也提出改進今後工作的意見和要求，比如加強黨的領導、明確郵電部門發行工作任務、健全郵電部門的報刊發行機構和出版行政部門的報刊管理機構等，但仍然沒有看到問題的實質所在，再次強調要「繼續推行定期定額計劃發行工作」。

　　1953 年 11 月 8 日，中共中央轉發了郵電部黨組和出版總署黨組關於報刊發行工作的報告，肯定「報刊實行定期定額計劃發行的方針是正確」，「不實行這種辦法，將無法克服發行上的盲目性，提高計劃性。」一方面，責成宣傳部加強對發行工作的領導，另一方面也指示了一些具體改進措施：「鑒於中國讀者的組織程度不如蘇聯那樣高，各方面的準備條件也差，在具體措施上要有更大的靈活性，即：定額控制暫時不要太死；預訂辦法要盡可能便利讀者，照顧許多特殊情況；並需對於某些報刊特別是讀者層較廣的雜誌保持適當的零售額。」最後，雖然意識到要徹底解決問題在短期內是不可能的，但認為錯不在計劃體制，顯示出計劃思維及其政策的強大慣性，至於下一步工作方向，強調的著眼點不是調整工作方針，而是強調要改變讀者以適應計劃體制：「各級黨委應指導報紙、雜誌正確地宣傳計劃發行的道理，逐漸改變讀者習慣，使工作納入計劃化的軌道。」〔註 20〕

　　報刊這種「郵發合一」的計劃發行方針，經濟效益的考慮肯定有，但不是主要的，正如有研究者所指出，「『郵發合一』在經濟上無論對於報紙發行成本還是報款回收上都有所助益，然而更重要的是『郵發合一』所帶來的政治效益或者說宣傳效益。」當時郵政部長朱學范就指出，解放初期「無論開展對敵鬥爭或生產鬥爭或其他工作，都需要大量的報刊在思想上去指導群眾。客觀形勢要求報刊的發行量大量發展，而『郵發合一』的方針是針對這種要求報刊大量發展的形勢下決定的」〔註21〕。

　　有研究者認為，建國初期對報刊推行「企業化」經營方針，「是政府單方

〔註20〕中國社會科學院新聞研究所編：《中國共產黨新聞工作文件彙編》（中），北京：新華出版社，1980 年，第 260～269 頁。
〔註21〕黃蓉：《由多種形式報紙共存向單一黨報體系過渡——建國初報業「企業化」的制度邏輯》，《新聞記者》2012 年第 03 期，第 78～83 頁。

推行的結果，充滿了政治意涵」，並得出「建國初期的報社『企業化』制度是報紙產業屬性的終結而非萌芽」〔註22〕的結論。筆者以為，從經濟學角度看，建國初期報紙「企業化」經營方針的政策取向是「計劃」的，而非「市場」的。在中央計劃的貫徹執行過程中，由於排斥了「看不見的手」的指引，報業生產資源難以完全做到最優化配置，生產和傳播效率低下也是眾所周知；而調控報業資源的那隻「看得見的手」又總是那麼堅定自信卻又遲鈍笨拙，於是遭遇種種難以克服的困難和問題。儘管如此，歷史事實表明，不論是管理層還是執行層都一致認為必須堅定不移地推動和實施計劃發行辦法，根本原因在於這樣一個根深蒂固的觀念，即計劃經濟是社會主義制度的根本特徵。

三、計劃經濟體制與《大公報》改造

其實，這種計劃經濟的思維方式不僅體現在報刊經營上，更是廣泛表現於整個國家新聞管理體制上。1957 年毛澤東說：「在社會主義國家，報紙是社會主義經濟即公有制基礎上的計劃經濟通過新聞手段的反映」，而「資本主義國家報紙是無政府狀態和集團競爭的經濟通過新聞手段的反映」。毛澤東認為，為了實現計劃經濟，必須對文化教育事業（包括新聞事業）實行「必要的但不是過分集中的領導、計劃和控制」。這些論斷，幾十年來一直作為我國新聞學和新聞管理體制的理論基礎。

顯然，毛澤東對社會主義和資本主義兩種新聞事業的對比，主要目的是強調兩種新聞事業的不同之處，凸顯社會主義新聞事業為計劃經濟服務的根本使命。但是，孫旭培先生指出，肯定新聞業為社會主義服務是一回事，新聞業應該採取什麼樣的服務形式，新聞媒介應該具備何種風格、特點，是另一回事兒。實際上，社會主義新聞業與資本主義新聞業，除了階級性差別以外，還有許多共同的運作規律，比如，新聞媒介都是用來傳播信息、交換意見的公共媒介，都需要憲法所規定的言論出版自由的保障，規範新聞媒介行為的都是法律和新聞職業道德等。

同時，毛澤東所設想的對新聞事業實行「必要的但不是過分集中的領導、計劃和控制」並沒有做到，事實正如鄧小平所指出，「我們長期認為社會主義制度、計劃管理制度必須對經濟、政治、文化、社會都實行高度集權的管理體

〔註22〕黃蓉：《由多種形式報紙共存向單一黨報體系過渡——建國初報業「企業化」的制度邏輯》，《新聞記者》2012 年第 03 期，第 83 頁。

制」。也就是說，我們實行高度集中的計劃經濟，作為其「反映」的新聞也就成了高度集中的「計劃新聞」。所有新聞媒介都被僅僅看作是黨和政府的宣傳工具，一切新聞報導必須符合「宣傳口徑」，而且要按照既定的報導計劃打所謂「宣傳戰役」。此外，「計劃新聞」的重要特徵是，所有新聞媒介都整齊劃一地報導某一方面的情況、某一種意見，遵從「新聞、舊聞、無聞」的規定。孫旭培先生嚴肅指出，如果把並非國家秘密或個人隱私且廣受公眾關注的新聞壓成「舊聞」、「不聞」，就可能在實際上造成愚弄公眾、有悖民主政治原則的局面。這樣的媒介就得不到公眾信任，最終也不能在國家政治和社會生活中發揮建設性作用，卻容易產生消極乃至破壞性作用。

　　從經濟學角度考察中共改造《大公報》的政策與策略，首先應看到這種改造是在宏觀計劃經濟體制下進行的。這種體制強調「由國家統一計劃調節國民經濟運行」，把高度計劃性視為社會主義經濟的基本特徵，「並認為用行政手段來強制貫徹的指令性計劃是實現計劃經濟的主要手段」。應當說，「新中國成立初期，傳統計劃經濟在集中全國人力、物力、財力推進國家工業化方面發揮過積極作用。但是，在高度集中的計劃經濟體制下，國家對企業統得過多，管得過死，限制了企業的自主精神和活力，阻礙了生產力的發展。」〔註23〕在這種體制下，新聞傳播從編輯業務到經營方針再到新聞體制，無不打上計劃經濟的濃重烙印。既然如此，中共改造《大公報》的政策和策略難免帶上濃重的計劃經濟色彩。比如，報紙分工政策使得《大公報》一度從全國性報紙降格為地方性報紙，讀者對象範圍大大萎縮；郵發合一政策，使得《大公報》失去原有的自辦發行系統，與讀者的聯繫從直接變成了間接，在一定程度上疏遠了報紙受眾；新聞報導的宣傳模式化，視新聞競爭為「地獄」，導致報紙版面與內容失去個性而千篇一律，等等。總之，高度集中的計劃經濟體制必然追求所有新聞媒介全部納入黨的宣傳事業框架而成為組織喉舌，這種內在邏輯也就成為《大公報》黨報化改造策略選擇的深層次動因。

　　其次，計劃經濟體制強調統一計劃，反對市場競爭，片面強調報紙的政治屬性，而報紙的產業屬性則被逐漸消弭，大眾傳播「市場」日漸萎縮。然而，新聞事業橫跨經濟基礎與上層建築兩個領域，新聞媒介既是宣傳喉舌，具有上層建築的意識形態屬性，又是經濟基礎領域的一種信息產業，同樣具有產業

〔註23〕夏徵農，陳至立主編：《辭海：第六版縮印本》，上海：上海辭書出版社，2010年，第851頁。

屬性。這一點是我們長期以來嚴重忽視，直到改革開放新時期、特別是黨的十四大確立社會主義市場經濟改革目標以後才逐漸搞清楚的。「這是一種歷史性的轉變。」〔註24〕

　　吳廷俊先生按照「新聞產品是一種商品——新聞生產是一種商品生產——新聞事業必須回歸市場」的邏輯線索，就新聞事業與商品經濟的關係作出了嚴密論證，同時指出我國新聞改革的前途：新聞事業必須從政治鬥爭和階級鬥爭的羈絆中解脫出來，走向經濟改革的主戰場；新聞來自市場，新聞界理應回歸市場。所謂回歸市場，就是脫離政界，回歸商界，使新聞單位成為一個相對獨立的經濟實體，自主經營，按照新聞傳播規律和市場經濟規律運營和發展。但是，由於特殊的歷史條件，與西方新聞事業直接脫胎於商品經濟不一樣，中國近代新聞事業主要是由政治鬥爭所催生。所以，一百多年來，中國新聞媒體的主體部分一直是政治鬥爭武器，屬於政界「重要成員」，並為中國民主革命成功發揮了重要作用。然而，經過反「右」鬥爭擴大化、「大躍進」浮誇風以及十年內亂中成為「四人幫」禍國殃民工具等歷史演變，我國新聞媒體的角色表現引發人們對新聞事業屬性和大眾傳媒功能的深入思考。吳廷俊先生犀利指出其中要害之處，「究其原因，根本一條，就是沒有按照新聞事業發展的一般規律，讓絕大部分新聞單位走企業化發展的道路，回歸商界、回歸市場，讓市場機制代替政治機製成為新聞事業的發展動力。」〔註25〕

　　所以，大眾傳媒的產業屬性應當得到尊重，報業運作和經營中市場調控機制等規律應當加以遵循。從這一視角來觀照中共改造《大公報》的策略，可以發現，保留少許民營報紙以代表更廣泛社會階層，對處於絕對優勢地位的黨報起到配合作用，同時使得國家的報業結構不復高度同質化，也可以維持一定程度的報業市場體系及其競爭關係，這對促進新中國大眾傳播事業的正常發展是極其英明的政策安排。

　　可惜的是，這一政策初心未能貫徹到底。在實際改造過程中，由於種種原因，改造方向慢慢轉向黨報化，改造措施變成不斷去民營的過程，所謂「新生」其實是多樣性慢慢消亡。這樣一種改造策略，直接導致我國報業結構的高度集中和簡單劃一，缺乏競爭和創造性活力。應該指出，這種報業結構來源於革命

〔註24〕孫旭培著：《通向新聞自由與法治的途中：孫旭培自選集》，北京：知識產權出版社，2012年，第177～179頁。
〔註25〕吳廷俊：《來自市場，須回歸市場——談我國新聞改革的前途》，載吳廷俊著：《考問新聞史》，上海：復旦大學出版社，2013年，第207～213頁。

根據地時期「品種單一而又分級別的黨的機關報的體制」，新聞事業（即便是工會、青年團報紙及各類專業報紙）一概稱為黨的新聞事業，由黨組織統管全國各類新聞事業。這種體制，在宣傳黨和國家的方針政策、促進和推動各項工作方面，在向人民群眾宣傳先進階級思想方面，能夠表現其獨有的長處，但其缺點也是很明顯的，報紙政治調門一樣，發表言論一樣，只有新聞報導領域有所不同，「輿論一律」「千報一面」也就自然形成。從經濟學角度看，這種報業體系的構成過分單純，無異於缺乏競爭的市場，市場上只有一個賣家，商場貨架上只有一種貨物，如此「市場」必然是蕭條無比的市場，公眾豐富多彩的生產和生活需求注定無法滿足。同時，市場上僅有的那一個賣家，也會終因缺乏競爭交流而效率低下，逐漸失去發展、創造的活力。

在管理學和經濟學領域，「鯰魚效應」的故事常被提及。說挪威人為了吃到活的沙丁魚，常在捕魚船的魚槽裏放上一條鯰魚。本來沙丁魚生性懶惰，常常在漁船回港前就死在路上。但沙丁魚發現魚槽裏多了鯰魚這一「異己分子」後，就會緊張起來，加速游動，這樣沙丁魚便能活著回到港口。「鯰魚效應」對於市場經濟以及現代企業管理都有著重要警示作用：一個市場如果能採取某種手段或措施，刺激該行業的企業活躍起來，就能使企業獲得足夠的活力，在市場中積極參與競爭，從而使得市場更為高效〔註26〕。

《大公報》等優秀民營報紙，在我國報業市場上，本來是可以成為如此「鯰魚」的！

第三節　傳播學角度的評價

一、信息傳播與社會變遷

勒納指出：「傳播系統是整個社會系統發生變化的晴雨表和推進器。」〔註27〕也就是說，傳播系統既反映著社會的變化，同時也推動著社會的變化。這是如何發生的？通過新聞等信息傳播，傳播系統全天候地、迅捷地反映著環境的最新變動，這些信息成為任何個體或集團賴以生存和行動的前提和基礎；通過輿論傳播和議程設置，其中所包含的意見與判斷影響著社會裏每一個人的

〔註26〕安宇宏：《鯰魚效應》，《宏觀經濟管理》2012年第10期，第81頁。
〔註27〕張國良主編：《20世紀傳播學經典文本》，上海；復旦大學出版社，2003年，第317頁。

選擇和決策，最終推動社會變遷。

李普曼認為，人類生活在兩個環境裏，即現實環境和虛擬環境（或擬態環境，pseudo-environment）。前者是獨立於人的意識體驗之外的客觀世界，後者則是人類意識或體驗到的主觀世界。儘管後者是對前者的反映，但並不是「鏡子式」的再現，而是「傳播媒介通過對象徵性事件或信息進行選擇和加工、重新加以結構化之後向人們提示的環境」。因此，後者往往與前者不相吻合。李普曼認為，現代社會越來越複雜多變，人們不可能對與他們有關的整個外部環境和眾多事情都保持經驗性接觸，對超出自己親身感知以外的事物，人們只能通過各種「新聞供給機構」去瞭解認知。而這個通過新聞信息所建構起來的關於外部環境的認知，正是李普曼所指出的「人與他的環境之間插入」的一個「擬態環境」。他指出，人們的行為是對擬態環境的反應，但是反應的結果並不作用於擬態環境，而是直接作用於行為實際發生的現實環境〔註28〕。從這個意義上說，虛擬環境可以型塑現實環境。同時，李普曼認為，在「虛擬環境」建構過程中，「宣傳」（propaganda）往往大行其道，而普通大眾對於宣傳的蠱惑或影響而言是無力而脆弱的，因此，宣傳對於輿論的形成和傳播，已經構成嚴重挑戰〔註29〕。

既然大眾傳媒型塑了我們據以行動的「頭腦中的圖像」，而這種「頭腦中的圖像」是簡單化的現實環境，普通大眾基於此簡化環境的重要政治決策就不能加以信任。因此，普通大眾必須得到保護，必須由使用更好模型指導其行為的技術官僚作出重要決策。也就是說，社會議程應當由技術精英來決定和設置。40 年後，科恩（Bernard Cohen）把李普曼這一觀點提煉為「議程設置理論」。他寫道：「值得注意的是，新聞報刊不止是信息和意見的供給者。它在告訴人們『怎麼想』方面大部分時間也許是不成功的，但是它在告訴讀者『想什麼』方面卻是驚人地成功。由此可以引申，對於不同的人，這個世界看起來是不同的，這不僅取決於他們個人的興趣或利益，而且也依賴於他們所閱讀報紙的出版商、編輯和作者為其繪製的地圖。」〔註30〕1972 年，這一觀點被麥庫

〔註28〕 熊澄宇選編、導讀：《西方新聞傳播學經典名著選讀》，北京：中國人民大學出版社，2004 年，第 2～3 頁。

〔註29〕 （美）巴蘭，戴維斯著：《大眾傳播理論：基礎、延展與未來》（影印本），北京：清華大學出版社，2003 年，第 80～81 頁。

〔註30〕 （美）巴蘭，戴維斯著：《大眾傳播理論：基礎、延展與未來》（影印本），北京：清華大學出版社，2003 年，第 311 頁。

姆斯和肖（Maxwell E. McCombs and Donald Shaw）關於 1968 年總統競選運動的經驗研究所證實。他們清楚地闡述了「議程設置」的內涵：「通過選擇和呈現新聞，編輯人員和廣播人員在型塑政治現實方面發揮重要作用。從一則新聞消息及其立場的信息中，讀者們不僅瞭解某個問題，而且也瞭解到附加在該問題上的重要性程度……大眾傳媒很可能決定著什麼是重要的問題——也就是說，大眾傳媒設置了競選運動的『議程』。」〔註31〕有學者基於「議程設置理論」主要是一種微觀效果視角，提出一種更加宏觀的「議程建構理論」（agenda-building），也有學者指出這一過程是大眾傳媒、政府機構和普通公眾交互影響的集體合力過程。

「沉默的螺旋」理論（spiral of silence），被當作一種聚焦於宏觀效果而非微觀效果的議程設置理論。用其創始人伊麗莎白・諾埃爾-諾伊曼（Elisabeth Noelle-Neumann）的話（1984）來說，「在一個語境下（大眾傳媒）所作的觀察結果向另一個語境擴散時，就鼓勵人們或者發表他們的觀點，或者閉嘴噤聲、保持沉默，直到在螺旋上升過程中，一種觀點主導公共場域，另一種觀點因為其持有者噤聲而從公共意識中消失。這一過程可稱之為『沉默的螺旋』。」〔註32〕換言之，由於人們害怕孤立或與周邊人觀點不同，當他們認為自己屬於少數派時，他們往往傾向於把自己的態度秘而不宣。而大眾媒介則可以很方便地充當某種觀點或意見的「晴雨表」或「能量表」，通過這個量表，人們就很容易判斷自己的觀點和立場在社會上處於何種地位。但是，由於種種原因，大眾媒介往往傾向於只呈現某個問題的一兩個方面，而排除其他方面的呈現，只表達這種聲音而排斥另一種聲音，結果就使得那些被認為是主流聲音的更容易發聲，相反，沉默者則更加沉默，媒介也就更加難於揭示和記錄那些對立的觀點。由此，「沉默的螺旋」終於形成閉環，主導性輿論也最終得以形成。

諾伊曼的研究焦點不在於對普通大眾如何感知公共議程進行微觀層面的概念化，而是關注這種感知的宏觀層面和長期結果。如果關於議程事項的許多觀點被大眾傳媒報導所忽略、邊緣化或者瑣碎化，那麼，人們將不願談論這些觀點。隨著時間流逝，這些觀點將不會在公共場合被聽到，因而也就不能影響政治決策過程。作為德國最重要的輿論民意調查專家之一，諾伊曼通過一系列

〔註31〕（美）巴蘭，戴維斯著：《大眾傳播理論：基礎、延展與未來》（影印本），北京：清華大學出版社，2003 年，第 312 頁。

〔註32〕（美）巴蘭，戴維斯著：《大眾傳播理論：基礎、延展與未來》（影印本），北京：清華大學出版社，2003 年，第 315～316 頁。

經驗性研究，展示了在大眾傳媒對某些問題的觀點報導與人們願意談論那些問題的趨勢之間，存在多種聯繫。換言之，大眾傳媒議程與公眾議程之間確實存在相關關係。

二、單向度傳播與虛假輿論場

從傳播學視角觀照中共對《大公報》的「黨報化」改造，可以發現，在新聞報導方面，黨報範式多強調其政治性和工作指導性，即「宣傳本位」，而輕視其信息傳播屬性，即排斥所謂「傳播本位」。因而，新聞傳播不注重時效性，講究的是「新聞、舊聞、不聞」，並形成了徐鑄成所說「老區方式，蘇聯套套」的新聞工作慣習與傳統，不能充分滿足普通大眾豐富多彩的信息需求，同時在公眾頭腦中建構的「虛擬環境」與現實環境出入較大，不利於公眾全面客觀地認識世界以及在此基礎上作出正確的行為決策。特別是在黨媒新聞報導中長期存在著孫旭培先生所說的「單向度傳播」問題，使得媒體往往越過「真實性」的道德底線，是導致執政黨犯「大躍進」之類嚴重錯誤的重要原因之一。

所謂「單向度傳播」，孫旭培先生指出，就是「不傳播任何不同意見，只報導最權威的官方意見，以及符合這種意見的事實；這類事實沒有或者不夠，就不惜造假」。「建國以後搞政治運動的事實反覆證明，任何單向度的傳播都可以把真理推向謬誤，把謬誤推向更大的謬誤」〔註33〕。這種單向度傳播的特點是，它只有正反饋機能，沒有負反饋機能。它接受正確的信號可以增強，接受錯誤的信號也只能增強，而不能加以減弱或排除。也就是說，只能「你支持，我比你更支持；你反對，我比你更反對」，而不能進行有效的輿論反饋（feedback from public opinion）。這就使新聞媒介在錯誤路線或「長官意志」（列寧語）面前無能為力，相反，只能推波助瀾、火上澆油。

這種單向度傳播的結果，一方面導致大眾傳媒大面積、嚴重的新聞造假，歪曲人們對於客觀存在的正確認知。比如，北京《大公報》等大眾傳媒對大躍進的狂熱宣傳，對於後來三年困難時期的形成應當說難辭其咎，也使其逾越作為公共媒體的基本道德底線，逐步使之失去賴以生存、發展的公信力；另一方面，導致虛假的輿論場，引發「沉默的螺旋」效應。所謂「輿論場」，劉建明教授認為，「是指包括若干相互刺激的因素，使許多人形成共同意見的時空

〔註33〕孫旭培著：《新聞自由在中國》，香港：大世界出版公司，2013年，第160頁。

環境」〔註34〕。「場」不僅是意見形成的條件、空間，而且是推動輿論發展的機制，甚至制約著輿論發展的正負方向，成為意見產生、輿論傳播的共振圈。因此，大眾媒介表達民意所形成的輿論場，可以使每個人都受到輿論不同程度的制約，對國家和社會而言，比其他意識形態更直接影響著政府活動、群眾情緒和社會意識，對政黨內外意見交流與形成共識也會產生決定性作用。

孫旭培先生通過分析大躍進中媒介單向度傳播狀況指出：在我國，由於全部媒介國有化，媒介傳播單向度（自上而下）是顯而易見的，真實的輿論場很難形成。在這種情況下，高層權力不但不受輿論場制約，反而能夠通過自己所掌握的大眾傳播媒介製造虛假或扭曲的輿論場，裹挾大量官員和民眾跟著權力指揮棒轉。結果如何呢？「1958～1960 年期間，從大躍進到大饑荒，從傳播學的角度看，單向度的信息傳播是問題之所在。」〔註35〕如何解決呢？當然是一方面要從政治上解決「黨和國家的權力過於集中」的治國理政制度問題，另一方面需要解決「主持政治的與評議政治的高度一體化」的單向度傳播問題。

三、合理健全的信息結構與大眾傳媒的輿論監督

在輿論監督方面，對《大公報》的黨報化改造，使得《大公報》慢慢失去其「敢言」特色。雖然執政黨理論上也是提倡甚至要求報刊積極開展「批評和自我批評」，但事實上開展通常所說的「新聞批評」（即上級報紙批評下級的人和事，實質上屬於行政批評）已經很困難，更談不上利用大眾傳媒監督政治權力，實行更適應現代社會特點的「輿論監督」。「在民主國家，領導人獲得的信息，特別是監督信息，最大量的來自於大眾傳播。而我國大眾傳播提供的監督信息則微乎其微，因為我國大眾媒介大量傳播的是領導說什麼它們就說什麼的宣傳性信息。」〔註36〕

在孫旭培先生看來，我國政治監督的信息傳播機制有缺陷，領導人的信息結構不全面，導致決策過程不科學，容易出問題。具體而言，我國的監督信息源主要來自人際傳播和組織傳播，而不是大眾傳播，所謂「通過大眾傳播推行政治，通過人際傳播監督政治」。儘管人際傳播具有傳播管道多、方法靈活、雙向性強、互動頻度高等特性，是領導層獲取信息的重要管道，許多政治

〔註34〕劉建明：《社會輿論原理》，北京：華夏出版社，2002 年，第 53 頁。
〔註35〕孫旭培著：《新聞自由在中國》，香港：大世界出版公司，2013 年，第 181 頁。
〔註36〕孫旭培著：《新聞自由在中國》，香港：大世界出版公司，2013 年，第 240 頁。

決策是在領導層人際傳播過程中達成的。但是，人際傳播在信息傳播中的缺陷也非常明顯，其傳播範圍小、信息量弱，是手工操作的原始方式，不能滿足政治監督的經常性、廣泛性要求，而且這種缺陷及其導致的負面效果，在涉及錯綜複雜利益糾葛的政治傳播中進一步擴大了。此外，在中國這種典型「高語境」（high context）社會裏，監督信息通過多級人際傳播鏈來傳輸，存在其固有的內在缺陷，包括保真性的衰減更加嚴重；傳播鏈也脆弱，極易波動和斷裂；情景因素干擾性強，易致讒言傳播；依人際關係親疏，形成差序信息傳播格局等。

除了上述人際傳播管道，監督信息也通過一些組織傳播的形式和機制進行傳遞。比如，「會議」是組織進行傳播與決策的最常用方式之一，但這種傳播形態有一種「團體思維」的痼疾，會產生思想上的自我封閉狀態，「在凝聚得非常緊密的具有團體思維特徵的團體裏，趨於一致性的壓力會導致決策盲點」〔註37〕。在集中有餘、民主不足的「家長制」式政治組織結構中，以及常見的唯領導是從「一言堂」的政治生活氛圍中，更容易形成圍繞領導意圖轉的團體思維模式和行為上的「群體極化」現象，並且具有更強剛性和更大約束力，經常會導致「思想相同的人組成的群體容易走極端」〔註38〕的社會惡果。再比如，「內參」是政府部門和新聞單位採編的供領導層參閱的定期印刷物，被許多人認為是黨內信息傳播的一大優勢和特色。確實，內參是能傳輸一些負反饋信息，起到一定監督作用，但是在整個政治體制和新聞文化政策缺乏監督機制的總格局中，它所起作用是很有限的，前述人際傳播弊病在內參傳播中都不同程度存在著。如果說內參在反映執行層面問題上尚能發揮一些作用的話，那麼，對重大政策的質疑是幾乎辦不到的。

另外，從組織傳播內在機制看，我國各級官員的升降遷轉完全取決於其上級領導的考察和選拔，而不是基層民眾的民意與選舉，而上級領導主要是通過基層官員自己口頭或書面彙報泛泛瞭解其政績，決定其仕途走向和前程。這樣，一方面，通過組織內部管道傳輸政績等信息，由於缺乏監督，容易造假；另一方面，上級領導面對基層彙報的政治經濟信息，比較傾向於注意那些能支持他們所贊成計劃的信息，而對其他信息常常採取「選擇性耳聾」態度，於是

〔註37〕 （美）斯蒂文・小約翰著，陳德民等譯：《傳播理論》，北京：中國社會科學出版社，1999 年，第 513 頁。

〔註38〕 （美）邁爾斯著，侯玉波等譯：《社會心理學》（第 11 版），北京：人民郵電出版社，2016 年，第 575 頁。

此二者相互作用，互為因果，最終形成一種「正反饋即政績，負反饋即失職」的畸形政治組織傳播動力機制。這種組織傳播的動力機制，也決定了通過組織傳播管道傳遞監督信息是不大可能的。

再者，為了確保群眾與政府、基層與機關、地方與中央信息交流暢通，雖然我國政府建立了群眾向上級政府反映問題與情況的信訪制度，以及上級政府官員瞭解基層組織的工作和活動、群眾生產生活困難與實情的檢查和視察制度，但這種制度架構下的信息交流則直接建立在人際傳播和組織傳播的基礎上，無法有效克服人際傳播與組織傳播模式固有的內在缺陷，所以常常造成上情未能下達、下情不能上通，上下信息傳通不暢和阻塞。

相較起來，大眾傳播具有公開、廣泛、及時的傳播特點，有利於克服人際傳播的弊端；大眾傳播通過反映輿論，引導輿論，形成輿論場，有助於彌補組織傳播的不足，有利於政黨組織內的意見交流和決策；大眾傳播是依照法律和社會公德運行才發生作用於社會，因而大眾傳播對維護程序正義和實體正義有著職責的需求和天然的優勢。「總之，中國要重視培育和發揮大眾傳媒（傳播）監督信息的功能，只有在此基礎上，實現大眾傳播、人際傳播和組織傳播三個傳播系統緊密耦合，才能構建一個信息全面、合理的社會傳播結構，領導層的信息結構也才可能是全方位、多層次的，才可能在這個信息川流不息且瞬息萬變的時代，及時弄清真實情況，做出正確決策。」〔註39〕

四、媒介生態與新聞體制

從媒介生態視野看中共對《大公報》的黨報化改造，實現黨報一統天下，「全國江山一片紅」，對媒介生態來說是一種退化，就如同自然生態系統一樣，高度同質化的生態系統是難以長期保持動態平衡的。

「所謂媒介生態系統，是指一定時代、地域條件下，不同生態位的媒介之間的競合所組成的媒介群落及其與生存環境通過信息、能量和物質的流動而構成的具有特徵性的結構形態和動態平衡的統一體。」〔註40〕一般來說，媒介生態系統由兩個子系統構成，一是媒介個體或群落與其生存環境的互動，一是媒介群落和媒介個體之間爭取生存資源的競合。媒介生態理論就是研究媒介如何在變動中與外界環境、與內部鄰居保持動態平衡，由此形成一個良性的生

〔註39〕孫旭培著：《新聞自由在中國》，香港：大世界出版公司，2013年，第255頁。
〔註40〕吳廷俊著：《考問新聞史》，上海：復旦大學出版社，2013年，第43頁。

態系統,使新聞媒介能得到健康生存和良好發展。將「媒介生態」論作為新聞史研究的理論視角,主要就是研究媒介群落之間、媒介個體之間的競合以及它們與生存環境之間如何保持動態平衡。

從歷史維度看,中國歷史上的媒介生存環境,一語以蔽之,就是中央集權制的國家結構。在這種生存環境中,生長出怎樣特質的媒介呢?就是中國式「喉舌媒介」。「報刊,本來是一種大眾傳媒,但是在中國,長期以來,其主要功能成了政府、政黨發號施令的喉舌,成了政府和政黨的『喉舌媒介』。」吳廷俊先生指出,黨派「喉舌媒介」在本質上是一種「依附媒介」,依附在黨派肌體上生存,媒介缺乏獨立性,或者說根本就不是一個獨立體,不能自立生存、自主運作和自由發展。從媒介生態位來看,與西方國家民營媒介佔據絕對優勢位相反,中國式官營媒介佔據絕對優勢位。從媒介生長動力來說,與西方媒介發展主要由經濟推動不同,中國媒介生長的動力機制主要是政治需要。

由此媒介生態視野觀照中國新聞體制,可以發現,中國共產黨是非常注重意識形態管理的革命政黨,在整個革命和建設時期,都把新聞宣傳作為黨的一個方面軍,一個工作部門,而不是作為一種現代職業性的社會分工,將其牢牢置於黨的組織領導之下,不能有一絲一毫的獨立性。這樣的新聞體制,在殘酷的革命戰爭年代,對於團結全黨以維護中央權威、動員力量以支持戰爭並最終取得民主革命勝利,發揮了重要作用。然而,中華人民共和國成立後,黨取得了全國領導權,由革命黨變為執政黨,黨的生存環境和具體任務都發生了根本變化。在吳先生看來,當時黨中央主要領導人沒有因此意識到制度創新的必要性,而是把戰爭年代形成的新聞體制從解放區推向全國,把「非常態」當作「常態」,由此帶來新聞事業成績中潛藏著問題。從某種意義上說,「十年文革」的災難是原有新聞體制弊端的總暴露。

吳先生指出:「原有新聞體制把所有新聞傳媒全部編織在黨的權力鏈條上,大大地萎縮了新聞事業的活力,從制度上極大地增加了新聞媒體對『大腦』的依附性,這就為某些別有用心者如『四人幫』之流控制媒介、為篡黨奪權製造輿論提供了極大方便。」如何從根本上革除此弊端呢?按照「媒介生態」理論,主要在於改善媒介生長環境,這就是要大力推動社會主義民主政治的發展,要深入進行政治體制和新聞體制改革。「改變媒介依附生存為獨立生存,改變官辦媒介的絕對優勢地位,讓各種媒介群落和媒介個體都能平等地參與為獲取

生存資源的競爭。」〔註41〕就像列寧在世時所確定的報刊自由競賽原則那樣，在蘇維埃各種報紙自由競賽中，「黨組織無論如何都不能『站在某一方』」，「決不使任何一種報紙在推銷中享有特權」〔註42〕，黨和政府應是公平競爭媒介生態環境的營造者和維護者。

〔註41〕吳廷俊著：《考問新聞史》，上海：復旦大學出版社，2013年，第59頁。
〔註42〕孫旭培著；通向新聞自由與法治的途中：孫旭培自選集》，北京：知識產權出版社，2012年，第197頁。

第七章 研究結論和對策建議

　　本章主要對本研究的核心觀點進行概括歸納，比較集中鮮明地提出研究結論。然後，基於政治學、經濟學、傳播學基本原理以及媒介生態理論、輿論表達和信息傳播規律等，提出完善我國媒介結構和功能、優化輿論引導機制、增強媒介公信力等方面的對策建議。

第一節　研究結論

　　《大公報》是中國近代以來一家著名的民營大報，民國時期該報在海內外具有重要影響力，在輿論界享有崇高地位。1949 年政權迭代之後，伴隨波瀾壯闊的時代變遷，《大公報》也走過跌宕起伏的「新生」之路。正如有關研究指出，《大公報》的「新生」，不是一蹴而就，而是一個長期漸變過程。嚴格地說，從 1949 年 6 月 17 日上海《大公報》發表《新生宣言》開始到 1966 年 9 月宣布停刊，期間 17 年歷史是不斷脫胎換骨以求「新生」的歷史，即從一張民營綜合報到專業黨報不斷蛻變的歷史。依據動態視角，這一歷史過程大致可分為三個階段，即宣布「新生」後（1949.6～1950.6）、不斷改造中（1950.7～1957.7）、脫胎換骨時（1957.8～1966.9）〔註1〕。這是從報的角度所展開的一項新聞史個案研究，力圖再現《大公報》及其報人在歷史洪流中的曲折命運和喜怒哀樂。在這一歷史過程中，有兩個主要歷史「行動者」，那就是報（大公報）和黨（中共）。如果把研究角度從報轉移到黨，就是本研究的主題，即中

〔註1〕江衛東：《「新生」之路──1949～1966 大陸〈大公報〉史研究》，華中科技大學博士論文，2015 年，第 33 頁。

國共產黨改造《大公報》（1949～1966）策略研究。換言之，《大公報》的「新生」之路，也是中國共產黨對《大公報》的改造之路。

首先，中共改造《大公報》政策是如何確定的？本研究先從歷史背景入手，分析了國民黨政權與新記《大公報》的複雜互動關係，指出國民黨政權的弱勢獨裁造就了新記《大公報》的相對獨立地位，而這相對獨立地位才確保其傳播功能與社會影響的正常發揮。通常用來批判《大公報》的罪名「小罵大幫忙」，其實反映了合法媒介與政府之間的正常關係，二者互相需要，也互相制約。如果新記《大公報》僅僅「依附於」國民黨政權，那麼它充其量不過是另一個「中央日報」，恐怕其傳播功能不會有如此發揮，其社會影響力不會有如此之大。在此歷史背景分析的基礎上，本研究展開了對中共執政初期報業政策的分析與解讀，重點探討中共對《大公報》的政策選擇，細緻入微地辨析了中共最初將其定性為「反動報紙」，內定「不讓其繼續出版」，到最後決定有選擇地保留加以改造、為我所用的政策變化過程。

其次，本研究對中共改造《大公報》的具體模式展開分析，概括出天津《大公報》「改名易姓」模式、上海《大公報》「原封不動」模式、重慶《大公報》「改組機關報」模式、北京《大公報》「專業黨報化」模式等四種改造模式類型，詳盡描述了這種艱難曲折的改造過程以及其間中共與報人的密切互動，特別留意歷史大潮裏挾下那些相關人的生態和心態。

第三，從考察中共改造《大公報》的效果出發，本研究梳理了三個不同時期《大公報》的新聞與言論表現，由此凸顯中共的改造給這張民營綜合報所帶來的全面而深刻的變化。而從改造結果出發，則考察了《大公報》的最後階段，並對其退場緣由及其社會影響作了初步探討。在此基礎上，力圖從政治觀、新聞觀和道德觀三個層面，分別透視中共改造、批判《大公報》的思想理論基礎。

第四，本研究的焦點和重心在於，對中共改造《大公報》的策略作出分析與評價。首先借助於鄒讜先生「雙層交叉分析」理論，即把宏觀結構分析和微觀行動分析結合起來，從國家與社會關係的視角，用「全能政治」概念來透視近代一百多年以來中國所面臨的內外挑戰以及中國共產黨人所給出的應對之策，以此來描繪20世紀中國宏觀政治變遷歷程。同時，用「理性選擇論」來觀察和分析歷史變遷中各類「行動者」的欲望、動機和選擇，以及在此基礎上所形成的歷史選擇性與偶然性，避免「歷史決定論」迷思。在此理論

視角指導下，通過對《大公報》從民營到黨辦、從綜合報到專業報等兩種改造路徑和策略的分析，使我們既可「鳥瞰」宏觀歷史大勢，又可「近觀」歷史變遷中報人個體的迷惘、思索與選擇，實現本研究「見物又見人」學術宗旨與追求。

其次，在策略分析基礎上，本研究力圖從政治學、經濟學和傳播學等多學科視角，對中共改造《大公報》的政策、策略作出客觀、中肯、科學的評價。

從政治學角度看，中共出於政治上統一戰線的需求和考量，作出保留《大公報》、經過改造後加以長期利用的決策，實施「舊瓶裝新酒」總策略。但是，該政策在執行時發生了一定偏差，主要表現為目的與手段不相稱。目的是保持《大公報》的民營身份以發揮其特殊作用，這也是為什麼相當長時間內，即便已經對《大公報》實施了「公私合營」乃至「黨報化」改造，但對外仍然沒有公布其真實身份，努力保持其「民營報」公開形象的原因。然而，改造手段卻是不斷地去民營、黨報化，其邏輯理路必然引向《大公報》最終退場與消亡，背離政策初心的設計與安排。或許有人會說保留《大公報》「民營」外殼，只是權宜之計、外宣之術，其內容與管理必須黨報化。其實未必。中共高層剛進入北平時，已然意識到辦報環境與讀者對象的變化，認為應當從頭認真學習城市辦報的模式與方法。而中央決定在大城市保留一批進步民營報刊，不僅在政治上是有益的，在新聞業務上也是有利於黨報與民報之間互相學習借鑒，促進中共從農村辦報模式到城市辦報模式的戰略轉向。在此大背景下，對《大公報》等的改造完全可以拋卻短期功利之策，轉而採取長期共存、互相借鑒的方針，長期保持其民營報的身份、特色、運作機制以及傳播功能，提供一個完整的媒介生態環境，使其充分保持活力，有助於實現中共報業體系結構的優化和良性發展。僅僅保留其外在形式，而將其內容掏空，只能讓其名存而實亡，對於實現當初政策目標來說仍然屬於手段變形，會使得政策目標的實現大打折扣，甚至會產生南轅北轍的效果。

何以會如此？一方面，組織管理學揭示，上層政策設計與下層政策執行之間存在著張力與博弈，下層執行者對政策理解的點滴偏差和執行過程中的扭曲，累以時日，終致政策面目全非，這是管理常態。非常態情況也有，在洶洶「民意」或「輿論」鼓譟的特殊情勢之下，上層有時也不得不順時應勢、轉為新的政策導向，或為輿情所綁架，作出非理性、俯就群氓的選擇。另一方面，從國家—社會關係理論來看，由於中共是革命黨的角色定位，強調國家

權力的集中統一，國家內部職能重視政治統治職能而忽視社會管理職能，強調集中，忽視民主，給社會留下的自主、獨立發展空間比較小。表現在新聞政策上，就是過分強調新聞報刊的意識形態屬性和政治性，把報刊媒體當作黨機器上的「齒輪和螺絲釘」，而對報刊媒體作為現代社會分工的產業與職業屬性，以及大眾信息傳播屬性重視不夠，因而追求黨報一統天下，導致報業結構過分單一集中。所以，建國初期民營報紙的「集體退場」以及《大公報》等僅存碩果最終也黨報化，反映了彼時中共革命黨角色尚未完成向執政黨角色的充分轉變。

從經濟學角度看，中共對《大公報》的改造是在整個國家計劃經濟體制下進行的，服從和服務於建立「中央行政計劃主導的國營媒體網絡」的新聞政策，因而對新聞媒體的管理方針，從編輯業務到經營方針再到新聞體制，無不打上計劃經濟的濃重烙印，強調統一計劃，反對市場競爭，批判資產階級辦報思想是所有報人的日常必修課，報紙的政治屬性成為至高無上原則，報紙的產業屬性則被逐漸消弭，大眾傳播「市場」日漸萎縮，所有新聞媒介最終全部納入黨的宣傳事業框架而成為組織喉舌。雖然建國初期新聞總署也推行過一段「企業化經營」方針，但其主要訴求是解決報紙賠耗、減輕財政負擔等管理問題。在執行過程中，由於中央計劃者信息不對稱以及基層執行者激勵不同等問題，在處理報刊出版與讀者需要、發行數量和紙張生產、發行數量和郵局發行力量等平衡關係方面，出現顧此失彼、供求失衡等難以克服的問題與困難。究其原因，歸根結底是建國初期報紙「企業化」經營方針的政策取向是「計劃」的，而非「市場」的；排斥市場這隻「看不見的手」的指引，而「看得見的手」總是自信滿滿卻又難免遲鈍與笨拙。

計劃經濟思維不僅直接表現在上述報紙經營方面，也廣泛反映於整個國家的新聞管理體制上。根據「報紙是社會主義經濟即公有制基礎上的計劃經濟通過新聞手段的反映」的論斷，我國對新聞媒介的管理實質上沒有做到毛澤東所說的「必要的但不是過分集中的領導、計劃和控制」，而是如鄧小平所說，長期實行的是「高度集權的管理體制」。結果是「計劃新聞」盛行，所有新聞媒介都整齊劃一地報導某一方面情況、某一種意見，遵從「新聞、舊聞、無聞」的規定。這樣的媒介很難得到公眾信任，最終也不能在國家政治和社會生活中發揮建設性作用，卻容易產生消極乃至破壞性作用。中共十一屆三中全會以後實行新聞改革，特別是中共十四大提出建設「社會主義市場經濟」總體目標

之後，這種情況才有所改觀，報紙的商品性、新聞傳播的信息產業屬性得到廣泛承認，大眾傳媒市場逐步形成並開始引入市場競爭，新聞媒介賴以安身立命的新聞傳播規律得到一定尊重，傳媒結構和樣態日益多元，傳媒產業蛋糕越做越大，國家傳播能力普遍增強。

從傳播學角度看，中共對《大公報》的黨報化改造，實質上是從「傳播（新聞）本位」到「宣傳本位」、從大眾傳播到組織傳播的改造。首先在新聞報導方面，黨報範式多強調政治性和工作指導性，而輕視信息傳播屬性，因而不注重新聞傳播的時效性，形成了徐鑄成所說的「老區方式，蘇聯套套」等新聞工作慣習與傳統，不能充分滿足普通大眾豐富多彩的信息需求，同時在公眾頭腦中建構的「虛擬環境」與現實環境出入很大，不利於公眾全面客觀認識世界以及在此基礎上作出正確的行為決策。特別是在黨媒新聞報導中長期存在著「單向度傳播」的問題，「不傳播任何不同意見，只報導最權威的官方意見，以及符合這種意見的事實；這類事實沒有或者不夠，就不惜造假」，使得媒體往往越過「真實性」的道德底線。同時，這種單向度傳播只有正反饋機能，沒有負反饋機能，不論其接受的信號是正確還是錯誤，只能增強而不能加以減弱或排除。這樣，就使得媒介失去了對錯誤路線的糾錯功能，是導致執政黨犯「大躍進」之類嚴重錯誤的重要原因之一。

其次，在輿論監督方面，對《大公報》的黨報化改造，使得《大公報》慢慢失去「敢言」特色，輿論監督制度性缺位。雖然執政黨理論上也是提倡甚至要求報刊積極開展「批評和自我批評」，但事實上開展通常所說的「新聞批評」（即上級報紙批評下級的人和事，實質上屬於行政批評）已經很困難，更談不上利用大眾傳媒監督政治，實行更適應現代社會特點的「輿論監督」。這樣，就導致我國政治監督的信息傳播機制有缺陷，過分依賴人際傳播和組織傳播而忽視大眾傳播，領導人的信息結構不全面，在科學決策上容易出問題。另外，從媒介生態視野看中共對《大公報》的黨報化改造，黨報一統天下對媒介生態來說是一種退化，就如同自然生態系統一樣，高度同質化的生態系統是難以長期保持動態平衡狀態，最終會導致媒介產業乃至思想文化戰線逐漸失去活力和創造力，使得國家與社會難以擺脫僅靠黨媒獨力支撐所維持的那種脆弱穩定性而實現長治久安。

第二節　對策建議

　　基於中國共產黨改造《大公報》（1949～1966）過程中的經驗和教訓，遵循新聞傳媒發展規律，著眼於實現國家社會長治久安和中華民族偉大復興「中國夢」，本研究擬就我國進一步深化新聞體制改革和推動新聞傳媒跨越式發展，提出如下對策建議：

一、適應社會主義市場經濟多元社會結構，積極調整和優化媒介結構

　　新中國成立初期，國旗五星圖案代表了當時階級階層結構的基本格局，即在中國共產黨「這顆大星」領導下，當時社會的階級結構主要由工人階級、農民階級、城市小資產階級、民族資產階級「四顆小星」組成。社會主義改造完成以後，一些階級成分逐漸消失，社會結構變為「兩階級一階層」的格局，即由工人階級、農民階級和知識分子階層組成，呈現簡單化趨勢。1978 年改革開放以後，我國經濟體制逐步從單一公有制的計劃經濟，轉變為以公有制為主體、多種經濟成分並存的社會主義市場經濟體制，從農民占人口絕大多數的農業社會逐步轉向工業化和現代化社會。與此巨變相對應，隨著新社會階層和新社會群體不斷產生，及其社會影響力不斷增強，我國社會結構也變得越來越多樣化、複雜化：在原有工人、農民階級之外，出現以專業技術人員為主的中產階層，以及廣受關注的私營企業主階層〔註 2〕。

　　這些階級階層結構的深刻變化，極大調動社會各階級階層建設中國特色社會主義的積極性，促進了生產力大發展，加快了社會流動，優化了各種社會資源配置，基本形成了適合我國發展階段和社會制度的現代社會結構，為最終實現社會現代化創造了條件。正是基於當代中國社會結構不斷多元化，不同地區、部門，不同行業、企業，乃至不同人群，都有著不同的需求、利益及其表達，因此，我國媒介結構也應作出適應性優化調整，以滿足社會日益增長的信息需要和民主表達需要。

　　過去，我國媒體結構高度集中統一，主要是黨媒一統天下的清一色格局。改革開放以來，特別是發展社會主義市場經濟以及 2001 年中國加入世貿組織以來，中國傳媒業已經發生「結構性變化」，「實際上已經打破了新聞資產的單

〔註 2〕李培林等著：《當代中國階級階層變動：1978～2018》，北京：社會科學文獻出版社，2018 年，第 002～007 頁。

一國家所有制結構狀態」。當前，在傳統媒體領域，新聞媒體仍然屬國家所有，但在新興媒體領域，「以混合所有制為標誌的傳媒新體制基本成型」，「互聯網上的大部分新媒體則屬於民營資本所有」〔註3〕。比如，以BAT（百度、阿里巴巴、騰訊）為代表的民營資本在政策支持下，以參股、合作、收購等多種方式在傳統媒體和新媒體領域積極布局，對中國新聞業的整體結構與發展形成重要影響。儘管國家相關法律、政策並沒有賦予非國家所有的互聯網媒體擁有獨立的新聞採訪權，但它們實際上在從事新聞生產和傳播活動，為非職業的新聞生產傳播提供中介和平臺，已經成為影響巨大的平臺媒體。而且，它們是其他傳統媒體無法競爭的新聞、信息分發者，在新興技術特別是大數據技術、計算機技術、人工智慧技術等支持下，擁有日益增長的社會影響力。

　　在這種現實背景下，不妨進一步解放思想，更新觀念，可以考慮建立以黨媒（國有媒體）為中心、由多種類多層次媒體組成的多樣化媒體結構。事實上，解放初期確有保留一些民營報紙，以代表更廣泛社會階層的政策意圖，毛主席1954年對《申報》不再存在也表示遺憾。正如孫旭培先生所建議，「從長遠的角度來看，中國的報業結構不能是完完全全的國家化，不能是清一色的機關報體制。」報紙可以有黨報與非黨報之分，機關報與非機關報之分，有政治報與非政治報之分，有全民所有制與集體所有制之分，公辦民辦之分。孫先生從適合中國國情兼具中國特色的要求考慮，認為在我國報業結構中應該有公共報紙的地位，建議在北京、上海、廣州等地（條件具備時可在百萬人口以上城市各辦一家）適當創辦一些像香港文匯報、大公報那樣的新型報紙。這裡，所謂「公共報紙」是指不隸屬於任何黨政部門，在對憲法和法律負責的前提下，傳播新聞和履行輿論監督職責的報紙。這種公共報紙既可防止機關報高度集權、枯燥無味的弊端，也可防止商業報紙盲目逐利、報格低下等通病，應當是我國未來報業發展的重要途徑之一。自然，對於這種多樣化媒體結構，不應只用「一把尺子」來衡量，應該有兩種管理標準，即法律標準和黨性標準。非黨報紙，只要服從憲法、法律和職業道德等規範和約束即可；而黨的機關報除遵守憲法和法律以外，還有黨性標準，即要嚴格貫徹執行黨的決議和指示〔註4〕。這裡，雖然孫先生主要論述的是報業結構，但對整個傳媒產業結構也可作如是

〔註3〕李良榮，袁鳴徽：《中國新聞傳媒業的新生態、新業態》，《新聞大學》2017年第3期，第1～7頁。
〔註4〕孫旭培著；通向新聞自由與法治的途中：孫旭培自選集》，北京：知識產權出版社，2012年，第171～174頁。

觀。習近平新聞思想對此有明確論述：「發展各類媒體，拓展現代傳播渠道，讓人們方便快捷地瞭解信息、增長知識、開闊視野，滿足人民群眾日益增長的信息、精神、文化需要，是社會主義文化繁榮的一個重要標誌。」〔註5〕

二、正確認識媒介職能，克服單向度傳播弊端，強化大眾媒介輿論監督職能

過去，我們過度強調大眾傳媒的政治屬性和意識形態屬性。新聞報導往往信息量小，報喜不報憂，監督功能弱，呈現單向度傳播狀態。陳力丹先生指出，大眾傳媒在一定條件下可以作為階級鬥爭的工具，但階級鬥爭工具不是傳媒唯一的職能，傳媒「工具論」是建立在傳媒不是獨立精神力量認識的基礎上。同時，對於所謂傳媒教育、引導群眾的職能，陳先生認為，對於分層次的社會來說，媒體是「教育者」觀點能夠成立，但也不能將其認為是媒體職能的主要方面，充其量只能是「一種附帶作用」。其實，在和平建設年代，傳媒業也是一種為滿足社會信息需要而分工出來的一種行業，媒體基本職能是傳播信息，大眾傳媒第一任務是報導新聞。既然傳媒是一種行業、一種文化產業，因此它既有盈利的需求，又有為社會公共利益服務的責任，這兩項職能有時構成矛盾關係，大眾傳媒領導者需要在兩者之間找尋適當的平衡〔註6〕。

基於上述對媒介職能的認識，我國的新聞媒介體制亟需強化法治思維，對新聞傳播真正做到依法管理，淡化長官意志的隨意性。要認識到那些比法律更嚴的限制，畢竟不是常規，應該逐步減少，不能把隨意限制新聞報導看作家常便飯。減少報導禁區，從宣傳口徑管理逐步過渡到依法報導，勢在必行。正如列寧曾指出：「一旦新制度確立起來，對報刊的各種行政干預就必須停止。而將依照最開明與最進步的法律，並在對法庭負責的範圍內對出版實行充分的自由」〔註7〕。同時，牢固樹立社會主義市場經濟理念，學會運用市場的手段和措施規範管理傳播產業，遵循新聞傳播規律和媒介產業發展規律，大力鼓勵新聞媒介參與全球傳播競爭，努力提高信息含量，減少與西方媒介的信息

〔註5〕編寫組：《習近平新聞思想講義（2018版）》，北京：人民出版社，學習出版社，2018年，第39頁。

〔註6〕陳力丹著：《新聞理論十講》，上海：復旦大學出版社，2008年，第138～158頁。

〔註7〕孫旭培著：《通向新聞自由與法治的途中：孫旭培自選集》，北京：知識產權出版社，2012年，第192頁。

落差，同時打破單向度傳播的怪圈，使得大眾傳媒真正成為廣大公眾監測環境、認識世界、行動決策的全面、客觀、公正、可靠的信息源。只有在很好完成媒介基本職能的基礎上，才有可能充分發揮傳媒的其他職能，比如政治宣傳、教育引導等職能。

大眾傳媒應當既是建設社會主義和諧社會的「報喜鳥」，又是維護社會長治久安的「啄木鳥」。經常而切實地發揮輿論監督職能，就是此「啄木鳥」的神聖天職。就如同當年《大公報》，假如國民政府不讓其「小罵」，又怎麼能期待其「大幫忙」呢？「假使批評為難，則幫忙時也就乏力。因為在那種情況下，一般民眾以為反正報紙都是政府的應聲蟲，不會有真知灼見，而國際讀者也以為你們的報紙沒有獨立精神，而不重視」。因此，在上述傳媒信息傳播職能履行到位的前提下，公眾就能夠全面獲知各方面客觀信息，特別是政務信息；公眾知情權得到保證，輿論監督就有了可能。馬克思早在 1849 年就指出：「報刊按其使命來說，是公眾的捍衛者，是針對當權者的孜孜不倦的揭露者，是無處不在的眼睛」，這裡說的就是報刊的輿論監督功能，並強調這個功能是報刊媒介的天然使命所在。而「輿論監督達到的客觀效果應當是：保證公共權力和社會權力的正確行使、促成並維護以法治國的社會機制、遏制腐敗的滋生和蔓延」〔註8〕。

因此，應充分重視、認識和積極利用大眾傳媒的輿論監督職能，擺脫過去監督職能過分依賴人際傳播和組織傳播的弊端。孫旭培先生指出，我國社會主義新聞事業不僅應該發揮「上對下的作用」，即作為黨和政府宣傳工具和喉舌而發揮宣傳、指導作用，更應當發揮「下對上的作用」，即作為社會輿論工具，對政府、政黨和各級官員發揮輿論監督作用〔註9〕。然而，現實狀況是，前者作用發揮得很好，後者職能由於種種原因經常處於缺席狀態。而輿論監督與其他監督形式相比，對於政治監督和權力約束有其不可替代的優越之處，即具有無與倫比的及時性和公開性〔註10〕。中國共產黨已經意識到這種監督形式的優越性，1987 年黨的十三大政治報告中首次出現這個概念，提出要「建立協商對話制度」，「重大情況讓人民知道，重大問題經人民討論」，「發揮輿論監督的作用」。

〔註 8〕陳力丹著：《新聞理論十講》，上海：復旦大學出版社，2008 年，第 319 頁。
〔註 9〕孫旭培著：《通向新聞自由與法治的途中：孫旭培自選集》，北京：知識產權出版社，2012 年，第 171 頁。
〔註10〕孫旭培著：《通向新聞自由與法治的途中：孫旭培自選集》，北京：知識產權出版社，2012 年，第 193 頁。

此後，1992 年黨的十四大、1997 年黨的十五大、2002 年黨的十六大以及 2007 年黨的十七大政治報告等重要文獻中，均重申論述這個概念。黨的十八大以來，習近平總書記也是明確指出：「輿論監督和正面宣傳是統一的。新聞媒體要直面工作中存在的問題，直面社會醜惡現象，激濁揚清、針砭時弊，同時發表批評性報導要事實準確、分析客觀。」〔註 11〕但是，毋庸諱言，從實際執行層面來看，輿論監督在建立制度化機制、常態化實施方面還有較長的路要走。

三、正視輿論不一律的正常狀態，科學進行輿論引導，不斷提高 輿論引導的水平和藝術

毛澤東說過：「凡是要推翻一個政權，總要先造成輿論，總要先搞意識形態方面的工作。無論革命也好，反革命也好。」〔註 12〕中國共產黨取得全國政權以前，利用各種媒介的輿論影響力，以秋風掃落葉之勢，很快把「蔣家王朝」掃進歷史垃圾堆；取得全國政權以後，自然十分重視媒介的「輿論導向」，將其提高到事關黨和國家生死存亡的高度，並且這一傳統保持至今。習近平總書記指出「黨的新聞輿論工作是黨的一項重要工作，是治國理政、定國安邦的大事」，強調「做好黨的新聞輿論工作，事關旗幟和道路，事關貫徹落實黨的理論和路線方針政策，事關順利推進黨和國家各項事業，事關全黨全國各族人民凝聚力和向心力，事關黨和國家前途命運。」〔註 13〕

究竟什麼是輿論，為何要引導輿論，如何引導輿論，以及輿論究竟要引導到何種程度等一系列問題，都值得我們深思。

從「輿論導向」語境出發，陳力丹先生曾給「輿論」下過一個定義：「輿論是公眾關於現實社會以及社會中各種現象、問題所表達的信念、態度、意見和情緒表現的總和，具有相對的一致性、強烈程度和持續性，對社會發展及有關事態的進程產生影響。其中混雜著理智和非理智的成分。」〔註 14〕這一定義有個顯著特徵，就是點明了對於「輿論導向」來說十分重要的「輿論質量」特徵。輿論質量是指輿論所表達的價值觀、具體觀念和情緒的理智程度。從質量

〔註 11〕《習近平談治國理政》第二卷，北京：外文出版社，2017 年，第 333 頁。

〔註 12〕中共中央文獻研究室編：《毛澤東年譜（一九四九～一九七六）第五卷》，北京：中央文獻出版社，2013 年，第 153 頁。

〔註 13〕習近平著：《習近平談治國理政》第二卷，北京：外文出版社，20017 年，第 331～332 頁。

〔註 14〕陳力丹著：《輿論學：輿論導向研究》，北京：中國廣播電視出版社，1999 年，第 11 頁。

方面看，不同於自為組織理智的綱領政策，作為自在形態的輿論，總體上是一種理智和非理智成分的混合體。因此，對輿論就有了引導的必要，通過具體分析對輿論作出正確、錯誤或無害的判斷。「無論引導者對具體輿論的判斷如何，深切地理解各種輿論得以產生的社會心理原因，以實事求是的態度而不是以固定、單一的理想化模式苛求輿論，是引導輿論成功的首要前提。」〔註15〕

根據陳力丹先生的研究，輿論的基本存在形態有三種，即潛輿論（包括信念輿論和情緒輿論）、顯輿論和行為輿論。對於顯輿論，從其作為自在的社會信息形態角度看，又可分為訊息形態的輿論、觀念形態的輿論以及藝術形態的輿論。此外，流言屬於輿論的畸變形態。針對不同輿論形態特點，大眾傳媒應採用不同的策略與方法進行輿論引導。

針對情緒型輿論。媒介引導者首先應保持冷靜的頭腦，正確認識和把握引發情緒輿論的社會變動或突發事件。其次，大眾媒介有義務反映已經存在的情緒型輿論，在反映輿論的基礎上，注意對正面情緒給予適當放大，對負面情緒不宜迴避，而應採取正面報導方式給予解釋和心理疏導。復次，根據負面情緒型輿論產生和發展的三個階段，即「震撼和反應期」「抗拒和對峙期」「突變或衰變期」的演變規律，關鍵是要抓住引導時機，採取相應引導措施，媒介引導越及時效果越好。

針對訊息形態的輿論（包括流言）。首先要準確分析並把握其產生於何種心理動因，是因為公眾需要消除對環境不確定性認識，還是因為公眾存在希冀他人移情或應對模糊環境的心理需求？其次，根據奧爾波特和波斯特曼的流言傳佈公式：

$$R \approx \frac{i \times a}{c}$$

〔R 是指流言（Rumor），i 是指流言對傳者的重要程度（importance），a 指流言的模棱度（ambiguity），c 是指公眾對待流言的批判能力（critical ability）〕，大眾傳媒引導訊息形態輿論就有了基本思路。那就是，大眾傳媒應就大眾認為重要但又模糊不清的某些問題，及時提供準確而清晰的訊息，迅速澄清問題，以及提供正確認識該問題的方法（亦即提供一種對待流言的批判能力），盡最大可能消除公眾對環境認識的不確定性。

針對觀念形態的輿論。一般來說，輿論主體通常具有分散和無組織的特

〔註15〕陳力丹著：《輿論學：輿論導向研究》，北京：中國廣播電視出版社，1999 年，第 23 頁。

點。因此，針對作為輿論客體的某種社會觀念，一般公眾作為輿論主體並不能依據個體信念和經驗，明確自己應當持什麼態度和觀點，因而在表達具體觀念時總是需要既定的規範化思維模式和概念體系作為參照系。而大眾傳媒的長項恰好正在於此，也就是通過日復一日的信息傳播塑造公眾「頭腦中圖像」，亦即李普曼所說的「虛擬環境」，其中當然也包括為公眾建構起符合一般社會規範的參照系，或於潛移默化中改變公眾已有的參照系，這是媒介擁有廣泛社會影響力的深層原因所在，也是大眾媒介影響觀念形態輿論的主要方式。同時，觀念的公開表達，會對表達者造成一定程度的精神壓力。因此，人們在表達觀念時通常要事先考慮既有輿論的力量對比、大眾媒介提供何種參照系。總之，所有情形都表明，不論是在觀念形成中或是在觀念表達時，大眾媒介通過塑造輿論主體的「虛擬環境」，提供與輿論主體心理有接近性的參照系，一般情況下能夠影響觀念形態輿論的發展方向。

針對藝術形態輿論。該種輿論的觀念表達是間接的，帶有較多情感色彩，對社會穩定可能的威脅是「輿論共振」，即短期內相當多公眾將注意力集中在一兩件作品（節目）或一兩種消費時髦上，只有一種評價能夠流通，不同意見很難有立足之地。對此，大眾媒介的輿論引導方式主要是「輿論分流」，既發表流行的評價意見，同時也有意發表一些其他評價意見，使得過於集中的輿論得以分流，回歸正常的輿論不一律的自然狀態。在此輿論引導過程中，逐漸使體現主旋律的評價意見或觀點主張居於主導地位。

針對行為輿論。由於社會公眾成分複雜，一般存在著多種行為輿論，這就給大眾媒介引導行為輿論提供了以正抑負、從而在觀念上控制局勢的可能性。對行為輿論的引導，總體上應以正面示範為主，造成「從眾」效應，以抑制負面行為輿論的產生。對於負面行為輿論，應重在情緒、觀念的預防性疏導，以及事後對越軌行為的理智梳理。對於正在發生的負面行為輿論，完全不予報導不是好辦法，可能會造成一種對輿論主體的刺激。正確做法是，謹慎加以報導，但要以客觀冷靜的語言、畫面和表達形式，儘量降低其熱度和注目度。一般不要在行為輿論高漲時發表針鋒相對的刺激性言論，彼時社會責任和規範對於個體的控制力由於群體分攤而降到了最低點，任何批評和譴責毫無作用，相反，媒介的刺激性言論往往提供新的攻擊目標〔註16〕。

〔註16〕陳力丹著：《輿論學：輿論導向研究》，北京：中國廣播電視出版社，1999年，第90～114頁。

　　總之，輿論作為一種自在的社會意見形態，包含理性和非理性成分，因而是必須引導、可以引導的，也有一個善於引導的問題。尤其是在當今新媒體逐漸取代傳統媒體佔據輿論場優勢地位的時代背景下，輿論環境變得十分多元和異常複雜，輿論引導必然面對一系列新問題、新特點、新機制和新規律。但是，最根本一條，輿論引導必須以公開、快速、暢通的新聞信息傳播為基礎，因為輿論往往是伴隨著重要新聞事件而生，輿論引導必須以不漏報重要新聞、不損害媒體公信力為前提。同時，輿論引導不能以追求「輿論一律」為主要目標，因為不一律是輿論常態，人們對世界和生活的認識不可能高度一致，「輿論多樣化是社會意識發展的內在趨勢，它的出現與發展是歷史機理裁定的」，而且「輿論多樣化是經濟發達、政治進步的標誌，也是人類高度理性化、道德完善的風範」。反之，追求「輿論一律」，就會導致萬馬齊喑，「全國只有一個頭腦在思考」，表面上看一呼百應、萬人一腔，但實際上「不僅不能消滅不同意見，而且使輿論多樣化的壓力錶積鬱更大的爆發力，形成無法遏制的衝擊波」。同時也要指出，「社會輿論多樣化不排斥、也不可能代替輿論的主旋律，多種輿論的出現正是尋求和豐富社會主導輿論的前提」〔註17〕。實踐證明，自20世紀50年代中期以來，「輿論一律」在中國大陸盛行，全國上下形成大一統的輿論格局，「曾導致全社會的言論禁錮」，甚至直到21世紀的當下，在新聞媒體上仍然時常可見「輿論一律」的影子，「不但影響了媒體新聞信息傳播的效果，更損害了媒體的權威性」〔註18〕。

四、加速宣傳本位向傳播本位的轉型，提高透明度，切實增強媒介公信力

　　關於媒介公信力的內涵與外延，以及與國外媒介可信度、媒介信用等研究的關係，我國學術界曾有過激烈爭論〔註19〕。雖然國外研究沒有媒介「公信力」這一概念，但不妨礙我國學術界發明並使用這個概念，因為各國媒介體制和發展情況不相同，在此基礎上，各國學術界所面對的問題自然不一樣，因而提出和使用不同概念並不奇怪。

　　從國內使用「媒介公信力」這一概念的情況來看，雖然具體文字表述可能

〔註17〕劉建明：《「輿論一律」的歷史反思》，《同舟共進》1998.04，第6～10頁。
〔註18〕丁騁、吳廷俊：《輿論「一律」與「不一律」的歷史路徑及走向探析》，《國際新聞界》2011.03，第98頁。
〔註19〕劉強：《論媒介信用與媒介威望》，《中國出版》2010年10月下，第22～28頁。

略有不同，但基本內涵是清楚且有共識的。比如，喻國明認為，媒介公信力是指「媒介所具有的贏得公眾信賴的職業品質和能力」，媒介公信力評價「是公眾通過社會體驗所形成的，對於媒介作為社會公共產品所應承擔的社會職能的信用程度的感知、認同基礎上的評價」〔註20〕。而在沈正賦看來，「所謂公信力，一般是指新聞媒體在長期的新聞傳播實踐過程中所形成並累積的、贏得社會和廣大受眾普遍信任的程度或能力。」〔註21〕

簡言之，媒介公信力說的就是通過長期新聞傳播實踐，大眾媒介所取得的公眾對其認可、信賴的品質和能力。喻國明等將媒介公信力進一步分解為6個判斷維度，即新聞專業素質、社會關懷、媒介操守、新聞技巧、有用性及權威性〔註22〕。這與劉強所論述的「媒介信用」核心要素，基本內涵是相通的。他認為，「客觀、公正、及時、尊重構成了媒介信用的核心要素，是媒介角色的基本要求，也是產生可信度、贏得公眾信任的根本動因。」〔註23〕也就是說，媒介公信力其實是建立在長期以來媒介圓滿完成其基本職能、從而逐漸形成「媒介威望」、逐步具有「媒介信用」的基礎上的。

大眾媒介的基本職能是什麼呢？我國新聞學開山鼻祖徐寶璜先生指出，「新聞紙」職務有六：「供給新聞，代表輿論，創造輿論，灌輸智識，提倡道德及振興商業。而前三者，尤為重要。」〔註24〕徐先生所說「尤為重要」的前三者，可以進一步濃縮為大眾媒介兩大基本職能，即傳播新聞和發表評論（或曰傳播意見），大眾傳媒其他職能諸如輿論引導、政治宣傳、文化教育等等，其實都是由此基本職能演化派生而來。所以，在胡適先生看來，報紙「最低限度的職務」有二：「第一是登載確實的消息，第二是發表負責任的評論」。可以說，任何媒介只要把這兩條做好了，它就具有公信力，新記《大公報》就是典型例證。顯而易見，「公信力與新聞媒體一貫堅持的新聞真實性原則、勇於開展新聞輿論監督等行為密切相關。……從某種程度上看，公信力不僅僅是媒介的一種屬性，更多的則是媒介與受眾之間建立起來的一種關係。……新聞輿論

〔註20〕喻國明：《大眾媒介公信力理論初探（上）》，《新聞與寫作》2005年第1期，第12頁。

〔註21〕沈正賦：《新媒體時代新聞輿論傳播力、引導力、影響力和公信力的重構》，《現代傳播》2016年第5期，第3頁。

〔註22〕喻國明等：《媒介公信力：判斷維度量表之研究》，《新聞記者》2007.06，第12～15頁。

〔註23〕劉強：《論媒介信用與媒介威望》，《中國出版》2010年10月下，第26頁。

〔註24〕徐寶璜著：《新聞學》，北京：中國傳媒大學出版社，2016年，第3頁。

或新聞媒體的公信力的大小往往取決於受眾的信任程度，媒介與受眾之間是一種互相作用的信任關係。」〔註 25〕

　　媒介公信力對於大眾媒介具有生死攸關的重要性。馬克思早在 1843 年就明確指出：「民眾的承認是報刊賴以生存的條件，沒有這種條件，報刊就會無可挽救地陷入絕境。」〔註 26〕在馬克思看來，報刊要想得到人民的承認和信賴而發揮其應有的作用，必須能夠「坦率而公開地發表意見」而成為「自由報刊」。自由報刊是「人民精神的洞察一切的慧眼」，是「國家精神」，是「觀念的世界」，不斷從現實世界中湧出，又作為越來越豐富的精神流回現實世界〔註 27〕。換言之，大眾媒介只有成為自由的人民報刊，才真正具有「公信力」，才可能永遠立於不敗之地，才能不斷真實地反映世界、有力地改造世界。

　　反觀我國新聞傳播實踐，在新聞報導方面，盛行的是「宣傳本位」的報導觀和報導方式，而「正反兩方面的國內外報導經驗證明，媒體長期奉行宣傳本位的新聞報導觀，其結果只可能是帶來公信力的喪失；相反，以報導本位報導突發事件才能真正取得預期的更為久遠的傳播效果」〔註 28〕。孫旭培先生指出，所謂「宣傳本位」，就是「以信息發布者及其所屬集團的需要為中心，以傳達特定意圖來裁剪新聞事實」；所謂「報導本位」，就是「以受眾需要為目的，力圖從不同的角度還原事實」，也就是前文所說的「傳播本位」。兩者區別主要表現在：傳播本位力圖通過報導再現事實，而宣傳本位只選取有利於信息發布者的部分事實做隻言片語的報導或不予報導；傳播本位注重平衡原則，力圖從多方面再現事件，宣傳本位則具有強烈的傾向性，所謂「說兩面話是報導，說一面話是宣傳」；傳播本位消息來源多元化，而宣傳本位消息來源相對單一，絕大多數依靠政府發布信息。

　　孫旭培先生指出，宣傳本位在我國由來已久，目的是想通過宣傳來達到信息發布者所預期的效果，然而事實並非如此。他認為，宣傳本位帶來的「良好」宣傳效果是暫時的，長期來看最終會被公眾所厭棄。原因有三：其一，宣傳本

〔註 25〕沈正賦：《新媒體時代新聞輿論傳播力、引導力、影響力和公信力的重構》，《現代傳播》2016 年第 5 期，第 3 頁。

〔註 26〕陳力丹編著：《馬克思恩格斯列寧論新聞》2 版，北京：人民日報出版社，2017年，第 33 頁。

〔註 27〕陳力丹編著：《馬克思恩格斯列寧論新聞》2 版，北京：人民日報出版社，2017年，第 12 頁。

〔註 28〕孫旭培著：《通向新聞自由與法治的途中：孫旭培自選集》，北京：知識產權出版社，2012 年，第 326 頁。

位從根本上說是違背新聞規律的，把事實客觀、真實地呈現在公眾面前才是符合新聞規律的做法，而宣傳本位只選取全部事實中的某一部分，或者根本不做報導，既不符合還原事實本來面貌，又侵犯了公眾的知情權。其二，宣傳本位盛行導致公眾對媒體不信任，最後根本沒有宣傳效果、甚至有負效果。其三，之所以選擇宣傳本位的報導方式，是擔心真實客觀的信息會造成不利局面。然而無數事實證明，越是宣傳本位，越會在受眾中增加不確定性，引起公眾猜疑，於是小道消息、各種流言等就會大行其道，使得形勢和局面更加朝著不利於宣傳者的方向發展〔註29〕。

因此，根據《中華人民共和國政府信息公開條例》、《中華人民共和國突發事件應對法》等法律法規的相關規定和要求，大眾媒介應更新報導觀念，堅持依法辦事，盡快摒棄宣傳本位，堅持傳播本位，迅速、全面、客觀、平衡地進行新聞報導，不斷提高信息透明度，努力實現媒介基本社會職能，當然也會持續增強媒介公信力，為媒介進一步繁榮和發展奠定基礎。

應當指出，以上主要從新聞報導方面談提高媒介公信力。其實，從發表評論、傳播意見方面，進一步改進輿論引導的技術和藝術、強化和制度化輿論監督機制，也是提高媒介公信力不可忽缺的一方面。因為真實反映基層群眾的意志和訴求，大膽地、負責任地開展新聞輿論監督，真正做到取信於民、取信於受眾，長期以來也是廣大人民群眾對大眾媒介的殷殷期盼。鑒於此部分相關內容已在前文述及，此處不贅。

〔註29〕孫旭培著；《通向新聞自由與法治的途中：孫旭培自選集》，北京：知識產權出版社，2012 年，第 319～326 頁。

參考文獻

一、中文文獻

（一）著作類

1. （美）阿爾蒙德等，當代比較政治學：世界視野〔M〕，第 8 版更新版，楊紅偉等譯，上海：上海人民出版社，2009。

2. （美）阿倫特，極權主義的起源〔M〕，林驤華譯，北京：生活·讀書·新知三聯書店，2008。

3. （美）埃德加·斯諾，西行漫記〔M〕，董樂山譯，北京：生活·讀書·新知三聯書店，1979。

4. （意）奧里亞娜·法拉奇，風雲人物採訪記〔M〕，北京：新華出版社，1983。

5. （俄羅斯）阿納斯塔西婭，來到東方：加倫與中國革命史料新編〔M〕，張麗譯，廣州：廣東人民出版社，2017。

6. （美）埃爾基·胡塔莫、（芬）尤西·帕里卡，媒介考古學：方法、路徑與意涵〔M〕，唐海江主譯，上海：復旦大學出版社，2018。

7. （英）A.J. 艾耶爾，二十世紀哲學〔M〕，李步樓等譯，上海：上海譯文出版社，1987。

8. 北京市政協文史資料委員會編，北京文史資料（第 60 輯）〔M〕，北京：北京出版社，1999。

9. 北京市政協文史資料委員會編，北京文史資料（第 62 輯）〔M〕，北京：北京出版社，2000。

10. （美）布隆代爾，《華爾街日報》是如何講故事的〔M〕，徐楊譯，北京：華夏出版社，2006。

11. （德）鮑姆嘉滕，美學〔M〕，簡明，王旭曉譯，北京：文化藝術出版社，1987。

12. 薄一波，若干重大決策與事件的回顧（上下）〔M〕，北京：中共黨史出版社，2008。

13. （美）伯格，與社會學同遊：人文主義的視角〔M〕，何道寬譯，北京：北京大學出版社，2014。

14. （美）彼得·L·伯格、（美）托馬斯·盧克曼，現實的社會建構：知識社會學論綱〔M〕，吳肅然譯，北京：北京大學出版社，2019。

15. （美）Bob Edwards，愛德華·R·默羅和美國廣播電視業的誕生〔M〕，周培勤譯，上海：復旦大學出版社，2005。

16. （美）巴克斯特、（美）佈雷斯韋特，人際傳播：多元視角之下〔M〕，殷曉蓉等譯，上海：上海譯文出版社，2010。

17. （美）布魯克·諾埃爾·穆爾、（美）肯尼思·布魯德，思想的力量：第9版〔M〕，李宏昀，倪佳譯，北京：北京聯合出版公司，2017。

18. 陳力丹，輿論學——輿論導向研究〔M〕，北京：中國廣播電視出版社，1999。

19. 陳力丹，新聞理論十講〔M〕，上海：復旦大學出版社，2008。

20. 陳力丹，馬克思恩格斯列寧論新聞〔M〕，北京：人民日報出版社，2017。

21. 陳力丹，精神交往論：馬克思恩格斯的傳播觀〔M〕，北京：開明出版社，1993。

22. 陳力丹，世界新聞傳播史〔M〕，上海：上海交通大學出版社，2002。

23. 陳志強，中國共產黨報人群體的出現與崛起〔M〕，北京：人民出版社，2019。

24. 陳魯豫，心相約〔M〕，武漢：長江文藝出版社，2003。

25. 蔡銘澤，中國國民黨黨報歷史研究〔M〕，北京：團結出版社，1998。

26. 陳布雷，陳布雷回憶錄〔M〕，北京：東方出版社，2009。

27. 陳嘉映，哲學·科學·常識〔M〕，北京：中信出版社，2018。

28. 陳徒手，故國人民有所思：1949年後知識分子思想改造側影〔M〕，北京：生活·讀書·新知三聯書店，2013。

29. 蔡幗芬、徐琴媛，國際新聞與跨文化傳播〔M〕，北京：北京廣播學院出版社，2002。

30. 蔡幗芬，國際傳播與媒體研究〔M〕，北京：北京廣播學院出版社，2002。

31. 蔡幗芬，國際傳播與對外宣傳〔M〕，北京：北京廣播學院出版社，2000。

32. 柴靜，看見〔M〕，桂林：廣西師範大學出版社，2013。

33.《大公報一百週年報慶叢書》編委會，我與大公報〔M〕，上海：復旦大學出版社，2002。

34.《大公報一百週年報慶叢書》編委會，大公報一百年社評選〔M〕，上海：復旦大學出版社，2002。

35. （英）丹尼斯·麥奎爾、〔瑞典〕斯文·溫德爾，大眾傳播模式論〔M〕，祝建華，武偉譯，上海：上海譯文出版社，1997。

36. 丁淦林，中國新聞事業史〔M〕，北京：高等教育出版社，2005。

37. 鄧正來，哈耶克社會理論〔M〕，上海：復旦大學出版社，2009。

38. 鄧野，蔣介石的戰略布局：1939～1941〔M〕，北京：社會科學文獻出版社，2019。

39. 鄧力群，鄧力群自述：1915～1974〔M〕，北京：人民出版社，2015。

40. 杜君立，現代的歷程〔M〕，上海：上海三聯書店，2016。

41. 杜君立，歷史的慰藉〔M〕，北京：華文出版社，2015。

42. 杜君立，歷史的細節〔M〕，上海：上海三聯書店，2013。

43. 戴元光、苗正民，大眾傳播學的定量研究方法〔M〕，上海：上海交通大學出版社，2000。

44. （美）戴蒙德，槍炮、病菌與鋼鐵：人類社會的命運〔M〕，謝延光譯，上海：上海譯文出版社，2006。

45. （美）E·貝克爾，反抗死亡〔M〕，林和生譯，陳維正校，貴陽：貴州人民出版社，1988。

46. （德）恩斯特·卡西爾，人論〔M〕，甘陽譯，上海：上海譯文出版社，1985。

47. 方漢奇等，《大公報》百年史：1902.06.17～2002.06.17〔M〕，北京：中國人民大學出版社，2004。

48. 方漢奇，中國新聞事業通史第一卷〔M〕，北京：中國人民大學出版社，1992。

49. 方漢奇，中國新聞事業通史第二卷〔M〕，北京：中國人民大學出版社，

1996。

50. 方漢奇，中國新聞事業通史第三卷〔M〕，北京：中國人民大學出版社，1999。

51. 方漢奇，中國近代報刊史：全2冊〔M〕，太原：山西教育出版社，2012。

52. 方漢奇，中國新聞事業編年史：上中下〔M〕，2版，福州：福建人民出版社，2018。

53. 馮精志，蘇聯亡黨亡國二十年祭〔M〕，南昌：二十一世紀出版社，2012。

54. 鳳凰書品編著，中國那些年：1949~1978：你所不知道的歷史真相〔M〕，北京：團結出版社，2014。

55. 戈公振，世界報業考察記〔M〕，劉明輝，孫戈整理，北京：商務印書館，2017。

56. 戈公振，新聞學〔M〕，北京：中國傳媒大學出版社，2018。

57. 戈公振，中國報學史〔M〕，上海：上海書店出版社，2013。

58. 葛兆光，中國思想史（全三冊）〔M〕，上海：復旦大學出版社，2001。

59. 高華，革命年代〔M〕，廣州：廣東人民出版社，2010。

60. 高華，歷史學的境界〔M〕，桂林：廣西師範大學出版社，2015。

61. 高華，歷史筆記（兩卷）〔M〕，香港：牛津大學出版社，2014。

62. 高力克，自由與國家：現代中國政治思想史論〔M〕，杭州：浙江大學出版社，2016。

63. 顧準，顧準文集〔M〕，陳敏之，羅銀勝編，福州：福建教育出版社，2010。

64. 顧執中，報人生涯〔M〕，南京：江蘇古籍出版社，1987。

65. 辜曉進，走進美國大報（修訂版）〔M〕，廣州：南方日報出版社，2002。

66. 甘惜分，新聞學大辭典〔M〕，鄭州：河南人民出版社，1993。

67. 郭恩強，重構新聞社群：新記《大公報》與中國新聞業〔M〕，上海：上海人民出版社，2013。

68. 郭可，當代對外傳播〔M〕，上海：復旦大學出版社，2003。

69. 關世傑，跨文化交流學：提高涉外交流能力的學問〔M〕，北京：北京大學出版社，1995。

70. 胡喬木，胡喬木回憶毛澤東〔M〕，北京：人民出版社，2014。

71. 胡喬木，胡喬木文集（共三卷）〔M〕，北京：人民出版社，2012。

72.（美）胡素珊，中國的內戰：1945～1949年的政治鬥爭〔M〕，精裝珍藏

版，啟蒙編譯所譯，北京：當代中國出版社，2017。

73. 華東師範大學中國當代史研究中心編，中國當代史研究（三），北京：九州出版社，2011。

74. 華東師範大學中國當代史研究中心編，中國當代史研究（二），北京：九州出版社，2011。

75. 華東師範大學中國當代史研究中心編，中國當代史研究（第一輯），北京：九州出版社，2009。

76. 《華中傳播研究》編委會，華中傳播研究（第七輯）〔M〕，武漢：華中師範大學出版社，2018。

77. （美）哈林、（意）曼奇尼，比較媒介體制〔M〕，陳娟，展江等譯，北京：中國人民大學出版社，2011。

78. （加）哈克特、趙月枝，維繫民主？西方政治與新聞客觀性〔M〕，沈薈，周雨譯，北京：清華大學出版社，2005。

79. （美）赫伯特·馬爾庫塞，愛欲與文明〔M〕，黃勇，薛民譯，上海：上海譯文出版社，1987。

80. （美）亨廷頓，文明的衝突與世界秩序的重建〔M〕，周琪等譯，北京：新華出版社，2009。

81. 何輝、劉朋，新傳媒環境中國家形象的構建與傳播〔M〕，北京：外文出版社，2008。

82. （美）黃仁宇，資本主義與二十一世紀〔M〕，北京：生活·讀書·新知三聯書店，2015。

83. （美）黃仁宇，黃河青山：黃仁宇回憶錄〔M〕，張逸安譯，北京：生活·讀書·新知三聯書店，2015。

84. （英）吉登斯，社會的構成：結構化理論綱要〔M〕，李康、李猛譯，北京：中國人民大學出版社，2016。

85. 經濟日報編，學習的楷模──懷念常芝青同志〔M〕，北京：經濟日報出版社，1987。

86. 金觀濤，歷史的巨鏡〔M〕，北京：法律出版社，2015。

87. 金觀濤、劉青峰，中國思想史十講〔M〕，北京：法律出版社，2015。

88. 金觀濤、劉青峰，興盛與危機：論中國社會超穩定結構〔M〕，北京：法律出版社，2010。

89. 金觀濤、劉青峰，開放中的變遷：再論中國社會超穩定結構〔M〕，北京：法律出版社，2010。

90. 金觀濤、劉青峰，中國現代思想的起源：超穩定結構與中國政治文化的演變〔M〕，北京：法律出版社，2011。

91. 金岳霖，形式邏輯〔M〕，北京：人民出版社，1979。

92. 金勇，客觀與偏見：美國主流報紙臺海問題報導研究〔M〕，北京：中國傳媒大學出版社，2008。

93. 金以林，國民黨高層的派系政治〔M〕，修訂版，北京：社會科學文獻出版社，2016。

94. 金雁，倒轉「紅輪」：俄國知識分子心路回溯〔M〕，北京：北京大學出版社，2012。

95.（美）津恩，我反抗：一部獨特的美國史〔M〕，汪小英譯，杭州：浙江人民出版社，2014。

96. 賈曉慧，《大公報》新論：20 世紀 30 年代《大公報》與中國現代化〔M〕，天津：天津人民出版社，2002。

97. 蔣廷黻，中國近代史〔M〕，北京：民主與建設出版社，2017。

98.（英）卡爾·波普，歷史決定論的貧困〔M〕，杜汝輯，邱仁宗譯，北京：華夏出版社，1987。

99.（美）克羅澤，蔣介石傳〔M〕，封長虹譯，北京：國際文化出版公司，2009。

100.（英）柯林武德，歷史的觀念：增補版〔M〕，何兆武，張文傑，陳新譯，北京：北京大學出版社，2010。

101.（美）孔飛力，叫魂：1768 年中國妖術大恐慌〔M〕，陳兼、劉昶譯，上海：上海三聯書店，2020。

102.（美）拉斯韋爾，政治學：誰得到什麼？何時和如何得到？〔M〕，楊昌裕譯，北京：商務印書館，1992。

103. 李金銓，傳播縱橫：歷史脈絡與全球視野〔M〕，北京：社會科學文獻出版社，2019。

104. 李金銓，文人論政：知識分子與報刊〔M〕，桂林：廣西師範大學出版社，2008。

105. 李金銓，報人報國：中國新聞史的另一種讀法〔M〕，香港：香港中文大學出版社，2013。

106. 李培林，當代中國社會階層變動：1978～2018〔M〕，北京：社會科學文獻出版社，2018。

107. 李禮，轉向大眾：晚清報人的興起與轉變（1872～1912）〔M〕，北京：北京師範大學出版社，2017。

108. 李佳佳，這個時代這些人〔M〕，北京：中國文聯出版社，2016。

109. 李希光，周慶安，軟力量與全球傳播〔M〕，北京：清華大學出版社，2005。

120. 李秀雲，中國現代新聞思想史〔M〕，北京：中國社會科學出版社，2007。

121. 李彬，李漫，馬克思主義新聞觀拓展讀本〔M〕，北京：清華大學出版社，2008。

122. 李彬，全球新聞傳播史：公元1500～2000年〔M〕，2版，北京：清華大學出版社，2009。

123. 李揚帆，國恨：民國外交二十人〔M〕，北京：東方出版社，2010。

124. 李青宜，阿爾都塞與「結構主義馬克思主義」〔M〕，瀋陽：遼寧人民出版社，1986。

125. 李純青，筆耕五十年，北京：生活·讀書·新知三聯書店，1994。

126. （日）立花隆，我看美國：美國的新聞業、美國的性革命〔M〕，於濤等譯，北京：世界知識出版社，2002。

127. 梁啟超，中國近三百年學術史〔M〕，長沙：嶽麓書社，2009。

128. 林驤華，西方現代派文學述評〔M〕，上海：上海人民出版社，1987。

129. 林達，總統是靠不住的：近距離看美國之二〔M〕，3版，北京：生活·讀書·新知三聯書店，2013。

130. 林達，歷史深處的憂慮：近距離看美國之一〔M〕，3版，北京：生活·讀書·新知三聯書店，2013。

131. 劉少奇，論黨〔M〕，北京：人民出版社，1980。

132. 劉海龍，宣傳：觀念、話語及其正當化〔M〕，北京：中國大百科全書出版社，2020。

133. 劉仲敬，民國紀事本末：1911~1949〔M〕，桂林：廣西師範大學出版社，2013。

134. 劉軍寧，保守主義〔M〕，北京：東方出版社，2014。

135. （英）利貝斯、（英）卡茨，意義的輸出：《達拉斯》的跨文化解讀〔M〕，劉自雄譯，北京：華夏出版社，2003。

136. （法）勒龐，烏合之眾：群體時代的大眾心理〔M〕，張倩倩譯，北京：北京聯合出版公司，2015。

137. （法）盧梭，社會契約論〔M〕，2版，何兆武譯，北京：商務印書館，1980。

138. （法）盧梭，漫步隨想錄〔M〕，徐繼曾譯，北京：人民文學出版社，1987。

139. （英）羅素，西方哲學史（上下卷）〔M〕，何兆武、李約瑟譯，北京：商務印書館，1986。

140. （美）羅茲曼，中國的現代化〔M〕，國家社會科學基金「比較現代化」課題組譯，南京：江蘇人民大學出版社，2003。

141. 羅志田，權勢轉移：近代中國的思想與社會〔M〕，北京：北京師範大學出版社，2014。

142. 羅爾綱，師門五年記‧胡適瑣記〔M〕，北京：生活‧讀書‧新知三聯書店，2014。

143. 陸詒、馮英子，孟秋江文集〔M〕，上海：華東師範大學出版社，1994。

144. 呂思勉，中國通史〔M〕，北京：中國華僑出版社，2016。

145. （法）馬特拉，世界傳播與文化霸權：思想與戰略的歷史〔M〕，陳衛星譯，北京：中央編譯出版社，2001。

146. 毛榮貴，英語人生〔M〕，上海：上海社會科學院出版社，2004。

147. 莫里斯‧邁斯納，毛澤東的中國及其後：中華人民共和國史〔M〕，杜蒲譯，香港：中文大學出版社，2005。

148. （美）曼昆，經濟學原理：第7版，微觀經濟學分冊〔M〕，梁小民、梁礫譯，北京：北京大學出版社，2015。

149. （美）曼昆，經濟學原理：第7版，宏觀經濟學分冊〔M〕，梁小民、梁礫譯，北京：北京大學出版社，2015。

150. （美）邁克爾‧E‧羅洛夫，人際傳播——社會交換論〔M〕，王龍江譯，上海：上海譯文出版社，1997。

151. （美）邁爾斯，社會心理學：第11版〔M〕，侯波等譯，北京：人民郵電出版社，2016。

152. （美）麥克法誇爾、（美）費正清，劍橋中華人民共和國史，上卷：革命的中國的興起：1949～1965〔M〕，謝亮生等譯，北京：中國社會科學出版社，1990。

153. 茅海建，天朝的崩潰：鴉片戰爭再研究〔M〕，2版，北京：生活‧讀書‧

新知三聯書店，2005。

154. 茅海建，戊戌變法的另面：「張之洞檔案」閱讀筆記〔M〕，上海：上海古籍出版社，2014。

155. 明安香，美國：超級傳媒帝國〔M〕，北京：社會科學文獻出版社，2005。

156.（德）尼采，瞧！這個人〔M〕，劉崎譯，北京：中國和平出版社，1986。

157.（德）尼采，查拉斯圖拉如是說〔M〕，尹溟譯，北京：文化藝術出版社，1987。

158.（法）潘鳴嘯，失落的一代：中國的上山下鄉運動〔M〕，歐陽因譯，2版，北京：中國大百科全書出版社，2013。

159.（美）帕克，移民報刊及其控制〔M〕，陳靜靜、展江譯，北京：中國人民大學出版社，2011。

160.（美）帕克、（美）伯吉斯，城市：有關城市環境中人類行為研究的建議〔M〕，杭蘇紅譯，北京：商務印書館，2016。

161.（美）浦洛基，大國的崩潰：蘇聯解體的臺前幕後〔M〕，宋虹譯，成都：四川人民出版社，2017。

162. 錢端升等，民國政制史（上下）〔M〕，北京：商務印書館，2018。

163. 錢理群，歲月滄桑〔M〕，上海：東方出版中心，2016。

164. 錢穆，中國歷代政治得失〔M〕，3版，北京：生活·讀書·新知三聯書店，2012。

165. 錢穆，國史大綱（全兩冊）〔M〕，北京：商務印書館，2010。

166. 錢鋼，政治改革大博弈〔M〕，香港：天地圖書有限公司，2010。

167. 秦暉，傳統十論：本土社會的制度、文化及其變革〔M〕，太原：山西人民出版社，2019。

168. 人民日報史編輯組，人民日報回憶錄〔M〕，北京：人民日報出版社，1988。

169. 任東來、陳偉、白雪峰，美國憲政歷程：影響美國的25個司法大案〔M〕，3版，北京：中國法制出版社，2013。

170. 任繼愈，中國哲學史簡編〔M〕，北京：人民出版社，1973。

171. 任桐，徘徊於民本與民主之間：《大公報》政治改良言論述評：1927～1937〔M〕，北京：生活·讀書·新知三聯書店，2004。

172.（美）瑞澤爾，古典社會學理論〔M〕，第6版，王建民譯，北京：世界圖書出版公司北京公司，2014。

173. 彤新春，時代變遷與媒體轉型：《大公報》1902～1966〔M〕，北京：社會科學文獻出版社，2013。

174. 饒廣祥，解放的形式：趙毅衡形式理論思想爭鳴集〔M〕，成都：四川大學出版社，2013。

175. 孫旭培，中國傳媒的活動空間〔M〕，北京：人民出版社，2004。

176. 孫旭培，通向新聞自由與法治的途中：孫旭培自選集〔M〕，北京：知識產權出版社，2012。

177. 孫旭培，華夏傳播論：中國傳統文化中的傳播〔M〕，北京：人民出版社，1997。

178. 孫旭培，新聞自由在中國〔M〕，香港：大世界出版公司，2013。

179. 孫旭培，新聞侵權與訴訟〔M〕，北京：人民日報出版社，1994。

180. 孫旭培，新聞傳播法學〔M〕，上海：復旦大學出版社，2008。

181. 孫旭培，自由與法框架下的新聞改革〔M〕，武漢：華中科技大學出版社，2010。

182. 孫旭培，當代中國新聞改革〔M〕，北京：人民出版社，2004。

183. 孫旭培，新聞學新論〔M〕，北京：社科文獻出版社，1993。

184. 師哲，在歷史巨人身邊：師哲回憶錄〔M〕，北京：中央文獻出版社，1991。

185. 師哲，中蘇關係見證錄〔M〕，李海文整理，北京：當代出版社，2005。

186. 師哲，峰與谷：師哲回憶錄〔M〕，師秋朗編，北京：紅旗出版社，1992。

187. 師永剛、鄒明，中國時代：1900～2000〔M〕，上下卷，北京：作家出版社，2009。

188. 沈志華等，冷戰啟示錄：美素冷戰歷史系列專題報告〔M〕，北京：世界知識出版社，2018。

189. 沈志華，處在十字路口的選擇：1956～1957 年的中國〔M〕，廣州：廣東人民出版社，2013。

190. 沉毅，中國經濟新聞史〔M〕，北京：北京大學出版社，2008。

191. 蘇力，大國憲制：歷史中國的制度構成〔M〕，北京：北京大學出版社，2018。

192.（美）斯塔夫里阿諾斯，全球通史：從史前史到 21 世界（第 7 版）〔M〕，董書慧等譯，北京：北京大學出版社，2005。

193. 邵燕祥，我死過，我幸存，我作證〔M〕，北京：作家出版社，2016。

194. （美）斯蒂芬斯，新聞的歷史：第 3 版〔M〕，陳繼靜譯，北京：北京大學出版社，2014。

195. （美）斯垂特菲爾德，洗腦術：思想控制的荒唐史〔M〕，張孝鐸譯，北京：中國青年出版社，2011。

196. （英）斯密，國富論〔M〕，胡長明譯，重慶：重慶出版社，2015。

197. （英）L. S. 斯泰賓，有效思維〔M〕，呂叔湘、李廣榮譯，北京：商務印書館，2008。

198. （美）舍爾曼，西方文明史讀本〔M〕，趙立行譯，上海：復旦大學出版社，2010。

199. （美）史蒂文森，認識媒介文化：社會理論與大眾傳播〔M〕，王文斌譯，北京：商務印書館，2001。

200. （德）叔本華，愛與生的苦惱：生命哲學的啟蒙者〔M〕，陳曉南譯，北京：中國和平出版社，1986。

201. 單波、石義彬、劉學，新聞傳播學的跨文化轉向〔M〕，上海：上海交通大學出版社，2011。

202. 單波，跨文化傳播的問題與可能性〔M〕，武漢：武漢大學出版社，2010。

203. （法）塔爾德，傳播與社會影響〔M〕，〔美〕克拉克編，何道寬譯，北京：中國人民大學出版社，2005。

204. 托洛茨基，托洛茨基自傳——我的生平〔M〕，石翁，師用勤等譯，北京：國際文化出版公司，1996。

205. 唐啟華，被「廢除不平等條約」遮蔽的北洋修約史：1912～1928〔M〕，北京：社會科學文獻出版社，2010。

206. 唐小林、祝東，符號學諸領域〔M〕，成都：四川大學出版社，2012。

207. 唐海江，清末政論報刊與民眾動員：一種政治文化的視角〔M〕，北京：清華大學出版社，2007。

208. （美）唐德剛，從晚清到民國〔M〕，北京：中國文史出版社，2015。

209. （美）唐德剛，中國革命簡史：從孫文到毛澤東〔M〕，古蒼林譯，臺北：遠流出版事業股份有限公司，2014。

210. （美）唐德剛，毛澤東專政始末（1949～1976）〔M〕，臺北：遠流出版事業股份有限公司，2005。

211. （英）湯因比，歷史研究：插圖本〔M〕，劉北城、郭小凌譯，上海：上海

人民出版社，2005。

212. （英）屠蘇，國際傳播：延續與變革〔M〕，董關鵬主譯，北京：新華出版社，2004。

213. （法）托克維爾，舊制度與大革命〔M〕，王千石譯，北京：九州出版社，2012。

214. （美）湯姆・普雷特，一個美國媒體人的自白〔M〕，江衛東譯，上海：復旦大學出版社，2018。

215. 童兵，新聞傳播學大辭典〔M〕，北京：中國大百科全書出版社，2014。

216. 王滬寧，政治的邏輯：馬克思主義政治學原理〔M〕，上海：上海人民出版社，2016。

217. 王長江，政黨論〔M〕，北京：人民出版社，2009。

218. 王奇生，黨員、黨權與黨爭：1924～1949年中國國民黨的組織形態〔M〕，修訂本，北京：華文出版社，2010。

219. 王奇生，新史學，第7卷，20世紀中國革命的再闡釋〔M〕，北京：中華書局，2013。

220. 王文彬，新聞工作六十年〔M〕，重慶：重慶出版社，1990。

221. 王若水，為人道主義辯護〔M〕，北京：生活・讀書・新知三聯書店，1986。

222. 王敏，上海報人社會生活：1872～1949〔M〕，上海：上海辭書出版社，2008。

223. 王芝琛，一代報人王芸生〔M〕，武漢：長江文藝出版社，2004。

224. 王金福，新記《大公報》科學傳播研究〔M〕，北京：光明日報出版社，2019。

225. 王瑾，胡玫，胡政之文集〔M〕，天津：天津人民出版社，2007。

226. 王年一，大動亂的年代〔M〕，北京：人民出版社，2009。

227. 王潤澤，張季鸞與《大公報》〔M〕，北京：中華書局，2008。

228. 王怡紅，人與人的相遇〔M〕，北京：人民出版社，2003。

229. 王海光，折戟沉沙溫都爾汗〔M〕，北京：九州出版社，2012。

230. 王辰瑤，嬗變的新聞〔M〕，北京：中國傳媒大學出版社，2009。

231. 汪東興，汪東興日記〔M〕，北京：當代中國出版社，2010。

232. 汪東興，汪東興會議：毛澤東與林彪反革命集團的鬥爭〔M〕，3版，北京：當代中國出版社，2004。

233. 汪潔，時間的形狀：相對論史話〔M〕，北京：北京時代華文書局，2017。

234. （德）韋伯，社會科學方法論〔M〕，韓水法譯，北京：中央編譯出版社，1998。

235. （美）威爾伯‧施拉姆、威廉‧波特，傳播學概論〔M〕，陳亮、周立方、李啟譯，北京：內部資料，1983。

236. （美）沃克、（美）弗格森，美國廣播電視產業〔M〕，陸地、趙麗穎譯，北京：清華大學出版社，2005。

237. （美）維納，人有人的用處〔M〕，陳步譯，北京：商務印書館，1978。

238. 吳德才，金箭女神：楊剛傳記，北京：中共黨史出版社，1992。

239. 吳冷西，憶毛主席：我親身經歷的若干重大歷史事件片段〔M〕，北京：新華出版社，1995。

240. 吳冷西，回憶主席與戰友〔M〕，北京：人民出版社，2016。

241. 吳廷俊，中國新聞傳播史（1978～2008）〔M〕，上海：復旦大學出版社，2011。

242. 吳廷俊，中國新聞史新修〔M〕，上海：復旦大學出版社，2008。

243. 吳廷俊，新記《大公報》史稿〔M〕，武漢：武漢出版社，2002。

244. 吳廷俊，考問新聞史〔M〕，上海：復旦大學出版社，2013。

245. 吳廷俊，新聞傳播教育的認知與踐行〔M〕，上海：復旦大學出版社，2013。

246. 吳思，血酬定律：中國歷史中的生存遊戲〔M〕，成都：四川人民出版社，2013。

247. 吳思，潛規則：中國歷史中的真實遊戲〔M〕，修訂版，上海：復旦大學出版社，2009。

248. 吳思，親歷記：走向 1949〔M〕，太原：山西人民出版社，2010。

249. 吳思，我想重新解釋歷史：吳思訪談錄〔M〕，上海：復旦大學大學出版社，2011。

250. 吳稼祥，公天下：多中心治理與雙主體法權〔M〕，桂林：廣西師範大學出版社，2013。

251. 吳晗，明朝歷史的教訓〔M〕，北京：臺海出版社，2016。

252. 吳平，嚴小琳，古代佛門〔M〕，上海：東方出版中心，2008。

253. 吳琦幸，王元化傳〔M〕，上海：上海教育出版社，2020。

254. 伍啟元，中國新文化運動概觀〔M〕，合肥：黃山書社，2008。

255. 文匯報史研究室，文匯報史略（1949 年 6 月～1966 年 5 月）〔M〕，上海：文匯出版社，1997。

256. （古希臘）希羅多德，希羅多德歷史〔M〕，王以鑄譯，北京：商務印書館，1959。

257. 徐寶璜，新聞學〔M〕，北京：中國傳媒大學出版社，2016。

258. 徐鑄成，報海舊聞〔M〕，上海：上海人民出版社，1981。

259. 徐鑄成，徐鑄成回憶錄〔M〕，北京：生活·讀書·新知三聯書店，1998。

260. 徐鑄成，報人六十年〔M〕，上海：學林出版社，1999。

261. 徐鑄成，徐鑄成自述：運動檔案彙編〔M〕，北京：生活·讀書·新知三聯書店，2012。

262. 熊澄宇，西方新聞傳播學經典名著選讀〔M〕，北京：中國人民大學出版社，2004。

263. 熊彼特，資本主義、社會主義與民主〔M〕，吳良健譯，北京：商務印書館，1979。

264. 夏衍，懶尋舊夢錄〔M〕，南京：江蘇文藝出版社，2012。

265. 夏徵農、陳至立主編，《辭海》（第六版縮印本），上海：上海辭書出版社，2010。

266. 謝泳，思想利器：當代中國研究的史料問題〔M〕，北京：新星出版社，2013。

267. 謝泳，書生的困境：中國現代知識分子問題簡論〔M〕，桂林：廣西師範大學出版社，2009。

268. 謝泳，逝去的年代：中國自由知識分子的命運〔M〕，修訂本，福州：福建教育出版社，2013。

269. 許倬雲，許倬雲問學記〔M〕，桂林：廣西師範大學出版社，2008。

270. 許倬雲，許倬雲說歷史：中西文明的對照〔M〕，杭州：浙江人民出版社，2013。

271. 蕭乾，風雨平生：蕭乾口述自傳〔M〕，傅光明採訪整理，北京：北京大學出版社，1998。

272. 蕭乾編，楊剛文集〔M〕，北京：人民文學出版社，1984。

273. 薛中軍，中美新聞傳媒比較：生態·產業·實務〔M〕，上海：復旦大學出版社，2005。

274. 新華出版社編，中國名記者傳略與名篇賞析〔M〕，北京：新華出版社，2003。

275. 新華社新聞研究所，鄧小平論新聞宣傳〔M〕，北京：新華出版社，1998。

276.《新聞界人物》編輯委員會，新聞界人物（四）〔M〕，北京：新華出版社，1984。

277. 翊勳，蔣黨真相——三十年見聞雜記之一〔M〕，中原新華書店，1949。

278. 尹韻公，中國明代新聞傳播史〔M〕，重慶：重慶出版社，1990。

279. 喻國明，傳媒經濟學教程〔M〕，2 版，北京：中國人民大學出版社，2019。

280. 俞凡，新記《大公報》再研究〔M〕，北京：中國社會科學出版社，2016。

281. 楊奎松，忍不住的「關懷」：1949 年前後的書生與政治〔M〕，桂林：廣西師範大學出版社，2013。

282. 楊奎松，中華人民共和國建國史研究 1〔M〕，南昌：江西人民出版社，2009。

283. 楊奎松，中華人民共和國建國史研究 2〔M〕，南昌：江西人民出版社，2009。

284. 楊奎松，毛澤東與莫斯科的恩恩怨怨〔M〕，第 4 版，南昌：江西人民出版社，2009。

285. 楊保軍，新聞規律論〔M〕，北京：中國人民大學出版社，2019。

286. 楊天石，尋找真實的蔣介石：蔣介石日記解讀 4（上下）〔M〕，北京：東方出版社，2018。

287. 楊者聖，國民黨軍機大臣陳布雷〔M〕，2 版，上海：上海人民出版社，2009。

288. 姚建華，傳播政治經濟學經典文獻選讀〔M〕，北京：商務印書館，2019。

289. 姚遙，新中國對外宣傳史：建構現代中國的國際話語權〔M〕，北京：清華大學出版社，2014。

290. 嚴耕望，中國政治制度史綱〔M〕，上海：上海古籍出版社，2013。

291. 嚴耕望，嚴耕望史學論文選集（全二冊）〔M〕，北京：中華書局，2006。

292. 嚴耕望，治史三書〔M〕，增訂本，上海：上海人民出版社，2016。

293. 閻明復，閻明復回憶錄〔M〕，北京：人民出版社，2015。

294.（美）英格利希，狂歡至死：美國黑手黨在古巴最後的冒險〔M〕，閻紀宇譯，北京：九州出版社，2014。

295. 翟學偉，中國人行動的邏輯〔M〕，北京：生活書店出版有限公司，2017。

296. 鄭保衛，中國共產黨新聞思想史〔M〕，福州：福建人民出版社，2004。

297. 鄭重，毛澤東與《文匯報》〔M〕，香港：中文大學出版社，2010。

298. 鄒讜，二十世紀中國政治：從宏觀歷史與微觀行動角度看〔M〕，香港：
　　　牛津大學出版社，1994。

299. 鄒讜，中國革命再闡釋〔M〕，香港：牛津大學出版社，2002。

300. 鄒讜，美國在中國的失敗：1941~1950 年〔M〕，王寧、周先進譯，修訂
　　　本，上海：上海人民出版社，2016。

301. 周雨，回憶大公報〔M〕，北京：中國文史出版社，2016。

302. 周雨，王芸生〔M〕，北京：人民日報出版社，1995。

303. 周雨，大公報史〔M〕，南京：江蘇古籍出版社，1993。

304. 周雨，大公報人憶舊〔M〕，北京：中國文史出版社，1991。

305. 周傑榮，畢克偉，勝利的困境：中華人民共和國的最初歲月〔M〕，姚昱
　　　等譯，香港：中文大學出版社，2011。

306. 周雪光，國家與生活機遇：中國城市中的再分配與分層 1949～1994〔M〕，
　　　郝大海等譯，北京：中國人民大學出版社，2014。

307. 張濟順，遠去的都市：1950 年代的上海〔M〕，北京：社會科學文獻出版
　　　社，2015。

308. 張國良，20 世紀傳播學經典文本〔M〕，上海：復旦大學出版社，2003。

309. 張濤，中華人民共和國新聞史〔M〕，2 版，北京：經濟日報出版社，1996。

310. 張刃，閒話大公報〔M〕，北京：北京出版社，2016。

311. 張刃，北平電話：大公報裏的戰局與時局〔M〕，北京：中國工人出版社，
　　　2018。

312. 張高峰，高峰自述：抗戰生涯〔M〕，太原：北嶽文藝出版社，2015。

313. 張高峰，高峰自述：內戰觀察〔M〕，太原：北嶽文藝出版社，2015。

314. 張寧，媒介社會學：信息化時代媒介現象的社會學解讀〔M〕，廣州：中
　　　山大學出版社，2010。

315. 張鳴，暗邏輯〔M〕，北京：九州出版社，2017。

316. 張志安，編輯部場域中的新聞生產：基於《南方都市報》的研究〔M〕，
　　　上海：復旦大學出版社，2019。

317. 張昆，國家形象傳播〔M〕，上海：復旦大學出版社，2005。

318. 張桂珍，國際關係中的傳媒透視〔M〕，北京：北京廣播學院出版社，2000。

319. 張桂珍，中國對外傳播〔M〕，北京：中國傳媒大學出版社，2005。

320. 張同新，中國國民黨史綱〔M〕，北京：人民出版社，2012。

321. 張育仁，自由的歷險：中國自由主義新聞思想史〔M〕，昆明：雲南人民出版社，2002。

322. 張友漁，報人生涯三十年〔M〕，重慶：重慶出版社，1982。

323. 趙鼎新，社會與政治運動講義〔M〕，2 版，北京：社會科學文獻出版社，2012。

324. 趙鼎新，國家‧社會關係與八九北京學運〔M〕，香港：中文大學出版社，2007。

325. 趙毅衡，哲學符號學：意義世界的形成〔M〕，成都：四川大學出版社，2017。

326. 趙毅衡，符號學：原理與推演〔M〕，修訂本，南京：南京大學出版社，2016。

327. 趙毅衡，廣義敘述學〔M〕，成都：四川大學出版社，2013。

328. 朱厚澤，朱厚澤文存〔M〕，北京：世界圖書出版公司北京公司，2013。

329. 朱本源，歷史學理論與方法〔M〕，北京：人民出版社，2007。

330.（日）佐藤卓己，現代傳媒史〔M〕，諸葛蔚東譯，北京：北京大學出版社，2004。

331. 中共中央文獻研究室編，逄先知、金沖及主編，毛澤東傳（1949～1976）〔M〕，北京：中央文獻出版社，2003。

332. 中共中央黨史研究室，中國共產黨的九十年〔M〕，北京：中共黨史出版社，黨建讀物出版社，2016。

333. 中聯西部發展研究中心編，紅色報人：紀念常芝青百年誕辰文集〔M〕，北京：中國財政經濟出版社，2011。

334. 中共山西省委組織部編，常芝青傳〔M〕，北京：新華出版社，2003。

（二）期刊論文類

1. 常芝青，在晉綏日報的年代裏〔J〕，新聞業務，1956，（3）。

2. 常芝青，回顧 1958 年，迎接 1959 年更大的躍進〔J〕，新聞戰線，1959，（1）。

3. 常芝青，辦好報紙的指針〔J〕，新聞業務，1963，（4）。

4. 常芝青，報紙躍進種種〔J〕，新聞戰線，1958，（4）。

5. 常芝青，宣傳報導突出政治的體會〔J〕，新聞業務，1966，（3）。

6. 常芝青，做黨的馴服的工具〔J〕，新聞戰線，1960，（1）。

7. 肜新春，李兆祥，20 世紀五六十年代《大公報》的改組與轉型〔J〕，當代中國史研究，2007，（9）。

8. 肜新春，《大公報》與新中國的經濟建設——以一九無三年至一九六六年《大公報》為對象的歷史考察〔J〕，中共黨史研究，2009，（3）。

9. 肜新春，毛澤東與《大公報》二三事〔J〕，黨的文獻，2008，（11）。

10. 李純青，悼念宦鄉〔J〕，教育與職業，1989，（4）。

11. 李純青，四十不惑——紀念抗日戰爭勝利四十週年〔J〕，群言，1989，（5）。

12. 王芸生，英斂之時期的舊大公報〔J〕，新聞業務，1961，（1）。

13. 王芸生，1926～1949 年的舊大公報〔J〕，新聞業務，1962，（4）（5）。

14. 趙國秀，別開生面的新聞報導會〔J〕，紅岩春秋，1999，（2）。

15. 仲仁，憶袁毓明同志〔J〕，新聞學研究資料，1983，（10）。

16. 吳永良，懷念幾位《大公報》好友〔J〕，書屋，2003，（3）。

17. 吳永良，再憶《大公報》的幾位好友〔J〕，書屋，2006，（4）。

18. 吳永良，解放初期天津《大公報》瑣記〔J〕，書屋，2004，（4）。

19. 胡邦定，說說北京《大公報》（上）〔J〕，百年潮，2010，（4）。

20. 胡邦定，說說北京《大公報》（下）〔J〕，百年潮，2010，（5）。

21. 張頌甲，《前進報》的創刊和被封〔J〕，百年潮，2004，（8）。

22. 張頌甲，王芸生在 1949 年後〔J〕，炎黃春秋，2012，（9）。

23. 張頌甲，為《大公報》討還公道〔J〕，新聞記者，1999，（5）。

24. 張頌甲，我所瞭解的《大公報》〔J〕，傳媒，2002，（7）。

25. 張頌甲，一篇未曾發表的愛新覺羅·溥儀訪問記〔J〕，百年潮，2006，（7）。

26. 張頌甲，志願軍戰俘艱苦卓絕的鬥爭〔J〕，百年潮，2009，（1）。

27. 張蓬舟，大公報大事記（1902～1966）〔J〕，新聞研究資料，1981，（4）。

28. 李光詒，大公報是怎樣堅持發揚財經特點的〔J〕，新聞業務，1961，（1）。

29. 王文彬，建國初期的重慶《大公報》〔J〕，新聞研究資料，1987，（8）。

30. 王鵬，周恩來與王芸生交往二三事〔J〕，文史精華，2004，（7）。

31. 王鵬，王芸生在解放前夕〔J〕，新聞研究資料，1983，（8）。

32. 德山，舊大公報剖視〔J〕，新聞戰線，1958，（1）。

33. 劉克林，剖視復辟舊大公報的陰謀〔J〕，新聞業務，1957，（11）。

34. 吳廷俊，典型報導理論與毛澤東新聞思想〔J〕，新聞大學，2001，（4）。

（三）學位論文類

1. 賀碧霄，新聞範式更替：從民間報人到黨的幹部——以上海私營報業改造為中心的考察（1949～1952〔D〕，復旦大學，2011。

2. 丁騁，中國大陸民營報業退場的探究〔D〕，華中科技大學，2012。

3. 於淵淵，「公論」論公——以英記《大公報》言論為中心的研究〔D〕，華中科技大學，2013。

（四）檔案資料及報紙文本類

1. 上海市檔案館藏有關上海《大公報》資料

2. 北京市檔案館藏有關北京《大公報》資料

3. 天津市檔案館藏有關北京《大公報》資料

4.《大公報》1949～1966 年報紙文本

5.《解放日報》1949～1952 年報紙文本

（五）文獻彙編類

1. 中共中央文獻研究室、新華通訊社編，毛澤東新聞工作文選〔M〕，北京：新華出版社，2014。

2. 中共中央宣傳部辦公廳、中央檔案館編研部，中國共產黨宣傳工作文獻選編：1915~1992〔M〕，北京：學習出版社，1996。

3. 中共中央宣傳部新聞局，中國共產黨新聞工作文獻選編〔M〕，北京：人民出版社，1990。

4. 中共中央馬克思恩格斯列寧斯大林著作編譯局，馬克思恩格斯選集（全四卷）〔M〕，北京：人民出版社，2012。

5. 中共中央馬克思恩格斯列寧斯大林著作編譯局，列寧選集（全四卷）〔M〕，北京：人民出版社，2012。

6. 中國社會科學院新聞研究所，中國共產黨新聞工作文件彙編（全三卷）〔M〕，北京：新華出版社，1980。

7. 中國人民政治協商會議全國委員會文史資料委員會，文史資料選輯，第20、21、22、23、24、25、26、27、28 輯〔M〕，北京：中國文史出版社，1990～1994。

8. 毛澤東著作選讀編輯委員會，毛澤東著作選讀（甲種本）〔M〕，北京：人民出版社，1965。

9. 毛澤東著作選讀編輯委員會，毛澤東著作選讀（乙種本）〔M〕，北京：中國青年出版社，1965。

10. 中共中央文獻研究室編，周恩來答問錄〔M〕，北京：人民出版社，2016。

11. 中共中央文獻研究室，周恩來年譜（1949～1976）〔M〕，北京：中央文獻出版社，1997。

12. 中共中央文獻研究室，毛澤東年譜：1893～1949（修訂本）〔M〕，北京：中央文獻出版社，2013。

13. 中共中央文獻研究室，毛澤東年譜（1949～1976）〔M〕，北京：中央文獻出版社，2013。

二、英文文獻

1. Edward S. Herman and Noam Chomsky. Manufacturing Consent: The Political Economy of the Mass Media [M]. London: Vintage Books, 1988.

2. Stanley J. Baran, Dennis K. Davis. Mass Communication Theory: Foundations, Ferment, and Future (Third Edition). 影印本，北京：清華大學出版社，2003。

3. Bennett, W. Lance. News: the politics of illusion [M]. 5th ed. New York: Addison Wesley Longman, Inc., 2003.

4. Robert Park. The Immigrant Press and Its Control. 北京：中國傳媒大學出版社，2013。

5. Robert Ezra Park. The Crowd and the Public, and Other Essays. 北京：中國傳媒大學出版社，2016。

6. John Stuart Mill. On Liberty and Utilitarianism. Bantam Dell, 1993.

7. Nesbitt-Larking, Paul W.. Politics, society, and the media: Canadian perspectives. Broadview Press, LTD., 2001.

8. Menlvin Mencher. News Reporting and Writing. 北京：清華大學出版社，2012.

9. 曹晉、趙月枝，傳播政治經濟學英文讀本（上下冊）〔M〕，上海：復旦大學出版社，2007。

10. John Leighton Stuart. Fifty Years in China: The Memoirs of John Leighton Stuart. 北京：中央編譯出版社，2011。

11. Foucault, Michel. The Archaeology of Knowledge and The Discourse on Language. Translated from the French by A.M. Sheridan Smith. New York: Vintage Books, A Division of Random House, Inc., 2010.

12. Van Loon. Tolerance. 北京：外語教學與研究出版社，1998。

13. Van Loon. The Story of Mankind. 北京：外語教學與研究出版社，2003。

14. Collingwood, The Idea of History, 上海：上海譯文出版社，2019。

15. James Melvin Lee. History of American Journalism. New Edition, Revised. New York: The Garden City Publishing Co., INC., 1923.

16. William B. Gudykunst, Young Yun Kim. Communication With Strangers: An Approach to Intercultural Communication. Fourth Edition. 上海：上海外語教育出版社，2007。

17. William Ebenstein. Introduction to Political Thinkers. Second Edition. Beijing: Peking University Press, 2003.

18. Lisa Taylor, Andrew Willis. Media Studies: Texts, Institutions and Audiences. Beijing: Peking University Press, 2004.

19. Larry A. Samovar, Richard E. Porter, Lisa A. Stefani. Communication Between Cultures. Third edition. 北京：外語教學與研究出版社，2000。

20. Larry A. Samovar, Richard E. Porter. Communication Between Cultures. Fifth edition. 北京：北京大學出版社，2004。

21. Helen Spencer-Oatey. Culturally Speaking: Managing Rapport Through Talk Across Cultures. 上海：上海外語教育出版社，2007。

22. Tom Plate. Confessions of an American Media Man. Second Edition. Singapore: Marshall Cavendish Editions, 2010.

23. Orlando Figes. The Whisperers: Private Life in Stalin's Russia. Allen Lane, 2007.

致　謝

　　終於到寫「致謝」的時候了！不禁長長籲一口氣。

　　沒有想到能按期完成博士論文寫作。2013 年秋冬，當一趟一趟奔波於華科與武大之間，在武大圖書館一張一張翻著泛黃變脆的舊報紙時，博士論文像遠在天邊的一抹微雲，似有若無，遙不可及；十個月前，當我打開電腦，建立一個新文檔，看著屏幕上一閃一閃光標後面那一大片空白時，真不知道我的論文會是什麼樣子，只感覺如山壓力使呼吸都變得吃力，腦子裏空空蕩蕩，只有一個念頭如同空谷回音在不停震響，「一定要元旦前拿出初稿！」那時，我已結束脫產學習回到原單位上課，那學期的課空前多，一學期要上二百多節課。除了上課，滿腦子全是論文，每天晚上逼著自己坐在電腦前一段、一段地寫。飯也沒時間做了，在外面小吃店蓋飯、麵條輪換著吃，直吃到要吐。青春期桀驚不馴的兒子也不省心，馬上面臨中考還一心想上網，為此父子爆發激烈衝突，常常帶著頭暈腦脹、劇烈心跳強迫自己坐回書桌前寫論文，一晚上有時只能寫一小段。論文寫作日子裏，就像「螞蟻啃骨頭」，十多萬字是一字一字摳出來的，現在回想起來，真不知道自己是怎麼一天一天熬過來的，其間經歷絕望與堅持、懷疑與沮喪、疲憊與欣喜、困惑與振奮，苦辣酸甜，五味雜陳。2014年 12 月底初稿落地，當我把初稿按照要求發送給導師之後，那一份輕鬆、喜悅和得意真是難以言表。記得自己曾留下這樣文字：「回想十個月前，心中迷茫，眼前無路，硬是咬著牙邁步。走著走著，腳下有路了；走著走著，終點在望了。」接下來，經過三稿修改，2015 年 3 月老師說「可以定稿了」，我的心裏啊，套用小時候寫作文常用的話，像吃了蜜，甜滋滋的！更沒有想到，論文報教育部專家盲審時竟獲得兩優一良的好成績，可謂三年磨一劍，心血存焉。

　　沒有想到能順利完成博士學位攻讀。我清楚知道，自己先天不足，後天失調，求學道路充滿坎坷。就先天條件說，小時候大病一場差點死掉，全靠媽媽風裏來雨裏去，苦苦哀告小鎮上的「仙奶奶」，用針灸和眼淚把我從鬼門關喚回，雖然活下來了，但天資不高，智商平平，身體素質也不太好。就後天條件說，我父親、祖父兩輩都不識字，媽媽只上過初小，家裏一本書都沒有（媽媽鎖在箱底的「毛選」除外），實在沒有什麼家學薰陶，也談不上良好學習環境。到上小學年紀，在那物質匱乏的日子裏，媽媽硬是從牙縫裏給我省出一身新衣服，親手縫出一個新書包，鄰居老奶奶在我小書包裏塞上一塊糕、嘴裏念叨著「高升啊！高升啊」，我的念書生涯就在親人熱切盼望的眼光裏開始了。也許是「窮人孩子早當家」的原因，看到媽媽含辛茹苦，家裏一窮二白，初中的我就已懂事，知道為家分憂，而當時能做的就是好好讀書，考學是唯一出路。初中畢業，考上中師，解決了飯碗，家裏算是出了個「念書人」。那時因沒有選擇上高中而失去考大學的機會，但我心底倔強地生出一個大學夢。中師畢業後，被保送至南京曉莊師範大專班又多讀兩年書，到南京大學和南師大校園裏參觀，心理充滿歆羨，大學夢有了更具體形貌。1988 年畢業後從做小學教師開始，依然為實現大學夢而苦讀不輟，在解放路小學教學樓頂層寒暑難當的樓梯間裏，在地方志辦公室堆滿書籍的倉庫裏，在開發區招商局川流不息的擾擾攘攘裏，多少次平息躁動不安的名利之心，告訴自己「艱難困苦玉汝於成」。悠悠歲月，惟書相伴，工作期間通過自學考試獲得中文本科、英語本科文憑，但總為沒有上過正規大學而遺憾。工作十多年後，2004 年終於考取北京廣播學院研究生，算是正式踏入大學校園，也就從那時起又油然而生博士夢。通向博士夢的道路依然曲折多艱，2007 年碩士畢業時就考過博士，但沒有成功。又工作五年之後，經過兩度考試，才終於考取。

　　還清楚記得獲知已被錄取的那天晚上，在華科森林般校園裏疾走，內心激動如泛濫江河。然而，十分鐘狂喜之後，冷靜下來對自己說：現在進了這個門，接下來如何出這個門便成為問題。我知道今後三年將是極其艱苦的三年，首先只有一年半脫產學習時間，工作、家庭等分心事頗多；其次本來天資不高，學術基礎也不牢，要達到華科較高畢業標準相當不易；最重要的是，身體狀況也不好，看書稍久就頭疼，曾有能否讀完的擔憂和「中道崩殂」的恐懼。果不其然，論文開題前夕，夜裏腹痛難忍，連夜轉肝膽外科準備手術切除膽囊。當時家裏只有一還未成年、尚需別人照顧的孩子，而我卻要躺到手術臺上，能不能

走下手術臺尚不可知，即使手術成功，誰來伺候這幾天臥床不能動的術後日子，誰來照顧還在上學孩子的衣食起居。這些焦慮和恐懼，當時令我陷入多麼無助、多麼悲觀的境地！最後總算支撐下來順利開題，總算走到今天，走到即將夢圓的這一天。

別人也許會說，不就是一個博士學位，至於嗎？對別人那只是個普通的學位，於我而言，那是一個苦苦追求十多年的夢，說視之若命亦不為過！這絕不是矯情的虛誇，而是真實的心聲。在我看來，這條小命卑微如塵，讀書求知賦予它以意義和價值，也讓平庸的生活不那麼讓人難以忍受。我願意為此與寂寞同行，排除一切干擾，克服一切困難，付出任何代價。做成此事，死可瞑目矣。

正因如此，我要感謝那些助力我夢圓的師長、同事和朋友，沒有他們真誠、無私的幫助和鼓勵，或許我難以堅持到夢想成真的這一天。

首先，要感謝我的導師吳廷俊教授。感謝他三年前在素昧平生情況下不嫌棄我愚鈍，不在意我年齡偏大，也不管我沒有什麼像樣的學術成果，而將我收入門下，使我在對考博公正性漸已失去信心、甚至有放棄打算的時候，讓我重新看到光明和希望，讓我明白永遠不要對這個世界的真善美發生懷疑和動搖。進入吳門之後，吳師生活上關心理解，學術上悉心指導，在我自卑時予以鼓勵，說「年齡大怕什麼，那是財富」；在我為找不到研究方向而苦惱時，是吳師指引了我博士論文的研究領域。特別讓我印象深刻且受益終生的，是吳師那種民主平等的教學指導方式和嚴肅認真、一絲不苟的學術研究態度。我不會忘記，那一次次吳門學術沙龍上民主、平等、開放的爭鳴與討論，吳師對不同意見的鼓勵與寬容讓我明白什麼是真正的大家風範；我更不會忘記，吳師對我一篇文章的修改幾近 20 稿之多，歷時近一年之長，這是我有生以來從未有過的經驗，中途我幾度近乎崩潰，是吳師親切平易的話語——「寫文章不要怕改，好文章都是改出來的」——讓我堅持下來，也讓我領悟到真正學術研究是什麼樣的，讓我急功近利的躁動之心得以平靜。

其次，感謝華科新聞學院提供高質量的博士生教育。感謝張昆教授、劉潔教授、唐海江教授、余紅教授、趙振宇教授等師長在課堂內外的教誨；感謝開題答辯時，劉潔教授、張昆教授、余紅教授以及唐海江教授所提寶貴意見，尤其是唐海江教授就本人博士論題的研究方法、參考文獻等方面多次給予有針對性指導，其真知灼見使我受益良多；感謝鮑立泉、高海波、於淵淵、王大麗、許永超、沈靜、喻頻蓮、徐基中等吳門兄弟姐妹三年來所給予的支持

與鼓勵。感謝 2012 級博士班的十多位同班同學，一起入學、一起上課、一起爭論、一起考試、一起遊戲、一起困惑、一起喝酒、一起爬喻家山的日子，令我終生難忘！

再次，要感謝好友李家寶、李漫等對我博士學業的鼓勵和支持，特別是在北京、上海檔案館進行論文資料收集時，家寶所提供的慷慨無私援助，對我完成博士論文寫作居功甚偉。此外，還要感謝重慶三峽學院有關領導和同事們多年以來的支持和鼓勵。

最後要感謝家人的理解和支持。在我一年半脫產學習期間，感謝父親來渝幫助照看孩子；對兒子江一帆感到抱歉，由於自身學業壓力大，三年來疏於照顧，感謝他的理解和沒有任何抱怨！另外，要特別感謝天堂裏的媽媽，養育之恩浩如海洋，殷殷期盼重如泰山，兒子曾經是您的驕傲，可惜您沒有等到分享兒子夢圓之時的喜悅，兒子愧對於您！

博士階段的學習走近尾聲，我的學習人生也將完美收官。欣喜激動之餘，也有淡淡的悵惘，因為我知道，不管痛苦還是歡樂，艱難還是順暢，一切都會成為過往。而「人生中最美的珍藏，正是那些往日時光」！

江衛東

二〇一五年五月十二日